depois que
você foi
embora

Maggie O'Farrell

depois que você foi embora

tradução de
VERA WHATELY

EDITORA RECORD
RIO DE JANEIRO • SÃO PAULO
2008

CIP-Brasil. Catalogação-na-fonte
Sindicato Nacional dos Editores de Livros, RJ.

O'Farrell, Maggie, 1972-
O27d   Depois que você foi embora / Maggie O'Farrell; tradução de Vera Whately. – Rio de Janeiro: Record, 2008.

Tradução de: After you'd gone
ISBN 978-85-01-07838-4

1. Romance irlandês. I. Whately, Vera. II. Título.

                            CDD – 828.99153
08-1875   CDU – 821.111(415)-3

Título original irlandês:
AFTER YOU'D GONE

Copyright © Maggie O'Farrell, 2000

Foto de capa: Mauritius/LatinStock

Todos os direitos reservados. Proibida a reprodução, no todo ou em parte, através de quaisquer meios.

Direitos exclusivos de publicação em língua portuguesa somente para o Brasil adquiridos pela
EDITORA RECORD LTDA.
Rua Argentina 171 – Rio de Janeiro, RJ – 20921-380 – Tel.: 2585-2000
que se reserva a propriedade literária desta tradução

Impresso no Brasil

ISBN 978-85-01-07838-4

PEDIDOS PELO REEMBOLSO POSTAL
Caixa Postal 23.052
Rio de Janeiro, RJ – 20922-970

EDITORA AFILIADA

Para minha mãe,
por não ser como a mãe de Alice.

AGRADECIMENTOS

Meus agradecimentos a:
Alexandra Pringle, Victoria Hobbs, Geraldine Cooke,
Kate Jones, Barbara Trapido, Elspeth Barker,
William Sutcliffe, Flora Gathorne-Hardy, Saul Venit,
Ruth Metzstein, Georgie Bevan, Jo Aitchison,
Ellis Woodman, John Hole, Morag e Esther McRae.

O que aconteceu, acontece sempre.

ANDREW GREIG

O passado revela-se em qualquer lugar.

MICHAEL DONAGHY

Prólogo

No DIA EM QUE ELA PENSOU EM SE MATAR, NOTOU QUE O inverno vinha chegando de novo. Estava deitada de lado, os joelhos dobrados para cima; o calor de sua respiração condensando-se no ar frio do quarto. Exalou o ar e ficou observando. Depois exalou outra vez, e mais uma vez. Então, jogou as cobertas de lado e saiu da cama. Alice detestava o inverno.

Devia ser perto das cinco da manhã; nem era preciso olhar o relógio, dava para ver pelo brilho por trás das cortinas. Ela passara a noite quase toda em claro. A luz tênue da madrugada iluminava as paredes, a cama e o chão, e sua sombra parecia um borrão granulado e fora de foco enquanto ela atravessava o quarto.

Entrou no banheiro, inclinou o corpo sobre a pia e tomou um gole de água direto da torneira, que saiu num jato gelado. Secou o rosto nas costas da mão e encheu o regador para aguar as plantas da borda da banheira. Fazia tanto tempo que não cuidava delas que a terra estava dura e não absorvia a água, que se juntava na superfície em gotas acusadoras.

Vestiu-se depressa com as roupas que estavam jogadas no chão. Foi até a janela e deu uma olhada na rua, depois desceu a escada com a bolsa pendurada no ombro e saiu pela porta da frente. Foi andando pelas ruas a esmo, de cabeça baixa, toda encapotada.

Passou por lojas ainda com as persianas cerradas e trancadas com cadeado, por carros de limpeza girando as escovas pretas em movimentos circulares pelo meio-fio e por um grupo de motoristas de ônibus que fumavam e conversavam em uma esquina, esquentando as mãos em canecas de chá fumegante. Os homens olharam-na, mas ela nem percebeu. Não via nada, a não ser seus pés movendo-se para a frente e para trás em ritmo regular.

Já estava bem claro quando notou que tinha chegado à estação de King's Cross. Táxis entravam e saíam pela entrada principal e passageiros acotovelavam-se nas portas. Vagou pela estação, pensando em tomar uma xícara de café e talvez comer alguma coisa. Mas ao entrar no prédio iluminado, ficou atordoada com a movimentação do painel de embarque. Números e letras tremulavam umas sobre as outras, nomes de cidades e horários expostos nos painéis eletrônicos. Leu para si mesma — Cambridge, Darlington, Newcastle. Poderia ir para qualquer um desses lugares. Se quisesse. Levantou a manga do casaco para olhar o relógio grande demais para ela, com um mostrador maior que seu pulso e furos extras na correia. Abaixou o braço automaticamente, e só então notou que não tinha prestado a menor atenção às horas. Levantou o braço de novo, concentrando-se no tempo, e apertou o pino lateral que iluminava com uma luz brilhante azul-pavão a tela mínima cinzenta — com indicação da hora, data, altitude, pressão atmosférica e temperatura. Alice nunca tinha usado um relógio digital. Aquele fora de John. Constatou que eram seis e vinte de um sábado.

Virou-se mais uma vez para o painel de embarque. Glasgow, Peterborough, York, Aberdeen, Edimburgo. Piscou e leu de novo: Edimburgo. Podia ir para casa. Ver sua família. Se quisesse. Olhou para o alto da coluna e viu que o trem partia às seis e meia. Será que queria mesmo ir? Foi andando a passos rápidos até o guichê de passagens e assinou seu nome com letra irregular e fria. Ao entrar no trem, viu a placa "O Pullman Escocês para Edimburgo", e quase sorriu.

Dormiu no trem, a cabeça apoiada na janela, e ficou surpresa quando viu suas irmãs esperando no final da plataforma em Edimburgo. Só então se lembrou de que havia telefonado para elas do trem. Kirsty carregava o bebê num canguru e Beth, sua irmã mais nova, dava a mão a Annie, a outra filha de Kirsty. Estavam na ponta dos pés para ver se avistavam Alice, e assim que a viram acenaram para ela. Kirsty pendurou Annie no quadril e saíram correndo para encontrá-la. Um instante depois as três se abraçavam, e embora Alice soubesse que toda aquela efusão mascarava preocupação e ela realmente quisesse mostrar que estava bem, quando sentiu as mãos das irmãs nas suas costas, virou o rosto de lado, pegou Annie no colo e enfiou o rosto no seu pescoço.

Dali a um instante estavam todas no café da estação. As irmãs encarregaram-se da sua mala e lhe ofereceram uma xícara de café com creme e chocolate granulado. Beth tinha feito uma prova no dia anterior e comentou a respeito das perguntas que respondera e sobre o cheiro do examinador. Kirsty, carregando fraldas, mamadeiras, brinquedos e band-aids, segurava o bebê Jamie no braço e prendia Annie com duas correias na cadeira. Alice pôs a mão no queixo e ficou ouvindo Beth falar e vendo Annie desenhar em um pedaço de jornal com lápis de cera verde. As vibrações dos árduos esforços de Annie atravessaram a mesa, subiram pelos braços de Alice e reverberaram em seu crânio.

Ela se levantou para procurar um toalete, e Kirsty e Beth ficaram fazendo planos para o dia. Atravessou a sala de espera, passou pela catraca de aço e entrou no banheiro da estação. Esteve longe das irmãs, da sobrinha e do sobrinho não mais que quatro minutos, mas nesse ínterim presenciou uma cena tão estranha, inesperada e chocante que Alice sentiu como se tivesse se olhado no espelho e visto um rosto que não era o seu. Ela olhou e pareceu-lhe que o que via destruía tudo o que tinha deixado para trás. Tudo o que existira antes. Olhou mais uma vez, e ainda outra vez. Tinha certeza, mas não queria ter.

Saiu do toalete aos tropeções e passou de novo pela catraca. No meio do caminho, parou um instante. O que diria para suas irmãs? Não posso pensar nisso agora, disse a si mesma, simplesmente não posso; então colocou uma pedra sobre o assunto.

Foi andando rápido pelo café e pegou sua bolsa do lado da cadeira.

— Onde você vai? — perguntou Kirsty.

— Eu preciso ir — respondeu Alice.

Kirsty olhou para ela e Beth levantou-se.

— Ir? Para onde? — repetiu Beth.

— Preciso voltar para Londres.

— O quê? — Beth deu um passo à frente e segurou o casaco que Alice estava vestindo. — Você não pode voltar agora. Acabou de chegar.

— Preciso ir.

Beth e Kirsty entreolharam-se.

— Mas... Alice... o que aconteceu? —gritou Beth. — O que houve de errado, o que houve de errado? Por favor, não vá. Você não pode sair assim.

— Preciso ir — repetiu Alice, saindo para procurar o próximo trem para Londres.

Kirsty e Beth pegaram as crianças, as sacolas e as coisas do bebê e correram atrás dela. Alice descobriu que havia um trem partindo naquele momento e correu para a plataforma, seguida pelas irmãs, que gritavam seu nome.

Na plataforma abraçou as duas.

— Até logo — sussurrou. — E desculpe.

Beth desandou a chorar.

— Eu não entendo. Diga o que está acontecendo. Por que você vai embora?

— Desculpe — repetiu Alice mais uma vez.

Quando ia entrando no trem, sentiu-se de repente descoordenada. O espaço entre o degrau do trem e a borda da plataforma parecia ter se tornado uma fenda imensa e intransponível. Seu corpo não parecia estar recebendo a informação espacial certa do cérebro. Tentou pegar na maçaneta para se alçar sobre a fenda, mas não conseguiu; oscilou e cambaleou para trás, caindo em cima de um homem que vinha entrando.

— Calma — disse ele, segurando-a pelo cotovelo para ajudá-la a entrar.

Beth e Kirsty foram para junto da janela quando ela se sentou. Kirsty também chorava agora. As duas ficaram acenando freneticamente e correndo pela plataforma até o trem atingir velocidade e seus passos não poderem mais segui-lo. Alice não conseguia acenar, não conseguia olhar pela janela e ver aquelas quatro cabeças louras correndo ao lado do trem, como se estivessem sendo filmadas em Super-8.

Seu coração pulava no peito com tanta força que a deixava tonta. A chuva batia na janela e escorria para trás. Ela evitou olhar o reflexo da sua imagem, que parecia estar dentro de um trem fantasma correndo em paralelo ao seu pelos campos na direção de Londres.

Quando chegou, Alice encontrou a casa gelada. Mexeu no boiler e no termostato, leu em voz alta as instruções incompreensíveis e olhou os diagramas cheios de setas e botões. Os radiadores tossiram, digerindo o primeiro calor do ano. No banheiro, enfiou os dedos na terra das plantas e viu que estava úmida.

Já ia lá para baixo, mas resolveu ficar sentada ali no alto da escada por um instante. Olhou de novo o relógio de John e espantou-se ao ver que eram só cinco horas da tarde. Checou a hora três vezes: 17h02 — o que definitivamente significava cinco horas. Sua viagem a Edimburgo parecia irreal agora. Ela tinha realmente ido até lá e voltado? Tinha realmente visto o que achava que vira? Não sabia. Apertou as mãos em volta dos tornozelos e deixou a cabeça pender nos joelhos.

Quando ela voltou a erguer a cabeça, a chuva tinha parado. Reinava uma quietude peculiar na casa, que lhe pareceu escura de repente. As juntas de seus dedos doíam, e um ruído agudo ecoou pelo vão da escada quando ela os dobrou. Levantou-se, agarrada no corrimão, e desceu a escada lentamente, apoiando o peso na parede.

Foi até a janela da sala e viu que a rua estava escura. Uma televisão do outro lado da calçada piscava por trás das cortinas cerradas. Seu palato estava inchado e ardido, como se ela tivesse comido um doce quente. Lúcifer surgiu de repente e pulou silenciosamente para o peitoril da janela, esfregando a cabeça em seus braços cruzados. Ela lhe acariciou o pescoço aveludado com a ponta dos dedos e sentiu-o ronronar.

Ao acender a luz da sala, as pupilas do gato apertaram-se como se fossem um leque fechando. Ele pulou para o chão e andou em torno dos tornozelos dela, miando alto. Alice observou-o passeando pela sala, olhando-a de lado e balançando longo o rabo preto. Na luz do teto dava para ver o fantasma de um gato no brilho monocromático do seu pêlo. De algum recanto de sua mente, veio-lhe a informação: ele está com fome. O gato precisa ser alimentado. Dê comida para o gato, Alice.

Foi até a cozinha. O gato passou-lhe a frente na porta e ficou pulando na porta da geladeira. Não havia nada no armário onde sua comida era guardada, apenas uma caixa de papelão velha de biscoitos para gatos e latas enferrujadas, vazias e velhas. Virou a caixa, e caíram no chão três biscoitos. Lúcifer farejou-os por um instante e comeu-os delicadamente.

— Eu ando negligenciando você? — disse Alice, acariciando-o. — Vou sair e comprar um pouco de ração.

Lúcifer seguiu-a de perto, temendo que ela mudasse de idéia e não lhe desse nada para comer. Na porta da frente, ela tirou as chaves e a carteira da bolsa. O gato escapuliu pela porta e sentou-se na soleira.

— Volto em um instante — murmurou, fechando o portão.

Talvez pelo ritmo dos seus passos na calçada ou por estar em meio às pessoas e não mais fechada naquela casa fria, o fato é que conforme descia pela Camden Road em direção ao supermercado começou a lembrar-se de tudo. Viu-se lavando as mãos naquele banheiro de paredes de fórmica branca, rabiscadas com corações trespassados e frases amorosas. Tentou parar de pensar nisso. Tentou pensar em Lúcifer e nas outras coisas que poderia comprar no supermercado. Viu-se apertando o reservatório brilhante de sabão, e um líquido rosa descendo pela palma da sua mão e cobrindo-se de bolhas debaixo da água. Atrás dela duas adolescentes falavam sobre um vestido que uma delas ia comprar naquele dia. "Você não acha aquele vestido meio exagerado?" dissera uma delas. "Exagerado? Pensando bem, é mesmo." "Dane-se, dane-se!" O que ocorrera então? O que ocorrera um instante depois era tão desconcertante, que era difícil pôr a cabeça em ordem agora... Ela precisava de mais alguma coisa? Leite, talvez? Ou pão?... Alice encaminhara-se para a máquina de ar quente, apertara o botão cromado e estendera as mãos para secá-las. No alto do secador havia um desses espelhinhos que ela nunca soube para que serviam. Talvez as mulheres secassem o cabelo ali, mas ela nunca teve necessidade de secar o cabelo num toalete público... O que deveria fazer quando voltasse para casa? Ler alguma coisa, talvez. Seria uma boa comprar um jornal. Há quanto tempo não lia um jornal?... O banheiro inteiro parecia refletir — os azulejos brilhantes, as pias da aço inoxidável, o espelho na parede, e o espelhinho do secador... Seria uma boa ligar para Rachel. Não se lembrava de quando havia falado com ela pela última vez. Rachel devia estar zangada... As adolescentes continuavam a conversar. Uma delas ergueu-se por cima da meia-parede da cabine do banheiro e olhou para a amiga. Alice, por alguma razão — por quê? por que fez isso? — chegara mais perto do secador de mão, e naquele novo ângulo vira alguma coisa atrás dela aparecer no espelhinho quadrado... Talvez Rachel não quisesse falar com ela. Isso seria estranho. Elas nunca tinham brigado antes. Talvez fosse bom pegar uma cesta na loja, ou um carrinho de compras, isso mesmo, um carrinho onde todas as suas compras coubessem. Assim não teria de voltar tão cedo ao supermercado. Mas como carregar tudo para casa?... Ainda com as mãos debaixo do jato de ar quente, tinha olhado para o espelho e depois, lentamente, muito lentamente, havia se virado para as meninas.

Alice estava agora no cruzamento de pedestres. Um bonequinho verde, com as pernas afastadas como se fosse dar um passo, era iluminado pela luz do tráfego em frente. Da rua, ela podia ver o supermercado; as pessoas cruzando os corredores claros. Sua vida pareceu estreitar-se até desaparecer. Muita gente passava à sua volta, atravessando a rua, movimentando-se. Mas ela se manteve ali, imóvel.

Alguém encostou nas suas costas e ela foi empurrada para a beira da calçada. O bonequinho verde começou a piscar. Os últimos pedestres atravessaram a rua antes que o sinal fechasse. O bonequinho vermelho apareceu e os carros parados deram partida. Ao passarem por ela, soltando fumaça em seu rosto, toda aquela solidez de aço, vidro e cromo lhe pareceu invejável. As solas de seus sapatos escorregaram na calçada e ela caiu na rua.

Parte Um

A ÚNICA COISA QUE ALICE PODE VER DE SEU PAI SÃO AS SOLAS dos seus sapatos — de um marrom desbotado, marcadas pela terra das ruas por onde ele passara. Ela tem permissão para ir correndo pela calçada encontrar o pai quando ele chega do trabalho no fim da tarde. No verão, às vezes sai de camisola, suas pregas prendendo-lhe os joelhos. Mas hoje é inverno — novembro, talvez. As solas dos sapatos estão em volta de um galho de árvore no fundo do jardim. Ela vira a cabeça bem para trás. As folhas farfalham. Ouve a voz do pai. Um grito brota como lágrimas da sua garganta quando a corda grossa cor de laranja vem caindo, ligeiramente enroscada nos galhos como uma cobra.

— Pegou?

Ela pega a corda encerada com a mão enluvada.

— Peguei.

Os galhos sacodem balançados por seu pai. Ele põe a mão no ombro de Alice e abaixa-se para pegar o pneu. Ela fica fascinada com o relevo da trama por dentro da borracha preta e pesada. "É isso que estrutura o pneu", tinha dito o homem da loja. O manchão liso sob o relevo da trama lhe dá arrepio, mas ela não sabe bem por quê. Seu pai enrola a corda cor de laranja em volta do pneu e dá um nó apertado.

— Posso me balançar agora? — pergunta, segurando o pneu.

— Não. Tenho de testar primeiro.

23

O pai pula no pneu, testando para ver se está bem seguro. Ela olha para cima e vê o galho sacudir, depois olha para o pai. E se ele cair? Mas ele já está descendo e levantando-a — seus ossos pequenos, brancos e flexíveis como os dos pássaros.

Alice e John estão em um café de um vilarejo de Lake District. É início do verão. Ela pega um cubo de açúcar entre os dedos e, a luz por trás dele transforma seus cristais em células aglomeradas de um organismo complexo debaixo de um microscópio.

— Você sabia — diz John — que fizeram uma análise química dos cubos de açúcar nos açucareiros dos cafés e descobriram traços de sangue, sêmen, fezes e urina?

Alice mantém-se séria.

— Não sabia, não.

Com os cantos da boca caídos, John nota o ar distraído dela. Alice está com soluço, e ele diz que bom para parar de soluçar é beber na borda oposta do copo. No horizonte ao longe, um avião risca uma linha branca no céu.

Ela olha para as mãos de John, cortando um pedaço de pão com a mão e, subitamente, percebe que ama aquele homem. Olha pela janela e vê pela primeira vez a linha branca riscada pelo avião, a essa altura já toda esgarçada. Pensa em mostrar isso para John, mas não mostra.

O sexto verão da vida de Alice foi quente e seco. Sua casa tinha um jardim grande, e a janela da cozinha dava para o quintal e esse jardim, de modo que sempre que ela e as irmãs brincavam lá fora podiam ver a mãe observando-as. O calor desesperador tinha secado os reservatórios, coisa nunca vista na Escócia, e ela ia com seu pai até uma bomba no fim da rua pegar água em tonéis brancos. A água ecoava no fundo vazio dos tonéis. Entre a casa e o final do jardim havia uma pequena horta, com ervilhas, batatas e beterrabas tentando sobreviver no solo duro. Em um dia especialmente lindo naquele verão, Alice tirou a roupa, pegou um bocado daquela terra e esfregou-a no corpo inteiro como se fossem listras de tigre.

Ela assustou as crianças nervosas e ingênuas do vizinho rugindo para elas pela sebe até que sua mãe abriu a janela e gritou para que ela parasse com aquilo imediatamente. Então Alice saiu dali e foi juntar uns gravetos e folhas ao redor para construir uma tenda em forma de cone. Sua irmã mais nova ficou fora da tenda, choramingando para entrar, mas Alice disse que ela só poderia entrar se fosse um tigre. Beth olhou para o chão e para sua roupa, depois para a cara da mãe na janela da cozinha. Alice ficou sentada ali na escuridão úmida com o corpo cheio de listras, resmungando e olhando para o canto de céu que dava para ver pelo alto da tenda.

— Você achou que era um menininho africano, não é?

Alice senta-se na banheira, o cabelo todo enlameado, enquanto sua avó ensaboa suas costas e seu peito. A pele das mãos da avó é áspera. A água que sai de seu corpo está quase preta por causa da terra do jardim. No quarto ao lado, ela ouve seu pai falando no telefone.

— Não se cubra de terra de novo, está bem, Alice?

Sua pele parece mais clara debaixo da água. Será que é assim que a pele fica quando morre?

— Alice, prometa não fazer isso de novo.

Ela meneia a cabeça, espalhando água pelas laterais da banheira de louça amarela.

A avó seca suas costas com a toalha.

— Pequenas asas de anjo — diz, secando a omoplata de Alice. — Todos nós fomos anjos um dia. Era aqui que ficavam nossas asas.

Alice vira a cabeça e vê o triângulo isósceles saliente flexionar-se debaixo da sua pele, como que se preparando para um vôo celestial.

Do outro lado da mesa do café John olha para Alice, que está olhando pela janela. Seu cabelo está puxado para trás, dando-lhe um ar de *niña* espanhola ou de dançarina flamenca. Ele a imagina naquela manhã escovando o cabelo basto e brilhante antes de prendê-lo para trás. Estica a mão por cima das canecas vazias de café e segura a grande mecha de cabelo. Ela vira os olhos, surpresa.

— Eu só queria sentir o seu cabelo.

— Eu vivo pensando em cortar essa cabeleira — diz Alice, ela própria tocando o cabelo.

— Não corte — diz John, depressa. — Nunca corte seu cabelo. — Alice arregala os olhos. — Talvez sua força venha dele — diz John, brincando. Ele sente vontade de soltá-lo da presilha prateada e afundar o rosto nele. Levar seu cheiro para o fundo dos pulmões. A primeira vez em que a viu, Alice estava na porta do escritório dele com um livro na mão, o cabelo balançando na cintura com tanta leveza que parecia emitir um som. Ele sente vontade de se emaranhar naqueles caminhos e curvas de cachos no escuro e acordar em meio àquelas mechas.

— Quer outro café? — pergunta ela, e ao virar-se para procurar a garçonete John vê os fios mais curtos do cabelo descendo pela nuca.

Um pouco depois daquele café, John esticou os braços na mesa e segurou a cabeça dela entre as mãos.

— Alice Raikes, acho que vou precisar beijá-la — disse.

— Vai precisar? — perguntou ela distraída, embora seu coração batesse descompassado. — Você acha que agora seria um bom momento?

Fingindo estar pensando no assunto, ele revirou os olhos e franziu a testa.

— Acho que agora provavelmente seria OK.

E beijou-a, de início com muita delicadeza. Ficaram se beijando por um longo tempo, os dedos entrelaçados. Depois de alguns instantes, ele a puxou para trás e disse:

— Acho que se não formos embora logo, eles nos pedirão para sair. Ninguém acharia graça se fizéssemos amor em cima da mesa. — Ele segurava a mão dela com tanta força que os nós de seus dedos estavam começando a doer. Com a mão livre, Alice procurou a bolsa debaixo da mesa, mas encontrou as pernas dele. John segurou sua mão entre os joelhos.

Ela começou a rir.

— John! Me solte! — Tentou soltar as duas mãos, mas ele as apertou com mais força, sorrindo para ela com um ar aturdido. — Se você não me soltar, não vamos poder fazer amor — falou.

Então ele a soltou imediatamente.

— Você tem toda a razão.

Pegou a bolsa de Alice do chão e ajudou-a a vestir o casaco. Quando estavam na porta, puxou-a para junto de si e respirou fundo.

As cortinas da sala de estar da casa eram de um pesado adamascado malva-escuro, forradas com uma fina espuma isolante amarela. Quando criança, Alice tinha um prazer todo especial em arrancar grandes pedaços daquela espuma, deixando passar luz pelo tecido malva surrado. Num Halloween, depois de tirarem todo o miolo de uma moranga e colocarem nela olhos quadrados e uma boca rasgada para formar uma cara, Beth e Alice ficaram vendo, embevecidas, o brilho demoníaco da vela ali dentro. Kirsty tinha comido tanta raspa da moranga que havia ficado enjoada e fora mandada para o outro lado da casa. Alice não sabia dizer se realmente planejava queimar as cortinas da sua mãe, mas o fato é que chegou junto delas com um fósforo aceso na mão. As cortinas pegaram fogo numa velocidade fantástica, e o adamascado desapareceu debaixo das chamas. Beth começou a gritar quando as grandes chamas subiram para o teto. Alice pulava deliciada e contente, batendo palmas e gritando. Então a mãe entrou na sala, tirou-as dali, fechou a porta, e as três ficaram imóveis no corredor, os olhos arregalados.

Ann desce as escadas correndo de dois em dois degraus. Os gritos de Beth são cada vez mais altos. São gritos de verdade, cheios de horror. Encontra a sala de estar coberta de fumaça e as cortinas pegando fogo. Beth atira-se nos joelhos de Ann aos prantos e segura suas pernas com força. Ann fica imobilizada por um instante e de repente vê Alice olhando para as chamas, absorta, o corpo inteiro contorcido de prazer. Na mão direita ainda tem um palito de fósforo usado. Ann agarra a filha pelo ombro, e Alice tenta desvencilhar-se como um peixe no anzol. Ann fica chocada com sua força súbita. As duas lutam, Alice cuspindo e rosnando, até que Ann consegue agarrar suas duas mãos e arrastá-la até a porta aos pontapés. Fecha as três crianças no hall e corre para a cozinha para buscar água.

John está dormindo profundamente. O ritmo da sua respiração é semelhante ao de um mergulhador. Sua cabeça apóia-se no peito de Alice e ela cheira seu cabelo — um ligeiro cheiro de madeira de lápis apontado. Seria algum tipo de xampu? Xampu de limão? Cheira de novo. Um odor vago da fumaça de cigarro do café. Coloca a mão nas costas dele e sente seus pulmões funcionando. O ruído imperceptível, o ruído do sangue dela própria no tímpano.

Afasta-se de John e abraça os joelhos contra o peito. Tem vontade de acordá-lo, tem vontade de conversar. A pele dele é toda dourada, menos na virilha, que é muito clara e vulnerável. Põe a mão em concha em volta de seu pênis, caído de um lado da perna, e ele reage. Ela ri e cobre o corpo dele com o seu, enfiando o nariz e a boca na curva do seu pescoço.

— John? Você está acordado?

O fogo foi apagado por minha mãe com muita água. As riscas pretas de fuligem permaneceram no teto durante anos. Embora meus pais muitas vezes falassem em reformar a sala, o fogo nunca foi mencionado nem discutido. Nem uma só vez me perguntaram o que me havia levado a pôr fogo nas cortinas.

ANN REVIRA A MESINHA-DE-CABECEIRA EM BUSCA DE CIGARros. Quando acende o isqueiro, olha para Ben para ver se a luz o incomodou. Ele está dormindo com um ar de ligeira surpresa. Ela dá uma tragada no cigarro e sente a fumaça amarga penetrar-lhe os pulmões. Acordou com um sonho sobre o colégio interno onde estudou e agora não consegue voltar a dormir. Tem de novo 7 anos, está na porta do colégio com um desconfortável sapato de amarrar, vendo o carro dos pais desaparecer no cascalho da entrada, chocada demais para chorar. A freira ao seu lado tira a mala das suas mãos e diz:

— Cá estamos nós.

Ann não sabe o que ela quer dizer com "nós", pois nunca se sentiu mais sozinha em toda a vida. Jamais vou perdoar vocês por isso, pensa, e naquele momento seu amor pelos pais se transforma irreversivelmente em um sentimento semelhante a ódio.

Ela passa os onze anos seguintes no colégio interno, onde aprende com as freiras como comer fruta corretamente em uma mesa de jantar. Vinte e sete meninas enfileiram-se com 27 maçãs e 27 facas, vendo a irmã Matthews descascar com habilidade a superfície rija da maçã e deixar a casca verde cair inteira no prato. Enfileiram-se no pátio, onde aprendem a sair de uma metade de um carro velho colocado lá sem mostrar a combinação. Quando Ann entra no carro, não se amedronta com o buraco à sua direita; a carroceria do carro acaba pouco depois do lugar onde ela está sentada, e mais além se pode ver Dartmoor, úmida e enevoada. A irmã Clare bate na janela.

— Vamos, Ann. Não fique aí o dia inteiro.

Ann olha para si mesma no espelho retrovisor. Seu sentimento não é de rebeldia, mas de desafio interior. Ergue-se do banco com graça, deixando a saia cair no ângulo desejado, formando as pregas corretas.

— Muito bem, Ann. Meninas? Vocês viram bem como Ann fez?

Ann pára antes de chegar ao fim da fila.

— Irmã Clare? O que acontece se a gente estiver sentada no banco do motorista? O método é o mesmo?

A irmã Clare fica perplexa. Que pergunta mais estranha. Pensa por um instante, depois encontra o que dizer.

— Não se preocupe com isso. Seu marido é quem estará dirigindo.

As freiras entregam livros pesados para as meninas equilibrarem na cabeça. Quem prender o cabelo para cima é repreendida. Elas têm de desfilar pelo ginásio formando um oito. Para Ann isso é o pior de tudo, ela não gosta daquela simetria repressiva, não gosta de terminar onde começou. No entanto, oferece-se para ser a primeira — e faz uma curva perfeita. As freiras aplaudem e as outras meninas também, mas com menos entusiasmo. Ela tira o livro da cabeça e enquanto as outras meninas estão desfilando, Ann começa a ler. É um livro cheio de diagramas e cortes transversais de plantas. Ann segue com a ponta do dedo o caminho da água pela planta, desde as raízes até os caules e as pétalas. Continua a ler e a aprender como as plantas são fertilizadas. Fica encantada com a idéia do pólen roçando levemente os estames, e espera que seja assim também com os homens e as mulheres, não como se cochicha nos dormitórios. Passou horas lendo escondido *O amante de lady Chatterley* e achou que não aprendeu nada. Mas o livro também não falava sobre flores e sementes? Para completa surpresa de seus pais, das freiras, da escola e da própria Ann, ela se saiu bem nos exames finais e conseguiu uma bolsa na Universidade de Edimburgo para estudar biologia. Edimburgo lhe agradava, ela gostava dos prédios altos e austeros de pedra cinzenta, dos dias curtos que escureciam às cinco horas da tarde e da dupla personalidade da rua principal da cidade — de um lado, lojas brilhantes; do outro, o gramado verde dos jardins da Princess Street. Gostava do pequeno apartamento que dividia com duas outras garotas, dando para o Meadows; o apartamento ficava no andar mais alto de um prédio, no qual se chegava por uma escada central sinuosa e fria, e tinha uma sala igualmente fria, onde elas se sentavam e tomavam potes de chá à noite.

A vida universitária não lhe agradava. Cada dia descobria mais e mais coisas que não sabia. Achava as palestras confusas e as aulas humilhantes. Ela era uma das poucas mulheres no curso de biologia, e os homens ou a protegiam ou a ignoravam. Achavam-na reservada e antiquada, preferindo a companhia das estudantes de enfermagem, mais liberadas. Ela era muito orgulhosa para pedir ajuda aos professores. No dia em que recebeu suas notas finais, Ben Raikes pediu-a em casamento.

Ann o conhecia havia exatamente seis meses. Dois dias depois que se encontraram pela primeira vez, ele disse que estava apaixonado por ela. Fora uma surpresa e, como descobriria mais tarde, uma declaração impulsiva que não lhe era característica. Ela não soube como responder, de modo que ficou calada. Ele não se importou e sorriu, e os dois permaneceram ali em frente da catedral de St. Gile's. Ben começou a levá-la aos bailes — onde nunca tinha ido antes — e segurava-a com firmeza e encostava o rosto no seu cabelo. Tinha tendência a improvisar os passos de dança que as freiras lhe haviam ensinado com tanto rigor. Ela ria. Ele tinha olhos azul-esverdeados e um belo sorriso. Uma vez, quando foi ao seu apartamento, levou flores — rosas amarelas, com as pétalas curvas e pregueadas. Depois que ele foi embora, Ann cortou as pontas das hastes que estavam na água e colocou-as em um pote de geléia em cima da sua mesa. Sempre que entrava no quarto, o brilho daquele amarelo-gema a atraía.

Ele a pediu em casamento no Meadows. Enquanto dizia sim, ela percebeu que só estava aceitando porque não conseguia imaginar-se vivendo com os pais. Desde que conhecera Ben Raikes, Ann havia descoberto que uma parte vital de si mesma parecia ausente, que não conseguiria nunca ser totalmente tomada pelo amor. Ben segurou sua mão, beijou-a e disse que a mãe dele ficaria contente. Quando voltavam para casa, ela passou a mão no rosto onde tinha sido beijada. O anel que ele lhe deu cintilava no teto quando ela ficava acordada à noite.

O telefone tocou com estridência. Ainda dormindo, Ben sentiu Ann sair da cama. Mais tarde tentou convencer-se de que tinha ficado tenso, ouvindo o que ela dizia. Mas sabia que voltara a dormir porque se lembrava de ter acordado com a palma da mão de Ann em seu peito e os dedos dela tocando sua garganta. Suas pálpebras estavam pesadas. Não conseguia ver o rosto dela com clareza, mas as palavras lhe chegaram em sons soltos, destituídas de significado. "Acidente", dizia Ann várias vezes, "acidente" e "Alice". Alice é a filha dele. Acidente.

— Acorde, Ben, temos de levantar. Alice está em coma. Ben, acorde.

Essa voz que estou ouvindo é minha? É como se eu estivesse vivendo em um rádio, flutuando para cima e para baixo nas ondas, cada uma com uma voz diferente — algumas reconheço e outras não. Não consigo escolher a freqüência da onda.

Este lugar parece limpo. O cheiro de anti-séptico penetra minhas narinas. Posso distinguir algumas vozes fora de mim, as que estão mais longe, como se viessem pela água. E também as de dentro — todos os tipos de espectros.

Por que a vida não é mais bem planejada e não somos avisados de que coisas terríveis estão prestes a acontecer?

Eu vi uma coisa. Uma coisa horrível. O que ele teria dito?

Ann levanta o queixo de Alice e examina seu rosto. Alice, que não está acostumada com esse tratamento, olha para a mãe com atenção.

— Onde você aprendeu essa música?

Alice estivera cantando enquanto procurava flores no jardim para colocar em um jardim em miniatura que ela estava criando em uma caixa de sapato velha.

— Hum, não sei. Acho que ouvi no rádio — responde, nervosa. Será que vai ser repreendida?

Sua mãe continua olhando para ela.

— É uma música de uma fita cassete que comprei ontem. Você não pode ter ouvido.

Ann parece falar consigo própria. Alice está irrequieta, impaciente para construir seu jardinzinho. Pretende roubar alguns misturadores de coquetel para plantar um canteiro de vagem.

— Estou achando, Alice, que você é muito musical. Meu pai foi um grande músico e talvez você tenha herdado isso dele.

Um sentimento inusitado e animador toma conta de Alice. Sua mãe está sorrindo para ela com admiração. Depois passa os braços à sua volta e abraça-a.

— Você vai precisar de umas aulas para desenvolver esse seu talento. Não pode desperdiçar isso. Meu pai sabia o nome de cada nota que ouvia. Tinha um ouvido perfeito, e tocou em várias orquestras do mundo inteiro.

— Você ia com ele?

— Não — responde Ann, afastando-se abruptamente da filha. Alice anda pelo jardim, esquecida do jardinzinho da caixa de sapato. Ela é musical! O que importa não ser bonita como suas irmãs? Tem alguma coisa que a faz diferente. Ouvido perfeito. Desenvolvimento. Enrola as novas palavras na língua.

Sua avó aparece no jardim para levar a roupa lavada e Alice aproxima-se dela.

— Vovó, sabe de uma coisa? Eu sou musical! Vou ter aulas de música.

— É mesmo? — diz Elspeth. — Mas não vá ficar cheia de si agora.

Uma vez por semana eu tinha aula de piano com uma mulher que morava na nossa rua. A Sra. Beeson era alta e incrivelmente magra, cabelo grisalho, em geral preso no alto da cabeça ou às vezes solto como uma cortina cinzenta sobre os ombros. Usava suéteres de crochê longos cor de laranja. Juntava saliva no canto da boca quando falava. Durante as aulas no salão escuro da frente da casa, seu gato malhado grande ficava em cima do piano ronronando.

Aprendi a pôr a mão no teclado como se estivesse segurando uma laranja e a ler partituras. Aprendi as expressões italianas rocambolescas que indicavam uma mudança de toque no teclado.

Eu praticava muito. O piano da nossa casa ficava bem ao lado da cozinha, e minha mãe abria a porta para me ouvir tocar. Meus dedos ficaram fortes e musculosos, minhas unhas eram cortadas rente, tinha noção do número preciso e dos tipos de sustenidos e bemóis de cada tecla e exercitava escalas diferentes em qualquer superfície disponível.

Fiz um exame atrás do outro, labutando com as mesmas três peças durante meses para tocar em um saguão mofado de igreja diante de um examinador de expressão impenetrável. Acho que eu acreditava que era talentosa: meus diplomas, emoldurados pela minha mãe, diziam que sim, não é mesmo?

Alice estava na festa havia 45 minutos. Mario a mantinha ao seu lado durante a primeira meia hora, mas assim que ele ficou bêbado o suficiente, ela conseguira escapar para um canto da sala. Era a sala da turma do segundo ano, coberta de pôsteres dos Stone Roses e Happy Mondays e cheia de gente; a cama estava arcada sob o peso de seis pessoas, e uma garota de roupa branca bem justa dançava em cima da mesa, gritando para uns garotos de olhos arregalados olharem para ela.

Alice achava os garotos dali esquisitos: eram extremamente introvertidos, com grandes conhecimentos sobre assuntos esotéricos, ou incrivelmente arrogantes, mas mesmo assim não sabiam como falar com ela. Era a primeira vez que se misturava com um número grande de ingleses. No seu primeiro dia, um garoto chamado Amos perguntara de onde ela viera.

— Da Escócia — respondera ela.

— Ah, e quantos dias você leva para chegar lá? — perguntara ele, muito sério.

Alice olhou em volta da sala enfumaçada e disse a si mesma que dentro de cinco minutos iria embora. Mario acenou do outro lado da sala. Ela tomou o resto do vinho licoroso quente e devolveu-lhe o sorriso.

Mario vinha de Nova York, um ítalo-americano muito rico e muito bonito. Estava na universidade havia um ano, a expensas do pai. Quando Alice perguntou como ele conseguira um intercâmbio de um ano, ele admitiu que era o pai quem pagava suas despesas e deu uma risada. Alice o conhecera na sua primeira semana na universidade, quando atravessava os corredores da biblioteca. Ao ver que ele sorria para ela, pedira informação para chegar à Ala Norte. Ele se oferecera para ir com ela, mas acabara levando-a para tomar chá com bolo no salão de chá. Enviava-lhe tantas flores que seu quarto ficou impregnado de um cheiro doce e pesado e telefonava a qualquer hora do dia e da noite. Queria ser ator e recitava para ela grandes passagens de peças em lugares públicos. Seu cabelo preto, encaracolado e despenteado ia quase até os ombros largos. Alice nunca tinha visto ninguém assim; ele era grande e colorido comparado à maioria das pessoas calmas e bem-comportadas que conhecera até então. Além do mais, sentia-se envaidecida com todas aquelas atenções, pois Mario era paquerado por várias mulheres.

Na noite anterior, quando voltavam do cinema e passeavam pelas ruas desertas do centro da cidade, Mario subitamente a encostou na parede de metal de uma banca de mercado vazia e beijou-a calorosamente, sem mais nem menos. Ela ficou pasma. Seu corpo era quente e rijo, e ele começou a apalpá-la e a esfregar-se nela com tanta força que a barra de metal onde estava encostada machucou suas costas.

— Meu Deus, Alice, estou de pau duro — disse ele, arfando em seu pescoço.

— De pau duro? — conseguiu dizer ela.

— Você sabe, estou com ereção. Quer ver?

Ela riu, incrédula.

— O quê? Aqui?

— E por que não aqui? Não há ninguém por perto.

Abriu a blusa dela e começou a morder seus seios.

— Mario, não seja ridículo. Estamos em plena rua.

Alice sentiu-o levantar sua saia e procurar-lhe as calcinhas.

— Mario! Pelo amor de Deus! — disse ela, empurrando-o para trás.

Mario agarrou-a pelos quadris e tentou beijá-la de novo, mas ela conseguiu desvencilhar-se.

— Droga, qual é o seu problema? — gritou ele, o rosto muito vermelho.

— Nenhum problema. Só que estamos no meio da rua. E eu não quero ser presa, só isso.

Saiu andando, mas Mario puxou-a pelo braço.

— Jesus Cristo, eu sou humano, Alice. Não acha que tenho sido paciente? Comprei umas camisinhas hoje, se é isso que está querendo saber. Supus que íamos fazer amor a uma certa altura.

— Você supôs? Bom, foi uma suposição errada — disse ela, num tom de zombaria.

— Porra, querida, até parece que você é virgem ou coisa parecida.

Os dois entreolharam-se, Mario arfando e Alice morta de raiva.

— Para sua informação, sou virgem mesmo — disse ela com toda a calma, afastando-se.

Mario encontrou-a mais adiante, diante das janelas escuras de uma livraria.

— Alice, desculpe.

— Suma daqui.

— Alice, por favor. — Segurou-a com força e passou os braços à sua volta, deixando-a incapaz de se mover.

— Me deixe em paz. Quero ir para casa.

— Alice, desculpe. Eu fui um cafajeste. Não devia ter dito isso. Não tinha idéia. Por que você não me disse?

— Como assim "por que eu não disse"? Devia por acaso ter dito "Oi, eu sou Alice Raikes e sou virgem"?

— Eu não fazia idéia. Você parece tão... não sei... não imaginava isso mesmo.

— Não imaginava? — disse ela, de novo com raiva. — Como é que você pode saber? — Tentou se desvencilhar, mas ele a segurou com mais força ainda. — Me solte, Mario.

— Não posso.

Alice sentiu seu corpo todo tremer e percebeu, horrorizada, que estava chorando. Ele a abraçou e começou a soluçar alto escondido em seu cabelo.

— Alice, desculpe. Por favor, me perdoe. Por favor, me perdoe, Alice.

Ela sentiu um misto de nojo e culpa. Nunca tinha visto um homem chorar. As pessoas passavam e olhavam para os dois. Pôs as mãos nos ombros dele e o sacudiu.

— Mario, tudo bem. Pare de chorar.

Mario soltou-a finalmente e, segurando seu braço à distância, olhou-a bem.

— Meu Deus, como você é bonita. Eu não mereço você.

Ela se segurou para não rir.

— Mario, deixa disso, vamos embora. Estão todos olhando para nós.

— Não me importo — disse ele, encostando-se na parede. — Eu magoei você e não posso me perdoar por isso.

— Mario, você está sendo ridículo. Vou embora.

Ele segurou suas mãos.

— Não vá. Diga que me perdoa. Você me perdoa?

— Perdôo.

— Quero que você diga: "Mario, eu perdôo você."

— Deixe de bobagem.

— Diga! Por favor!

— Tudo bem. Mario eu perdôo você. Certo. Agora quero ir embora. Até logo.

Ela foi andando pela rua, deixando-o encostado ali na parede com ar de grande sofrimento. Quando ia virar a esquina, ouviu-o gritar seu nome e voltou-se. Ele estava no meio da rua, balançando os braços numa atitude teatral.

— Alice! Sabe por que fiquei tão desesperado hoje à noite?

— Não.

— Porque estou apaixonado por você! Eu te amo!

Alice sacudiu a cabeça.

— Boa noite, Mario.

No dia seguinte, estava lendo um texto sobre teoria literária quando ele bateu à porta. Sorriu para ela, radiante, e ofereceu-lhe um buquê de crisântemos murchos.

— Mario, eu disse que não podia ver você hoje. Preciso fazer um trabalho.

— Eu sei, Alice. Mas eu tinha de vir aqui. Fiquei acordado a noite inteira, andando à beira do rio. — Segurou-a pela cintura e beijou-a apaixonadamente. — Eu estava falando sério ontem à noite, sabe?

— Tudo bem, Mario. Mas agora você tem de ir embora. Preciso escrever um ensaio.

— OK. Prometo que não vou perturbar você — disse ele, correndo os dedos pelo corpo dela.

— Você já está me perturbando.

Mario foi para o outro lado do quarto e sentou-se na cama.

— Não vou fazer mais isso. Prometo.

Alice continuou a ler. Ele fez uma xícara de chá no fogareiro do canto do quarto. Folheou uns livros dela e colocou-os no lugar de novo. Mexeu no som estereofônico e na coleção de CDs, depois começou a fazer abdominais.

— Pare com isso.

— Com o quê?

— Com essa respiração forçada. Não consigo me concentrar. Ele rolou na cama e olhou para ela.

— Você trabalha demais, sabia?

Alice ignorou-o. Ele começou a acariciar o tornozelo dela.

— Alice — murmurou.

Ela o chutou, mas ele agarrou seu tornozelo.

— Alice.

— Mario. Você está me deixando irritada.

— Vamos para a cama — disse ele, passando a mão na sua coxa e enfiando o rosto em seu colo.

— Entendi. Então é isso. Saia daqui.

— Não. Só quando conseguir o que quero. — E deu um sorriso depravado. — Sabe por que vim aqui hoje?

— Não. Francamente não sei.

— Vim tirar sua virgindade — disse ele, beijando o seio esquerdo dela.

Eu me segurava na ponta do corrimão com as duas mãos e me balançava de um lado para o outro. Não tinha permissão para fazer isso, pois podia soltar a madeira, mas minha mãe estava com visita e eu estava ouvindo a conversa.

— Meu pai era muito musical — dizia ela, com aquele seu tom de voz social — e eu sempre desejei que uma das minhas filhas herdasse o talento dele.

— E alguma herdou? — perguntou a visita.

— Eu pensei que Alice tivesse herdado. Ela toca piano, mas não é especialmente talentosa. Esforça-se ao máximo, mas sua interpretação na verdade é medíocre.

Saí do corredor e entrei na cozinha. Com a mão direita, testei o meu dedo mínimo. Era frágil, delicado. Podia ser quebrado com uma pancadinha cruel.

Era como se uma tigela grande com líquido quente tivesse vazado dentro de mim. Todo aquele calor estava sendo drenado para fora. Estava furiosa comigo mesma por ser tão ingênua e com minha mãe por enfiar aquelas idéias na minha cabeça e depois fazer comentários com uma vizinha chata. Estava quase escuro lá fora, mas eu saí para o jardim, desesperada, arrancando as folhas das plantas até minhas mãos sangrarem.

Minha avó entrou por acaso no banheiro com uma pilha de toalhas limpas enquanto eu lavava as mãos em água morna. Quando me viu, pôs as toalhas ao lado da banheira e começou a acariciar meu cabelo, prendendo os fios soltos atrás das orelhas.

— Alice Raikes, por que você briga tanto com a vida?

Eu não disse nada. Lágrimas amargas desciam pelo meu rosto.

— Pode me contar o que fez você chorar? Ou prefere não dizer nada? Aconteceu alguma coisa ruim no colégio hoje?

Levantei os olhos, e meu rosto e o dela aparecerem no espelho.

— É que eu sou feia e horrível — desabafei — e não sirvo para nada. — Meus soluços começavam a me sufocar.

— Bem, minha querida, você certamente é mais bonita do que está agora.

Olhei-me no espelho de novo e ri. Meus olhos estavam inchados e avermelhados e as bochechas, sujas de lama e do limo verde das folhas. Minha avó apertou-me os ombros com suas mãos fortes.

— Sabe que você é muito bonita? Queria ter cachos louros como os das suas irmãs?

Deixei minha cabeça pender para o lado.

— Acho que sim. — Ao ouvir isso, minha avó virou meu corpo para que eu a olhasse de frente.

— Alice, vou lhe contar um segredo. Aqui — e pôs a mão no meu plexo solar —, bem aqui, você tem um reservatório de amor e paixão para dar a alguém. Você tem uma imensa capacidade de amar. Nem todos têm isso, você sabe.

Fiquei ouvindo solenemente. Ela deu um tapinha no meu nariz.

— Mas precisa tomar cuidado para não dar todo esse amor ao homem errado. — Ela se virou e pegou as toalhas. — Agora, já para a cama, senão vai ficar exausta de tanto chorar.

Eu não desisti logo. Continuei a ir uma vez por semana na casa infestada de moscas da Sra. Beeson para exercitar minhas escalas e meu toque. De certa forma, a declaração de minha mãe me liberou. Parei de ter como meta os exames e comecei a tocar o que queria. A Sra. Beeson disse à minha mãe que eu tinha perdido a motivação e que podia vir a ser uma boa "pianistazinha" se me esforçasse mais. Mas eu não estava mais interessada naquilo.

Alice olhou para o rosto vermelho e risonho de Mario. Já tinha resolvido que dormiria com ele um dia, mas estava convencida de que não seria bom para o ego dele, já grande demais, que ele determinasse qual era o melhor momento para isso. Naquele instante, suas mãos estavam dentro da blusa dela, lutando para abrir o fecho do sutiã. Alice tentou segurar seus braços, mas não conseguiu.

— Mario, pare com isso. Não vou dormir com você hoje. Estou falando sério.

Ele deu um tapa na cabeça com a palma da mão e gritou:

— Quando vai ser então? Eu tenho de dormir com você! Preciso dormir com você!

— E eu preciso trabalhar. Preciso escrever esse ensaio.

Ele olhou para baixo e rolou na cama, gemendo.

— Eu vou dormir com você — disse ela, notando que Mario se calara de repente —, mas não agora.

— OK. Mas espero que seja logo. Meus colhões estão parecendo uma melancia.

Alice riu e voltou a estudar. Depois de um instante, percebeu que Mario tinha caído no sono. Mais tarde eles foram para a festa.

John subiu as escadas de dois em dois degraus. Era bem típico de Alice ter um escritório no último andar de um prédio de cinco andares. Quando chegou ao alto, viu pela porta de vidro que não havia mais ninguém na sala, além de Alice. Ela estava sentada com as costas retas, segurando o telefone, como se tivesse acabado de dar um telefonema. Ele entrou, passou os braços pelos seus ombros e, levantando o cabelo pesado, beijou-a na nuca.

— Pensei em convidar você para almoçar comigo — sussurrou.

Ela ficou rígida nos braços dele. Seu perfil era pálido e sério.

— O que houve?

Alice não respondeu. Ele se ajoelhou e segurou sua mão.

— Alice? O que foi?

Ela o olhou pela primeira vez. Suas pupilas estavam tão dilatadas que os olhos pareciam quase pretos. John beijou sua mão.

— Conte o que aconteceu.

Alice enfiou as unhas com força nas costas da mão dele, juntando força para falar.

— Minha avó morreu.

John pôs os braços à sua volta.

— Alice, sinto muito — e abraçou-a enquanto as primeiras lágrimas desciam por seu rosto.

Alice tinha proibido John de aceitar o convite que sabia que sua mãe faria depois do enterro.

— Mas eu quero ver a casa onde você foi criada — protestara ele.

— Não — dissera ela com ar soturno.

Quando Ann insistiu para John ir à sua casa, ele se desculpou dizendo que eles tinham de voltar logo para Londres. Mas as precauções de Alice não impediram que sua mãe a detivesse no toalete do crematório.

— John parece ser muito legal.

— Sim, ele é.

— Está saindo com ele há muito tempo?

— Há uns dois meses.

— De onde ele é?

— De Londres.

— Mas de onde ele é originalmente?

— Originalmente? Como assim originalmente? Ele nasceu em Londres.

— Podia ser italiano ou grego ou alguma coisa assim. Ele é muito moreno.

— Moreno?

— De pele escura.

— Eu também sou, se é que você nunca notou.

— Ele é judeu?

Alice explodiu.

— Que droga isso tem a ver com alguma coisa?

— Então é — disse Ann calmamente.

— É, sim. Algum problema? Você é muito hipócrita às vezes. Diz-se cristã e faz essa performance ridícula aqui, mesmo sabendo que a vovó não acreditava em nada disso. Vocês cristãos não devem ser tolerantes e amar o próximo?

— Alice, não precisa perder as estribeiras. Eu estava só perguntando.

Outra mulher entrou no toalete e fechou-se em uma cabine. Alice lavou as mãos na água escaldante e sua mãe passou-lhe uma toalha de papel.

— Só tenho medo que isso possa lhe causar problemas, só isso.

— Como assim? — disse Alice furiosa. — Que problemas? Não há nenhum problema. Você é que está criando problemas.

— Os pais dele sabem do relacionamento de vocês?

Alice hesitou.

— A mãe dele morreu, para sua informação.

Ann revirou os olhos.

— E o pai sabe?

Alice ficou em silêncio.

— Ele já disse ao pai que está saindo com uma cristã?

— Eu não sou cristã porra nenhuma.

— Alice! Não xingue aqui! — disse Ann, virando-se para ver se a outra mulher tinha ouvido. — Uma não-judia, então — murmurou ela.

— Não, ainda não disse.

Ann aproximou mais o rosto do espelho para checar a maquiagem.

— Entendi.

Alice estava mal-humorada, com ar desafiador e boca apertada. Ann suspirou e apertou a mão da filha, num gesto pouco costumeiro.

— Alice, não quero ser implicante. Por mim, você pode sair com quem quiser. Já deve saber disso a essa altura. Só não agüento ver você ser tomada por uma paixão, pondo o raciocínio de lado. Nunca deixe o chamado amor influir na sua autopreservação.

— Do que você está falando?

— Só não quero... Não quero que você se magoe.

— Não vou me magoar. John não é desse tipo.

— Você não pode ter certeza disso. Os homens não são decididos como as mulheres. E todos sabem que o judaísmo força os homens a não se casarem fora da sua religião. — Ann queria incutir isso em Alice, mas não sabia como fazer isso sem que ela ficasse ainda mais irritada. — Todos sabem! — repetiu. — Pode perguntar a quem quiser.

— E o que você sabe disso? — falou Alice com desprezo. — De qualquer forma, nós só estamos saindo há dois meses. Não pretendemos nos casar de jeito nenhum.

Beth apareceu na porta.

— Quem vai se casar? Você, Alice?

— Oh, meu Deus — disse Alice, levando as mãos à cabeça dramaticamente —, não, eu não vou me casar.

— John é judeu — disse Ann a Beth com ênfase.

— E daí? — perguntou Beth, perplexa.

— Está vendo? — disse Alice. — Está vendo? Ninguém reage como você.

Beth olhou da irmã para a mãe e passou os braços atrás delas.

— Sem essa! Não é hora de discutirmos sobre isso.

As três saíram e encontraram John ao lado de Ben, Kirsty e Neil.

— John, estou tentando convencer Alice a ir até em casa e ela está teimando comigo. Vocês vêm, não é? — disse Ann, apertando o braço de John.

— O nome do morro é The Law — disse Alice.

— The Law? Que nome mais engraçado.

— Às vezes é chamado de Berwick Law. É um cone vulcânico... um de três. Os outros dois são Arthur's Seat e Bass Rock. São todos feitos da mesma rocha vulcânica.

— Ei, eu já ouvi falar de Bass Rock.

— É um lugar muito famoso. Há uma grande colônia de mergulhões do tipo *gannet* lá.

— Dá para ver daqui?

— Em geral dá para ver facilmente, mas hoje está um pouco nublado.

Os dois apertaram os olhos, e ela mostrou a John uma coluna de rocha escarpada elevando-se do mar.

— Aquela coisa branca é rocha ou excremento de pássaros?

Ela deu uma risada.

— Não sei. Provavelmente excremento, eu acho. No verão pode-se pegar um barco saindo da baía. — Ela fez um giro de quarenta e cinco graus. — E lá está o meu colégio.

John olhou para baixo, para os prédios cinzentos e marrons agrupados no sopé do morro Law, com os grandes agás brancos formados pelas traves de gol do rúgbi enfiados no campo vizinho.

— É bem pequeno!

Ela riu.

— Você acha? Bem, não chega a ser grande como a zona norte de Londres. O colégio tem uns seiscentos alunos, acho eu, nem todos de North Berwick. As pessoas de outras cidades e de vilarejos próximos daqui mandam os filhos para lá também. Aquele prédio menor é a escola primária e o maior, a escola secundária.

— Você cursou a escola primária também?

— Sim, eu, Beth e Kirsty.

Foram subindo lentamente a ladeira gramada, Alice agarrada à urna contendo as cinzas de Elspeth. Gaivotas balançavam-se em trapézios invisíveis no ar marinho nublado. Ben tinha aceitado quase na mesma hora a proposta de Alice de espalhar as cinzas no morro Law. Ann não acreditara muito que Elspeth tivesse dito a Alice que esse era seu desejo, e era mais a favor de fertilizar um roseiral com elas. Mas, pelo menos dessa vez, Ben assegurara que se era isso que sua mãe queria, então era o que deveria ser feito. As irmãs ficaram surpresas. John escolhera aquele momento para conversar com uma senhora idosa do outro lado da sala e, como ele rapidamente descobriu, ela era uma amiga surda de Elspeth.

— OK. Aqui é um bom lugar — disse Alice, parando. Passou a tampa para ele e olhou pela primeira vez dentro da urna. John observou-a. — Parece areia — disse com calma, sem saber realmente o que esperava. E enfiou a mão na urna.

John pegou no bolso a pazinha que o agente funerário lhe tinha dado.

— Olhe aqui. É melhor usar isso.

— Não — disse Alice com firmeza, tomando coragem.

O vento estava tão forte que ela não teve de jogar as cinzas, como temia. Bastou abrir os dedos para a brisa espalhá-las.

— O vento está soprando para o norte! — gritou. — Para North Berwick! Foi lá que a vovó nasceu!

Foi soltando as cinzas pouco a pouco no vento. John observava-a à distância, cercada por um véu de cinza e poeira. A solenidade acabara; ela estava excitada, quase dançando, enquanto mandava Elspeth de volta para casa.

Mario sai aos tropeções da cama e começa a mexer nos bolsos da calça.

— Eu tenho uma em algum lugar aqui — fala baixinho. — Meu Deus. Que merda, onde pode estar?

Alice levanta a cabeça do travesseiro e olha seu corpo, como se nunca o tivesse visto antes. Quando se deita de costas, os ossos do seu quadril projetam-se como se fossem suportes de livros e os seios viram para fora, os bicos apontando para o teto. Mario anda pelo quarto, puxando o cabelo e jogando suas roupas pelo chão, com a ereção diminuindo. Não pode ter esquecido, não é? Estava com essa camisinha no bolso havia semanas. Alice põe uma das mãos atrás da cabeça e a outra em cima da barriga, sentindo os murmúrios de sua digestão. Quando era criança, Beth costumava pedir para pôr o ouvido na barriga de Alice para ouvir aquele barulho. Alice perguntou-se vagamente como Beth está, mas então pára de pensar porque Mario junta-se a ela na cama.

— Meu Deus, essas camas não foram feitas para isso, não é mesmo? — reclama.

— Bom, aqui é uma república de mulheres. Há cinqüenta anos, se alguém recebesse uma visita masculina, o porteiro viria aqui, tiraria a cama do quarto e a poria no corredor.

Mario riu.

— Isso não é verdade, é?

— Claro que sim. E as mulheres não tinham permissão para fazer curso superior.

Ele decide que não é hora nem lugar para uma das diatribes de Alice sobre feminismo e põe os braços em volta dela. Alice leva um susto quando percebe que ele está completamente nu.

— Encontrou a camisinha? — pergunta, um tanto nervosa. Ela não confia muito em Mario.

— Já cuidei disso.

— Mas eu não vi você pôr — diz, levantando os lençóis e olhando para baixo. — Você não está usando camisinha.

Os dois examinam o pênis flácido de Mario.

— Você tem muito que aprender, não é? — diz Mario com um suspiro. — Quando a gente tem de parar para procurar no quarto uma camisinha, é comum a ereção acabar. E sem ereção não se pode pôr a camisinha. — Ele pega a mão dela e põe no seu pênis. — O que temos de fazer é esperar que ela volte.

Os dois voltam a se beijar. Ela sente o pênis dele aumentar, tira a mão e ri.

— É um espanto — diz, puxando os lençóis para examiná-lo, e ri de novo.

— Qual é a graça?

— Parece um desses filmes da natureza com velocidade acelerada, em que a gente vê as flores crescerem em cerca de cinco segundos.

Mario olha para ela.

— No que esses garotos de North Berwick pensavam? Como você não fez isso quando todas as outras faziam?

Ela dá de ombros.

— Talvez nem todas fizessem. North Berwick não é assim. Não é exatamente Nova York. Quem ficasse sabendo ou quem me visse de mãos dadas com um garoto provavelmente diria para minha mãe. E, para ser franca, não havia ninguém que merecesse esse risco.

Alice pega o pênis dele e vira-o de um lado e de outro, como se estivesse procurando defeitos.

Ao sentir a mão dela, o abdome de Mario contrai-se de desejo. Alice, vestindo apenas uma calcinha preta, está virada sobre a virilha dele, o cabelo roçando suas coxas e os seios pairando acima de seu corpo. Ele rasga rapidamente o envelope da camisinha com mãos trêmulas e ajusta-a no pênis. Alice apóia-se nos quadris e fica observando tudo com interesse científico. Mario agarra-a pelo braço e puxa-a para baixo.

— OK, Alice. — Deita-se por cima dela e aperta sua bunda. — Agora relaxe.

Alice sente dificuldade para respirar com o peso de Mario. Ele puxa sua calcinha e suas mãos enfiam-se por todo lugar, enquanto as dela ficam presas dos lados. Ela se retorce para se libertar um pouco. Ele geme.

— Oh, Alice.

A respiração dele acelera-se e ela de repente sente o pênis coberto de borracha tentando penetrá-la. Recua, chocada. Ele a agarra pelos ombros, e seu pênis escorregadio e duro finalmente a penetra.

— Mario. — Ela tenta falar, mas sua boca está abafada pelo peito dele. Vira a cabeça para o lado com dificuldade e repete.

— Mario!

Imediatamente o rosto dele aparece e sua boca cobre a dela, quente e palpitante. Ela consegue puxar um dos braços e empurrar o ombro dele. Depois agarra uma mecha do seu cabelo.

— Mario, pare, por favor.

Mas Mario penetra-a de novo, e um segundo depois ela sente uma dor aguda na parte inferior do corpo. Tenta libertar-se da sua garra e começa a bater nele.

— Mario! Pare! Por favor, podemos parar? Você está me machucando.

— Não se preocupe. Sempre dói da primeira vez. É só relaxar, meu bem. Você está se saindo bem.

A cada penetração seca e áspera seu ombro bate no queixo dela. A vagina de Alice está pulsando de dor e as pernas forçadas para os lados começam a doer. Ela se sente vazia. Começa a contar as penetrações para tentar bloquear a consciência daquele corpo arfando sobre o seu. No número 78, sente as costas dele arquearem e no 79, ele tem um estremecimento rígido e prolongado e cai ao seu lado, ofegante.

Durante uns bons cinco minutos os dois permanecem assim, e então Mario apóia-se no cotovelo e sorri, encantado. Nota que Alice está um pouco pálida e de olhos arregalados, mas convence-se de que isso é normal na primeira vez de uma garota. Não sabe por que ela não olha para ele, então pergunta:

— Você gozou?

Enquanto desciam a ladeira, Alice buscou a mão de John e sentindo-a fria, friccionou-a com força entre as suas próprias mãos. O céu estava mais escuro, de um azul cor de tinta, e as luzes de North Berwick começavam a aparecer lá embaixo.

— Você nunca mais chorou depois daquela vez, não é? — comentou John.

— Ela não gostava que eu chorasse.

A Dra. Brimble olhou para a aluna por cima da mesa. Talvez fosse bom ela fazer um exame de vista. A garota não lhe parecia muito mal, só um pouco cansada, talvez.

— Qual é o problema... Alice? — Teve de consultar as anotações para lembrar-se do nome.

Alice permaneceu estática, evitando olhar para a médica.

— Na sexta-feira passada fiz sexo pela primeira vez e estou sangrando até hoje.

— Ah, sei. Você sente queimar quando vai fazer pipi?

Alice fez que sim.

— Tem tido febre?

— Acho que não.

— Está parecendo uma cistite de lua-de-mel. É muito comum, mas não deixa de ser desagradável; infelizmente, se você teve isso uma vez, é capaz de ter outras. Vou dar uma olhada nisso. Tire a saia e a calcinha atrás daquele biombo e me avise quando estiver pronta, está bem?

A Dra. Brimble ficou contente com o exame. Não havia nenhuma lesão interna séria. Mas assustou-se com a quantidade de manchas roxas nos quadris e nas coxas de Alice. Sondou aquele rosto tenso e impenetrável e olhou disfarçadamente as horas. Já estava dez minutos atrasada. Depois que Alice se vestiu e sentou-se diante de sua mesa, decidiu fazer a pergunta da forma mais delicada possível.

— O homem com quem você teve relações era...? — E esperou que a menina terminasse a frase. Alice olhou-a com ar inexpressivo. — Era seu namorado?

A menina pareceu considerar a pergunta por um instante, depois disse:

— Era.

— Certo. — Aliviada, a doutora passou-lhe uma medicação. — Esse antibiótico deve resolver isso. Se houver algum problema, volte aqui.

Quando Alice voltou para seu quarto no final da tarde, viu um bilhete de Mario preso na porta, perguntando por onde ela andava e dizendo que voltaria dentro de duas horas. Sentou-se um instante na cama, depois se levantou e tirou a mochila do armário. Uma hora depois estava a bordo de um trem rumo à Escócia.

ELSPETH RESPIROU FUNDO.

— Ben, que maravilha, mas quando vou conhecer a moça? — Esperava que sua voz parecesse mais sincera do que ela se sentia. Aquilo não era um pouco repentino?

— Em breve, vou trazê-la para tomar chá aqui em North Berwick um dia desses.

— Ótimo. — Sentia-se mais calma agora, sua voz parecia sob controle. — Estou ansiosa para conhecê-la. Como é o nome dela?

— Ann. Ela é inglesa.

— Certo. Estou muito feliz, meu querido. Meus parabéns. Você já tem planos para a quinta-feira?

— Vou perguntar a Ann e amanhã telefono de novo.

— Muito bem. Então até amanhã.

Elspeth colocou o fone no gancho do aparelho preto Bakelite e ajeitou o cabelo. Essa atitude não era típica de Ben, seu filho caçula e mais cauteloso que o outro. Mas pelo tom de voz ele parecia feliz. Se os dois viessem na quinta-feira, ela teria de começar a fazer um bolo hoje, o que lhe daria tempo para passar a fruta na peneira primeiro. Desceu os degraus de laje que davam na cozinha, checando sua aparência no espelho da sala de jantar no caminho.

Elspeth nasceu em North Berwick, uma cidadezinha litorânea a leste de Edimburgo, em 1912, no ano em que o *Titanic* afundou. Seu pai era um ministro da Igreja da Escócia, e a família morava em uma casa paroquial úmida em Kirkports, uma das ruas estreitas e sinuosas perto da praia. Uma área muito em moda em North Berwick, onde os ricos construíam casas para férias nas cercanias da cidade. Sua mãe a levava para longos passeios na praia nos dias quentes, e aos domingos iam à igreja na High Street ouvir os sermões do pai. A escola primária era situada à beira-mar, e todo dia sua mãe a esperava no portão para levá-la para casa. Muitas vezes, quando voltavam pela East Beach, Elspeth pedia à mãe que lhe contasse sobre a enorme baleia que tinha aparecido ali na areia. Um dia seu pai a levou ao museu de Chambers Street em Edimburgo para que ela visse o esqueleto da baleia pendurado no teto. Ele a havia segurado na borda do balcão para ela pudesse tocar na baleia quente e porosa, mas Elspeth não conseguiu relacionar aqueles ossos empoeirados ao animal imenso que fora jogado pelo mar, cobrindo a praia toda.

Quando tinha 7 anos, seus pais foram mandados para a Índia como missionários. De quem partiu a idéia Elspeth nunca soube, mas eles acharam que seria melhor não lhe dizer que estavam partindo. Um dia vestiram-na com suas melhores roupas e a levaram para dar uma volta na praia. Enquanto ela brincava com os seixos e as algas, os dois desapareceram, e quando ela se virou, deparou-se com a figura séria da supervisora da Escola St. Cuthbert para meninas. A supervisora levantou-a pelo cotovelo e levou-a para tomar um trem para o colégio interno de Edimburgo. Só sete anos depois Elspeth voltou a ver seus pais em North Berwick.

— É uma pena que Kenneth, o irmão de Ben, não possa estar aqui. Ele queria muito conhecer você, Ann.

Ann assentiu e serviu-se de outra fatia do bolo de Elspeth.

— Seu trabalho o mantém muito ocupado. — Fez-se uma pausa, e Elspeth imaginou que Ann fosse falar. Mal tinha ouvido sua voz até aquele instante. — Ele é médico — explicou.

Estava intrigada com aquela moça, mas esperava que seu rosto não demonstrasse isso. Ann tinha o tipo de beleza inglesa, frágil, de pulsos finos, bem educada. Seu cabelo era macio e muito louro, a pele pálida e clara, os olhos azul-claros e os cílios delicados. Tudo nela parecia frágil e pequeno. Quando Elspeth a cumprimentou, teve a impressão de que poderia quebrar os ossos dos dedos daquela mocinha com um ligeiro apertão. Ao lado de Ben, de cabelo ruivo e aspecto avermelhado e saudável, ela parecia pertencer a uma raça diferente. Era obviamente uma moça brilhante, mas Elspeth não conseguia descobrir se seu silêncio devia-se a uma grande timidez, o que não lhe parecia muito provável. Ann mostrava-se segura, sentada ereta na cadeira, dando instruções claras para Ben preparar seu chá e olhando em volta com curiosidade bastante aparente.

— Onde você fica, Ann?

— Perdão?

— Ela está perguntando onde você mora — disse Ben, dando um sorriso e um tapinha na sua mão pálida. — Você precisa habituar-se às expressões escocesas. Nós dizemos "fica" em vez de "mora".

— Ah, entendi. Moro perto de Meadows, Sra. Raikes.

— Por favor, me chame de Elspeth. Todo mundo me chama assim.

Ann inclinou a cabeça loura com ar grave.

— Agora me contem seus planos para o casamento — falou Elspeth, dirigindo-se aos dois. — Quando vai ser? O que os seus pais estão achando disso, Ann?

Ela percebeu um olhar constrangido entre os dois, e Ben pigarreou.

— Ann ainda não contou para os pais.

Elspeth teve consciência do seu ar de surpresa e tentou, sem sucesso, fingir não estar muito interessada.

— Ah, sei.

— Nós não queremos um noivado prolongado, não é? — disse Ben, virando-se para Ann, que levara a mão ao rosto e estava apertando a boca num gesto estranho. Elspeth notou de repente que aquela moça não amava seu filho. Sentiu uma punhalada de pena dele, que obviamente adorava a noiva. — Pensamos em nos casar no outono, talvez em outubro — continuou Ben, dando uma risada entusiasmada. — Eu começo a trabalhar na faculdade em setembro e não há motivo algum para esperarmos, não é?

— Vocês já sabem onde vão morar?

— Não, ainda não. — Sua expressão se anuviou. — Numa casa pequena. O salário de professor universitário não é alto.

— Eu andei pensando que esta casa é grande demais só para mim. Não sei o que vocês acham de morar em North Berwick, mas o trem leva só uma hora daqui a Edimburgo. Eu adoraria que vocês viessem para cá, mas apenas se vocês quiserem.

Ben hesitou e olhou para Ann.

— Não tenho certeza...

— É uma casa linda, Sra.... quer dizer, Elspeth. Há quanto tempo você mora aqui? — perguntou Ann.

— Quase todo o tempo da vida de Ben. A casa pertencia aos meus sogros. Quando meu marido morreu, os meninos ainda eram muito pequenos, Ben tinha apenas um ano de idade, e meus sogros me convidaram para vir morar com eles.

— Como seu marido morreu?

Elspeth sorriu para mostrar que não se importava com uma pergunta tão direta.

— Morreu de malária. Ele era missionário, como meu pai, e estávamos vivendo na África. Era comum pegar essa doença lá e não havia os remédios que há hoje. Ele deve ter tido uma malária especialmente forte. Morreu em duas semanas. Eu fiquei em má situação. Estava casada havia apenas dois anos e tinha de criar dois meninos pequenos, sem ter um lugar para ir. Foi muita sorte minha os pais de Gordon me convidarem para morar com eles.

— E seus pais?

— Meu pai era missionário, como já disse. Eles não ganhavam muito, como você provavelmente sabe, e não tinham dinheiro para cuidar de nós três. Não que se furtassem a isso, veja bem, mas a vida de todos teria sido muito difícil. Os pais de Gordon foram muito bons para nós, embora não aprovassem nosso casamento — disse Elspeth, rindo.

— E você nunca se casou de novo?

Ben mexeu-se na cadeira, imaginando como sua mãe estava se entendendo com aquele interrogatório franco de Ann.

Mas Elspeth estava contente por Ann finalmente ter falado.

— Não, querida. Gordon foi o único homem da minha vida.

— Então os pais de Gordon deixaram a casa para você?

— Isso mesmo. Deixaram para mim, na esperança de que eu a passasse para os meninos, o que farei um dia.

— Eu adoraria morar aqui — disse Ann, sorrindo. Elspeth ficou aliviada.

— Então está combinado. Você acha que vai gostar de North Berwick?

A lembrança básica que Elspeth tinha do colégio interno era de fome ou frio, ou ambos. A St. Cuthbert's era freqüentada principalmente por filhas de famílias ricas de Edimburgo, que voltavam para casa em Morningside ou Grange no final do dia. O internato ficava logo atrás da escola, com vinte alunas entre 8 e 18 anos. Elspeth lembrava que vivia gripada, e as mangas do seu suéter eram recheadas de lenços úmidos bordados com "E. A. Laurie". Seus pais a amavam, ela tinha certeza disso, e escreviam-lhe uma vez por semana, mandando retalhos de seda muito colorida, elefantes esculpidos em ébano ou cartões com fotos em sépia de ruas empoeiradas. Ela nunca perguntou quando os veria de novo nem por que eles não tinham dito que iriam embora.

O mais difícil eram as férias. Mesmo as outras internas, meninas infelizes e magras, tinham para onde ir, mas os pais de Elspeth não ganhavam o suficiente para levá-la para a Índia. Nas primeiras férias, ela esperou receber uma carta da avó ou da tia em Glasgow, mas nunca recebeu. Elas desaprovavam o casamento de sua mãe e, por tabela, a filha que nascera desse casamento.

Sentia uma falta desesperada dos pais e de North Berwick. O clima de Edimburgo era muito diferente do de lá, embora as duas cidades não ficassem a mais que trinta quilômetros de distância. Edimburgo era uma cidade íngreme, chuvosa e enevoada; sempre que Elspeth tentava lembrar-se da sua infância na escola, via ruas úmidas e escorregadias ao anoitecer, uma chuvinha fina e prédios cinzentos. Todo inverno tinha crises de asma e ia para a cama lutando para respirar, imaginando-se de volta ao ar seco e revigorante da sua cidade natal.

Tornou-se uma criança peculiarmente independente e desembaraçada, imune às desfeitas que as outras, as meninas mais ricas, lhe faziam. No terceiro ano em St. Cuthbert's, organizaram um passeio do colégio para Kirkcaldy. Elspeth foi de uniforme, enquanto as outras vestiam casacos brilhantes e chapéus combinando. No trem, uma menina chamada Catriona MacFarlane começou a cochichar que Elspeth Laurie não tinha outras roupas além do uniforme do colégio. Como Catriona era a menina mais popular naquele ano, até as amigas de Elspeth ficaram rindo e se cutucando. Elspeth manteve-se perto da janela, olhando com ar resoluto os arredores de Edimburgo sujos de lama. Ao ver que ela não reagia, Catriona ficou exasperada e começou a cochichar ainda mais ostensivamente. Depois ficou de pé no corredor e puxou com força a manga do suéter vermelho de Elspeth.

— Elspeth, por que você está usando o uniforme do colégio? Não tem outra roupa?

Elspeth virou-se e olhou-a.

— Não, não tenho.

Catriona ficou espantada. Esperava que Elspeth contestasse ou não respondesse. As outras meninas observavam em silêncio, tensas.

— Por que você não tem outra roupa, Elspeth?

Elspeth afastou os olhos da janela de novo.

— Meu pai é missionário e não tem muito dinheiro.

— Então como conseguem pagar esse colégio?

— A Igreja paga para mim. — A voz de Elspeth era tão baixa que elas tiveram de se esforçar para ouvi-la.

Nesse momento uma professora, a Srta. Scott, estava passando pelo corredor.

— Catriona MacFarlane, o que está fazendo de pé aí? Volte para o seu lugar, por favor. Estamos quase chegando.

Elspeth convida Ann para ver o jardim.

— Ben falou que você é bióloga — diz, ao passarem pela porta. — Qual é a sua especialização em biologia? — Quem sabe agora que estão sozinhas Ann consiga abrir-se um pouco mais? Ela acha as mulheres interessantes, gosta de conversar com elas, especialmente com mulheres cultas e brilhantes. Sempre teve pena de não ter tido uma filha depois dos dois meninos.

— Vida das plantas, suponho. Minha tese tinha mais a ver com botânica que com biologia.

— Que maravilha! Você vai viver nesse jardim quando vier morar aqui. É grande demais para eu cuidar sozinha, como pode ver.

O jardim é realmente imenso, com uma grama verde descendo até Westgate e um gramado de críquete à esquerda da casa. O vasto mar ao longe cintila entre as frestas das árvores. Ann vai andando para o fundo do jardim. O branco brilhante do seu vestido ofusca os olhos de Elspeth. Ben olha as duas por trás da janela da cozinha, mas ela finge que não o vê.

— De onde você é, Ann?

Ann responde sem se virar. — Meus pais moram em Londres agora, mas eu fui criada em um colégio interno no centro de Dartmoor.

— Eu também passei grande parte da minha infância em um colégio interno para meninas em Edimburgo. É incrível o número de pessoas internas em colégios. Seus pais moravam no exterior?

— Meu pai era músico e minha mãe viajava pelo mundo inteiro com ele.

— Ah, e você também é uma conhecedora de música?

Ann sacode a cabeça.

— A escola onde estudei não ensinava nada além de refinamentos sociais.

— Entendo. Os colégios internos são estranhos. Os pais de Gordon queriam internar os meninos, mas eu não deixei. Preferi que eles crescessem aqui em North Berwick.

— Quem manda os filhos para o internato não deve ter filhos, para início de conversa — diz Ann com amargura, tirando as folhas de um galho que estava segurando. Elspeth começa a compreender um pouco mais sua futura nora.

Ben e Ann casaram-se na igreja onde o pai de Elspeth tinha sido ministro, na High Street de North Berwick. Toda a cidade agrupou-se do outro lado da calçada para ver a noiva pálida de Ben Raikes sair da igreja de pó de pedra vermelho com um vestido de noiva escandalosamente curto e justo. O vestido havia sido escolhido pela mãe dela para imprimir uma certa sofisticação ao casamento da filha. Ann recusara-se a casar em um cartório de Londres e insistira em fazer a cerimônia naquele fim de mundo, varrido pelo vento, no meio do nada. Durante as fotos, a mãe de Ann preocupou-se com o penteado, que mais parecia uma colméia, e ficou observando o cabelo grisalho discreto e os sapatos de amarrar de Elspeth. O pai de Ann conseguiu acender um cigarro na brisa forte de outubro e tentou ignorar os olhares curiosos do outro lado da rua.

Eles passaram uma semana em lua-de-mel no Alpes franceses, onde o cabelo de Ann ficou quase branco de tanto sol. Ben mal podia acreditar na sua sorte e enquanto ela dormia ficava sentado ao seu lado, traçando com a ponta dos dedos a rede de riachos violeta congelados logo abaixo de sua pele.

Ann queria ter filhos logo e Ben não discutiu, como nunca discutiria sobre nada com ela. Nos dois primeiros meses de casamento ela não conseguiu engravidar, mas não se preocupou muito. No entanto, depois de seis meses tentando, começou a desesperar-se.

— Não se preocupe, querida — dizia Ben quando a via desanimada, pegando os absorventes no armário. — Isso leva tempo, não é?

Ben saía de casa por volta das oito horas e Elspeth em geral ficava fora o dia quase todo, fazendo serviços de caridade ou visitando as amigas. Ann andava de um quarto para o outro da casa supostamente sua, mas onde sempre se sentia como uma hóspede, apertando a barriga com os punhos como se quisesse criar uma gestação milagrosa. Se tivesse um filho, dizia a si mesma, se sentiria com direito a viver naquela casa com cadeiras de espaldar reto, livros encadernados em couro e aquarelas de pássaros.

Depois de nove meses de casada, Ann passou a ser ao mesmo tempo apaixonada e fria. Às vezes, quando Ben chegava da faculdade, ela o esperava na cama, só de combinação, ardendo de desejo. Lá embaixo Elspeth ligava o rádio, enquanto Ann o agarrava com as mãos quentes e o puxava para a cama. Quando terminavam, Ann não o deixava sair de dentro dela; ficava absolutamente imóvel, imaginando o esperma espalhando-se pelo seu corpo. Mas todo mês, sem falhar um, sentia cólicas e o gotejar lento e quente entre suas pernas. Então se afastava de Ben na cama. Confuso, ele tentava acariciar suas costas rígidas e beijar-lhe o rosto impassível e retesado, murmurando:

— Ann, meu amor. Por favor, Ann. Não fique assim, meu amor.

Passado um ano inteiro, Elspeth finalmente resolveu interferir. Uma manhã, depois que Ben saiu, olhou para o rosto lívido de Ann e falou:

— As coisas não podem continuar assim, não é?

Ann não disse nada, mas Elspeth viu uma coisa que nunca vira antes: uma única lágrima prateada descendo por aquele rosto de porcelana.

— Acho que devíamos marcar uma hora com o médico.

Um soluço rouco brotou da garganta de Ann.

— Não vou agüentar. Não vou agüentar.

— Agüentar o quê?

— Não vou agüentar saber que não posso ter filhos.

Elspeth abraçou a nora pela primeira e última vez na vida. Ann enrijeceu o corpo, mas depois enfiou o rosto no seu ombro e soluçou.

— Calma, calma. É bom chorar. É bom soltar tudo. Chorar não faz mal a ninguém — disse Elspeth. — Nós vamos resolver isso. Não se preocupe.

O médico da família tomou o pulso e a pressão de Ann, apalpou sua barriga por cima da saia, fez umas perguntas discretas sobre seu ciclo menstrual e suas "relações conjugais", tomando nota o tempo todo com uma letra caprichada.

— Não há nada de errado com você ou seu marido, Sra. Raikes. Tenho certeza de que vai engravidar a qualquer momento. Faça exercícios, tome ar puro. — E deu-lhe uma medicação.

Na farmácia da High Street, Elspeth leu a receita.

— O que é isso? — perguntou ao farmacêutico.

— São pílulas — disse ele num tom despreocupado. Mas Elspeth não se convenceu.

— Eu sei disso, filho, mas para que servem?

O homem olhou o papel novamente.

— São tranqüilizantes.

Elspeth apertou os lábios.

— Nesse caso, não vamos precisar das pílulas. Vamos embora, Ann. Até logo, filho.

Por meio dos contatos médicos de Kenneth e da determinação de Elspeth, Ann e Ben marcaram hora com o melhor ginecologista da Escócia, o Dr. Douglas Fraser. Durante cinco meses ela foi a Edimburgo uma vez por semana fazer exame de sangue, sendo espetada com instrumentos de metal finos e frios e interrogada sobre sua dieta, seu histórico médico, seu ciclo menstrual e hábitos sexuais. Ela e Ben lutavam como dois adolescentes para produzir uma amostra de esperma por trás de biombos brancos impenetráveis, enquanto Elspeth lia uma revista a alguns metros dali. Quase dois anos depois do casamento eles foram chamados para um diagnóstico final. Sentaram-se nas cadeiras de estofamento vermelho e viram o Dr. Fraser mexer em uns papéis sobre sua mesa. O médico era um homem grande e simpático, de olhos desbotados. Quando olhou para os dois, ficou impressionado de quão jovens eles eram e sentiu-se mal de estarem falando sobre ter filhos.

— Não há nada de errado com nenhum de vocês. São ambos seres humanos normais e férteis, que funcionam perfeitamente.

Ann suspirou, com lágrimas nos olhos, e Ben perguntou:

— Então por que ainda não conseguimos ter um filho?

— O problema é a combinação de vocês dois. O fato é que a senhora está rejeitando os espermatozóides do seu marido, Sra. Raikes.

Ann sacudiu a cabeça.

— Como assim "rejeitando"?

— A senhora é alérgica ao esperma de Ben. Seu corpo desenvolve uma reação alérgica e rejeita o esperma.

Ann olhou para o médico. — O senhor está dizendo que se eu tivesse, digamos, me casado com outro homem, provavelmente não teria problema?

— Mais ou menos isso. O caso de vocês ocorre uma vez em um milhão. É verdade, se a senhora tivesse se casado com outro homem, provavelmente não teria tido problema. É apenas uma questão de incompatibilidade dos anticorpos individuais de Ben e seus.

— E o que podemos fazer? — perguntou Ben, segurando a mão de Ann.

— Até agora não existe um tratamento comprovado — disse o Dr. Frase com cuidado —, mas eu gostaria de tentar uma coisa nova com vocês dois. Não vejo razão para não funcionar.

— O que é?

— O que eu proponho... e já vem sendo pesquisado há algum tempo... é tirar uma parte da sua pele daqui — e mostrou o braço de Ben — e passá-la para cá — e mostrou o braço de Ann. — Os anticorpos de Ann irão se adaptar ao novo enxerto e não vão mais rejeitar seu esperma. É uma coisa bem simples.

O rosto dos dois refletia um misto de espanto e esperança, como o Dr. Fraser esperava.

— É uma cirurgia simples. Vocês nem precisarão dormir aqui.

— Mas parece tão... tão... — disse Ann, sem encontrar a palavra certa.

— Medieval? É, eu sei. Mas um problema físico básico exige uma solução física básica. A propósito, não estou prometendo nada.

— Essa é a única... solução? — perguntou Ben.

— É, e a sua única esperança — respondeu o Dr. Fraser com muito jeito.

Elspeth busca-os de carro na Enfermaria Geral de Edimburgo. Eles aparecem no estacionamento de mãos dadas, com curativos iguais nos braços esquerdos. Ben ganhou uma cicatriz franzida e translúcida e Ann, um quadradinho de pele ligeiramente mais escuro, que logo cresce e respira como se sempre tivesse sido parte dela. Um mês depois ela engravida.

O primeiro parto de Ann foi longo e difícil. Ela começou a compreender a verdadeira semântica da expressão "trabalho de parto". Durante um dia e meio sua barriga contraiu-se enfurecida, e ela podia ver o coração do bebê ecoar em uma linha eletrônica vermelha ondulante. Quando a linha ficou plana e a máquina deu início a um ruído monótono, deram-lhe um corte e tiraram o bebê pela cabeça com fórceps de aço. Uns segundos depois as duas entreolharam-se chocadas. Ela nunca se afastou de Ann. Mais tarde teve uma filha, que chamou de Ann.

Na segunda hora de vida de sua segunda filha, Ann embrulhou-a bem apertada em uma manta. Ela se debateu até soltar os pezinhos vermelhos e as mãozinhas mínimas fechadas em desafio. Deram-lhe o nome de Alice — um nome curto que nunca combinou com seu caráter. Uma palavra que começa no fundo da boca e termina expelindo-se ar pelos lábios. Alice nasceu com cabelos e olhos pretos. As pessoas inclinavam-se sobre seu carrinho, depois olhavam para Ann e para a filhinha mais velha com ar de anjinho, e de novo para o bebê de olhos pretos como azeitona.

— Ela parece que foi trocada, não é? — disse uma mulher. Os dedos de Ann apertaram-se na borda do carrinho.

— De jeito algum — respondeu.

Quando Alice era bem jovem e Ann ainda a considerava uma criança, foi viajar pelo mundo. Ela deu adeus pela janela do trem, um fio de contas trançado no cabelo preto comprido e uma saia colorida varrendo o chão. Voltou com o cabelo muito curto, calça de couro apertada e um dragão oriental tatuado na omoplata.

— Como estava o mundo? — perguntou Ann.

— Cheio — respondeu ela.

Sua terceira filha era alerta e muito querida. Tinha assimilado o aspecto das irmãs mais velhas e parecia-se com as duas, sendo ao mesmo tempo diferente. Via, copiava e rivalizava. Era cautelosa, não cometia erros, pois as irmãs tinham cometido todos por ela. Quando Ann a visitava, ela servia chá de ervas cultivadas em jardineiras na janela.

Jamie grita e soca a bandeja da cadeirinha e a canequinha de plástico. Annie adere à choradeira e larga seus cereais encharcados no leite.

— Silêncio! — diz Neil por trás do jornal *Scotsman*.

As crianças o ignoram. Kirsty enfia uma colherada da papinha de arroz na boca de Jamie, tentando diminuir a barulhada.

— Coma seus cereais, Annie, senão vai chegar atrasada na creche.

— Eu detesto a creche.

— Não detesta, não. Você gostou na semana passada.

— Mas hoje detesto.

— Você ainda não foi lá hoje, como sabe que detesta?

— Eu sei. — Afunda a colher com força na tigela, e o leite sobe até a borda.

— Não brinque com a comida, coma — diz Kirsty. Nesse momento Jamie cospe o arroz, que se espalha todo pela blusa de Kirsty. — Que merda — exclama ela, levantando-se para pegar um pano.

— Você disse um palavrão! Você disse um palavrão!

Neil levanta a cabeça do jornal.

— Coma logo tudo isso, mocinha — diz ele com voz enérgica.

— Não vou comer, não gosto disso! — grita Annie.

Neil lhe dá um tapa na mão.

— Faça o que estou dizendo!

Annie começa a berrar a plenos pulmões. No meio da gritaria, Kirsty ouve o telefone tocar.

— Eu atendo — diz.

Pega o fone com uma das mãos enquanto limpa a blusa com a outra.

— Alô?

— Kirsty, é o papai.

— Oi, como vai? Posso ligar daqui a um instante? Estou dando comida para as crianças, e como você provavelmente pode ouvir, as coisas estão fora de controle.

— Acho que tenho más notícias para dar.

Kirsty vira-se de costas para a cozinha e segura o fone com ambas as mãos.

— O que foi? É a mamãe? O que aconteceu?

— Sua mãe está bem. Está aqui comigo. É Alice.

— Alice?

— Ela foi atropelada. Está em coma.

— O quê? Quando?

A cozinha cai num silêncio mortal. Annie segura a colher no peito, olhando para a mãe de boca aberta. Neil vai para junto de Kirsty ouvir a conversa. Jamie, percebendo alguma coisa ruim no ar, começa a choramingar.

Ben ouve os soluços da filha ao telefone. Ann entra e sai do quarto, fazendo as malas.

— Foi na noite passada, mas só fomos avisados hoje de manhã cedo. Achamos melhor esperar para contar a você um pouco mais tarde. Não havia razão para acordar vocês todos.

— Mas, mas... não estou entendendo. Eu estive com ela ontem.

— Ontem?

— É, ela veio a Edimburgo de trem. Sem mais nem menos. Beth e eu fomos esperá-la na estação. Ela parecia bem. Pelo menos por algum tempo. Mas de repente ficou estranha e disse que tinha de ir embora. E entrou no trem e foi embora.

— Verdade?

— É. Ah, meu Deus, ah, meu Deus, que horror. Não posso acreditar.

— Eu sei, querida, eu sei — diz Ben. — Sua mãe e eu vamos para lá hoje. Perguntei se ela podia ser transferida para um hospital em Edimburgo, mas disseram que ela não podia ser locomovida. — A voz de Ben falha pela primeira vez. Ele não quer preocupar Kirsty ainda mais chorando também. — Outra coisa: precisamos entrar em contato com Beth.

— O quê? Como assim?

— Bem, eu liguei para o telefone do corredor da república de estudantes, mas parece que ela não está lá. Não quis deixar recado contando... isso.

— É claro, é claro.

— É difícil entrar em contato com ela às vezes.

Neil pega o fone da mão de Kirsty.

— Não se preocupe com isso, Ben. Você e Ann podem ir para lá. Eu me encarrego de encontrar Beth.

— Muita gentileza sua, Neil. Vamos pegar o trem agora. Eu telefono de novo à noite.

Parte Dois

O SOL ESTÁ QUEIMANDO ATRAVÉS DA NÉVOA, DEIXANDO VER as pedras salientes que surgem em intervalos na areia. Só uma estranha parte da minha família está na praia, pois minha irmã mais velha está na faculdade com o homem com quem vai se casar, minha avó está visitando umas amigas em Glasgow, e Mario está conosco.

Saí sem me despedir dele e não expliquei aos meus pais por que voltei uma semana antes do fim das aulas. Mario conseguiu o endereço daqui com o supervisor da república de estudante e apareceu no dia seguinte. Meus pais aceitaram-no com uma serenidade inesperada e sem precedentes, e aqui estamos nós, bancando a família feliz na praia de Gullane.

Minha mãe aninhou-se debaixo de uma pedra para ler o *Scotland on Sunday*, sem deixar a areia ensopada encostar na sua saia. Em volta dela há uma bolsa preta de pele de cobra, sapatos com os cordões enfiados debaixo da lingüeta, o livro de meu pai sobre pássaros do litoral e várias caixas brancas de plástico com os restos do piquenique que Beth e eu preparamos. Ao seu lado, em uma espreguiçadeira, meu pai dorme de boca aberta.

Beth torce o cabelo, formando cachos louros e sedosos, e corta fora as pontas quebradiças com uma tesoura de unha da bolsa da mamãe. A tesoura brilha na luz, e ela olha de lado para Mario, que está comendo uns sanduíches tirados das caixas da minha mãe. Ele come concentrado e sério, o queixo subindo e descendo, sem dar uma palavra. Seus olhos observam o horizonte que vem surgindo lentamente através da névoa. Em cerca de duas horas vou dizer-lhe que nunca mais quero vê-lo e ele vai voltar para a América. Mas ainda não sabemos disso. Por enquanto, só existem a praia e as gaivotas por cima das nossas cabeças.

O roxo nas minhas coxas e nos meus quadris viraram amarelo e eu não estou mais sangrando. Acima do peito esquerdo tenho uma marca redonda e vermelha de uma mordida afundada na pele. Toda noite esfrego a pele com água de hamamélis de cheiro forte, mas a marca brilhante se recusa a desaparecer. Estou pensando nisso quando minha mãe olha para mim. Eu desvio o olhar.

Meu pai acorda e pergunta que horas são. Ela o ignora e pega o jornal, dobrando as páginas em um quadrado metódico antes de começar a ler.

— Você comeu bem, Mario? — pergunta ela, num tom tão mordaz que eu levanto os olhos. O nome dele a deixa intrigada. Ela só o pronuncia de testa franzida. Ele meneia a cabeça com a boca cheia e levanta o polegar. Beth dá um risinho abafado. Eu me levanto.

— Vamos nadar um pouco? — pergunto a ela.

Beth levanta-se também e me ajuda a abrir o zíper do meu vestido. Começamos a tirar as roupas e a empilhá-las na areia — estamos de maiô por baixo. O meu é preto e o dela, branco com riscas azuis. Eu ajeito as alças e puxo o elástico. Vejo minha mãe olhar para o roxo das minhas pernas, muito confusa. Eu me viro.

— Vamos apostar corrida.

Corremos juntas até o mar, deixando Mario com meus pais. Os sulcos duros de areia machucam meus pés. Beth, atrás, grita para eu ir mais devagar.

Paro na beira do mar, assustada e arfando: o mar está cheio de águas-vivas, corpos viscosos palpitando como corações pulsantes e suas bordas franjadas prontas para prender e picar. Não há um centímetro quadrado da água sem essa terrível massa grudenta e maléfica, como se essas criaturas tivessem sido geradas espontaneamente de seus elementos.

— Não vou entrar na água com essas coisas — diz Beth, cutucando uma com um graveto. A água-viva entra em convulsão, encolhe-se e desaparece em velocidade surpreendente. Eu agarro Beth e finjo que vou jogá-la na água. Ela grita e se contorce, rindo, e eu fico cega por um instante com seu cabelo, que cobre o meu rosto no vento.

Deitamos de barriga para baixo em uma poça rasa, nossos pés riscando a areia. Eu apoio o queixo nos nós dos dedos. Umas riscas finais de névoa cobrem lentamente a praia. Beth balança o cabelo e assobia. Sinto uma coisa apertando meu peito e quero dizer a ela, mas quando vou falar, percebo que não sei o que é. Um cachorro passa com a língua vermelha do lado de fora da boca. Olha ligeiramente para nós, mas continua, ocupado demais para parar.

— Yooooooooo-hooooooo.

Ouvimos a voz de mamãe por cima dos gritos das aves. Viro o pescoço, olho por baixo do braço dobrado e vejo-a correndo da forma como as mulheres da sua idade correm — os joelhos juntos, desajeitada, como se preferisse estar andando. Vem trazendo uma máquina fotográfica. Beth e eu sorrimos quando ela clica a câmera. Vou guardar essa foto na parede do meu quarto até terminar o curso na faculdade, quando darei uma festa e a foto desaparecerá, pisada junto com as pontas de cigarro ou roubada por alguém que gosta de olhar para nós.

Meu pai chega apressado, pois não quer ficar sozinho com Mario. Mario vem atrás, sem camisa. Seu peito está bronzeado. Ele flexiona os músculos do braço. Eu me mantenho fora da sua visão, fingindo não estar lá. No final da praia o jornal da minha mãe rola pela areia.

— Você vai nadar ou não? — pergunta ele.

Eu me levanto. Meu maiô está úmido, frio e coberto de areia.

— O mar está cheio de águas-vivas — diz Beth.

Mario me puxa pela mão, arrastando-me até o mar, e os ossos do meu punho doem com o aperto da sua mão. Espumas de água passam debaixo das minhas pernas, as águas-vivas movimentam-se no mar agitado e eu ouço um grito que não vem das gaivotas. Mario pára, a água gelada batendo nas minhas costelas, e coloca as mãos nos meus ombros, forçando para baixo. Meus joelhos dobram e a água cobre minha cabeça. Esperneio debaixo da mão dele, tentando me desvencilhar, e engulo um bocado de água salgada. Minha pele está áspera e eu entro em pânico, com medo de sentir o ardente roçar das águas-vivas. Pelos dedos dele sinto a vibração da sua gargalhada. De repente ele me solta. Ergo a cabeça, tirando-a da água, e vejo os raios de sol em cima de mim. Ouço as ondas da praia e tento pegar ar, tossindo. Tiro a água dos olhos com mãos trêmulas e nós nos olhamos por uma fração de segundo, antes de eu ser empurrada para baixo de novo no silêncio do mar. Dessa vez mantenho a boca fechada. A água dança na luz. Seus dedos criam umas marcas circulares nos meus ombros. As águas-vivas chegam em bando logo abaixo da superfície como pára-quedas. Adiante delas, vejo meus pais, distantes e enevoados, de pé na beira da água.

Eu sei onde estou. Sei mais do que eles pensam. Hoje cedo alguém falou perto do meu ouvido: "Não dá para dizer ao certo se ela vai recobrar a consciência." Dizer ao certo. Parece o nome de um jogo de criança.

Hoje estou preocupada com a história do rei Canuto. (Digo "hoje" por hábito — não tenho idéia se é dia ou noite nem sei há quanto tempo estou aqui. O mais estranho é que às vezes tenho dificuldade de lembrar o nome das coisas. Ontem, ou quando seja, não consegui lembrar a palavra para a estrutura de madeira de quatro pernas feita para sentar. Vasculhei minha memória e descobri que conseguia me lembrar da teoria da semiologia de Saussure, de grandes trechos do *Rei Lear* e da receita de bolo com cobertura de suspiro, mas não dessa palavra.) Mas eu estava falando sobre o rei Canuto. Segundo a lenda, ele era um líder tão arrogante e despótico que acreditava que podia controlar tudo — até mesmo a maré. Nós o vemos na praia, rodeado pelos súditos, o cetro na mão, tentando afastar as ondas; em suma, uma cena ridícula. Mas e se a história foi mal interpretada? E se, de fato, ele foi um rei tão bom e poderoso que seu povo passou a considerá-lo um deus e a acreditar que ele era capaz de tudo? Para provar ao seu povo que era um simples mortal, ele os levou para a praia e ordenou que as ondas se afastassem, mas as ondas continuaram a arrebentar na praia, é claro. Que horror seria se tivéssemos interpretado mal suas ações durante tanto tempo.

Talvez fosse uma boa eu não voltar à consciência. Mas se não voltar, nunca conseguirei descobrir nada, nunca conseguirei fazer perguntas a ninguém. Mas será que quero realmente saber?

— Pode esperar na linha um instante, por favor? — disse Susannah, apertando o botão de espera do telefone. — Alice, é um maldito jornalista. Você pode falar com ele? Tenho uma porção de coisas para fazer hoje e não pretendo falar com nenhum jornalista.

Alice, segurando vários livros no alto de uma escada de alumínio, colocou-os de qualquer jeito em uma prateleira. A Literature Trust estava passando por uma grande crise: não só estavam se mudando de uma casa georgiana fria, grande e muito velha em Pimlico para um prédio compacto em Covent Garden como tinham ouvido dizer no dia anterior que seu principal patrocinador estava cortando a verba e exonerando o diretor da casa. Um novo diretor já tinha sido nomeado e começaria no dia seguinte.

Alice e Susannah, ainda tentando absorver as notícias, desempacotavam todas as caixas de livros vindas de Pimlico.

— Oh, não, os abutres já estão circulando. O que ele quer? Ele disse? — perguntou Alice, limpando as palmas das mãos no macacão que usava, deixando listras grossas de poeira nas pernas.

— Não. Ele quer falar com a representante da imprensa.

— Representante da imprensa? Quem ele pensa que é? Dá para você saber do que se trata? Diga que eu ligo para ele mais tarde.

Susannah voltou ao telefone.

— Desculpe fazer você esperar. Nossa representante da imprensa está ocupada no momento... Está no alto de uma escada... Sim... Posso saber qual é o assunto a ser tratado? — Fez uma careta para Alice quando a voz do outro lado da linha tagarelou com um tom metálico, como se fosse uma abelha presa numa armadilha. — OK. Tudo bem. Um momento, por favor. — Apertou de novo o botão de espera do telefone. — Alice, é um John alguma coisa, o correspondente de arte do... — Susannah deu o nome de um jornal nacional. — Disse que quer fazer o nosso perfil, a nova cara da Literature Trust... por que nos mudamos, quais são nossos planos agora, blablablá.

— Tudo bem — disse Alice, descendo de costas os degraus finos da escada de biblioteca. — Aposto o que você quiser como ele está só farejando um escândalo.

Eu trabalhava no Literature Trust havia dois meses e adorava, o que era uma sorte, pois nada mais na minha vida ia muito bem. Meu apartamento ficava no último andar de uma casa vitoriana adaptada em Finsbury Park. O lugar era muito ruim, porém barato — os salários de instituições beneficentes de literatura não são altos. A casa devia ter sido bonita um dia, e sua existência era uma comprovação de que aquela área fora próspera em alguma época. Mas o resto da rua tinha se deteriorado, e todas as outras casas — com exceção daquele agrupamento de nove ou dez casas — eram mansões cafonas da década de 1970. Esse agrupamento parecia abandonado e desolado, uma ilha de nobreza no meio de prédios já desgastados e deprimentes.

Eu tinha terminado com Jason, um professor de música com quem vivi mais ou menos um ano, e me mudado para cá porque não tinha para onde ir. Foi o primeiro apartamento que vi, depois de dias procurando nas colunas de aluguel do *Loot*. O locador era um sujeito idiota e mesquinho, não atendia meus telefonemas quando a caixa d'água alagava meu banheiro mínimo ou quando eu pedia algum móvel para meu "apartamento mobiliado". Durante meses fiquei sem cortina e sem cadeiras na cozinha. Habituei-me a comer em pé, encostada na porta da geladeira barulhenta.

Tinha de subir três lances de escada para chegar ao apartamento. Ficava no último andar, onde no passado deviam ser localizados os quartos dos empregados, mas os quartos tinham sido adaptados e subdivididos, deixando tudo irreconhecível. Durante todo o tempo em que morei lá nunca vi ninguém no prédio. Como detestava ficar no apartamento, dava um jeito de sair toda noite. Tinha uma vida social frenética e ia com minhas amigas ao Soho ou Covent Garden, ou organizava eventos literários e voltava para casa exausta, depois da meia-noite, e na manhã seguinte saía do apartamento às oito horas. Sabia que havia outras pessoas morando ali pela música que ouviam e pelo ritmo e pela freqüência de seus orgasmos. O prédio inteiro era, na verdade, um verdadeiro perigo. A porta da frente estava sempre fechada com tranca dupla para evitar arrombamento, o que era muito comum naquela rua; não havia escada de emergência, e eu ficava a três metros e meio de altura da rua. Se houvesse um incêndio, não escaparia com vida. Ficava na cama de noite, depois das

minhas saídas, imaginando como seriam as pessoas que moravam abaixo de mim. Seria o tipo de gente que fumava na cama,
acendia velas e se esquecia de apagá-las ou deixava o gás ligado
por engano? Não conseguia dormir vendo essas pessoas sem rosto com suas possíveis explorações piromaníacas — tinha confia-
do minha vida a elas inadvertidamente.

— Alô, aqui é Alice Raikes — diz Alice, mexendo num clipe de
papel enquanto fala. Do outro lado da sala, Susannah faz uma
careta. Alice ignora-a.

— Alô, Alice Raikes. — Ele parece alegre e seguro de si.
Alice implica com aquele homem no ato. — Aqui é John
Friedmann.

— Em que posso ajudar? Ao que parece, você está fazendo
um perfil sobre nós.

— Estou, sim. Você está falando comigo do alto de uma
escada ou já desceu para a terra?

— Bom... — diz ela, um tanto irritada — nós acabamos de
nos mudar, como você sabe.

— Ouvi dizer. Está gostando do novo escritório, Alice?

— Estou, está tudo bem, obrigada — responde Alice, impaciente. — Não sabia que seu jornal se preocupava tanto com os
outros. Se soubesse, teria pedido para você vir nos ajudar a subir
umas caixas.

Ele ri.

— Certo. OK. — Alice ouve-o mexer em uns papéis. — Não
sei se sua colega falou alguma coisa, mas eu gostaria de fazer uma
matéria sobre a Literature Trust... sua mudança, seus novos objetivos, e assim por diante.

— Ótimo. O que gostaria de saber?

— Bem, estava pensando se você poderia falar sobre seus
planos para o próximo ano...

— OK.

— ... e também...

— Sim?

— ... se poderia confirmar que a verba de vocês foi cancelada e o diretor foi exonerado.

Alice dá um suspiro.

— Imaginei que você acabaria tocando nesse assunto.

— Pode confirmar isso? Seu diretor recebeu o bilhete azul? Por quê? Você...

— Gente como você me irrita — interrompeu ela.

— Como?

— A Literature Trust faz projetos de arte pública há quase cinqüenta anos. Você sabia disso? Tinha idéia disso antes de me telefonar?

— Tinha, sim.

— Não acredito em você — disse Alice. — Você é correspondente de arte, não é?

— Sou.

— Então cite um projeto que nós fizemos no ano passado. Vamos lá. Só um.

Faz-se silêncio do outro lado da linha.

— Olhe aqui — ele diz pouco depois —, isso não vem ao caso, não é? Eu só quero saber...

— Eu sei o que você quer saber, mas não vou dizer.

— Por que não?

— Porque nós somos uma organização nacional de artes e você se diz correspondente de arte e nem sabe me dizer um projeto que fizemos. Quando fazemos coisas importantes e funcionais, como criar oficinas de trabalho em prisões e escolas, levar escritores do Commonwealth para turnês na Inglaterra ou criar um concurso nacional para novos escritores, vocês não dão nenhuma importância. Só se interessam quando alguma coisa vai mal.

— Olhe aqui, eu compreendo seu envolvimento emocional sobre...

— Acho que não compreende. Acho que não compreende de forma alguma. Se realmente quiser fazer um perfil dos nossos intuitos e objetivos... como falou de início... muito bem, eu posso ajudar. Mas se estiver me telefonando só para procurar escândalo, não conte comigo. Detesto dizer isso, mas vocês jornalistas são todos iguais.

— Verdade? Em que sentido?

— Vocês adoram escândalos... todos vocês, tablóides, boletins, dá tudo no mesmo. Seria bom se alguém criasse uma nova abordagem. Ou se alguém realmente pensasse no que a Literature Trust faz ou até mesmo no que a literatura faz antes de me telefonar para fazer perguntas previsíveis sobre coisas que realmente não importam a longo prazo. — Parou de falar para respirar.

— Entendi. Uma nova abordagem. Qual, por exemplo?

— Se eu quisesse ser jornalista arranjaria um emprego em um jornal. Não vou escrever seu artigo por você. A abordagem é por sua conta. Estou aqui só para responder às suas perguntas... previsíveis ou não.

Faz-se um silêncio constrangedor, do outro lado da linha e no escritório. Alice percebe que todos a olham, horrorizados, e vira-se para a parede.

— Tudo bem. Tudo bem. Entendi. Então é isso, não é?

— É — diz ela num tom ousado. — Se você não puder fazer sua pesquisa, não terá uma entrevista.

Faz-se outra pausa. Ela o ouve respirar fundo e fica esperando.

— Está bem... Hum... nesse caso, eu... telefono mais tarde. OK?

— OK — diz, e desliga o telefone.

— Bom — diz Susannah do outro lado da sala —, agora ele vai pensar duas vezes antes de nos telefonar de novo. Como ele é?

— Um idiota completo.

Naquele dia Alice sentiu aquele nó no estômago que lhe era familiar. Se tentasse desfazer o nó, suas unhas ficariam lascadas e roídas. Ela não gostava de si própria.

O que não conseguia compreender — e nunca conseguiria, como iria descobrir — era a inconstância das pessoas: um dia gostavam de você, mas no dia seguinte, por um motivo aleatório, como dizer ao professor que você tinha plantado agrião num pano molhado no parapeito da janela, não gostavam mais.

Vinha do mar uma névoa espessa cobrindo toda a cidade e subindo pelo morro até o colégio. O pátio estava frio, com uma chuvinha miúda. O topo do Law, que ficava bem perto do colégio, estava encoberto. Alice tentou não olhar mais para sua amiga Emma — aliás, ex-amiga — pulando corda com quatro ou cinco garotas. A corda estava cada vez mais molhada, e toda vez que batia no concreto e subia espalhava água em volta, ensopando o cabelo das meninas. Emma pulava para cima e para baixo em perfeita sincronia com a corda, as meias três-quartos descendo-lhe pelas pernas. "Você não pode brincar conosco", tinha dito num tom de desdém só porque Alice havia tido a ousadia de pedir para brincar. Agora ela estava cantando umas canções infantis com as outras colegas.

Alice olhou em volta para ver se avistava Kirsty e Beth. Elas eram facilmente reconhecíveis por causa dos cabelos louros quase brancos, que brilhavam entre as outras crianças. Lá estava Kirsty, encostada na parede do playground, conversando com duas amigas. Beth brincava no canteiro de areia e repreendia uma menina menor, muito assustada, porque ela tinha jogado areia molhada para cima.

No bolso de Alice, enrolada cuidadosamente num papel duro e brilhante, estava a cabeça de um peixe. Ela estremeceu ao pensar no líquido viscoso que escorria lentamente dentro do seu casaco grosso. Se espremesse a cabeça dele, a boca abria. A língua era estreita e cinzenta. Mas os olhos — oh, os olhos! — eram perfeitamente redondos, prateados e luminosos... e giravam nas órbitas. Ela testou seus próprios olhos... será que eles giravam? À sua esquerda via o colégio sombrio; à direita, a grade de proteção, em frente, umas figuras movimentando-se com naturalidade no playground chuvoso. Seus olhos bem podiam ser prateados também.

Puxou o capuz por cima dos olhos e da boca até cobrir quase todo o rosto. O colégio, a cerca de proteção e as figuras desapareceram. Ouvia o barulho em volta como se viesse pela água — muito longe e distorcido. Agora existiam só ela e o peixe, sozinhos no escuro.

Cinco minutos depois o telefone toca de novo.

— Eu estava errada! Eu estava errada! — grita Susannah, passando o telefone para Alice. — É John, o jornalista!

Alice resmunga e pega o telefone.

— Alô? John? Não diga que descobriu tudo sobre literatura e a Literature Trust em cinco minutos. Estou impressionada. Você sempre trabalha tão depressa assim? — Alice conscientiza-se de repente do seu sarcasmo e sente o rosto pegando fogo. Felizmente ele não pode vê-la.

— Vou lhe fazer uma proposta, Alice... — diz ele, rindo. Que cretino! — ... sem considerar se eu trabalho depressa ou não.

— O que é?

— Eu faço meu trabalho de casa sobre a Literature Trust se você me der uma entrevista em pessoa.

Alice fica em silêncio por um instante.

— Onde?

— No escritório da Literature Trust. Tem algum outro lugar em mente?

Alice sente o rosto quente de novo. Droga.

— O escritório está uma bagunça. Eu não sonharia em deixar um jornalista intrometido como você entrar aqui. O lugar está coberto de caixas e poeira. Olhe só, preciso ir a Docklands amanhã de qualquer forma e posso dar uma passada pelo seu escritório. Vocês ficam no Canary Wharf, não é?

— Isso mesmo. Para mim está ótimo. A que horas você vem?

— Estou muito ocupada no momento. Que tal na hora do almoço? Nós podemos comer e conversar ao mesmo tempo.

— Sempre me disseram que não é educado comer e falar ao mesmo tempo.

— Não me interessa se é educado ou não.

— Verdade?

Pelo amor de Deus, diz Alice a si mesma, isso está ficando ridículo, desligue logo.

— Verdade. Então vejo você amanhã à uma hora — diz, desligando sem esperar resposta.

ANN E BEN PEGAM UM TÁXI NA ESTAÇÃO. O PERCURSO É ATRI-
bulado; de início o táxi anda rápido, mas depois eles pegam
um engarrafamento, que lhes parece durar horas, o motor esquen-
ta, começa a sair fumaça de trás do carro e o marcador vermelho
fica piscando. Ann senta-se ereta, as veias do pescoço visíveis
abaixo da pele, e olha pela janela como se pudesse fazer o engarrafamento desaparecer por telecinese. Ben remexe-se no banco de couro. Suas roupas estão amassadas por causa da viagem
de trem. Ele quase nunca vem a Londres e sempre acha a cidade
desagradável. Estica o pescoço para fora da janela para ver qual
é o problema, e a luz esbranquiçada da rua faz seus olhos arde-
rem. O sol — muito mais quente ali que na Escócia — parece
brilhante demais, salientando os contornos das pessoas, fazendo
as cores das roupas gritarem. Sua cabeça está pesada. Um ciclis-
ta passa ventando por ele, o rosto oculto pela máscara de poluição e o capacete, serpenteando entre os carros parados. Ben põe
o pescoço para dentro e sobe o vidro da janela. Nunca vai entender por que Alice saiu da Escócia para viver ali.

Se eles tivessem pegado o metrô, talvez chegassem mais depressa. Mas o metrô para ele e Ann é uma ameaça: uma máquina
horrível, na qual você pode ser sugado, arrastado pelas multidões
nas escadas rolantes e cuspido nas plataformas sujas, onde o trem
chega e sai em velocidade alarmante, onde seu caminho é indi-
cado por um mapa com riscas coloridas emaranhadas e nomes

estranhos. No bolso do seu paletó está o endereço do hospital e o nome do médico, ditados pelo telefone naquela manhã. Põe a mão no bolso para assegurar-se de que o papel está lá, e naquele momento o táxi passa para uma faixa da rua menos congestionada.

Começam a andar mais depressa, quase sem parar. Ben tem a sensação de que está subindo uma ladeira. Fragmentos de gritos, conversas, música, buzinas de carros vêm pelo ar e entram no táxi. O panorama está mudando — as grandes casas eduardianas gradeadas e as árvores com carros brilhantes estacionados do lado de fora foram substituídas por ruas decadentes em volta de King's Cross. Ben não tem idéia de onde eles se encontram. Seu conhecimento de Londres limita-se a dois referenciais — a estação e a casa de Alice, em Camden Town. Esteve no escritório dela no centro da cidade e na National Gallery, que devia ser perto, pois eles tinham ido a pé lá numa sexta-feira depois que Alice terminou o trabalho. Uma vez, talvez na mesma visita, ela os levara a um parque no norte de Londres, onde havia gente nadando em um lago de água salobra cheio de algas. Alice também nadou, ele se lembrava bem da sua cabeça sedosa como a de uma foca surgindo de repente a alguma distância dele. John também nadou, Ben lembrou naquele instante, e deu mergulhos de uma prancha de madeira escorregadia. Aquele parque seria perto dali? Ele não consegue entender como esses locais — diversos no tempo e no espaço — se encaixam.

O prédio do hospital é grande e cinzento, construído no alto de um morro. Mesmo antes de saírem do táxi, quando Ben ainda está contando as moedas na mão do homem, começam a ouvir os ruídos das máquinas lá de dentro — ares-condicionados, geradores elétricos, incineradores. Os dois sobem os degraus de mãos dadas como no dia em que ficaram noivos. Ben aperta no peito um canudo de papel com botões de rosas amarelas que balançam ao ritmo dos seus passos.

As luzes artificiais do interior do hospital deixam todos com um tom esverdeado. Não é como os hospitais em que ele já esteve — lugares meio acanhados, com chão de ladrilho mal nivelado e papel de parede desbotado. Ann fala com a recepcionista, inclinando-se para a frente para conseguir ouvir sua voz através da abertura no blindex. Uma enfermeira com sotaque londrino que Bem tem dificuldade de entender leva-os por um corredor, e então eles estão em um labirinto estranho e pouco iluminado. Viram à esquerda, depois outra vez à esquerda, em seguida à direita, e então Ben se sente perdido e segue as passadas de solas de borracha dos sapatos da enfermeira, que rangem no linóleo rosa. Passam por pesadas portas de madeira com dobradiças silenciosas, fileiras de pessoas sentadas em cadeiras de plástico, uma cantina, elevadores, escadas, um passadiço de vidro, além do qual vêm um laguinho ladrilhado com dois peixes dourados, pilhas de cadeiras de rodas dobradas, um corredor barulhento cheio de gente gritando, uma enfermaria com paredes pintadas com personagens de história em quadrinhos, onde vêm crianças sentadas nas camas com pernas cruzadas e rostos pálidos, um rapaz segurando um copo de papel debaixo de um reservatório de água que solta bolhas no garrafão de cabeça para baixo. Depois passam por umas portas giratórias. Esse outro lado é silencioso, e eles entram em um quarto com uma janela grande de um lado, de onde se vêm árvores, carros e o céu. Alice está deitada na cama. A primeira idéia que vem à cabeça de Ben é que ele tinha esquecido como ela era alta. Seu corpo parece longo e fino; toma todo o comprimento da cama.

Ele dá a volta na cama e coloca o cone de papel com rosas ao seu lado. Levanta os olhos para agradecer à enfermeira por tê-los levado até ali, mas ela já foi embora. Ann morde o lábio, um indício de que está tentando não chorar. Ben constata que ambos têm receio de tocar em Alice, então pega depressa uma de suas mãos. A mão está flácida, mas quente, os dedos soltos e dobráveis, inteiramente sem resistência ou energia. Se a mão for largada, cai na cama. Ele corre a ponta dos dedos pela marca da aliança da filha. Suas unhas estão cortadas bem rentes. Há quanto tempo ele não segura a mão dela!

Ben coloca a mão de volta na cama ao lado do quadril dela, dobrando os dedos na palma da mão, e vai para junto de Ann, põe o braço no seu ombro e beija seu cabelo. O cabelo de Alice está totalmente raspado, deixando à mostra seu couro cabeludo.

— Lembra quando ela voltou da Tailândia com aquela tatuagem? Nós ficamos furiosos com ela — diz Ben.

Ann deu um riso forçado através das lágrimas.

— E ela nem se importou.

Pela boca de Alice passa um tubo fino e transparente, preso no rosto por um esparadrapo. O respirador faz um ruído surdo em intervalos regulares. Outro tubo mais fino passa pelo seu braço, vindo de uma bolsa transparente presa no alto de um suporte. Ben debruça-se sobre ela e vê que seus lábios estão pálidos e exangues. Nota sombras arroxeadas principalmente no lado esquerdo do seu rosto e debaixo de um dos olhos, um corte na bochecha e veias azuladas mínimas sobre suas pálpebras. Abaixo das pálpebras seus olhos estão parados, como que hipnotizados por uma imagem impressa ali dentro.

Quase ao mesmo tempo Ben e Ann procuram uma cadeira e sentam-se em lados opostos da cama, os cotovelos apoiados no colchão. A cama é muito alta, e Ben sente-se como uma criança sentada em uma mesa para adultos.

— Oi, Alice. Somos nós — diz, um tanto acanhado, como se sente quando fala com crianças pequenas muito tímidas. — Sua mãe e eu viemos ver você.

Ann faz um carinho no rosto dela.

— Tenho medo de mexer nela e desligar uma dessas máquinas — fala baixinho. — Será que ela sabe que estamos aqui?

Ben não tem certeza, mas faz que sim para acalmar a esposa. Ambos olham de novo para a filha. Ocorre a Ben que eles tinham pensado tanto na logística da viagem e na chegada ao hospital que não se perguntaram realmente o que iriam fazer quando chegassem ali.

Ann enche a pia. A água lança reflexos gelados de luz no teto. É uma tarde clara e brilhante — o melhor tempo de North Berwick. Talvez ela vá à praia mais tarde, onde o vento estará extremamente frio e cortante. Da janela, vê-se nitidamente a ilha de Craigeeith no mar azul-marinho. O mar é o cata-vento de Ann; pode ser visto praticamente de todos os pontos da casa. Sua cor e textura mudam continuamente, passando de azul-escuro nos dias de tempestade a um verde profundo nos dias claros de agosto. Ela não acredita em previsões, mas sente uma certa calma quando ouve as previsões náuticas sobre o tempo. Anos atrás, Ben comprou um mapa desses pontos náuticos — Faroes, Fairisle, Northutshire, Fisher, Forties, Cromarty —, achando que ela se interessaria. Ele não havia compreendido que ela não se importava de onde vinham as previsões — e por que se importaria, pelo amor de Deus? —, que era precisamente por não se importar que tinha prazer em ouvi-las. Ann suspira. Tinha prendido o mapa na porta para não magoá-lo, é claro. Um dia uma das meninas rasgara-o quando teve um ataque de raiva característico da adolescência — provavelmente Alice. Definitivamente foi Alice. Ann ficara secretamente contente por poder tirar o mapa dali e dobrara-o para que as ilhas Hébridas do norte beijassem a ilha de Wight, as costas escarpadas esfregando-se na lata de lixo.

Um barulho súbito vindo do quarto acima lhe dá um susto. Olha para o teto e tenta ouvir os passos de Elspeth. Espera mais um tempo com a mão na água fria da pia. Nada.

— Elspeth? — Sua voz é estridente e inconfundivelmente inglesa, mesmo depois de todos esses anos. — Elspeth? Você está aí?

Seca as mãos em um pano de prato estampado, atravessa a sala e sobe. A porta do quarto de Elspeth está fechada. O quarto dela é o da frente. Ann se irrita com isso de vez em quando, pois o quarto em que ela e Ben dormem desde que se casaram é menor e dá para a Marmion Road. Debruçando-se na janela lateral, vê-se uma ponta do mar, mas nada comparado à longa linha do horizonte, interrompida apenas pelas rochas salientes de Craigleith, Fidra e Lamb, que domina todo um lado do quarto de Elspeth. "A minha vista", como ela costuma dizer, sem necessidade.

Ann bate à porta com a ponta das unhas.

— Elspeth? Você está bem? — Sua voz está um tanto trêmula. Ela gira a maçaneta.

Elspeth está estirada no tapete, uma das mãos por cima da cabeça. Seu corpo forma uma paralela perfeita com a linha do horizonte. Ann nota que está começando a escurecer. Solta a maçaneta da porta, que volta ao lugar com um zunido alto, entra no quarto e olha para o rosto de Elspeth, cinzento e retorcido. Sua posição lembra a pose de uma artista: um braço acima da cabeça e o outro passado sobre o peito, as pernas puxadas para cima. Ann abaixa-se e vê que não há sinal de respiração.

Ergue o corpo e sai do quarto na ponta dos pés. No meio do caminho, pensa por que está andando na ponta dos pés. Deixa a porta aberta deliberadamente e desce as escadas.

Na cozinha, tira umas batatas barrentas de um saco de papel e joga dentro da pia. Elas caem na água e o barro dissolve-se aos poucos, sedimentando-se no fundo. Enquanto descasca a pilha de batatas, vê que não vai precisar de tantas quanto tinha pensado, mas continua a descascá-las.

Mais tarde ouve Ben entrar e gritar "Olá!". Ele sobe as escadas e Ann ouve a descarga do banheiro, a água correndo na pia e Ben entrando no quarto de casal. Nunca tinha notado como seus passos eram pesados. Espera e fica escutando, as mãos sobre o balcão da pia. Há um breve silêncio. Então Ben grita seu nome três vezes, "Ann, Ann, Ann", e ela espera com a cabeça virada para a porta, fazendo uma expressão de susto, os olhos arregalados.

EU NUNCA TINHA ESTADO NO CANARY WHARF. JÁ TINHA VISto a torre, é claro. É difícil não ver aquele topo piramidal brilhante no horizonte enfumaçado de Londres. Embora nunca tivesse gostado da torre, fiquei fascinada quando cheguei junto dela e virei a cabeça para ver aquela enormidade no céu.

Na recepção, preenchi um formulário dizendo de onde eu era, por que estava ali e quem ia ver. Com freqüência tenho examinado detalhadamente em minha mente aquele momento em que escrevi o nome dele pela primeira vez, em que os músculos e tendões dos meus dedos, da minha mão, do meu braço e do meu ombro se juntaram para formar todas as letras do nome "John Friedmann". Será que senti alguma coisa?

Não acredito em destino. Não acredito em acalmar os ânimos dizendo: "Não se preocupe. É a sua vida, mas você não controla nada. Há alguém ou alguma coisa cuidando de você — já está tudo previsto." Na verdade, tudo é uma questão de oportunidade e escolha, o que é muito mais assustador.

Gostaria de pensar que à medida que o elevador subia eu senti que alguma coisa importante estava prestes a acontecer, que minha vida estava prestes a tomar outro rumo. Mas é claro que não senti. E quem sente? A vida é cruel, não nos dá nenhuma pista.

Alice começa a acordar. O telefone está tocando. Há quanto tempo estaria tocando? Está tudo muito quieto, e ela percebe que a rua principal que passa em frente de sua casa, barulhenta o dia todo, está silenciosa e vazia. Pode imaginar os quilômetros de asfalto desertos iluminados pelas luzes alaranjadas da rua. O telefone continua a tocar. Ela espera para ver se uma das amigas que moram com ela vai atender.

Assim que teve consciência do primeiro toque — talvez até mesmo antes — soube que era Mario. Quem mais telefonaria no meio da noite com tanta insistência?

É o primeiro semestre do segundo ano de Alice na universidade. Ela deixou as acomodações cinzentas da universidade e se mudou para uma casa que divide com sua amiga Rachel e duas outras moças. A casa é pequena, sem aquecimento central, com uma escada estreita, sem cozinha, só com um fogareiro no canto da sala. Mas elas gostam dali. Sentem-se livres e independentes, o que lhes dá uma idéia de vida que vai além das provas, dos pais e dos regulamentos. Quando as amigas que ainda moram nos quartos da universidade vão lá, sentam-se nas poltronas descombinadas e ficam observando Alice ou uma das outras cozinhar um espaguete na boca do pequeno fogareiro branco.

Tomando uma decisão súbita (vem evitando os telefonemas dele há semanas, e as outras têm instruções suas para dizer que não sabem onde ela está), ela afasta o cobertor e pula para fora da cama — um mero colchão no chão. Logo sente frio, como se tivesse entrado em um túnel de vento. Desce as escadas descalça, na ponta dos pés, e tira o fone do gancho, mas não fala nada.

— Alice?

— Mario, sabe que horas são aqui?

Há um problema com a linha. Os fios cruzaram-se como cromossomos, e Alice ouve sua própria voz ecoando de forma desconcertante em seu ouvido.

— Que merda, querida, eu sei, mas eu precisava ligar. Eu acordei você?

— É claro que me acordou, droga. O que você quer?

— Você sabe o que eu quero.

— Mario, eu já disse. Nós terminamos. Você precisa parar de me telefonar.

Sua voz parece fina e estranha ouvida em eco. Ela sacode o fone, frustrada.

— Eu sei que você não pensa assim. Nós podemos resolver isso, sei que podemos. É difícil quando a gente está longe, eu sei disso. Quero que você venha para os Estados Unidos no Natal. Eu pago sua passagem. Precisamos nos ver e conversar.

Alice fica olhando para o tapete estampado exagerado e pensa: eu não te amo, nunca vou te amar, nunca te amei.

— Não.

— Como assim "não"? Alice, eu não posso viver sem você. Eu te amo. Te amo demais.

Ele está chorando agora. Os soluços vindos pelo telefone lhe parecem obscenos. Ela fica impressionada de ver que o choro dele não a afeta a mínima. O caso que teve com Mario lhe parece muito distante, como uma coisa que tivesse lido ou ouvido falar, que não tinha nada a ver com ela. Mal consegue se lembrar da cara dele. Não consegue se recordar de muita coisa que aconteceu, a não ser da sua presença invasiva quando estava perto dela; não se lembra do seu cheiro, do seu peso nem das suas mãos, de nada mais.

Os soluços foram aumentando. Como ator, Mario devia orgulhar-se de sua performance. Ela está sentada no braço de uma cadeira, tremendo de frio com o pijama fino. Devia ter calçado meias antes de descer.

— Mario. Você tem de parar com essa bobagem. Estou falando sério. Nós já acabamos. Você precisa enfrentar isso e continuar a viver.

— Não posso! — diz ele aos gritos, criando um clima total. — Eu preciso de você!

Alice suspira, com raiva.

— Não precisa, não. Esquece, Mario, está tudo terminado. Me deixe em paz. Não quero falar com você nunca mais. Estou cansada e com muito frio e vou voltar para a cama agora.

— Não vou deixar isso acontecer. Não vou deixar você dizer que está tudo terminado.

— Mario... vai... vai tomar no cu.

Faz-se silêncio do outro lado da linha.

— Você me mandou tomar no cu?

— Mandei, sim, e vou mandar de novo. Vai tomar no cu — diz ela, pondo o fone no gancho com raiva.

John levanta os olhos quando ouve uma batida na porta de vidro do seu escritório. Parada à soleira está uma moça de cabelo comprido preto, caindo nas costas, segurando um livro.

— Oi, estou procurando John Friedmann.

— Sou eu. — John se levanta. — Você é Alice? Vamos entrar.

Ela atravessa a sala e, em vez de sentar na cadeira que ele lhe indica, vai para a janela. Ele fica meio surpreso. Estava esperando uma mulher simples, séria, de óculos, metida a intelectual, com roupa solta no corpo, e sente-se um pouco desconcertado ao ver aquela mulher alta e surpreendente, de saia curta, botas até os joelhos e meias finas listradas de preto e verde.

— Que vista maravilhosa.

— Linda, não é? A única compensação de trabalhar nesse lugar perdido no mundo. — John também fica surpreso ao ver que ela lhe é vagamente familiar; pode jurar que já a viu antes, mas não sabe onde. De certa forma, sente-se em desvantagem. A conversa um tanto agressiva que tinham mantido ao telefone parece impossível agora. — Eu vi um arco-íris incrível ontem atravessando a zona leste de Londres... acho que foi logo depois que falei com você no telefone — diz ele, fazendo um movimento no ar com o braço para descrever a curva do arco-íris. — Durou horas. A gente sempre vê arco-íris por aqui. Deve ser a altura ou coisa parecida.

— Então, conforme a lenda, há um pote de ouro em algum lugar em Leytonstone — diz ela, virando-se para ele.

Ela estaria flertando? Não. Parece estar examinando-o. Seus olhos são pretos como o cabelo, com tons de âmbar em volta das pupilas. John se força a desviar o olhar e senta-se atrás da mesa. Sempre que uma mulher atraente entra no seu escritório ele ficava nervoso. O que estaria acontecendo com ele?

— Você não parece trabalhar na Literature Trust. — Espera que ela ria, mas em vão.

— E como as pessoas que trabalham na Literature Trust devem parecer, segundo você?

— Não sei — responde John em tom evasivo, deixando-a ainda mais irritada.

— Sabe, sim. Você acha que todas nós somos mulheres acadêmicas empoeiradas, de óculos. Por que não diz logo que é isso que está pensando?

— Não, não é isso. — Ele salva o trabalho que está na tela do computador e ela se senta na sua frente. — Aliás, você também parece ter opiniões formadas sobre os jornalistas. Acha que somos todos versões diferentes das suas idéias preconcebidas.

Ela vira a cabeça de lado e aperta os olhos. Lindos olhos. Lindo pescoço. Pelo amor de Deus, controle-se.

— Estou preparada para ser convencida do contrário. Essa é a diferença entre nós.

Suas palavras ficam no ar. O computador faz um ruído surdo. Os dois se entreolham. John pensa que jamais gostou tanto de ouvir a palavra "nós" e faz uma fantasia rápida de uma câmera onisciente dando um zoom sobre eles... e é como se Canary Wharf e todo o resto de Londres estivessem vazios, a não ser por aquela sala onde eles estão sentados *vis-à-vis*. Isso o leva a tentar se lembrar de um trecho de um poema de John Donne. Alguma coisa como o amor transformando um pequeno quarto em "todo lugar", ou seria em "qualquer lugar"?

Alice olha para ele um tanto alarmada. Ele também está olhando para ela? John procura desesperadamente uma coisa para dizer e em um momento de inspiração enviada por Deus vê o livro que ela trazia na mão quando entrou. O livro encontra-se agora em cima da mesa na sua frente, e a mão dela tapa parte da capa. Mas ele consegue ver o título. *The Private Memoirs and Confessions of a Justified Sinner — Memórias e confissões privadas de um pecador inocentado.*

— Parece um livro bem pesado.

Ela sorri pela primeira vez.

— Imagino que sim. Eu nunca digo que tenho um livro favorito, mas este já li muitas vezes. Queria procurar uma coisa nele, então o trouxe para ler no metrô. — Passa o livro para John. Na capa, uma pintura deprimente de um menino com um olhar mau.

— É sobre o quê?

— É difícil dizer. Você tem de ler para saber. É o livro mais terrível que já li. Um menino é perseguido e atormentado por um demônio multiforme chamado Gilmartin. A história é ambientada na Escócia, e Gilmartin persegue o menino por todas aquelas paisagens sinistras e desoladas. Você nunca sabe se o demônio é real ou apenas uma projeção ou exteriorização do seu próprio lado mau. — Ela estremece, depois sorri de novo.

— Ah — diz ele, um pouco confuso. Tenta falar alguma coisa apropriada, que não seja tola. — Você é escocesa, não é?

— Sou, mas só descobri esse livro quando fui para a universidade. Tínhamos lá uma sala de leitura na biblioteca principal, com um teto abobadado enorme. Não era permitido conversar, e chamavam nossa atenção se respirássemos muito alto. A sala tinha filas e filas de acadêmicos sérios lendo livros obscuros e esgotados. Eu estava lendo esse um dia, num fim de tarde, quando começou a escurecer lá fora. Estava em um trecho particularmente apavorante... quando estão cavando um corpo antigo que permaneceu intacto... quando senti a mão de alguém segurar meu ombro por trás. Dei um grito tão alto que o som ecoou em volta do imenso teto. Todos ficaram horrorizados. Era um amigo perguntando se eu queria tomar uma xícara de chá. Dei um susto grande nele também.

A descrição da sala de leitura dá um clique em John.

— Eu estava lá também! — fala.

— Onde?

— Na biblioteca... quer dizer, na universidade... quer dizer, eu estudei na universidade com você!

Ela fica imediatamente desconfiada.

— É mesmo?

— Quando você se formou?

— Há cinco anos. Não, há quatro.

— Eu sabia! Eu sabia! — Ele sente vontade de se levantar e dançar pela sala. — Sabia que tinha visto você antes! Eu me formei há seis anos, deve ter sido...

— No meu primeiro ano, ou no final do ano — ela termina a frase por ele e, examinando seu rosto, diz com toda a franqueza: — Eu não me lembro de você.

— Bom, eu não me lembro exatamente de você. Mas você me pareceu um tanto familiar. Provavelmente vi você na biblioteca ou em algum outro lugar, mas acho que não ouvi o seu grito.

— Você não vai incluir isso no seu artigo, vai? — pergunta ela, muito preocupada.

— Não. Não vou incluir mais nada. — Uma afirmação pouco válida para um jornalista.

Há uma pausa. John recosta-se na cadeira e cruza as mãos atrás da cabeça.

Alice olha em volta e pergunta:

— Então... Vamos fazer aqui?

— O quê?

— A entrevista.

— É claro, é claro. A entrevista. Achei que seria uma boa idéia irmos até a cantina. Tudo bem com você?

Ela faz que sim com a cabeça e levanta-se.

O mais estranho de tudo é que um pensamento pode ficar girando obsessivamente na sua cabeça; não há como frear coisas nas quais você não quer mais pensar. Na vida normal, você se distrai — pega um jornal, vai dar uma volta, liga a televisão, telefona para alguém. Tenta enganar-se e dizer que está bem, que sua obsessão foi resolvida. Mas é claro que isso só funciona uma ou duas horas, se tanto, porque ninguém é tão burro assim e porque as obsessões sempre voltam quando você está distraído de novo e é pego desprevenido. Nas horas escuras da noite ou quando está sacolejando dentro de um ônibus.

O problema de ser assim é que você é uma presa constante desses ciclos exaustivos de pensamento. Nesse momento, minha obsessão é pensar como é terrível ele não saber.

Ele que me conhece melhor que qualquer outra pessoa não tem idéia disso. Nenhuma idéia. Nós pensamos que sabemos o máximo possível um sobre o outro. E de repente eu descubro essa coisa maciça que altera toda a minha orientação de vida.

É como os cartões religiosos kitsch que são comprados nos países católicos; estranhos cartões plastificados, chocantes e tridimensionais, que se você vira de lado vê outra imagem por trás da primeira. A imagem de Maria levantando as mãos para rezar, de Jesus dando uma bênção ou de anjos chorando. Para mim é como se as coisas todas tivessem virado de lado e aparecesse outra imagem que existia todo o tempo, mas que eu não via.

Tentei várias vezes imaginar o que dizer — pois não consigo desligar esse pensamento, não consigo me enganar com atividades sem sentido; como ele teria reagido se tivesse voltado para uma casa onde ele estivesse e tivesse dito: "John, vi uma coisa terrível hoje. Você não vai acreditar no que eu vi, quero lhe contar o que vi."

— Fique quieta, Alice — diz Ann zangada, prendendo a perna da filha entre os joelhos e colocando-a em cima do balcão da cozinha. Ela tinha pisado em uma abelha e levado uma mordida na planta do pé. — Quantas vezes dissemos para você não andar descalça no jardim? Quantas vezes?

Alice dá de ombros, soluçando. Na verdade, é mais o susto que a dor. Mas a dor aumenta, sobe até acima do joelho e deixa seu pé tão inchado que os ossos do tornozelo desaparecem como passas dentro de uma massa de bolo.

Alice prefere que Elspeth faça isso, mas não sabe onde ela está. Assim que ocorreu o incidente, ela começou a gritar, e Kirsty entrou em casa berrando: "Maaaaaaaaaãe, Alice pisou em outra abeeeeeelha!" Ann foi correndo para o jardim, pegou-a no colo e levou-a para a cozinha.

— Ponha o pé na água — diz Ann, que tinha enchido a bacia ao lado de Alice com água fria. Mas por uma razão que ela mesma não sabe, recusa-se a fazer o que a mãe manda. — Ponha o pé aí, Alice.

— Onde está a vovó? — consegue perguntar entre um soluço e outro. Ann volta o rosto para baixo, mas depois retesa o corpo, pega o tornozelo de Alice e a obriga a pôr o pé na água. Alice dá um grito agudo e balança o pé para os lados. As duas ficam ensopadas. Ann consegue prender os braços de Alice. Quando ela fica totalmente imobilizada, Ann diz, por entre os dentes:

— Se você não puser o pé na água, a inchação não vai passar. Se a inchação não passar, não vamos conseguir tirar o ferrão da abelha. Se não conseguirmos tirar o ferrão, não vai parar de doer. Por que você nunca faz o que eu mando? — Alice tenta de novo desvencilhar-se da mãe, mas Ann agarra-a com mais força e põe todo o seu peso no corpo da menina. — Você não aceita ordens, não é? Igual ao seu maldito pai.

As palavras perversas, quase inaudíveis, saem dos lábios de Ann como marimbondos. Mesmo tendo apenas 8 anos, Alice fica surpresa. Olha pela janela e vê a silhueta do pai, curvado, cavando buracos no canteiro de flores ao lado da casa. Ao lado, a figura diminuta de sua irmã mais nova, jogando nos buracos bulbos tirados de uma sacola de papel na mão do pai.

— Muito bem, menina — diz ele para Beth —, muito bem.

Alice sente um calor emanar do rosto da mãe, junto ao seu. Vê Ann morder o lábio inferior e um vermelho súbito colorir seu rosto pálido.

Ann solta-a, mas ela fica parada, agora sem chorar, e deixa-a procurar o ferrão na planta do seu pé. Tem consciência de que alguma coisa aconteceu, mas não sabe exatamente o quê. Será que sua mãe se irritou porque ela quis saber onde estava Elspeth? Tem vontade de lhe perguntar, mas não consegue pensar nas palavras certas para dizer. Ann fica calada, com a cabeça abaixada. Alice tem vontade de pedir desculpas, desculpas por ser levada, desculpas por perguntar. pela avó. Gostaria que sua mãe pusesse as mãos no seu rosto quente e úmido.

Finalmente, Ann diz em tom de triunfo:

— Aqui está.

Põe Alice no chão e mostra o ferrão. As duas olham bem para ele. É pequeno, em forma de lança, marrom e frágil. Quebra-se entre os dedos de sua mãe. Alice espanta-se de uma coisa tão pequena poder causar tanta dor.

— Posso guardar? Posso guardar?

— Não.

— Por favor!

— Por que cargas d'água você quer isso?

Alice não consegue pensar em um motivo, só sabe que quer aquilo. Quer segurar o ferrão e ficar olhando para ele.

— Por favor! Posso guardar isso?

Inusitadamente, Ann concorda. Abaixa-se, entrega o ferrão para Alice e sai da cozinha. Alice ouve-a subir as escadas e fechar a porta do quarto, mas não está preocupada com isso agora, está segurando o ferrão da abelha na dobra do seu dedo médio, onde o mantém o resto do dia.

Depois ele foi com ela até o elevador, que pareceu levar muito tempo para chegar. Alice não sabia mais o que falar.

— Não precisa esperar comigo. Tenho certeza de que vou saber sair daqui.

— Não, eu não me importo de esperar.

Um homem muito gordo, com o laço da gravata solto, passou pelo saguão e disse:

— Tudo bem, John? — Olhou para Alice e piscou para ele. Ela fingiu não notar, mas percebeu que John ficou furioso. Uma veia pulsou na sua têmpora.

— Você tem muita coisa para fazer essa tarde? — perguntou ela, para quebrar o silêncio.

— Tenho, como sempre.

— Quando começou a trabalhar em jornal?

— Logo que saí da faculdade. Fiz um mestrado na City University e tive vários empregos pequenos. Agora faz um ano que estou aqui.

O elevador chegou com seu ruído característico.

— Obrigada pelo almoço. Quando o artigo deve sair?

— Na próxima quinta-feira, acho eu. Telefono para avisar, se você quiser.

Ela entrou no elevador.

— Não se preocupe com isso. Provavelmente tem muita coisa para fazer.

— Não é problema... Alice! — Enfiou o pé entre as portas, que abriram de novo. — Droga... isso machuca.

— Você está bem?

Ele massageou o pé, apoiando-se em uma das portas do elevador para que não fechasse.

— Acho que estou. Não é brincadeira, eu podia ter perdido o pé, e a culpa seria sua.

— Acho que não. De qualquer forma, seria um acidente de trabalho, não é? Você ganharia milhões de indenização.

Naquele momento uma mulher de cara amarrada entrou no elevador.

— Estava pensando se... se você gostaria de... — não conseguiu terminar a frase, pois a mulher olhou ostensivamente para o relógio. — Bem... se você poderia me emprestar aquele livro.

Ela ficou surpresa.

— É claro. Quer mesmo ler?

— Eu adoraria.

Ela abriu a bolsa e entregou-lhe o livro. John pegou-o e deu um passo atrás.

— Eu devolvo.

Alice ia dizer que não precisava, mas a porta do elevador fechou.

Assim que Rachel voltou de uma palestra bateu na porta do quarto de Alice.

— Alice, você está acordada? Está vestida?

Alice estava sentada na cama com um livro nos joelhos. As cortinas estavam abertas e o sol do meio da manhã formava triângulos de luz no tapete.

— Estou, pode entrar. Como foi a palestra?

Rachel apareceu na porta ainda de casaco e cachecol, segurando um embrulho.

— Meio chata. Adivinhe o que chegou para você pelo correio.

— O quê?

— Veio de Nova York.

Alice cobriu os olhos com as mãos.

— Não quero! Leve isso para lá!

Rachel sentou-se na cama e jogou o embrulho no colo de Alice.

— Abra logo, vamos. Pode ser uma coisa bonita, uma coisa cara.

Alice virou o embrulho nas mãos. O endereço do destinatário não constava, mas a letra era inegavelmente de Mario. Era um envelope pardo comum, acolchoado, contendo alguma coisa leve e volumosa que afundou direto quando ela o apertou. O que seria? Roupas?

— Abra você — disse, pondo o embrulho nas mãos de Rachel.

— Não. Está endereçado para você. Abra você.

Alice rasgou a fita adesiva em um canto do envelope e colocou-o de cabeça para baixo, deixando o conteúdo cair na sua mão. Ficou tão chocada com o que viu que as coisas registraram-se ao contrário em sua cabeça. Cabelo. Muito cabelo. Cabelo preto. Cabelo crespo e emaranhado. Cabelo familiar. Cabelo cortado de um golpe só da cabeça de alguém. Cabelo que ela tinha sentido nos seus dedos antes. Cabelo de Mario.

As duas deram um grito de espanto e pularam da cama. Abraçaram-se do outro lado do quarto, Alice tentando freneticamente se livrar das mechas presas nos seus dedos e vendo todo aquele cabelo em cima da cama, como uma ratazana preta.

— Jesus Cristo, o homem é um psicótico — disse Rachel.

Alice pulava para cima e para baixo, esfregando as mãos no pijama.

— Ai, que horror. Meu Deus, que idéia fazer uma coisa dessas. — Sentir de novo aqueles cachos e as curvas de cabelo fez com que se lembrasse nitidamente do tempo em que dormia com ele. Era como se ele estivesse no quarto com elas, não a milhares de quilômetros de distância no Atlântico gelado. Olhou em volta desesperada. — O que a gente faz com isso?

— Vamos jogar fora.

— Não posso. Não consigo tocar nisso de novo.

Rachel pegou a cesta de papel de Alice e foi até a cama. Jogou tudo lá dentro, desceu e esvaziou a cesta na lixeira em frente à casa.

— Obrigada, Rachel.

— De nada.

Durante semanas Alice ainda encontrou fios soltos de cabelo em uma xícara de chá, enrolados no sabonete ou grudados na sua língua, fazendo-a cuspir com nojo.

John andou pelo saguão, batendo na cabeça com o livro.

— Seu covarde filho-da-puta, seu covarde filho-da-puta.

Só faltava mais essa.

Quando Alice voltou ao escritório no final da tarde, Susannah veio falar com ela radiante.

— O que aconteceu, gatinha? — perguntou Alice, sentando-se à mesa de trabalho.

— Ligaram para você — disse Susannah, olhando depois para alguma coisa no computador.

— Quem era?

— Aquele homem — disse Susannah distraída, olhando fixo para a tela.

John Friedmann, pensou Alice irracionalmente, e imediatamente ficou com raiva de si mesma. Começou a mexer nos seus papéis e, como se não estivesse nada interessada, perguntou de novo.

— Que homem?

— Aquele homem. Como é mesmo o nome dele? Você sabe.

Alice parou de mexer nos papéis.

— Suze, será que você pode ser um pouco mais específica?

— Desculpa — disse Susannah, virando-se e concentrando-se nela agora. — Aquele homem da organização em Paris.

— Ah! — disse Alice, muito desapontada. — Aquele homem! — Que coisa mais ridícula. Ela não podia estar caída assim por aquele jornalista. Ou podia?

— Não é o homem que você tentou conectar durante toda a semana? — Susannah olhava para Alice, intrigada com sua reação pouco entusiasmada.

— É, é ele, sim.

Alice abriu sua agenda, para fazer alguma coisa.

— Mas ele ligou de volta. Não é uma boa notícia? — Susannah persistiu. — Provavelmente ele quer fazer o projeto com você, não é?

— Espero que sim. Vou ligar para ele daqui a pouco.

Houve uma pausa. Alice, percebendo que Susannah ainda olhava para ela, manteve a cabeça baixa, consultando a agenda e fazendo anotações desnecessárias.

— A propósito, como foi a entrevista?

— Muito bem... ótima. Bom... foi... muito boa mesmo.

AO OUVIR A CAMPAINHA, ELSPETH SAI DO QUARTO DOS FUN-dos da loja de Oxfam e vê sua substituta da tarde tirar o casaco junto da caixa registradora: uma mulher grande, de cara avermelhada, com uma roupa azul-turquesa.

— Chegou cedo hoje — diz Elspeth.

— É melhor sair de casa cedo em um dia assim.

Elspeth sente-se pouco à vontade com essa mulher. Sempre se sentiu. Ela usa óculos espelhados. No sol brilhante de hoje, não dá para ver seus olhos. Não se pode confiar em quem não mostra os olhos. E ela sempre traz seu cachorro para a loja. É um cachorro bonito, mas cheira mal. Afugenta as pessoas.

Do lado de fora da loja, Elspeth hesita. Precisa ir ao supermercado comprar alguma coisa para o chá das meninas quando elas chegarem do colégio, mas tem meia hora sobrando. Em um impulso, não segue direto para casa; vai andando até o final da High Street, cumprimentando várias pessoas que passam. Vira à direita na Quality Street e atravessa para Lodge Grounds.

Ela não vai ali com muita freqüência, mas é um dos seus pontos favoritos da cidade. Gosta daquela área embelezada e bem tratada, e do contraste entre as praias amplas e as escarpas do Law cobertas de vegetação. Embora seja dia de semana, passa muita gente para cima e para baixo em charretes e empurrando carrinhos de bebê pelas ruas sinuosas e irregulares, apreciando as plantas ou simplesmente aproveitando o sol. Ao passar pela loja de pássaros, sente um arrepio. Nunca conseguiu entender o atrativo de pássaros engaiolados.

No cume da ladeira vê um pequeno grupo de adolescentes de uniforme vermelho e preto do colégio. Uma olhada rápida para o grupo garante-lhe que nem Kirsty nem Alice estão lá. No ano anterior tinha dado de cara com Kirsty e mais duas amigas na baía às onze horas de uma manhã de quarta-feira. Prometeu não dizer nada se Kirsty desse sua palavra de que isso não aconteceria novamente.

Ainda se sentindo como uma criança saindo mais cedo da escola, Elspeth senta-se em um banco verde, de costas para o campo de golfe e de frente para a cidade e o mar. Foi nesse lugar que ela e seu noivo na época, Robert, estavam passeando quando se encontraram com um homem que Robert lhe apresentou como Gordon Raikes. Elspeth tinha ouvido falar da família Raikes, da sua casa grande na Marmion Road e da fábrica de tacos de golfe nas cercanias da cidade, mas nunca conhecera o filho mais novo, Gordon. Ele tinha feito o ginásio fora e depois fora para a Universidade de St. Andrews, disse Robert quando ela e Gordon se entreolharam sem dar uma palavra. Como ela disse mais tarde várias vezes, teve vontade de tirar a aliança de noivado naquele minuto. Ela e Robert foram embora, e quando deram a volta em uma esquina para descer a ladeira, Elspeth viu Gordon, ainda ao lado da sebe de alfena, procurando-os. Deve ter sido bem ali. As ruas não eram asfaltadas naquela época, é claro, eram de terra batida e ficavam cheias de lama com a chuva.

Elspeth encontrou-se com ele de novo uma semana depois diante do colégio barulhento, ambos acompanhados pelas mães, que voltavam do mercado. Ele piscou para ela enquanto as mães conversavam, e ela se surpreendeu — e decerto ele também — piscando de volta. Uns dias depois, estava junto da baía vendo os barcos de pesca chegando, quando ele apareceu numa esquina.

— Oi, Elspeth — disse ele, parando para olhar os barcos junto dela. Os peixes escorregavam e pulavam nos deques, movimentando o rabo, abrindo e fechando a boca. — Sempre chamam você de Elspeth? — perguntou.

— Nem sempre. Muita gente me chama de Ellie.

— Aposto como você não gosta do apelido — disse Gordon, apoiando os cotovelos na balaustrada ao lado dela.

Elspeth sacudiu a cabeça.

— Não gosto mesmo.

— Achei que não. Você não combina com apelido.

Ele a levou para um lugar longe da enseada, e ela se sentou com os braços em volta dos joelhos, meio receosa das ondas que batiam nas pedras logo abaixo deles. Com o cabelo esvoaçando e cobrindo-lhe o rosto, ouviu-o dizer que queria se ligar à igreja e ser missionário.

— Meu pai quer que eu cuide dos negócios da família, mas acho que isso não é para mim. Não vejo como eu possa ser feliz trabalhando em uma coisa assim. Felicidade deve ser uma prioridade de vida, não é, Elspeth? — Gordon parou de jogar pedrinhas no mar verde e olhou para ela. Elspeth, com a boca seca, não falou nada, mas ficou pensando no que seus pais iriam dizer. — Você não acha, Elspeth, que a gente deve sempre ser o mais feliz possível? — perguntou ele de novo.

Ela levantou o queixo e olhou-o dentro dos olhos.

— Acho que sim.

Ele se agachou para ficar no mesmo nível que ela.

— Você vai realmente se casar com Robert?

— Não sei.

— Não case com ele. Case comigo — disse Gordon. Depois foi descendo pelas pedras e fez uma coisa que Robert nunca tinha feito... deu-lhe um beijo na boca.

Elspeth tapa os olhos para evitar o sol e olha na direção de Bass Rock. Lá ao longe, onde as árvores e a vegetação rasteira eram mais densas, vê um brilho inconfundível de um cabelo louro e uma figura mignon familiar. Ann. Fica um pouco confusa. Ann não disse que ia a Edimburgo hoje? Elspeth ajeita o corpo no banco, levanta a mão para acenar para ela e chamá-la, mas o grito não sai.

Com o braço ainda levantado, vê um homem de cabelo escuro, que pensou que estivesse passando, puxar Ann de encontro a si. O sol passa entre seus corpos enquanto eles se beijam. Elspeth deixa a mão cair no colo e olha para o chão. Não foi aqui que ela viu Gordon pela primeira vez? Ou foi mais adiante, junto daquele carvalho? Olha para trás de novo. Os dois estão separados agora. A luz do sol continua entre eles. Estão conversando. Ann põe a mão em concha no rosto dele. Um gesto muito familiar para Elspeth: ela faz isso com os filhos e com Ben.

O homem vai saindo depressa, distanciando-se de Elspeth. Ann segue em outra direção. Elspeth vê a nora caminhar mais devagar pelo caminho sinuoso a cem metros dali e desaparecer nos portões de Lodge. Elspeth olha de novo para as costas do homem, depois dobra o corpo como se estivesse sentindo uma dor física e aperta os olhos fechados com o punho. Um pensamento ainda pior ocorre-lhe subitamente.

DOIS DIAS DEPOIS ALICE ATENDEU O INTERFONE NO MEIO da manhã.

— Vim aqui ver Alice Raikes.

Houve um estalo na linha e o barulho do trânsito da rua interferiu na ligação. Ela não conseguiu identificar a voz.

— Quem está falando?

— John Friedmann.

Alice bateu o fone com toda a força.

— Ah, merda!

O escritório inteiro olhou na sua direção. Ela apertou o botão e mandou-o entrar.

— Merda, merda, merda. — Abriu a sacola, pegou uma escova e passou-a pelo cabelo com pressa.

— Quem é? — perguntou Susannah do outro lado do escritório. Anthony, o novo diretor, saiu da sua sala.

— O que está acontecendo? — perguntou gentilmente. — Por que Alice está correndo pela sala?

—Ah, meu Deus. Não me pergunte... O que eu vou fazer? Eu estou bem? — perguntou a Susannah.

— Está completamente louca.

Ela desceu o primeiro lance de escada a galope, depois diminuiu o passo para não aparecer para ele com o rosto vermelho. Ele estava embaixo, lendo um dos pôsteres pendurados na parede.

— Olá.

Ele se virou e sorriu, como se tivesse sido apanhado fazendo uma coisa errada. Ela tentou ignorar a pontada que sentia no estômago.

— Oi — disse, apoiada na balaustrada. — O que está fazendo aqui? Esqueceu de me perguntar alguma coisa na entrevista?

Ele sacudiu a cabeça.

— Leu o livro?

— Não. Ainda não.

Fez-se uma pausa constrangedora. Ela brincou com o cabelo e enfiou uma mecha na boca.

— Eu estava passando por Covent Garden e... — John parou, suspirou e olhou para o teto. Depois colocou a sacola que estava carregando no chão, olhou para ela e disse: — Acho que nós dois sabemos que isso é uma mentira.

Uma coisa curiosa ocorreu no rosto de Alice. Os músculos em volta da sua boca, que controlam o sorriso, entraram em espasmo, e ela teve de morder os lábios para não dar uma risada idiota. Olhou para baixo e viu um táxi passando na rua. Ele passou a mão pela barba.

— Você tem de ver um filme comigo hoje à noite.

O sorriso dela desapareceu imediatamente.

— Como assim "tem de"? Não seria melhor dizer "por favor" ou "você gostaria"?

— Não. Por que eu diria isso, se é óbvio que você é uma bruxa e me enfeitiçou de alguma forma? — Veio vindo na sua direção, e ela achou que ia ser beijada. Ali mesmo? Oh, meu Deus! Entrou em pânico e deu um passo atrás, segurando os folhetos do concurso de poesia. Ele chegou tão perto que ela sentiu seu hálito no pescoço: tinha certeza de que ele poderia ouvir seu coração batendo forte. Forçou-se a olhá-lo com ar sério. — Eu adoro ver você zangada — disse ele.

Alice soltou uma gargalhada, como se fosse água escoando de uma represa, e bateu com força no peito dele.

— Você me deixa mais enfurecida que qualquer outro homem que já conheci. Eu nunca iria ao cinema com você! Nunca! Nem que... nem que... — parou para pensar numa situação bem extremada — nem que fosse meu filme favorito passando pela última vez e você tivesse comprado o último ingresso disponível.

John esfregou o peito onde ela tinha batido.

— Toda vez que vejo você me machuco. Mas sou otimista. Nem mesmo uma feiticeira pode fazer muito estrago em um cinema.

— Eu não vou! — disse ela aos gritos.

— Vai, sim — gritou ele também.

— Não vou! Não vou a lugar algum com você.

Ela o vê primeiro, em frente do cinema da Shaftsbury Avenue, lendo um jornal com ar meio sisudo. Ele olha para o outro lado da rua, na direção oposta à que ela estava vindo. Alice nota que ele descansa um pé em cima do outro, que é bem alto, que está tenso e estica o pescoço para procurá-la na calçada movimentada.

— Oi — diz ela, dando um peteleco no jornal —, você está de folga, não é? Pode largar esse jornal agora.

Ele fica aliviado ao vê-la. Os dois não se tocam.

— Você está atrasada, Alice Raikes. Pensei...

— Eu estou sempre atrasada.

— Vou me lembrar disso...

Quase diz "na próxima vez", mas pára no meio da frase.

— Quer entrar ou vamos ficar aqui sorrindo um para o outro a noite inteira?

Ele ri.

— Podemos ficar, mas acho que você se cansaria. É melhor entrar.

Alice vai andando ao seu lado com as mãos nos bolsos da jaqueta, fazendo comentários sobre o filme. Quando enfatiza um ponto, vira o corpo para ele e diz: "Não acha?" Está com um jeans azul-escuro bem justo e botas de sola grossa com calcanhares de metal, que brilham sob as placas de gás neon do Soho. Do lado de fora de um barzinho oriental de massa ela pára e inspira, de olhos fechados.

— O que foi? — pergunta ele.

— Adoro esse cheiro.

John dá uma fungada, mas só sente o cheiro agridoce de verduras apodrecidas e o cheiro ácido de frituras.

— Isso realmente me lembra o Japão — diz ela.

— Você já esteve lá?

— Já. Passei um mês em Tóquio.

— Verdade? Quando?

— Em umas férias da universidade. Eu viajava muito nessa época: férias longas são a maior vantagem de ser estudante.

— Gostou do Japão?

— Adorei. Fiquei muito entusiasmada. Mas quando vim embora, já estava querendo voltar. Tóquio é uma cidade frenética. Fomos de lá diretamente para a Tailândia e passamos umas semanas descansando na praia.

Nós? pensa John.

— Quem viajou com você? — pergunta ele casualmente.

— Um ex-namorado meu.

Ele tem de engolir em seco para não gritar: quem era ele? Você estava apaixonada? Durante quanto tempo saiu com ele? Quando se separaram? Você ainda vê esse sujeito? No entanto, o que ele pergunta é:

— O que você quer fazer agora?

— Não sei. Alguma idéia?

— Eu tenho um problema, não uma idéia.

— O que é? — Ela olha para ele de lado através do cabelo, que se soltou durante o filme. Quando chegou, estava preso na nuca. Às vezes ele acha o olhar dela meio aflito.

115

— É que passei grande parte do dia correndo por Covent Garden, agoniado como um adolescente, pensando em uma mulher... — olha para ela de mansinho, que baixa a cabeça, e a cortina de cabelo cobre-lhe o rosto... — e não trabalhei nada. Preciso escrever um artigo de duas mil palavras sobre o cinema independente americano até as nove horas de amanhã.

— Entendo — diz ela, sacudindo o cabelo. — É um problema e tanto.

— Mmmm. Pelo menos posso dizer a mim mesmo que estava fazendo pesquisa hoje à noite. — Faz um gesto com a cabeça na direção do cinema.

— Bem. — diz ela, balançando-se para trás e para a frente sobre as botas. — Acho que vou para casa então.

— Onde você mora?

— Finsbury Park. E você?

— Camden. Posso lhe oferecer uma carona?

— Você tem carro?

— Tenho. É meu único luxo na vida. Preciso fazer muitos contatos, ou pelo menos é o que digo a mim mesmo. Você é contra ter carro?

— De modo algum. É pura inveja.

— Uma carona vai melhorar um pouco essa inveja ou piorar?

Ele vê que ela hesita, insegura.

— Alice, não se preocupe, eu não andei bebendo. Não sou um assassino e prometo solenemente não tocar em você. — A não ser, é claro, que você queira, acrescentou mentalmente.

Depois que ela fecha a porta do carro, diz:

— Quer entrar um instante? Se vai sair para abrir a porta da minha casa, talvez...

Em um segundo ele sai do carro, tira as chaves da mão dela e abre a porta.

— Aqui? — pergunta, olhando para a escada comunitária.

— No último andar.

Ele espera que ela abra a porta do apartamento.

— Você mora sozinha? — pergunta, um pouco tenso.

— Moro. Prefiro. Eu dividia o apartamento com umas amigas, mas descobri que nunca nos encontrávamos para combinar quem iria limpar o banheiro. Depois morei com meu namorado, isto é, meu ex-namorado, o que também não funcionou. — Diz isso sem olhar para ele, sentindo seu interesse. — Este lugar é temporário, mas já estou aqui há cinco meses.

Fica surpresa com a curiosidade dele, enfiando a cabeça em todos os cômodos do pequeno apartamento.

— Um pouco sombrio, não é? — pergunta ela.

— Não é ruim. Já vi coisas piores.

Ele vai até a cozinha.

— Essa é você? — pergunta, ao ver uma foto dela com Beth na praia. Estão de maiô, deitadas de bruços em uma bóia.

— Ah, meu Deus, não olhe para isso. — Ela se encaminha para ele e olha por cima do seu ombro. — Eu tinha uns 18 anos, acho. Essa é minha irmã mais nova, Beth. Sempre gostei dessa foto e perdi a que eu guardava havia anos. Beth mandou uma cópia para mim na semana passada. Engraçado, na época nunca pensei que seria uma das últimas vezes que eu estaria morando com minhas irmãs. Estava louca para sair de casa, mas não notei realmente quando saí. Acho que simplesmente aconteceu.

Ele tira a foto da parede e segura-a junto do rosto com uma das mãos, enquanto com a outra tira a fita adesiva que a prende na parede. — Você sempre teve cabelo comprido? — pergunta.

— Nem sempre. Quando era criança, não, e cortei o cabelo logo depois que essa foto foi tirada.

Quando ele se vira, ela percebe que estão muito juntos. A atmosfera muda naquele instante.

— Quanto tempo o cabelo levou para crescer de novo?

— Aaahhhh... Mais ou menos quatro anos — diz ela, sem conseguir se lembrar de nada naquele momento.

Ele toca seu cabelo e lentamente enrola uma mecha nos dedos. Ela estremece.

— Está com frio?

— Não.

Ele se inclina e passa os dedos na sua nuca, roçando os lábios nos lábios dela, muito macios e quentes. Ela se encosta nele e passa os braços nas suas costas para puxá-lo para mais perto. Sente a batida do coração dele através da roupa e fecha os olhos.

— Que merda — diz ele subitamente, afastando o corpo do dela. Alice perde o equilíbrio com o movimento dele e com o susto. Quase cai no chão e estica a mão para voltar à estabilidade, batendo com o dedo no canto da mesa. A mão começa a latejar até o cotovelo e ela a leva à boca.

Ele se joga dramaticamente na cadeira da cozinha com a cabeça entre as mãos e os cotovelos na mesa. Ela está determinada a não se queixar. A voz dele sai abafada.

— Alice, desculpe.

Ela não consegue falar e fica ali apertando a mão na boca. Ele olha para o alto.

— Machucou a mão?

Tenta se aproximar, mas ela dá um passo atrás. Ele hesita. Ficam em silêncio uns dois minutos, Alice de pé e John olhando para ela. Finalmente, ele respira fundo e diz:

— A coisa é... o problema é... Você vai achar horrível... eu estou meio... estou com alguém no momento...

Ela faz que sim com a cabeça, mas sente como se seu corpo começasse a escorregar por uma ladeira íngreme.

— Ela não significa nada para mim, Alice... Não é o que você está pensando...

— Por favor, não fale. Vamos... vamos esquecer tudo isso.

— Não é o que você está pensando — repete ele. — Posso lhe garantir.

— E o que eu estou pensando, na sua opinião? — As palavras lhe parecem estranhas, cortadas, mal articuladas.

— Que eu sou um filho-da-puta. Mas não é nada disso. A coisa é que...

— Esquece, esquece. Não tem importância. Você tem namorada. Vamos deixar as coisas como estão.

Ele passa a mão na cabeça.

— Sophie não é minha namorada... não realmente... o problema é que...

— Por favor — diz ela, virando-se de costas e indo para a janela. — Não quero ouvir nada sobre isso.

Quatro andares abaixo os carros passam zunindo, os faróis iluminando o carro de John estacionado diante do prédio.

— Acho melhor você ir embora agora — diz ela.

Se ficasse ali de costas, ele iria embora, e ela nunca mais olharia para a sua cara.

— Você não está falando sério — ouve John dizer atrás dela e se vira para encará-lo.

— Estou falando sério, sim. Saia da minha casa. Agora.

Ele não se move da cadeira. Alice olha-o incrédula, encarando-o pela primeira vez desde — quando mesmo? — desde que ele tocou no seu cabelo e eles quase se beijaram. O tempo parece ter se estilhaçado, como se isso tivesse ocorrido há horas.

— Quero que você saia — diz Alice, com uma calma determinada, como se estivesse dando uma explicação a um estrangeiro. — Não vou permitir que ninguém me sacaneie assim.

— Você tem de acreditar em mim. Eu não estou sacaneando você. Não estou mesmo. Apenas me deixe explicar...

— Explicar? Que explicação pode haver? Que as coisas não vão muito bem entre você e sua namorada e então você pensou em tentar comigo? Bem, não se preocupe. Nada aconteceu. Você não vai ter de mentir para ela sobre isso.

Ele olha para baixo, as palmas das mãos e os dedos abertos sobre o tampo da mesa da cozinha imitando madeira.

— Quantas vezes vou ter de dizer isso? Sophie não é minha namorada. Ela não é nada para mim. Na verdade, não dá a mínima para mim, só que...

— Sexo? — sugere Alice.

— Não — diz ele, ofendido. — Não era isso que eu ia dizer.

Ele se levanta e atravessa a cozinha. Ela olha pela janela e cruza os braços.

— Como você pode dizer que não aconteceu nada aqui hoje? — diz ele.

Ela vai empurrando-o para o corredor e abre a porta.

— Saia daqui. Não quero dizer isso de novo.

Ele hesita, depois pega suas chaves em cima da mesa e vai para o corredor. Tem de passar bem junto dela para sair pela porta, então a pega pelo braço e beija-a no rosto. Ela o empurra como se tivesse sido queimada e bate com a cabeça na quina da porta. Ele põe a mão em cima da mão dela.

— Desculpe — sussurra junto ao seu ouvido.

Alice sente as lágrimas escorrendo-lhe pelo rosto e empurra a mão dele para longe.

— Vá embora. Por favor — fala, olhando para o chão.

— Vou resolver umas coisas e telefono amanhã para explicar tudo, OK?

Ela dá de ombros.

Quando ele sai, uma corrente de ar frio entra pela porta aberta. Ela fecha a porta e fica ouvindo seus passos descendo as escadas. A porta da frente bate e logo depois seu carro dá a partida.

Alice entra no banheiro e abre a torneira de água quente. Os canos tossem e a água começa a escorrer. Mantém a mão debaixo da torneira, e quando a água fica bem quente, coloca a rolha no fundo da banheira. O banheiro é tomado de vapor, e ela vai para a frente do espelho.

Você nunca mais o verá, diz a si mesma. Os pontos onde ele a havia tocado — pescoço, lábios e braços — parecem em carne viva, doloridos. Ela aperta a mão sobre a blusa, na altura do coração, e diz com uma voz forte em off: "Não quero ver esse homem nunca mais." Consegue constatar apenas uma ligeira aceleração no coração, um aperto na garganta. No dia seguinte estará bem de novo.

BEN TEM DIFICULDADE PARA CONCENTRAR-SE NO QUE O MÉdico diz. Por trás dele, iluminados no painel de luz, estão os cortes transversais do cérebro de Alice. Ele vê seus globos oculares, suas bochechas, sua testa e seu nariz esboçados em cinzento. O cérebro em si é uma confusão de manchas escuras, depressões, vales, dobras.

— Não posso dizer muita coisa mais neste estágio — diz o médico, estendendo as mãos como se estivesse terminando um truque mágico.

— Mas... mas há alguma coisa que a gente possa fazer? — pergunta Ann.

— Vocês podem falar com ela, tocar uma música que lhe diga alguma coisa, ler em voz alta para ela. É importante tentar tirá-la desse estado — diz o médico levantando-se, franzindo os olhos como se fosse míope e andando para baixo e para cima no consultório. — Devo informar que a polícia e algumas testemunhas estão dizendo que... o acidente... talvez tenha sido... uma tentativa premeditada de Alice... de tirar sua própria vida. Ainda não sabemos ao certo, mas...

Ben sente um gosto de palha na garganta. Do canto do olho vê Ann cruzar e descruzar as pernas e inclinar-se para a frente.

— O senhor quer dizer... suicídio? Alice tentou cometer suicídio?

— É uma possibilidade. Eles não têm certeza. Mas temos de levar isso em consideração.

— Em consideração?

— Ben repete, atordoado. — Em que sentido?

— É crucial que vocês a estimulem bastante. O que quero dizer é que ela não vai acordar se não tiver uma razão para isso, entendem?

Os dois sentam-se na cama de Alice sem dar uma palavra. Ann torce a alça da bolsa e Ben revira a sacola de plástico com as coisas que Alice levava no momento do acidente. O médico lhes entregou a sacola quando eles chegaram ao hospital. Ben imagina que talvez ele estivesse presente quando as coisas dela foram retiradas ou cortadas dos seus bolsos ensangüentados: a carteira contendo exatamente 2,80 libras em moedas, meio pacote de chicletes sabor hortelã (sem açúcar), uma aliança de platina e um chaveiro com três chaves para tranca e duas chaves grossas. Nada mais. Preso no chaveiro, um peixinho verde de esmalte, articulado, com o rabo mexendo de um lado para o outro. É japonês, pensa Ben, mas não se lembra como sabe disso. Alice lhe disse alguma coisa sobre esse peixinho? Tira a aliança da sacola e segura-a contra a luz entre o polegar e o indicador. Não há nenhuma inscrição.

— Não acredito nisso — diz Ann de repente. — Não acredito. Alice não faria uma coisa assim.

— Você acha que não?

— Absolutamente. Deve ter havido um engano. Ela não faria uma coisa assim. Se bem que isso passou pela minha cabeça algumas vezes, depois de John e tudo o mais. Mas não é típico de Alice, é? Ela é muito... valente.

— Mmmm. Talvez. — Então ele se lembra de uma coisa — Kirsty disse que ela esteve em Edimburgo ontem.

— Edimburgo?

— É. Eu esqueci de contar para você. Kirsty me disse hoje de manhã no telefone.

— Alice esteve em Edimburgo ontem? — diz Ann, franzindo a sobrancelha como se Ben estivesse mentindo. — A que horas ontem?

— Não sei. Alice telefonou do trem, acho eu, e Kirsty e Beth foram encontrá-la em Waverley.

— Waverley? A que horas? — pergunta Ann com voz entrecortada.

— Não sei — repete Ben. — Ela ficou lá só uns cinco minutos, segundo Kirsty, depois pegou um trem de volta para Londres.

Ann levanta-se tão depressa que a bolsa cai no chão. Carteira, papel, pente, lenços, cigarros, batom, chaves espalham-se pelo chão de ladrilho, debaixo da cama e entre os pés das cadeiras, e ela se abaixa para pegar as coisas uma a uma.

— Você está bem? — pergunta Ben, ajudando-a.

— Estou. É claro que estou. Por que não estaria? — Depois de catar seus pertences, Ann abre a porta do quarto. — Acho que preciso de um cigarro.

— Tudo bem. Vejo você mais tarde.

— ALICE, SOU EU. ESCUTE — DIZ ELE COM VOZ TRÊMU-la —, está tudo resolvido.

Ela segura o fone com mais força, mas não dá uma palavra.

— Alice? Está me ouvindo?

— Estou.

— Então diga alguma coisa.

— Não sei o que dizer.

— Só... diga que não estraguei tudo ontem à noite.

— John, não há nada para "estragar", como está dizendo. Você tem outra pessoa, fez uma entrevista comigo e nós fomos ao cinema. Nada aconteceu.

Ele permanece em silêncio, mas dá para ouvir o barulho do escritório, com os telefones tocando e a dos teclados sendo usados.

— Alice, eu não tenho ninguém — diz ele com dificulda-de. — Não estava com ninguém nem estou agora.

Ela não responde. Ele tenta de novo.

— Alice, por favor... você não pode dizer que não aconte-ceu nada... Olhe, estou com um problema aqui... não é sempre que isso me acontece...

Ela tira o fone do ouvido com a mão trêmula. Desligue ago-ra, diz para si mesma, desligue logo. Para ter coragem de fazer isso, tenta reviver a sensação de insegurança da noite anterior quando ele a afastou.

— Não desligue, por favor. Alice? Eu sei que você ainda está aí. Por favor, diga alguma coisa, senão... senão... vou enlouquecer.

— Não seja melodramático.

— Oi. Pensei que estivesse falando sozinho. Por que está sendo tão teimosa?

— Não estou sendo teimosa. Só não vou deixar você atrapalhar a minha vida. Por que deixaria? E Sophie? O que ela...

— Sophie que se foda — diz John com veemência. — Você tem de acreditar... ela não foi nada para mim, e eu não fui nada para ela. O problema não era ela.

— Então o que era?

Ele hesita.

— Não posso dizer agora.

— Por que não?

— Não posso.

— Por quê? Porque está no escritório?

— Não é isso. Eu levaria muito tempo explicando. Alice, por favor, me dê outra chance. Só uma, é só o que peço, e se errar de novo, juro que nunca mais telefono para você. Sinto muito sobre a noite passada. Mas me dê uma chance para eu me explicar. Por favor.

Alice começa a imaginar as probabilidades: o problema não era sua namorada, ele não podia falar no telefone, levaria muito tempo para explicar. O que podia ser? Se não era outra mulher, então... não... certamente não.

— John?

— O quê?

— Esse problema seu...

— Alice, eu já disse. Não posso explicar agora. Se puder ver você, prometo que conto tudo.

— Não é... Você não...?

— O quê?

— Você está... doente?

— Doente? — repete ele.

Ela suspira, exasperada.

— Você é HIV positivo? Se for, é melhor me contar agora.

Ele dá uma risadinha.

— Meu Deus, não é nada disso. Não, estou em perfeitas condições de saúde, só minha saúde mental é que não vai bem nesse momento.

— Ah!

Há um silêncio tenso. Ela faz uns rabiscos furiosos na caderno de anotações que está em cima da mesa.

— Olhe aqui — diz John —, não podemos falar sobre isso por telefone. Você tem uma caneta aí?

— Hummm.

— OK. Então anote o seguinte: Helm Crag Hotel. São duas palavras separadas. H E L M e crag, começando com C.

— Eu conheço a palavra, mas por que...

— Escreva aí. Já escreveu?

— Já, mas o que...

— OK, o hotel fica na Easedale Road, em Grasmere. Às cinco e quinze sai um trem de Euston. Escreva isso também. Você vai precisar descer em Oxenholme e pegar um trem para Windermere. De lá você pode pegar um táxi para o hotel, que fica bem na entrada de Grasmere, em um vale chamado Easedale. A reserva está em meu nome.

— John, se você acha que eu vou...

— Vou precisar rever uma peça em Manchester hoje à noite, de modo que mais tarde me encontro com você lá. Por volta das duas ou três da madrugada.

— Que droga você...

— Eu sei. Sinto muito, mas não posso fazer nada. Vou de carro de Manchester para lá. Mas você pode jantar e dar uma volta...

— John! Preste atenção!

— O quê?

— Eu nunca quis... — Alice começa a longa preleção que ensaiou no banheiro na noite anterior, mas imediatamente se esquece do resto.

— De qualquer forma — continua ele, como se ela não tivesse falado —, podemos passar o sábado e o domingo juntos. Acho que não vou conseguir tirar folga na segunda-feira, senão...

— Do que você está falando? Não há hipótese, absolutamente nenhuma hipótese, de eu me encontrar com você em um hotel em Lake District. É bom você ficar sabendo desde já.

— Por que não?

— Por que não? Como assim "por que não"? Eu mal conheço você, para início de conversa. Você deve ser maluco se acha que vou largar tudo e pegar um trem para passarmos um péssimo fim de semana juntos.

— Quem disse que vai ser péssimo?

— Não adiante discutir. Tenho planos para o fim de semana.

— Cancele seus planos.

— De forma alguma. Essa coisa toda está completamente fora de questão.

— Você precisa ir. Por favor. Precisamos conversar umas coisas e acho que devíamos sair de Londres. Já está tudo combinado. É um hotel muito lindo. Você vai adorar. É um lugar completamente vegetariano.

— Como sabe que eu sou vegetariana?

— Você me disse na cantina quando fizemos a entrevista.

— Disse? Não me lembro.

— Mas eu me lembro. Alice, vá por favor. O que eu preciso fazer para convencer você? É só dizer que eu faço.

— Você é a pessoa mais pretensiosa que já conheci. Me dê uma razão, só uma boa razão, para eu cancelar todos os meus planos e passar um fim de semana onde provavelmente estará chovendo, com um homem que tem um... um... segredo suspeito.

— Porque não sei se vou conseguir agüentar se você não for — diz ele baixinho.

Molly, a mocinha de plantão naquela noite, acordou com o barulho de um carro passando pelo cascalho. Sentou-se, ainda vestida com o uniforme estampado do hotel, e olhou o relógio. Duas e vinte e quatro da madrugada. Saiu da cama, tropeçando nos sapatos que tinha jogado pelo quarto, e vestiu um casaco.

No hall de entrada estava um homem de cabelo escuro, jovem e bonitão. Eles não recebiam muitos hóspedes jovens. Quase todo os freqüentadores do hotel eram mais velhos, gente que ia lá apreciar a vista ou homens barbudos que iam fazer caminhadas nas montanhas. Ele trazia uma sacola preta pequena e um computador portátil. Deu um sorriso quando a viu descer as escadas na ponta dos pés.

— Oi, desculpe acordar você a essa hora — sussurrou.

— Tudo bem. É o Sr. Friedmmann, não é?

— Isso mesmo.

— Veio de uma longa viagem?

— Bom, saí de Londres hoje à tarde, mas tive de passar parte da noite em Manchester.

— A serviço?

— Mais ou menos. Tive de assistir a uma das piores peças de teatro que já vi em toda a minha vida.

Molly riu.

— Por quê?

— É o meu trabalho. Alguém tem de fazer isso.

— Você é um crítico ou coisa assim?

Ele assentiu.

— Quer comer alguma coisa?

— É muito trabalho para você? Não precisa ser nada quente. Um sanduíche seria ótimo.

— Claro. Quer assinar aqui, por favor? — disse Molly, passando-lhe o livro de registro. — Esta é a sua chave.

Ele recuou, como se ela tivesse lhe passado um excremento de cachorro em um prato.

— Chave?

— É. A chave do seu quarto. Pode levar as sacolas para cima enquanto eu preparo o sanduíche.

— Então a chave do meu quarto continua aqui na recepção? — perguntou, como se fosse um idiota.

— Bom, é aqui que as chaves ficam. — Havia alguma coisa estranha naquele rapaz. Parecia ter recebido uma péssima notícia, como se alguém tivesse lhe dito que sua mãe tinha morrido ou coisa semelhante.

— Ah.

— Algum problema a respeito disso, Sr. Friedmann?

— Problema? — Olhou-a durante tanto tempo que ela foi perdendo a graça. Começou a fazer movimentos barulhentos para que alguém a pudesse ouvir. Aquele sujeito era esquisito. — Não, nenhum problema — disse ele, pegando a sacola. — Vou levar isso para cima.

— É melhor não fazer barulho. Sua esposa foi dormir há horas.

— Minha o quê? — perguntou ele de repente.

— Sua esposa. — Será que ele não tinha entendido bem?

— Minha esposa! — repetiu ele, tomado de alegria. — Ela está aqui? Ela veio?

— Sim. Chegou bem mais cedo, jantou e foi direto para o quarto.

— É mesmo? Que ótimo! — Ele deu um salto, sorrindo como um louco, pegou a sacola e foi subindo as escadas de dois em dois degraus.

— Ainda quer o sanduíche, Sr. Friedmann?

— Não, não se preocupe com isso. Obrigado pela ajuda. Boa noite.

Molly ficou olhando o livro de registro. Quanto tempo eles ficariam ali?

Quando John fechou a porta, estava completamente escuro, e ele não conseguia ver nada, depois da luz forte do corredor. Permaneceu imóvel, agarrado à sua sacola e ao computador, esperando que os olhos se acomodassem ao escuro. Em alguma parte do quarto podia ouvir a respiração de Alice. Foi subitamente tomado por um desejo urgente de dar uma gargalhada histérica e teve de pôr a sacola no chão e tapar a boca com a mão para evitar isso. A urgência diminuiu, felizmente. Ela provavelmente não gostaria muito de ser acordada no meio da noite com uma risada enlouquecida. De repente percebeu que não conseguia se lembrar do nome da mulher louca do romance *Jane Eyre*. Era um nome que começava com B. Alice saberia, mas ele achou que aquela talvez fosse uma razão ainda pior para acordá-la. Beryl, era isso? Beryl Rochester não parecia o nome certo. Beryl... Beattie... Beatrice... Bridget? Não. Merda, como era mesmo o diabo do nome dela? Ficaria pensando a noite inteira naquilo a menos que conseguisse se lembrar. Seu cérebro, muito prestativo, lhe forneceu vários nomes de mulheres começando por B. Biddy... Beth... Bridie... Cala a boca, cérebro. Que merda, cérebro. Vá dormir. Quieto.

Podia distinguir agora um brilho por trás das cortinas. Podia ver o branco dos lençóis e — obrigdosenhorvoufazerpelomenos umaboaaçãotodososdiaspelorestodaminhavidaeuprometo — a pele branca e o cabelo preto de Alice. Ela estava deitada de lado, de costas para ele, respirando com regularidade. John sentou-se em uma cadeira próxima da cama e soltou o cadarço das botas. Será que ela sempre dormia daquele lado na cama? O ex-namorado que ela mencionara dormia desse lado? Talvez ele devesse ir para o outro lado. Oh, pelo amor de Deus, John, suba simplesmente na cama, está bem? Ficou só de cueca — bem, assim não pareceria tão presunçoso, certo? Não queria assustar a moça. O que ela estava usando? Debruçou-se cuidadosamente sobre a cama. Era difícil dizer. O cabelo cobria seus ombros. Talvez ela estivesse nua. Ao pensar nisso, pulou imediatamente na cama. Mas se ela estivesse nua e ele de cueca, poderia pensar que ele era um bocó. Ou, pior ainda, que era virgem. Mas se não estivesse e ele subisse na cama ao seu lado completamente pelado, ela poderia levar o maior susto da vida e pensar que ele estava querendo trepar logo. O que era verdade. Olhou em volta do quarto sem saber o que fazer. As roupas dela estavam dobradas em cima da cadeira ao lado da cama. Veio-lhe outra idéia. Onde ele tinha posto as camisinhas que comprara em Manchester? Ia começar a procurar na sacola quando imaginou uma cena horrí-vel: Alice acordando, acendendo a luz e vendo-o ao lado da cama só de cueca, com uma caixa de camisinhas na mão.

Puxou as cobertas e enfiou-se de mansinho na cama. Por favor, acorde agora. Vamos lá. Seria perfeito. Ela acordaria aos poucos e perceberia que ele estava ali. Depois eles se acariciariam e talvez — não, pelo amor de Deus, ainda não.

— Alice? — sussurrou, sem conseguir se controlar.

Virou-se na cama, chegou bem perto dela e percebeu que Alice estava de camisola. Graças a Deus. Uma camisola de um tecido fino e bem claro.

— Alice? — murmurou de novo. Por favor, Alice, acorde.

Nesse momento percebeu horrorizado que estava tendo uma incrível ereção. Merda, merda, merda. Porra, que forma de acor-dar Alice — enfiando um pau grande entre suas coxas. Oi, que-rida. Sentiu falta de mim? Entrou em pânico, começou a suar e afastou-se o mais depressa possível, sem afundar muito o colchão. Oh, Jesus, ela estava se mexendo e se virando. Que merda, o que ele faria se ela acordasse agora? Ficaria deitado de bruços imóvel? Ela pensaria que ele era retardado ou no mínimo esquisito. Oi, Alice. Estou bem, sim. Mas precisei deitar aqui uns minutos sem me mexer. Como foi sua viagem? Ela estava acordando, John convenceu-se disso. A respiração dela estava nitidamente menos profunda, e a ereção dele não dava sinal de ir embora. Porra, o que ele ia fazer? Pense em outras coisas, depressa... banho frio... o que mais, o que mais?... exames médicos no colégio... tabuadas. Tabuadas! Oito vezes um são oito, dois vezes oito dezesseis, três vezes...

Olhou Alice de lado. Ela estaria realmente dormindo ou teria acordado e ficado ali, horrorizada, naquele silêncio com um maníaco sexual na cama? Não, ela estava deitada de costas, dormindo a sono solto. John ficou admirando-a. O lençol tinha escorregado da sua cintura e através do tecido fino da camisola podia ver a curva dos seus seios e — merda, merda, sua ereção estava de volta. Não conseguiria dormir a noite inteira e ficaria morto de sono no dia seguinte, como um idiota. Grande companhia para Alice, que já devia estar lá há umas cinco horas.

ANN PASSA POR UMA PORTA LATERAL QUE DÁ EM UM JARDIM, xingando quando bate com o osso saliente do pulso na maçaneta de aço. O ar está denso, e uma grande nuvem cinzenta paira acima das chaminés do hospital, cobrindo a cidade com poluição e ar viciado.

Encosta-se em uma parede texturizada, de proteção contra o vento. O prédio do hospital rodeia os quatro lados do jardim — um jardim tão pré-fabricado que dá para ver as linhas de junção do gramado artificial. Está ficando tarde. Do lado esquerdo sai o corredor que dá no quarto onde sua filha se encontra inconsciente, de cabeça raspada, insensível ao mundo ao seu redor, com os pulmões programados para inspirar a cada quatro segundos.

Abre o maço de cigarros, tira um, coloca-o nos lábios e procura a caixa de fósforo no bolso do casaco. Tem de riscar o fósforo três vezes para ele acender. Mantém a fumaça na boca, vendo a ponta do cigarro brilhar no ar escuro, depois deixa a fumaça descer para o peito, infiltrando-se nos seus alvéolos. Conta o número de janelas do corredor para ver qual é a do quarto de Alice.

Sabe que precisa apagar o cigarro, voltar para o quarto, sentar-se ao lado do marido e da filha. Mas, por enquanto, não. Solta a fumaça no ar parado e fica vendo a luz atravessar a moldura de metal da janela de Alice.

ELSPETH VAI PARA A JANELA DOS FUNDOS DA CASA OLHAR AS netas. No gramado, Beth planta bananeira e pergunta a Alice a toda hora:

— Minhas pernas estavam retas? Você olhou? Olhe agora.

Alice, que cortou recentemente as pontas do cabelo de forma irregular e tingiu uma mecha longa de azul-escuro, está deitada de bruços na beirada do pátio, toda vestida de preto, lendo. Em meio a um lampejo de pernas finas, tênis brancos e saias franzidas, Beth dá mais uma virada.

— Estava ótimo — diz Alice, sem tirar os olhos do livro.

— Verdade? — pergunta Beth, o rosto vermelho do exercício. — Você gostou, Kirsty?

Kirsty toma sol de biquíni, com tufos de algodão entre os dedos dos pés. Ela sacode o vidro de esmalte e diz, destampando o vidro:

— Estava perfeito, Beth.

— Isso é um crime absoluto — diz uma voz ao lado de Elspeth, que se vira e vê Ann bem junto dela. Três dias se passaram desde aquele dia em Lodge. Este é o fim de semana em que Ben está fora, jogando golfe no campo junto ao mar.

— O quê? — pergunta Elspeth.

— Isso — diz Ann, exasperada, apontando para Alice. — É um crime fazer isso com um cabelo bonito como o dela. Não sei o que ela pensa que parece.

Elspeth apóia a mão no parapeito da janela e olha para Ann. Acima da cabeça delas ainda se vêem as riscas pretas da época em que, anos atrás, Alice pôs fogo nas cortinas sem qualquer explicação.

— Há crimes piores.

Ann olha para ela, indubitavelmente surpresa com a veemência daquelas palavras.

— Você não acha, Ann? — insiste Elspeth.

Sob o olhar feroz de Elspeth, Ann cora. As duas entreolham-se, Elspeth sem querer ser a primeira a desviar o olhar. A cabeça de Ann vira-se na direção do jardim.

— Sabe o que os gregos faziam com as mulheres adúlteras, Ann?

Ann leva a mão à boca, sem dar nenhuma resposta.

— Sabe?

Ann sacode a cabeça, ainda calada.

— Elas eram presas no lombo de uma égua no meio de um pátio, diante da família do homem. Então soltavam um garanhão e ficavam observando a mulher ser massacrada aos poucos quando o garanhão montava a égua.

— Por favor... pare — diz Ann.

— E sabe o que mais? Eu sempre achei uma coisa incrivelmente bárbara fazerem isso com alguém. Até agora.

— Ben sabe?

— Não. E nem vai saber, se você jurar para mim que nunca mais verá esse homem.

Elas olham para o jardim, Elspeth para as meninas e Ann com o olhar perdido no horizonte.

— Você ama esse homem? — pergunta Elspeth.

— Quem? Ben?

Elspeth dá uma risada seca.

— Não. Não o Ben. Sei que você não ama o Ben. O outro. Ann dá de ombros com ar desafiador.

— Acho que não tenho de responder a essa pergunta.

— Há quanto tempo... quanto tempo faz...?

— Anos.

Quando Elspeth vê Ann se virar para sair, estica a mão, agarra seu pulso fino e leva-a de volta à janela.

— As pessoas sempre comentaram... em vão, eu sempre pensei, mas hoje me pergunto quantas pessoas realmente sabem... como é estranho que tenhamos duas meninas louras e pequenas e uma alta e morena — diz, forçando-a a olhar pela janela. — E eu estava aqui, pensando também como isso é estranho. Olhe. Alice parece de uma espécie diferente junto das irmãs; podia muito bem vir de uma outra família. Ou de um pai diferente, talvez. É estranho também que Alice não tenha um espírito nada científico como todos os demais membros da família, que passe o dia todo lendo ou tocando piano. É estranho que ela seja de natureza muito mais tempestuosa e impulsiva que as outras. Não conheço ninguém da minha família que seja como ela. Você conhece? Conhece alguém que se pareça com ela? Alguém?

Ann luta para desvencilhar-se das mãos de Elspeth, que finalmente a solta.

— Conte-me.

— Contar o quê?

— Alice é filha de Ben?

Ann olha para Alice pela janela. Ela está ao lado de Beth no gramado, pronta para segurar seus tornozelos quando ela fosse plantar a bananeira.

— Devagar — está dizendo —, devagar, Beth. Senão você vai me dar um chute na cara.

Kirsty está pintando as unhas do pé com pinceladas cuidadosas, ouvindo música pelo fone de ouvido.

— Eu... eu não sei... não posso ter certeza... estou quase certa que sim.

— Quase? O que quer dizer isso?

— Exatamente o que eu disse.

ALICE ACORDA SOBRESSALTADA. ALGUMA COISA ESTÁ ERRAda. Vira os olhos da esquerda para a direita, desconfiada. Já é de manhã. O sol entra pela grande janela. O silêncio é total. Nenhum ruído de trânsito. Dá para ouvir os passarinhos cantando. Passarinhos? Suas roupas estão no espaldar de uma cadeira antiga em frente. Mexe a cabeça aos poucos. A fronha do travesseiro é de algodão branco com bordas de renda. Olha para cima e vê que está em uma cama de dossel. Olha para baixo e vê o braço de um homem em volta do seu tórax. Um braço forte, bronzeado, de pêlos escuros. Seus dedos estão dobrados para dentro. O homem parece estar dormindo ao seu lado, encostado nas suas costas.

Antes de investigar mais, há uma batida à porta. Abre a boca para mandar a pessoa entrar, mas não consegue emitir nenhum som. Um instante depois olha assustada, ao ver entrar uma moça com uma massa de cabelo encaracolado e saia estampada carregando uma enorme bandeja.

— Bom dia, Sra. Friedmann. Aqui está o seu café-da-manhã. Vou deixar ao lado da janela.

Alice vai perguntar por que está sendo chamada de Sra. Friedmann, quando de repente descobre toda a verdade. Ah, meu Deus, ah, Jesus, o que ela está fazendo ali?

Assim que a porta fecha, ela sai da cama como um antílope assustado, soltando-se do braço de John. Ele resmunga e cai no sulco que seu corpo deixou no colchão macio. Alice espera nervosa, equilibrada em uma perna só. Ele abre os olhos.

— Oi, você está linda — diz, esfregando o rosto.

Ela sente que está correndo o risco de dar um sorriso tolo. Ele decerto está sorrindo.

— O café-da-manhã chegou — diz ela, atravessando o quarto para chegar à janela.

— Que bom. Estou morto de fome. Não comi nada na noite passada.

Para fazer alguma coisa, ela abre as cortinas, e só então percebe como sua camisola é curta. Mal cobre seu bumbum, pelo amor de Deus, mas é a única que tem. Parece também ser muito transparente contra a luz do sol. Ao virar-se para ele, vê, pela sua expressão, que é transparente mesmo.

— A que horas você chegou? — pergunta ela, em tom formal.

— Mais ou menos às três, eu acho.

— Como foi tudo na noite passada?

Ele parece em pânico por um instante, depois diz:

— Ah, a peça? Foi horrível.

— Quer uma torrada?

— Venha cá — diz ele, esticando os braços.

— John — diz Alice, numa voz estrangulada —, não posso. É muito... estranho. Não posso levar isso adiante — balança a mão, mostrando suas sacolas, as roupas espalhadas, a enorme cama de dossel — antes mesmo de... quer dizer, eu nem beijei você ainda. Pelo menos, não da forma apropriada.

Ele deixa os braços caírem em cima das cobertas.

— Eu sei o que você quer dizer.

— E você não me contou seu segredo misterioso. Aliás, é por isso que estamos aqui, não é?

John fica em silêncio. Alice mexe nas xícaras da bandeja e finge estar admirando a vista de Easedale.

— Gostei de você dizer "ainda" — diz ele com calma.

— Como?

— Gostei de você ter usado a palavra "ainda". Você disse: "Eu nem beijei você *ainda*."

— Bem, eu não estaria aqui se... quer dizer... — Ela dá um passo à frente e diz: — John?

— O quê?

— Você está...? — E dá um risinho.

— Estou o quê?

— Você está...? — Ri de novo. — Você está vestido?

Ele sorri orgulhoso.

— Estou de cueca. — Joga as cobertas da cama para o lado e levanta-se. Os dois ficam ali, Alice de camisola e John de cueca, a um metro de distância um do outro, entreolhando-se.

— Eu acho — diz John devagar — que é melhor irmos dar uma volta.

Se isso é vida, então é como viver em uma caverna ou em um submarino e olhar o mundo de fora por um periscópio mínimo, um periscópio tão mínimo que capta apenas cheiro e som — e mesmo assim raramente.

Ontem, na semana passada, este ano, um minuto atrás, hoje de manhã, dois meses atrás — qualquer tempo desses — meu nariz captou no ar o cheiro que estou sentindo agora. Dizem que o olfato é o mais evocativo de todos os sentidos. (Uma vez pensei em me relacionar com um homem que tinha um olfato muito limitado — gosto de pensar que as coisas não funcionaram conosco por causa disso. Depois de vê-lo uma vez, Rachel disse que ele era um retardado emocional e estava certa. Mas embora eu seja mais tolerante, como ele poderia desenvolver uma capacidade emocional total sem esse senso de associação? Como alguém pode viver sem esse elo crucial entre o ambiente físico imediato e a lembrança interior?)

Assim que senti esse cheiro, comecei a me lembrar das viagens de carro que fazia quando era criança — sufocada, enjoada, com as pernas de fora grudadas no banco, o cotovelo de Beth me apertando de lado, nós três implorando para abrirem uma janela e minha mãe negando-se a abrir porque o vento despentearia seu cabelo — e de um guarda-roupa que éramos proibidas de abrir, cheio de roupas intocadas penduradas pelos ombros nos cabides. Era o cheiro do perfume da minha mãe, que ela punha uma vez por dia no pescoço e nos pulsos e deixava secar antes de se vestir. O cheiro que a segue como um rabo, que permanece no ar de qualquer quarto por onde ela tenha passado, em qualquer roupa que tenha usado.

Isso só pode significar uma coisa: minha mãe está por ali. Eu me sinto em certa desvantagem — pois ela pode me ver, mas eu não posso vê-la. Ela está ali agora, neste minuto — o que quer que "neste minuto" signifique? É uma sensação horrível pensar que ela está sentada junto de mim e eu estou aqui, esperando. Ela está em algum lugar próximo, com minhas irmãs e talvez com meu pai também.

Alice e John caminham em volta do lago de Easedale por uma trilha estreita de pedras e terra compactada. O terreno muda constantemente, passando de seco e gramado a áreas encharcadas esverdeadas, que grudam em seus pés quando ela os levanta para dar outro passo. A toda hora passa alguém. Alice os cumprimenta alegre e John também, mas com menos entusiasmo. Ele segue três passos atrás, quase em silêncio, tira o suéter e amarra-o na cintura. Ela espera que ele comece a fazer uma espécie de confissão ou lhe dê alguma explicação, mas nada aconteceu até agora. Sente uma onda de frustração avolumando-se por dentro e sabe que, se ele não falar nada logo, ela provavelmente fará alguma coisa drástica.

A fim de tirar essa idéia da cabeça, Alice pára e olha em volta. Altas escarpas os circundam de três lados e em frente vê-se o espelho d'água imenso e cinzento. Alice sente-se desalentada com a calmaria do lago: não há vento algum e o único movimento na superfície são as riscas deixadas pelos patos, que deslizam em grupos ruidosos em volta das margens.

John agora está perto dela. Um pouco perto demais, considerando que ela está esperando essa maldita revelação há uma boa hora. De repente ele segura sua mão e ela olha para baixo, surpresa. Seus dedos correm entre os dela e ele olha para o lago, como se não percebesse o que está fazendo. Alice tira a mão e volta a caminhar. Um pouco atrás, ele murmura consigo mesmo num tom de surpresa:

— Mais que justo. Alice — diz em tom mais audível —, quer se sentar aqui um instante?

Ela se vira, com a mão no quadril, e olha para ele.

— Tudo bem.

Mas quando os dois se sentam, John permanece calado e toma um gole de água da garrafa que trouxe. O que pode ser tão sério assim?, pergunta-se Alice. Ele está sentado com os cotovelos nos joelhos, olhando para o lago. Parece desesperado, como se fosse dizer alguma coisa horrível.

— Então? — pergunta ela num tom determinado.

— Então? — repete John, virando-se para ela e sorrindo. Seus rostos estão muito próximos. Ela olha para sua boca e imagina o que sentiria se ele lhe desse um beijo. Um beijo de verdade. Lembra-se da sensação da sua boca na dela e começa a fazer uma fantasia dos dois juntos naquela terra úmida ao lado do lago. Nesse momento percebe que seu corpo está se dobrando involuntariamente na direção dele, mas seu cérebro pisa em algum freio de emergência e ela se senta ereta novamente. Lembra-se do conselho de Rachel, dado na noite anterior pelo telefone: "Não durma com ele enquanto ele não contar tudo. Não faça isso, Alice, você não deve fazer isso." Sente-se um pouco assustada de repente. O que poderá ser tão ruim assim? Ele põe a mão no pulso dela.

— Alice, como você se sente... sobre mim?

Alice sacode a cabeça.

— Não vou responder quando você está prestes a me dizer que tem uma esposa e doze filhos, que vai imigrar para a Austrália, que é um criminoso e vai começar a cumprir pena para o resto da vida daqui a uma semana ou que descobriu recentemente que é gay.

Ele ri.

— Cheguei perto da verdade? — pergunta ela.

— Nem remotamente. — Ele fica em silêncio de novo, os dedos passando nas veias internas do pulso dela. Alice olha para o céu e vê um pássaro voando em amplos círculos. Olha para baixo e, naquele segundo, vê o reflexo do pássaro na superfície do lago em uma das suas descidas em curva. Pronto, pensa, já me cansei disso. E começa a soltar o cadarço das botas.

John percebe alarmado que Alice está desabotoando e tirando o jeans.

— O que você está fazendo? — pergunta, olhando em volta para ver se há alguém passando. O que está acontecendo? Ele ia lhe contar tudo e de repente ela começa a se despir.

— Vou entrar — diz ela, como se tivesse ouvido uma pergunta absurda.

— Entrar...?

— Na água — fala, mostrando o lago.

— Mas... a água deve estar gelada. Alice, não faça isso. Volte aqui.

Ela o ignora e entra na água escura com os braços estirados para equilibrar-se melhor. Tira um pé da água, os dedos esticados.

— Está muito frio! — exclama, e então começa a andar mais depressa, deixando atrás de si uma trilha de bolhas.

Absolutamente perplexo, ele se levanta e chega junto à beira da água. Ela está bem longe agora, com água até os joelhos.

— Alice, por favor, volte, você pode escorregar e cair. Ou pode ter uma hipotermia.

— Tudo bem, a gente se acostuma com o frio.

— Pare de fingir que está em uma lenda arturiana e volte para cá, por favor.

À gargalhada dela faz a superfície da água agitar-se. Ele vê um casal de meia-idade sentado mais adiante na margem, a mulher apontando e o marido, John suspeita, vendo pelo binóculo aquela mulher de camiseta bem justa e calçolas rendadas. Alice estremece e John vê que ela cambaleia para o lado, luta para equilibrar-se e vira-se de frente para ele. A água agora bate nas suas coxas.

— Muito bem, Sr. Friedmann — diz ela, pondo as mãos em concha na boca —, essa é sua última chance.

O casal de meia-idade e vários outros que pararam no caminho olham para ele intrigados.

— Como assim?

— Se não me contar qual foi o problema naquela noite, vou nadar até a outra margem — diz Alice, apontando para a margem oposta — e você nunca mais vai me ver.

John olha para o lago. Calcula que ela provavelmente chegaria a nado na outra margem em menos tempo do que ele levaria para circundar o lago a pé. Seria uma espécie de teste, um desafio? Ela espera que ele vá buscá-la dentro da água?

— Quer que eu conte neste momento? — pergunta, para ganhar tempo.

145

— Neste momento — diz ela, acrescentando com malícia. — Agora ou nunca.

— Alice — tenta contemporizar John —, não podemos falar sobre isso... — faz um gesto para as pessoas em volta — ... em particular?

Ela sacode a cabeça.

— Você teve a manhã inteira para falar em particular. Não posso esperar mais. Diga tudo agora.

Ele a olha na água gelada, a cabeça de lado e as mãos nas costas, tremendo. Será que ela nadaria até a outra margem e iria embora se ele não contasse? Não podia arriscar.

— Eu sou judeu — grita.

Faz-se uma pausa. Ela espera que ele continue. John dá de ombros com ar de desamparo. As pessoas à margem do lago olham fixo para Alice, esperando sua reação.

— É isso? — pergunta.

— É.

— E por que isso é um problema?

— Porque... você não é judia.

Ela pensa, olha para o céu, depois olha para ele outra vez. Há uma pausa de alguns minutos, Alice dentro do lago e John agoniado na margem, ladeado pelos espectadores. Já está pensando em tirar as botas e as calças para tirá-la da água quando ela fala de novo.

— Então você acha que não pode ficar comigo porque eu não sou judia? Foi por isso que... — ela dá uma parada, escolhe as palavras, possivelmente em vista da platéia à volta — ... que deu para trás naquela noite na cozinha?

— Eu achei que não podia — corrige John —, achei que tinha decidido que moças não-judias estavam fora de questão.

— E agora?

— Agora... acho que não me importo mais com isso.

146

Ela não diz nada. Ele espera, agitado, mudando o peso do corpo de um pé para o outro.

— Alice, por favor, saia daí agora.

— Estou pensando.

— OK. Desculpe.

John vira-se e olha para todas aquelas pessoas em volta, que se dispersam e começam a caminhar. Ao virar-se de novo, percebe que ela está voltando, com um ar muito sério. Estica a mão, e quando consegue segurá-la, sente a mão muito fria. Puxa Alice para fora e abraça-a.

— Meu Deus, você está congelando — exclama, tocando-a com a ponta dos dedos. — Seus lábios estão ficando roxos.

Alice afasta-se e olha-o de frente.

— Precisamos falar sobre isso.

— Eu sei — diz John.

Alice pega os cubos de açúcar do açucareiro um a um e constrói uma pequena parede, ajeitando as bordas para equilibrá-las no tampo de fórmica da mesa. John observa.

— Deve parecer ridículo para você — diz ele depois de algum tempo.

Ela já está na quinta camada da parede. Enquanto pega outro cubo, põe a mão em volta da parede como se a protegesse de um vento forte.

— Não, ridículo não. — Enfia o cubo em uma fresta pequena, mas a tensão estrutural não agüenta e a coisa toda desaba na mesa fazendo um barulhão. — Droga — diz ela, colocando todos os cubos de volta no açucareiro. Tira os grãos soltos dos dedos, vê o olhar desaprovador da garçonete por trás da máquina de cappuccino, põe os cotovelos na mesa e olha para John, concentrando-se nele de novo. — Ridículo, não, estranho, acho eu. Antiquado. Ouvi dizer que isso acontecia, mas pensei que só acontecesse em seitas religiosas extremadas. Sempre pensei que você fosse judeu, por causa do seu nome e por você não parecer exatamente ariano, mas nunca me ocorreu que isso pudesse ser um problema.

— Não é... tanto pela religião. É difícil explicar. Tem mais a ver com... com... identidade social que com Deus. É mais raça que crença. Quer dizer... Eu tinha aulas de religião e costumes três vezes por semana e... bom... tudo isso vem martelando na minha cabeça desde que eu sou criança.

— Sei — murmura ela, sem compreender muito bem. Olha pela janela e vê um grupo de turistas andando para baixo e para cima na rua principal de Grasmere. Uma mulher com capa de chuva comprida vermelha por cima do short pára ao seu lado do outro lado do vidro para ler o menu exposto logo acima da sua cabeça. Alice olha para ela, pensando como é estranho alguém chegar tão perto assim só porque existe uma vidraça de entremeio. Quando a mulher vê que Alice está olhando, dá um passo atrás. Fica sem graça e tenta ler o menu à distância, apertando os olhos para ver melhor.

— Então Sophie era....?

John ri e morde o lábio.

— Sophie foi uma experiência desastrosa. Ela é amiga da família. Uma ótima moça judia, como diria meu pai. Eu pensava... nós dois pensávamos que seria realmente bom se as coisas funcionassem magicamente, mas é claro que não funcionaram. Eu ia acabar nosso caso no fim de semana passado, mas não estive com ela, e nesse meio tempo conheci você e tudo o mais ficou para trás. Meu pai está desesperado para que eu conheça uma moça judia... — Ele interrompe o que dizia e põe as mãos no queixo.

Alice observa-o e espera que ele continue.

— Meu pai não vai gostar nada disso, mas... — dá de ombros — isso é problema dele. Tudo piorou muito depois que

148

minha mãe morreu e ele se tornou muito religioso — termina abruptamente.

— Ah. Sinto muito sobre sua mãe.

Naquele momento a garçonete aparece e dá um sorriso um tanto sinistro. Sua próxima frase fica presa na garganta. Os dois recostam-se nas cadeiras e a garçonete serve mais café. Leva anos empilhando as xícaras e pratos usados na bandeja, e enquanto ela retira as migalhas de pão de cima da mesa, Alice dá uma olhada de esguelha para John. Ele está olhando para ela, e Alice sente-se tão constrangida — com o que ele acabou de contar, sem ter idéia do que vai acontecer agora, sem saber se ele mudou de idéia, se ela mudou de idéia — que seu rosto fica completamente vermelho. Ela olha para baixo e começa a soprar e a mexer o café, que está quente demais.

— Alice, quando digo que meu pai não vai gostar disso — diz John precipitadamente assim que a garçonete sai —, não estou presumindo nada automaticamente... quer dizer, não estou dando por certo que nós vamos... vamos... ter algum tipo de envolvimento. Depende do que você achar disso tudo... não quero forçar você... — E pára por aí.

Alice levanta a colher do café e usa-a como um espelho. De um lado da colher aparecem sua boca e seu nariz destorcidos; do outro, a imagem invertida da sala e da garçonete, como se estivesse andando no teto. Põe a colher no pires e focaliza o olhar no homem à sua frente — nas suas mãos em cima da mesa de fórmica vermelha, nos ombros, nos olhos e na boca. Como ela podia ter pensado que talvez mudasse de idéia? Sente-se encabulada de repente — um sentimento que não lhe é muito comum. Parece mais difícil tocar nele agora, sentados naquele café, do que quando estavam ao lado do lago. Não consegue aproximar-se mais, tem medo de fazer algum movimento que seja interpretado por ele como rejeição.

John estica os braços por cima da mesa e aperta a cabeça dela com as duas mãos. Um instante depois eles estão se beijando como se não houvesse mais ninguém no café. As pessoas das mesas vizinhas olham para os dois, depois desviam o olhar, a garçonete vira os olhos para cima, e os que estão na calçada se cutucam e apontam para o casal.

No domingo, por volta das nove da manhã, John sai do banheiro vestido com um robe do hotel.

— Sabe de uma coisa? — diz Alice da cama.

— O quê? — Ele fica feliz quando nota que ela está usando um suéter seu. Alice está deitada de bruços com os pés para o alto, lendo um livro. Parece uma garota de 14 anos.

— Dava no mesmo se tivéssemos ficado em Londres, porque não vimos muita coisa de Easedale nem de Lake District.

— Como pode dizer isso com essa vista espetacular daqui? — diz ele, abrindo as cortinas com um movimento floreado. — Sua urbanóide insensível. — Senta-se na mesa junto da janela, onde está o computador, e começa a esfregar violentamente o cabelo com a toalha.

Ouve os pés descalços dela no chão e sente suas mãos nas dele.

— John, se você continuar a secar seu cabelo assim, vai ficar careca aos 30 anos.

— Preciso de um pouco de sangue no cérebro para escrever este artigo. De qualquer forma — diz, por baixo da toalha —, não há perigo de eu ficar careca. Venho de uma longa linhagem de homens cheios de cabelo.

— Tem certeza? — Ela tira a toalha da cabeça dele como um barbeiro, depois passa as mãos dentro do seu robe e beija-o na nuca.

— Alice... não — diz John, querendo dizer: Alice, sim, pode fazer o que quiser. — Eu tenho de... eu realmente devia... —

Paralisado, vê os dedos dela desamarrarem a faixa do seu roupão. Onde está o neurônio que ordena que suas mão segurem as dela para impedir que o roupão seja aberto? Para onde ele foi? Ela o destruiu? Talvez seu cérebro esteja derretendo. Ah, meu Deus, pensa ele, quando ela se senta no seu joelho com as mãos e a boca descendo pelo seu corpo, ele nunca mais vai trabalhar.

Num esforço supremo, tira Alice do seu colo.

— Chega. Pare de me atormentar. Preciso escrever essa droga de resenha de teatro, senão vou me dar mal. Fique longe de mim, ouviu?

Ela ri e vai para o banheiro. John ouve o barulho do chuveiro. Suas anotações da noite de sexta-feira estão praticamente ilegíveis — páginas e páginas de rabiscos a tinta. Ele suspira e olha para as montanhas a fim de se inspirar. Alice começa a cantar alguma coisa. Uma música escocesa, ou talvez irlandesa. Sua voz é bonita. John vira a cadeira na direção do banheiro. Ela deve estar debaixo do chuveiro, toda molhada. Talvez coberta de espuma. Ele olha para suas anotações. Podia simplesmente... não. Precisa terminar aquilo. Põe os fones de ouvido com determinação e liga o computador. "Em termos de reconhecimento e análise do óbvio, a apresentação da noite de sexta-feira foi...", começa, mas pára logo. Foi o quê? Lê as anotações mais uma vez e tenta congregar um sentimento geral sobre a peça à qual assistiu. O único sentimento geral que consegue congregar no momento é uma felicidade altamente efervescente acrescida de uma certa luxúria — que não têm a ver com a peça *Peer Gynt* do teatro de Manchester. Apaga o que escreveu e começa de novo: "*Peer Gynt*, de Ibsen, não é uma peça que se possa limitar a uma forte atuação." OK. Certo. Agora estamos chegando a algum lugar.

De repente ali está Alice, debaixo da mesa entre seus joelhos, abrindo seu robe. Apanhado de surpresa, ele dá um pulo, e na tela do computador aparece "akdjneuskjnlkfhakew". Tira os

151

fones do ouvido no momento em que ela põe seu pênis na boca. O efeito é imediato, como se todo o sangue abandonasse as outras partes do seu corpo e deixasse o pênis endurecido. Sua cabeça fica girando.

— Oh, Jesus.

A boca de Alice é macia, flexível e incrivelmente quente. Ele pode sentir as bordas do seu palato e, em certos momentos, o ligeiro roçar dos seus dentes. Puxa a fivela que ela usou para prender o cabelo antes de tomar a ducha, e o cabelo espalha-se pelas coxas dele e os ombros dela. A única vez na sua vida em que ele pensou que teria uma ejaculação precoce foi na noite anterior, quando ela se deitou por cima dele no escuro e passou o cabelo em volta do seu pênis. John segura-a pelos braços e puxa-a para junto dele.

A mesa sete da janela continua vazia, e o horário para o café-da-manhã está quase terminando. Quem está faltando? Molly passa os olhos rapidamente pelo refeitório. O jovem casal de Londres, é claro. Os outros, mais velhos e mais acostumados a hotéis, desceram a tempo e estão comendo solenemente a salada de frutas e as panquecas com calda, quase em silêncio. Molly olha o relógio. Quer terminar cedo hoje, se possível. Seu namorado, que trabalha no vilarejo no museu de Wordsworth, vem vê-la de tarde. Eles vão remar em Grasmere.

Seus sapatos rangem quando ela caminha pelo assoalho encerado (por ela) para tirar uma mesa que vagou. A família, já na porta, sorri para ela.

— Acho que o outono está chegando — diz o pai.

Molly lembra que sentiu uma mudança imperceptível no ar quando foi levar o lixo lá fora de manhã cedo.

— Acho que o senhor tem razão.

— Deve ser lindo aqui com todas essas árvores.

— Dizem que é, mas não estarei mais aqui. Vou embora dentro de umas semanas.

John agarra-a, levanta-a e leva-a para a cama rindo, onde se atiram mais precipitadamente do que ele tinha planejado.

— Você está bem? — pergunta, preocupado.

— Acho que sim. Não é sempre que um corpo masculino pesado joga-se sobre mim com toda a velocidade... Ah, droga. — Sua voz sai estrangulada e ela morde o ombro dele. — O que você está fazendo comigo?

Ele apóia o corpo nos cotovelos para olhar para ela. Ela está de sobrancelha franzida, concentrada, os olhos focalizando um ponto ao longe. John toca seu rosto.

— Alô. Você está aí?

Ela ri e estica o pescoço para beijá-lo.

Molly e Sarah, a outra moça, limparam todas as mesas do refeitório, menos a que não foi usada.

— O que vamos fazer com essa? — pergunta Sarah, gesticulando.

— Não sei. Eles devem estar descendo.

— Eles de novo. Talvez passem o dia todo na cama, como ontem.

Molly ri.

— Ssshhh, eles podem ouvir. Aliás, seria isso que eu faria se viesse para cá.

Sarah resmunga e joga para ela o espanador, que vibra no ar como um chicote.

— Dependendo do seu parceiro.

As duas continuam a trabalhar: primeiro limpam a mesa, depois lustram o tampo com cera de abelha. Molly esfrega rápido, com movimentos circulares até que seu rosto surge na madeira polida.

John sabe que ela está quase gozando: sua respiração é superficial e rápida, e ela o segura com força todo o tempo. Seus corpos estão escorregadios e suados. Ele passa a língua desde o pescoço de Alice até o ouvido e sente gosto de sal. O corpo dela estremece e arca-se.

— Oh, meu Deus, oh, meu Deus, me fode, me fode! — grita ela.

John vira a cabeça para o lado para não ensurdecer, rindo incrédulo das exclamações dela. Alice está agarrada em sua nuca, soluçando ou rindo, não dá para saber bem. Depois de uns minutos ele começa a soltar-se, mas ela o abraça com mais força.

— Não saia de dentro de mim ainda.

— Eu adoraria ficar, pode crer, mas preciso me aliviar agora.

Alice desce a escada na ponta dos pés. O hotel parece deserto. Toca a campainha na recepção com medo de fazer muito barulho, mas ninguém responde. Enfia a cabeça pela porta giratória da cozinha. Não há ninguém lá tampouco. A panela de pressão está esfriando com a tampa aberta. Panelas e bandejas estão cobertas com papel-alumínio. Lentilhas estão de molho em uma grande tigela de vidro, soltando bolhas na superfície. O relógio em cima da máquina de lavar pratos marca um quarto para a uma, com um tique-taque alto.

Alice ouve vozes vindas de algum canto. Vai até a porta da frente, e o brilho do sol ofusca seus olhos. Nos degraus em frente ao hotel vê a menina de cabelo crespo com um rapaz. Eles estão comendo sanduíches em pratos brancos equilibrados nos joelhos. O rapaz está com o braço em volta dos ombros dela. Os dois riem de alguma coisa. Com o outro braço, ele limpa os olhos na ponta da camiseta.

— Não acredito, não posso acreditar — diz ele. Ao ouvir os passos de Alice no cascalho, a menina vira a cabeça e levanta-se.

— Olá — diz Alice.

— Oi.

Agora ele está em pé, e Alice nota que ela está usando short, botas de trabalho e um casaco de lã grande.

— Desculpe, você está de folga, não é? Não sabia.

— Tudo bem. Precisa de alguma coisa?

O rapaz vira-se para ela. Alice lembra de tê-lo visto antes caminhando pelo gramado, a cabeça voltada para o céu.

— Não se preocupe. Estava pensando se poderíamos comer alguma coisa antes de voltar para Londres. Nós não descemos para o café-da-manhã.

— Eu sei. Em geral não servimos almoço aqui, mas acho que posso ajeitar alguma coisa para vocês.

Alice sacode a cabeça.

— Não, não. Nem pensar. Podemos ir ao vilarejo. Aproveite seu almoço. Já trabalhei em hotel e sei como é chato quando alguém não come nas horas apropriadas.

Molly parece aliviada.

— Se tem certeza de que não precisa de mim...

— Tenho. Uma boa tarde para vocês.

Alice ficou passeando pelo jardim murado de Tyningham, uma mansão campestre aberta ao público aos domingos. Estava quente. Ela usava sua jaquetinha vitoriana preta.

— É aniversário do seu pai, ponha uma coisa mais fina, pelo amor de Deus — dissera discretamente a mãe quando ela desceu. Elspeth disse para Ann "deixar a menina em paz". Agora não podia tirar a jaquetinha.

A parede de tijolos vermelhos estava parcialmente coberta de líquen cinza esverdeado. Havia jardineiras ao longo das paredes, com rosas, ervas e flores brilhantes cor de laranja, cujo nome ela não sabia. Do outro lado, um lago pequeno e escuro, com um grifo de pedra soltando um jato fino de água pela boca, e um gramado ladeado de sebes baixas de murta. A família de Alice estava sentada no meio do gramado em cadeiras brancas de ferro batido, debaixo de um guarda-sol.

A garçonete vinha vindo pelo gramado com uma bandeja grande. Alice voltou do passeio e sentou-se entre Elspeth e Kirsty. Elspeth e Ben falavam de Kenneth, o irmão de Ben, e sua nova clínica. Alice ficou observando a garçonete tirar as xícaras de chá da bandeja. Beth pedia insistentemente à mãe para ver os cavalos depois do lanche.

— Podemos ir, podemos ir, podemos ir? — dizia, pulando para cima e para baixo na cadeira. — Por favor!

Ann tirou os pires da pilha que a garçonete colocou na mesa, equilibrando uma xícara em cada pires e enchendo-as de chá preto quente. Serviu o chá para Kirsty, Elspeth, Ben e para si mesma.

— Pedi suco para vocês — disse para Alice. — Vamos ver — falou para Beth, passando para as duas um copo com suco de laranja.

— Parabéns, Ben — disse Elspeth, brindando com a xícara de chá.

Na noite anterior, Alice embrulhara uma bússola com o mostrador suspenso em um globo de água. Em uma ponta tinha um plástico transparente, no qual Ben passara a língua para grudar a bússola no pára-brisa do carro.

— Um presente maravilhoso, Alice — dissera seu pai, virando-se para olhar para ela. Durante o percurso de casa até Tyningham a bússola tinha girado, se reajustado e deslocado, marcando as mínimas mudanças de direção.

— Preciso de um copo de água — anunciou Ann, aparentemente para ninguém em especial. Ben levantou-se e foi atrás da garçonete. — Está quente — disse Ann, abanando-se com a mão. — Não quer tirar o casaco, Alice?

Alice não respondeu e chupou o suco com o canudo. Um gosto de sacarina passou pela sua boca, prendendo nos seus dentes. Colocou os óculos escuros que pegou no bolso do casaco e viu em tom pastel sua família sentada em volta, o pai atravessando o gramado com o copo de água brilhando ao sol. Sua mãe apertou os lábios quando Ben pôs o copo diante dela. Sem se virar para ele, disse:

— Ben, pode ajeitar o guarda-sol? Estou tomando muito sol.

— Como Hamlet — disse Alice, baixinho.

Ben ajeitou o cabo branco de plástico que passava pelo furo da mesa e girou o guarda-sol.

— O que você disse? — perguntou Ann para a filha, como se ela estivesse muito longe.

— Eu disse "como Hamlet". Hamlet falou para Claudius e a mãe que estava "tomando muito sol". Como você falou. Só isso.

— Mas por que... — Ann interrompeu o que ia dizer. — Ben, assim não está bom. Assim. Ali, mais um pouco para mim.

Elspeth empurrou a cadeira para trás e levantou-se, como se fosse olhar o grifo jogar água na bacia vitoriana. Alice viu isso. E viu o pai sentar-se de novo e pegar o suéter de Ann caído no chão. Viu-o colocar o suéter no ombro dela. Viu, como se fosse a primeira vez, o pai fazer todas essas gentilezas para sua mãe. Viu, no final de tudo, ele colocar a mão no joelho dela, sorrindo para as três filhas no seu aniversário de 45 anos. E viu, um instante depois, a mãe afastar um pouco a cadeira, o suficiente para que a mão de Ben caísse no espaço entre eles.

Quando estão se acercando de Londres, param de conversar. A fita que estava tocando termina, e John não coloca outra. Alice encosta a cabeça no vidro do carro, contando a infinidade de luzes alaranjadas e vendo-as refletir-se nas lentes dos óculos de John.

— Por que você precisa usar óculos? — pergunta de repente.

Ele tira os olhos da estrada por um instante e olha para ela.

— Do jeito que você pergunta, parece um crime. Preciso de óculos para dirigir, para ir ao cinema e ao teatro... esse tipo de coisa. Para ver à distância. Conseqüência de trabalhar no computador oito ou nove horas por dia.

— Então vai ficar cego, além de careca.

— Cego, talvez, mas não careca.

Ele tira a mão direita do volante e põe na perna de Alice. Ela cobre a mão dele com a sua, ouvindo as mudanças de som à medida que sua mão vai passando dos nós para os tendões e para os dedos.

— Quando foi que sua mãe morreu?

— No final do meu primeiro ano na faculdade. Eu tinha 19 anos. Você devia ser uma menina sexy de 17 anos.

— Mais provavelmente uma menina mal-humorada — diz ela, entrelaçando os dedos nos dele. — Como ela morreu?

— Ela tinha câncer de seio. Descobriu o primeiro caroço um dia depois das minhas provas acabarem e morreu no verão seguinte. Estava espalhado pelo corpo todo... pâncreas, pulmões, intestinos, ovários, fígado. Na Páscoa, os médicos abriram para operar o fígado, mas quando viram todos os tumores, fecharam a cavidade e a mandaram para casa. Disseram que ela não passaria daquele mês, mas ela durou mais dois.

— Deve ter sido um horror!

— Foi, sim.

— E como seu pai reagiu?

— Muito mal, como se esperaria depois de vinte e seis anos de casamento.

— E como ele está agora?

— Bem, depois que se tornou religioso. Realmente religioso. Não é de surpreender, pensando bem. Mas preocupou muita gente.

— Por quê?

— Porque sua fé recém-descoberta tem um tom... muito obsessivo. Minha mãe era muito religiosa, e ele sempre viu isso com um certo cinismo. Implicava muito com ela. Era o primeiro a proclamar-se judeu, mas dizia que era judeu de raça e não de religião. Referia-se ao seu barmitzvah como "seguro de vida". Ela tentava fazer com que só comêssemos os alimentos aprovados pela lei judaica, mas ele não seguia suas recomendações. Porém, desde que minha mãe morreu, tornou-se um maníaco religioso. Não come na minha casa... mesmo que eu compre a comida certa... porque eu não tenho uma cozinha apropriada. Separou pratos para leite e para carne e tem até duas máquinas de lavar pratos. Segue todas essas leis obscuras, e eu vivo me esquecendo delas. Ele fica aborrecido quando faço alguma coisa no sábado, como telefonar para ele. É muito... difícil às vezes. Pela sua lógica, parece que se ele não perpetuar a crença da minha mãe... a crença que ele mesmo costumava ironizar... está de certa forma traindo sua memória. Meu pai foi sempre a favor de eu me casar com uma judia, mas agora está obcecado com isso. Tem sido difícil. Às vezes eu gostaria que ele conhecesse alguém só para se concentrar em alguma outra coisa.

— Afora você, quer dizer?

— É. Mas acho que isso não vai acontecer. Não consigo imaginar.

Ele puxa a mão abruptamente e coloca-a no volante de novo, com uma expressão melancólica. Alice fica em silêncio, e o calor da mão dele na sua desaparece rapidamente. Junta as mãos nos joelhos, depois as leva ao peito.

Quando passam por Crouch End, ele diz:

— Alice, tive um fim de semana maravilhoso.

— Eu também. Adorei aquele lugar —diz ela, esticando as pernas. — Vou ver você de novo?

Surpreso, ele faz um movimento brusco com os ombros e o carro dá uma guinada para o lado.

— Como assim? Não fale esse tipo de coisa. Você me perguntou se vai me ver de novo? É claro que sim. Você não quer me ver de novo? Eu pensei... Do que você está falando? Foi tudo só uma aventura para você?

— É claro que não. Você sabe disso. Não precisa ficar zangado.

— Mas tenho de ficar zangado quando você fala assim. O que quis dizer com isso, Alice?

— Estava pensando no que você falou sobre ser judeu.

Ele não diz nada. Quando ela sente coragem de olhar para o lado, vê John agarrado ao volante, os ombros caídos. Alice suspira.

— John, não estou zangada com você. Não quero lhe causar problema. Para mim não faz diferença de que religião ou raça você é, e você sabe disso. Mas para você faz, você não pode negar. Eu só quero ser realista.

— Realista?

— É. Não quero que você me magoe. Você tem de decidir o que quer.

— É isso que eu quero. Já falei — diz ele, batendo no volante.

Alice não diz nada, mas não está convencida.

— Você não acredita em mim?

— Não é isso. Acredito que você acredita no que está dizendo aqui agora, mas também acredito que possa mudar de idéia.

— Não vou mudar.

— Talvez mude — diz ela, passando as mãos pelos olhos e pelas têmporas. — Olhe aqui, esse assunto está ficando um pouco pesado. Nós acabamos de nos conhecer. Por que não levamos a coisa com calma para ver o que acontece?

Ele resmunga, sem concordar.

— Não vejo por que você não possa acreditar em mim.

— John, não vamos estragar o fim de semana discutindo sobre uma coisa que não aconteceu e que talvez nunca aconteça. É muita especulação. — Ela vê a placa para Holloway e percebe que eles estão seguindo na direção de Finsbury Park. — Pode me deixar no meu apartamento, por favor?

Ele a olha em pânico.

— Eu pensei... você não gostaria de ir até a minha casa? Ainda não esteve lá.

— Eu adoraria ir lá numa outra noite, mas preciso desfazer as malas e me aprontar para trabalhar amanhã.

— Oh, eu pensei... gostaria muito que você fosse lá comigo. Tenho a impressão de que estamos nos separando sem uma definição.

Alice sacode a cabeça.

— Nada disso. Eu garanto.

— Venha então jantar amanhã à noite. Oh, droga... amanhã não posso. Que tal terça-feira?

— Terça-feira está ótimo. A que horas?

— Oito horas. Na minha casa.

O carro pára na frente da casa de Alice. John salta e dá a volta para abrir a porta, mas ela já estava saindo. Ele põe os braços em volta dela e os dois se beijam longamente.

— Desculpe por eu ter sido tão difícil. Sou mesmo um idiota.

— Não é, não, e eu estou bem.

Ele passa o dedo pelo rosto dela.

— Eu nunca magoaria você, Alice.

Ela vira a cabeça e morde o dedo dele.

— É melhor não me magoar mesmo.

Ele ri, levanta-a do chão e gira-a no ar.

— Vejo você na terça-feira, então.

— OK. Só tem um pequeno problema.

— Qual?

— Não tenho seu telefone nem seu endereço.

John coloca-a no chão.

— Pelo amor de Deus. É melhor eu dar logo, então. — Escreve furiosamente o endereço num pedaço de papel, depois eles se beijam de novo. — Tem certeza de que não quer ir comigo agora? — pergunta depois de algum tempo.

— Tenho. É melhor você ir embora agora antes que eu mude de idéia. Vá logo.

Alice dá adeus quando ele sai. Só depois que o carro desaparece na curva é que olha o pedaço de papel com o número do seu telefone, o endereço e as palavras "Beijos, John".

Sobe as escadas do apartamento e entra, carregando a maleta em uma das mãos e lutando para trancar a porta com a outra. Larga a maleta no chão e fica de costas para a porta, ainda com as chaves na mão. Depois entra na sala, põe um CD, abre as cortinas, enche a chaleira com água. A desordem no quarto mostra que ela saiu com pressa na sexta-feira à tarde — roupas jogadas na cama, livros empilhados no chão. Sente-se estranha vendo tudo aquilo. Será que foi apenas há dois dias que ela fez aquela bagunça toda? Parece uma eternidade, e parece que aquele apartamento pertence a alguma outra pessoa. Deita-se na cama. Pode desfazer as malas no dia seguinte. Do apartamento de baixo vem uma música ritmada, e ela ouve umas vozes abafadas. Deita-se de barriga para baixo, apoiando o queixo nas mãos. O bilhete de John está amassado dentro de sua mão. Alisa o papel no edredom. Um trem passa, fazendo a casa estremecer. Do outro lado da cidade, ele está entrando de carro na sua rua.

— EU CONHEÇO O SEU TIPO — DISSE O HOMEM, APRO-
ximando-se de Ann.

Ann pôs o cigarro nos lábios e tragou. O homem lhe era vagamente familiar, talvez porque o tivesse visto pela cidade, mas
provavelmente porque havia centenas de homens por ali pareci-
dos com ele — cabelo ruivo já escasseando, um começo de barriga aparecendo entre os botões da camisa, casaco com frente de
camurça, calça amarelada. Ann soprou a fumaça para fora, e os
olhos do homem encherem-se de lágrimas. Na ponta do bigode
grosso e avermelhado, via-se um fim de espuma de cerveja
grudado.

— Conhece mesmo? — perguntou Ann.

— Você é inglesa, não é? Ah, sim — respondeu para si mesmo. Ann não se preocupou em dar resposta. — Eu conheço o
seu tipo.

— Verdade? E como é?

Ela estava sozinha na sala da frente de uma grande casa de
tijolos, na parte leste de North Berwick. À sua volta, casais jovens como ela e Ben conversavam, comiam, bebiam e flertavam
uns com os outros. Era a festa de um colega de colégio de Ben,
que agora era dentista, como Ben lhe disse quando chegaram.
Ann tinha ficado um tempão junto da lareira, com a cabeça longe dali, quando ouviu um homem de cara séria perguntar ao seu
marido que carro ele estava pensando em comprar naquele ano.

Agora aquele homem voltara da cozinha, carregando — ameaçadoramente — dois copos de cerveja.

— Mignon, olhos azuis — disse ele. — Loura — acrescentou, enfatizando a palavra.

— Casada — disse Ann, estendendo a mão para mostrar sua aliança de ouro.

— Aha! — disse ele, focalizando o anel com dificuldade. — Um desafio! Eu gosto disso! Deixe-me ver. — Colocou os copos de cerveja em cima da lareira, segurou a mão dela e pôs em cima da sua. — Talvez você não acredite, mas eu sei ler mão muito bem.

— É mesmo? — Ann tragou o cigarro mais uma vez.

— É, sim; é, sim. Você é apaixonada, muito receptiva. Mas a vida não está lhe dando uma coisa, uma coisa que a deixa com uma insatisfação profunda, porém velada.

Ann tirou a mão, mas o homem prendeu seu pulso com os dedos suados.

— O que é isso? — perguntou, correndo a ponta do dedo numa cicatriz rugosa e descorada na palma da mão dela, fazendo seus dedos mexerem sem controle. — Deve ter sido um corte feio. O que aconteceu? Foi o seu marido, não foi?

Ann tirou o cigarro da boca.

— Solte a minha mão — disse, articulando bem cada uma das palavras —, seu homenzinho nojento.

O homem soltou seu pulso, atônito. Ann jogou a ponta do cigarro dentro da lareira e saiu andando por entre as pessoas que ela sabia que a estavam olhando, mas não se importou.

Queria encontrar Ben. Onde ele estava? Parecia que fazia horas que o deixara conversando com aquele homem chato. No saguão, viu a dona da casa, ao lado de um arranjo de horríveis flores secas azuis, com outra mulher que não conhecia.

— Você viu meu marido? — perguntou.

— Ben? Ele estava na sala de jantar, creio, na última vez em que o vi. Meio chapado, devo dizer. Mas sempre digo ao meu Peter, se você não pode se soltar de vez em quando, o que pode fazer então?

— É — disse Ann, puxando a blusa para baixo. — Por aqui, você disse?

— Por ali, à sua esquerda.

— Obrigada.

Ann atravessou o corredor passando por várias pessoas encostadas nas paredes com copos e cigarros na mão. Os corpos das mulheres eram macios, e elas lhe davam passagem. Mas os homens não saíam do lugar; mantinham-se rígidos quando ela tentava passar. Tenho 31 anos, pensou Ann, minhas três filhas estão dormindo em casa, o que estou fazendo aqui?

Na sala de jantar, uma mulher de calça muito justa estava sentada numa mesa de tampo de vidro fumê acariciando um gato malhado. Dois homens estavam de pé ao seu lado.

— A vantagem dos colégios de Edimburgo — dizia um deles — é que você tem a certeza de que seu filho fará amizade com outras crianças de inteligência superior.

— A gente não tem essa certeza na escola daqui — disse a mulher.

— Com licença — falou Ann, interpondo-se entre eles —, você viram o Ben por aí?

— Que Ben? — perguntou a mulher. O gato passou em volta dos seus quadris com o rabo no ar, mostrando o ânus.

— Ben Raikes.

— Ooooooooooh — exclamou a mulher, estendendo a mão. — Você é Ann, não é? Não entendo como não nos conhecemos antes. Eu sou Gilly. Este é Scot e este é meu marido, Brian. — Todos se cumprimentaram. — Minha Victoria está no mesmo ano da sua Kirsty.

— Certo.

— Estávamos debatendo o velho assunto de escola pública *versus* escola particular. Onde você e Ben ficam nessa?

— Bem, Kirsty tem só 7 anos e Alice começou o primário agora, então...

— Alice! Eu conheço essa menina! Vi Alice saindo do colégio com Kirsty. Lindas... as duas. Ela é bem morena, não é?

— Não — disse Ann, desconfiada. — Quer dizer, é sim. Bom, preciso encontrar o Ben. Prazer em conhecer vocês.

Voltou para a porta da sala da frente e ficou na ponta dos pés para ver se Ben tinha aparecido lá. O homenzinho agora estava bebendo com outro homem mais alto. Quando ela ia sair de novo para o corredor, um homem de cabelo grisalho, bem apanhado, agarrou-a pela cintura.

— Vamos começar algum coisa?

— Não.

— Por que você e eu não damos uma volta por aí?

— Não. Por favor.

— Oh, uma pequena aventura não faz mal a ninguém. Somos jovens só uma vez na vida.

Ann soltou-se dele, e o lado da sua bolsa bateu no aquecedor, fazendo um ruído surdo, como que vindo de um violoncelo. Ela foi abrindo espaço por entre as pessoas no corredor. Queria tanto encontrar Ben que achou que ia chorar. Ele tinha de estar em algum lugar da casa, mas não sabia onde. De pé ali, debaixo da escada, sentiu uma vontade premente de gritar seu nome bem alto e dizer, estou aqui, por favor venha me buscar.

Ao ver o homenzinho aparecer na porta, subiu a escada acarpetada e trancou-se no banheiro. Baixou a tampa do vaso sanitário e sentou-se, a bolsa encostando no chão e o polegar movendo-se ritmadamente na cicatriz da palma da sua mão. A dona da casa tinha pintado o banheiro de verde, com ladrilhos decorados de cavalos-marinhos tridimensionais, conchas e estrelas-do-mar. Ann ficou surpresa quando notou um diafragma pronto para ser usado em uma caixa ao lado da banheira. Levantou-se e viu sua cara no espelho, com uma tonalidade esverdeada esquisita. Depois percebeu que sua pele é que estava sendo refletida na pintura esverdeada das paredes.

— É um dia de viagem até Dover pela A1 — dizia uma mulher na escada —, depois o ferry à noite, e mais dois dias de carro até os Alpes. Ou pelo menos foi o que Dennis me disse.

— Bom, espero que não seja um trajeto difícil para levar todas as crianças.

Ben. Era a voz de Ben. Não havia dúvida. Ann abriu a porta, mas não viu ninguém no corredor nem na escada.

— Ben? — Desceu uns degraus e viu um mar de gente no corredor. Virou-se e correu para cima. — Ben! Ben!

Onde ele teria se metido? Não podia estar muito longe... ela sabia disso.

— Ben? Onde você está? Ben?

Então, surpresa, ouviu sua voz.

— Essa é a minha mulher. — Virou a cabeça para um lado, tentando ver de onde vinha a voz. — Ann? — ouviu-o chamar lá de cima. Definitivamente lá de cima.

— Sim! — Subiu as escadas correndo, de dois em dois degraus. — Ben! Estou aqui! Estou aqui!

Abriu a primeira porta que encontrou, mas estava escuro, era uma espécie de armário, com cheiro forte de madeira e verniz. Teve a impressão de que ia chorar e bateu a porta com força. De repente, sentiu a mão de Ben em seu braço.

— Oi, você estava me chamando? — perguntou.

— Ben — disse ela, afundando o rosto no seu ombro, tão aliviada que não pôde falar mais nada. Ele tentou afastá-la um pouco para poder olhar seu rosto, mas ela não se soltou. Ben ficou rindo, sem graça e contente ao mesmo tempo.

— Você está bem?

— Onde você foi parar? Você sumiu... não sabia onde encontrar você.

— Como assim? Eu estava aqui o tempo todo.

Ann esfregou a testa no casaco dele e falou baixinho em seu ouvido:

— Podemos ir para casa? Por favor.

Sentiu que ele virava a cabeça como que para ver se havia alguém por ali, e aconchegou-se mais a ele.

— Vamos para casa, vamos agora — disse mais uma vez.

Ben ainda tentou ver seu rosto, mas ela afundou-o ainda mais no ombro dele.

— Se é isso... se é isso que você quer, tudo bem.

— Quero, sim.

— Vou pegar os casacos. — Tentou afastá-la mais uma vez, mas ela continuou grudada nele.

— Eu vou com você.

— OK. — Enlaçou-a pela cintura, apoiando-a como se ela estivesse machucada. — Vamos então.

Ann prende os pés ao redor do travessão do tamborete. Esses tamboretes são feitos para homens altos, e ela tem medo de subir e não conseguir descer com facilidade. Ao menor desequilíbrio, o tamborete pode tombar, fazendo-a cair na borda da bancada de madeira.

Está sentada no laboratório da universidade, onde reina um silêncio que a tranqüiliza. Diferente do silêncio da biblioteca, onde o ar é concentrado e há várias palavras datilografadas em preto. No laboratório as pessoas falam, mas em voz baixa. As conversas nunca são animadas, giram sempre sobre trabalho, resultados dos testes e aparelhagem. Ninguém fala mais que o necessário nem faz perguntas pessoais. É um lugar isolado e seguro, todos ali fazem suas experiências e vão embora.

Na bancada diante de Ann há um bisturi, uma prancha de dissecção de madeira escura e dura, um molho de hastes de plantas e pétalas amassadas dos canteiros. Ela tem de fazer uma experiência com as provetas de xilema, abrindo as hastes, tingindo-as de azul-escuro e colocando-as em lâminas debaixo do microscópio.

Quando o orientador anunciou na semana anterior que eles tinham de fazer essa experiência, Ann pegou sua caneta e seu caderno. Durante toda a palestra todos à sua volta encheram páginas e páginas de anotações e diagramas. Mas Ann não fora capaz de juntar as instruções do orientador em palavras coerentes. Ela não sabe por que precisa encher as provetas de xilema com a tintura azul, ou examiná-las sob o microscópio, e nem sequer tem idéia do que está procurando.

Ela tira uns fios de cabelo do rosto, ajeita as costas, junta os joelhos e pega o bisturi. Isso ela sabe fazer, realmente. Pressiona a ponta da lâmina na base da haste e faz um corte longitudinal, deixando sair um caldo suculento e esbranquiçado e separando a haste em duas metades exatas. Pétalas de lírio caem no alto do banco, e ela as coloca uma ao lado da outra na prancha de dissecção. Respira fundo. Isso ela sabe fazer. E está fazendo.

Pega a próxima haste e segura-a entre o polegar e o indicador na mão esquerda. O sol entra no laboratório pelas janelas do alto. Como as janelas são muito espaçadas, os bancos são iluminados alternadamente pela luz branca do meio-dia: um banco na sombra, o outro na claridade. Ann está iluminada por um facho de luz brilhante, e toda a aparelhagem à sua volta cria sombras escuras bem definidas. Pode ver seus próprios cotovelos no banco, as mãos levantadas, os tornozelos cruzados debaixo do tamborete, e não consegue acreditar que tem uma imagem tão definida porque se sente insubstancial, sem qualquer tipo de densidade ou forma.

Volta a atenção para as mãos e observa com interesse o bisturi pressionar a pele da sua palma esquerda. Os dedos que seguram a haste abrem-se, mas o bisturi mantém-se firme. Um vermelho brilhante aparece na sua mão e escorre rapidamente pelo polegar e pelo pulso. Ela não sente dor. Mas pode ouvir o som do bisturi atravessando a palma da sua mão, bifurcando a linha da vida. Os dedos curvam-se. Ela solta o bisturi. A manga da sua blusa está molhada até o cotovelo.

É como se sua visão do mundo tivesse passado para um novo foco: todos a olham muito de perto de repente. Ela pode ouvir os murmúrios de dois homens do outro lado da sala, discutindo sobre a quantidade de etanol contida em uma pipeta que um deles segura junto da janela acima de sua cabeça. Não olham para ela. Na frente do laboratório os insetos pululam na caixa de vidro perfurada, arranhando-se e esfregando-se com as pernas finas articuladas no seu mundo fechado e simulado de calor e folhas; partículas de poeira rodopiam nos raios de luz; um bico de Bunsen a três bancos de distância ecoa como uma cachoeira.

Ann escorrega do tamborete aos pouquinhos até seus pés pousarem no chão. A prancha de dissecção, como uma planta sedenta, chupou todo o sangue derramado nela. Ann sente-se repugnada, tudo que quer é sair dali, afastar-se daquela prancha de madeira ensangüentada. Seu raio de visão vasculha a sala como um farol: pias com torneiras altas e curvas, tubos de borracha cor de laranja passando das torneiras de gás para os queimadores e deixando a sala muito quente, dois homens debruçados sobre sua construção elaborada de tubos de vidro, um homem louro em um microscópio ajustando com cuidado as lentes para seu olho, uma mulher sacudindo uma coisa em um tubo de ensaio, outro homem tirando o casaco e colocando-o em um cabide, prateleiras com vidros e mais vidros contendo lagartos em formol e fetos de olhos fechados.

Ann caminha pelo corredor central para chegar à porta. Passa pela mulher com o tubo de ensaio, que não levanta a cabeça. Quando se aproxima do homem no microscópio, sacode a cabeça ou balança o cabelo sem sentir, e um dos grampos cai do coque feito com todo o cuidado. Decerto foi se soltando depois de horas na mesma posição e cai no chão ladrilhado fazendo um ruído metálico como se fosse um garfo. Ruído estranho para um laboratório — uma nota minúscula de intimidade entre todos aqueles sons de bolhas, cortes e condensação. Ann põe a outra mão no cabelo e sente uma mecha caindo nos seus ombros. O homem do microscópio ouve o ruído e olha para cima. Seus olhos pousam durante uma fração de segundo em Ann, e ele volta a olhar pelo túnel de luz à procura de células fervilhando em iodo, mas de súbito, ao dar-se conta do que viu, pula do seu tamborete.

— Meu Deus! — diz.

Agarra Ann pelo braço ensangüentado, pega uma cadeira em um canto e faz com que se sente. Ann fica aliviada. Sente o alto da sua cabeça quente, e os músculos da sua perna estão cansados de apoiar-se no tamborete.

— Onde você se cortou? — pergunta ele baixinho, com voz calma, debruçando-se sobre ela. — Pode me mostrar?

Ann tenta abrir os dedos, mas de repente sente pontadas de dor que vão até o ombro. Está ofegante, chocada, e seus olhos enchem-se de lágrimas que escorrem pelo rosto. O homem segura sua mão por cima de uma pia e abre a torneira. O sangue vai escorrendo, dançando pelas curvas brancas da porcelana e descendo pelo ralo. Debaixo da água, os dois vêem um corte em diagonal na palma da mão de Ann. Ele examina o corte e franze a sobrancelha.

— Muito bem, você está se saindo muito bem.

Depois ele se agacha e começa a tirar um de seus sapatos. As outras pessoas do laboratório pararam suas atividades e juntaram-se ao redor deles, olhando intrigados aquele homem desatar o nó do cadarço do sapato. O braço de Ann pende da borda do tanque como se não lhe pertencesse. O homem puxa o cadarço, levanta o braço dela, muito concentrado, enrola o cadarço em volta do pulso e dá um nó firme.

Ann estremece.

— Está apertado demais — diz, chorando de novo. — Está doendo.

— Eu sei. Sinto muito, mas o corte atingiu os vasos sangüíneos — explica ele, com a mesma voz paciente e serena —, e acho que a maioria dos tendões. Temos de deter o fluxo do sangue para a sua mão. — Ele tira um lenço branco do bolso e, antes que Ann diga alguma coisa, passa o lenço dobrado no seu rosto molhado. — Pronto — diz ele, depois se vira para as pessoas que os observam. — Vou pedir uma ambulância. Um de vocês pode segurar o braço dela assim até eu voltar?

Quando a ambulância chega, ele entra junto. Seu nome é Ben, diz, Ben Raikes, e ele está fazendo seu doutorado. Adora Edimburgo, especialmente o Jardim Botânico, e vem de uma cidadezinha à beira-mar a leste dali. Quer saber o nome dela, de onde ela vem, se já viajou muito pela Escócia, se gosta de biologia, como está a sua mão, como deu um corte tão fundo, se está doendo, se ele pode fazer alguma coisa para ajudar. Mas Ann sente-se muito estranha. Como pode estar naquela ambulância com um escocês falante, com a camisa manchada do seu sangue e o lenço molhado com suas lágrimas? Tem a impressão de que sua vida foi desviada: onde estaria agora se não tivesse cortado a mão, se o grampo do seu cabelo não tivesse caído — ou se não tivesse caído no momento em que ela passava por Ben Raikes fazendo-o olhar para cima? Tudo aquilo é muito inesperado. Ela não está gostando nada, não está gostando de ver aquele homem cuidar dela, da sua mão estar cortada e latejando — e de querer que ele segure sua mão de novo com aqueles dedos suaves, como fez quando o sangue estava saindo das suas veias.

A mão agora está enfaixada, costurada, doendo menos, presa no peito por uma tipóia. Na manhã seguinte ela encontra um pequeno envelope no seu escaninho escrito "Anne" em tinta azul. Letras fortes e quadradas. Pelo erro na grafia do seu nome tem certeza de quem é. Seu coração bate forte e a mão dói de excitação. Tem de ser ele. Ann nunca tinha recebido uma carta de amor. E nunca quis receber. Na biblioteca, abre o envelope com uma régua de aço. Mas não é uma carta de amor, e sim vários quadrados de papel dobrado, cada um com uma carta dentro. Ann olha para aquilo, confusa e desapontada, e deixa os quadrados caírem entre os dedos. Depois vê que no canto de cada quadrado há um número.

Surpresa, espalha todos à sua frente como se fosse um crupiê, e vira os que estão voltados para baixo. As pessoas à sua volta estão olhando as prateleiras, folheando livros ou fazendo anotações em um papel. Mas Ann está formando palavras com os quadradinhos recortados, procurando freneticamente o próximo número, a próxima letra, com o coração acelerado: o primeiro dizia NÃO CONSIGO PARAR. Não consigo parar, não consigo parar, repete Ann para si própria, à medida que remexe nos quadrados de papel branco à sua frente. Ele não consegue parar. Não consegue parar o quê? DE PENSAR EM. Depois: VOCÊ. ENCONTRE-SE COMIGO NA HEART OF MIDLOTHIAN, ASSIM QUE PUDER, BEN.

Ann dá um pulo, depois se senta. Junta todos os quadradinhos no envelope e pergunta à pessoa mais próxima:

— Com licença, sabe onde fica a Heart of Midlothian?

Ela nunca tinha estado na catedral, nunca tinha notado que incrustado na fachada, no meio das pedras, havia um coração de pedra. Anda o mais depressa que pode pela Royal Mile, com medo de não conseguir encontrar o coração no meio de todas aquelas pedras, de não se encontrar com ele, de ele pensar que ela não apareceu, de ele ter ido embora. Mas quando vira a esquina da catedral escura, lá está Ben sentado em um banco, todo encapotado, com um livro na mão. Ao ver Ann, ele se levanta e acena para ela. E Ann pensa: ele é menor e mais magro do que eu me lembrava. E pensa: minha mão está doendo. E pensa: será que estou apaixonada? E pensa: ele amarrou o cadarço do seu sapato no meu pulso para eu parar de sangrar. E pensa: há quanto tempo será que ele está esperando?

HÁ MOMENTOS EM QUE ESTOU ALI E HÁ MOMENTOS EM QUE não estou — em que estou outro lugar, bloqueada fora, bloqueada dentro. Mas há momentos em que me sinto mais próxima que em outros, e posso ouvir, cheirar e sentir as coisas que não consigo ver fora de mim mesma. É como uma maré que mantém meu corpo no alto, levando-me mais para perto da luz e do som.

Agora que eles estão aqui, sinto-me contente.

Meu pai costumava contar como tinha conhecido minha mãe ("eu olhei para cima e a vi ali, com sangue escorrendo pelo braço e pelo chão"), e nós pedíamos para ela mostrar a cicatriz muito branca na palma da mão. Às vezes ela mostrava — abrindo a mão como uma planta reagindo à luz — e às vezes, não.

Ao longo da minha vida, imaginei essa cena várias vezes — em minha mente tenho uma imagem perfeitamente construída do laboratório, da minha mãe com o bisturi que cortou sua mão, dela andando pela sala, do meu pai pulando do tamborete para ajudá-la, dele entrando na ambulância com ela. Vejo os dois claramente: jovens, minha mãe de cabelo comprido e preso, meu pai com um sapato sem cadarço e um lenço de linho lavado e passado por Elspeth.

Mas hoje, no estado em que estou, sinto-me perto do teto, olhando o laboratório lá embaixo, como se olhasse para uma casa de bonecas. Vejo minha mãe encaminhando-se para meu pai com a manga da blusa toda vermelha de sangue. No momento em que ele ouve o grampo cair do seu cabelo e olha para ela pela primeira vez, tenho vontade de pegá-los como se fossem bonecos de plástico, levantá-los e apertar os dois juntos com as palmas das minhas mãos.

A única luz agora vinha da fogueira que alguém devia ter feito — um chiado entrava nos ouvidos de Alice quando ela virava a cabeça naquela direção. Os rostos dissolviam-se e refaziam-se na névoa quente que o fogo espalhava. Mais adiante, ainda dava para ver a linha do horizonte e a costa. Se virasse a cabeça para o outro lado, longe do fogo e da música estonteante de um aparelho de som, podia ouvir as ondas quebrando de forma ritmada.

Levantou-se e tirou a areia da saia preta longa. Onde estava Katy? Ela tinha descido a duna de areia pouco tempo atrás para procurar alguma coisa para beber, fazendo Alice prometer que a esperaria. Alice olhou para a penumbra lá embaixo, tentando distinguir o cabelo vermelho de Katy. Seria melhor descer e procurá-la. Jogou a ponta do boá de penas por cima do ombro e foi descendo as dunas na direção do fogo e do grupo grande da festa, onde as pessoas rodopiavam ao som da música. Suas botas afundavam na areia fofa e seus pés desciam a ladeira mais rápido do que ela pretendia. A velocidade súbita entusiasmou-a, e ela estendeu os braços no ar — zunindo pelas pessoas, os pés movimentando-se involuntariamente, o cabelo e as pontas das plumas do boá voando atrás. Rindo consigo mesma, parou quando deu um encontrão em alguém lá embaixo, que a segurou pelos braços para que os dois não caíssem.

— Desculpe — disse Alice sem ar —, desculpe, não consegui parar. — O rapaz não a soltou, e ela apertou os olhos na luz mortiça. Ele era mais alto que ela. Será que o conhecia? — Desculpe — disse novamente, esperando que ele a largasse. O

rapaz puxou-a para mais perto da fogueira e os dois se entreolharam no brilho demoníaco alaranjado das chamas. Ela sabia quem
ele era — Andrew Innerdale, da turma de Kirsty na escola. Ele
tinha um irmão um ano abaixo de Alice, ou seriam dois anos
abaixo? O pai deles, um ex-hippie meio artista que morava a um
quilômetro e meio de North Berwick, era dono de uma loja de
antiguidades na High Street. Ainda com as mãos em volta dos
braços dela, ele disse:

— Achei que era você.

Alice sentiu-se exasperada, curiosa e lisonjeada ao mesmo
tempo. O rosto do rapaz estava muito perto do seu e ela podia
sentir cheiro de cerveja no seu hálito. Os olhos dele pesquisaram
seu rosto na penumbra — alguma coisa naquele olhar deixou-a
irrequieta. Empurrou-o para trás, ele se desequilibrou um pouco e deu um grito de surpresa. Ela se virou e sumiu no meio da
multidão, procurando Katy, afundada ainda mais na massa de
plumas enroladas em seu pescoço.

Tinha encontrado aquele boá de penas no fundo do armário
de Elspeth. Estava procurando sem muito empenho um casaco
que sua avó lhe pedira para pegar quando seus dedos encosta-
ram em alguma coisa macia e sedosa. Puxou a mão, surpresa,
com medo de tê-la machucado no fundo do armário. Depois se
abaixou, para que seus olhos ficassem no nível da prateleira, e
cuidadosamente enfiou a mão de novo. Ao apalpar o boá, em
vez de retirar a mão, pegou-o com cuidado e trouxe-o para fora.
O boá desenroscou-se como uma cobra quando saiu do lugar, e
em segundos um longo rastro de penas de um tom preto-esverdeado passou pelos olhos atônitos de Alice. Ela o colocou no
pescoço e as pontas quase tocaram o chão. Enrolou-o várias vezes no pescoço e olhou-se no espelho de Elspeth.

As penas, entrando em seus ouvidos, eram macias e enceradas, de um tom preto-esverdeado, retiradas do papo de um es-

torninho. No centro do boá, as penas costuradas com um fio invisível eram incrivelmente finas, depois ficavam mais fortes, com filamentos enganchados que acariciavam seu rosto como lâminas. Alice nunca tinha visto uma coisa tão bonita e sentiu-se tomada pelo desejo de possuir aquilo. Por que sua avó tinha esse boá? Por que ela nunca o tinha visto antes? Onde Elspeth o usara? Será que a deixaria usar também?

Ficou parada um instante diante do espelho, os dedos tocando as penas. Depois pegou o casaco que Elspeth queria e desceu, com o final das penas arrastando atrás dela como a cauda de um monstro marinho.

É claro que Elspeth lhe deu o boá, e naquela noite na festa da praia ela o estava usando pela primeira vez. Enquanto passava pelas pessoas, Alice tomava muito cuidado para que as penas não encostassem na areia. Só pensar que a areia molhada poderia umedecê-las fazia com que ela estremecesse.

De repente um braço enlaçou-a pela cintura. Virou-se e viu Kirsty rindo, em meio à escuridão.

— Olá, garota — disse Alice, pondo o braço em volta do pescoço da irmã —, como vai indo?

As duas passaram juntas no meio da multidão, de braços dados, Kirsty apoiada nela.

— Muito bem. E você? Está se divertindo?

— Mmmmmm. Eu perdi Katy. Você a viu por aí?

— Não. Acho que não.

Alguém gritou atrás delas "Kirsty! Kirsty!", e Kirsty soltou-se de Alice.

— Preciso ir. Vejo você mais tarde — disse, por cima do ombro.

— OK. A que horas você vai voltar para casa? — gritou Alice, mas Kirsty não ouviu.

Alice subiu no alto da outra duna e, arrepiada com a brisa que sempre soprava à noite, olhou em volta à procura de Katy. Não conseguiu vê-la. Se fosse para casa, seria melhor ir pela beira da praia, em vez de seguir o caminho mais direto pelo campo de golfe: já estava muito escuro, e ela tinha medo de cair em algum buraco. Sabia que o caminho pela praia era muito melhor. Desceu a duna, agarrando-se na vegetação para se equilibrar, e foi andando junto ao mar. Algumas pessoas a chamaram, mas ela disse:

— Estou indo para casa. Até logo — e sua voz foi levada pela brisa.

Sem o contraste do fogo, era mais fácil ver o mar. A espuma das ondas captava a luz do luar que filtrava através da nuvem espessa. A uns quinhentos metros da festa, Alice virou-se e deu uns passos de costas para observar as formas escuras e distantes e o brilho das achas do fogo. Depois se virou de novo para ver em que direção estava andando. Sentiu o primeiro arrepio na praia vazia e escura à sua frente. Cruzou os braços, enfiou as mãos dentro das mangas e foi andando rápido, de cabeça baixa, as botas sujas na areia molhada, a bainha da saia varrendo a água salgada, a areia, as algas e pequenas lascas de conchas. Quando as pedras escarpadas de Point Garry apareceram na escuridão, ela relaxou um pouco. Cheirou as penas em volta do seu pescoço e começou a cantar baixinho uma música que tinham tocado na festa. Agora não estava muito longe.

Alice parou, seu coração batendo forte. Nas pedras à sua frente havia uma pessoa parada. Dava para ver o contorno das pedras contra o céu. Tirou o cabelo do rosto e gritou:

— Oi? Quem está aí?

Não obteve resposta, mas a figura pulou das pedras e veio andando na sua direção.

— Não se aproxime! — falou. — Não se aproxime, senão vou gritar! Diga quem você é.

A pessoa parou e levantou as mãos em um postura de súplica.

— Desculpe. — Era um rapaz. — Não tenha medo. Você não é Alice?

— Talvez — disse ela com raiva. — Quem é você?

— Sou Andrew — falou ele, avançando na areia de novo.

— Andrew Innerdale? — perguntou ela.

— Sim.

— Você me deu um susto danado, Andrew Innerdale — disse ela, continuando a caminhar. Podia sentir que ele vinha atrás, podia ouvir sua respiração entrecortada pela pressa.

— Sinto muito. Sinto muito mesmo. Não tive a intenção de assustar você. — Sua voz era calma, muito perto do ouvido dela.

— Mas assustou.

Os dois foram andando em silêncio durante algum tempo, até que Alice parou e disse:

— Vou pegar um atalho pelo campo de golfe aqui.

— Eu vou com você.

Ela hesitou. O sangue batia no seu tímpano. Aquele rapaz estava deixando-a nervosa, excitada e confusa. O que ele tinha no olhar que a assustava?

— Tudo bem — disse ela.

No campo de golfe dava para ver as luzes amareladas da rua. Ela se sentiu mais confiante quando foram chegando perto das luzes, e os dois saíram aos poucos do escuro. Ele era alto e magro e usava botas de sola grossa que nem as dela.

— Você é irmã de Kirsty, não é?

— Sou.

— Mas não se parece com ela.

— Eu sei.

180

O gramado bem aparado do campo de golfe rolava debaixo dos pés silenciosos deles, subindo e descendo os pequenos morros artificiais do campo.

— Você vai para o secundário esse ano? — perguntou ele.

— Vou. E você? É da turma de Kirsty?

— Sou.

— O que vai fazer depois?

— Não sei ainda. Minha mãe quer que eu seja médico, mas eu quero ir para a escola de artes. Como meu pai.

— Então deve ir. A vida é sua, não dela.

— Eu sei. — Ele parecia infeliz. Alice sentiu uma certa pena do garoto. Ele se virou e deu um risinho. — Você não gosta de hóquei, gosta?

— O quê? — disse ela, olhando-o. — Não gosto, não. Como você sabe?

— Eu tenho aula dupla de história no início da manhã às sextas-feiras, e você tem esporte. Estudo no prédio de história aqui — esticou uma das mãos —, e você vai para o campo de esporte ali — esticou a outra —, bem ao lado da janela. — Deu mais um risinho. — Eu me sento junto da janela. Você está sempre com uma cara zangada.

Ela riu.

— É mesmo. Deteste hóquei.

— Dá para ver. — Ele parou de andar e pegou o cotovelo dela. — Alice... por que não ficamos aqui fora um pouco?

Ela se sentiu pouco à vontade e apertou as mãos dentro das mangas.

— Não sei. Acho que devo voltar para casa agora.

— Não pode ficar mais um pouco? — perguntou ele, pondo os braços em volta dela. Alice sentiu o corpo dele contra o seu, e vários pontos encontrando-se entre eles — o peito dele nos seus seios, as coxas dele nas suas, o volume do sexo dele atrás das calças roçando sua saia. Seus braços eram finos como um chicote, mas fortes quando ele a enlaçou com firmeza.

Ela se manteve imóvel, insegura. Ele começou a falar.

— Gosto muito de você, Alice. Fico olhando você na escola e acho você muito... muito... bonitinha. Sei que é um pouco mais nova que eu e tudo o mais, mas acho que não seria problema, não é? O que você acha?

Alice sentiu um frio no estômago. As penas amassadas do seu boá picavam-na por cima da roupa.

— Não sei — disse ela, afastando-se. — Não sei. — E voltou a caminhar na direção da cidade.

Ele a pegou pelo braço de novo.

— Alice, quer me dar um beijo? Por favor. Me beije.

Ela o olhou maravilhada. De onde vinha aquela paixão? O rosto dele era a imagem da timidez e da insistência. Achou que ia chorar. Ele chegou mais perto, e ela o olhou dentro dos olhos de novo. Veio-lhe de súbito um medo estranho, e ela pôs a mão no meio do peito dele.

— Não. Não — disse, afastando-o.

Então se virou enrolou-se no boá e saiu correndo até a entrada da cidade, só parando de correr quando chegou em casa. À medida que seus pés batiam ritmadamente nas calçadas pavimentadas e sua respiração entrecortada queimava-lhe o peito, foi rememorando o que achava que tinha visto. Os olhos dele eram castanho-escuros como os seus, com tons mais claros no centro. Ao olhar dentro daqueles olhos, teve a sensação de estar olhando dentro dos seus próprios olhos.

O DR. MIKE COLMAN COLOCA UMA MOEDA DE 50 CENTA-vos na máquina de café e espera. Um copo de plástico cai de lado na bandeja de metal. Um líquido marrom escaldante derrama pelo copo caído, desce pela lateral da máquina de café e escorre para os seus sapatos.

— Que merda!

Ele sente que está se irritando, e respira fundo, depois insere mais uma moeda na' máquina. No canto, uma mulher folheia violentamente uma revista atrás da outra, ignorando sua companheira, uma senhora mais velha, que lhe pergunta a toda hora: "Como achou que ele estava? Pensei que estivesse melhor. Como achou que ele estava?"

Duas noites atrás Mike voltou para casa depois da meia-noite, morto de sono, e encontrou Melanie no patamar da escada, soluçando por causa do pescoço do seu urso de pelúcia. A porta da babá estava fechada e ele a levou para a cama.

— Por que a mamãe não mora mais conosco? — perguntara ela entre soluços. Ele acariciara seus cabelos e dissera:

— Nós já falamos sobre isso antes, Melanie, lembra? A mamãe mora com Steven agora e você pode ir lá sempre que quiser.

Mas o que na verdade queria fazer era jogar a cabeça para trás e soluçar como ela. Pouco depois Melanie voltou a dormir, com o cabelo emaranhado e o dedão na boca. Mas àquela altura quem não conseguiu dormir foi ele, é claro. Merda de Steven, e dizer que era seu melhor amigo.

Mike leva o café ácido à boca, estremecendo a cada gole que toma. A senhora mais velha cai em silêncio e fica olhando para as luzes amarelas do teto. Ele detesta salas de espera, especialmente à noite. A pequena matemática da vida humana. Mas nada, nada é tão ruim quanto o período entre três e cinco horas da madrugada, quando todas as visitas e funcionários vão embora, a maioria dos pacientes dorme, e um silêncio sepulcral abate-se sobre as enfermarias e os corredores. Ele detesta esse turno mais que qualquer outra coisa.

Volta para o Centro de Tratamento Intensivo pelos corredores brancos sinuosos. Não precisa pensar para onde vai nem ler as placas — seu senso de direção é bom. Há gente que trabalha ali há mais tempo que ele, mas que ainda se perde. Seu método, que não explica a ninguém, é não pensar para onde vai, deixar o subconsciente ocupar sua cabeça com alguma outra coisa enquanto o corpo e o instinto assumem o controle. Talvez se parasse para pensar que direção deveria seguir não chegasse lá.

Na sala, sentada ao lado da cama, Mike vê uma mulher de vestido vermelho com cabelo louro em mechas.

— Oi — diz.

Ela se mexe na cadeira e vira parte do corpo para ver quem é.

— Oi, eu sou Rachel.

Seus sapatos são pretos, de salto alto e bico muito fino. Uma pasta está no chão ao lado da sua cadeira. Dá para ver, pelos olhos vermelhos, que ela andou chorando. Mike não fala nada, só inspeciona as máquinas e o soro. Aperta o polegar no pulso inerte de Alice para contar seus batimentos cardíacos. Levanta suas pálpebras e olha as pupilas — uma delas está fixa, escura e grande como o mar, a outra está pequena, trêmula e preta. Pode sentir os olhos verdes e grandes de Rachel observando toda a sua movimentação.

— Como ela está? — A voz de Rachel tem o volume e a objetividade de quem está habituada a receber respostas a todas as suas perguntas.

— Há quanto tempo você a conhece? — pergunta Mike.

— Há anos. Nós nos conhecemos na faculdade. — Rachel vira a cabeça de lado para olhar a figura na cama. — É minha melhor amiga, creio eu. — Levanta-se, vai até a janela e olha para o gramado escuro. — Nós temos vidas diferentes agora, mas ainda somos muito ligadas.

— Você viu os pais dela hoje?

— Não — responde ela. Mike pode dizer, sem se virar, pela forma como sua voz reverbera na parede à sua frente, que ela saiu da janela e está atrás dele, observando-o de novo. — Cheguei logo depois que eles saíram. Tive de trabalhar até mais tarde do que pensava.

Mike ajeita o tubo de respiração e o cone de plástico preso no rosto de Alice. As bordas deixaram riscas vermelhas na pele dela.

— Então, como ela está? — pergunta Rachel, aproximando-se da cama e voltando para a cadeira.

— Nenhuma mudança.

— Isso é bom ou ruim?

— Nem uma coisa nem outra.

Ambos olham para Alice. Mike nota pela primeira vez que os cortes do seu rosto estão criando casca, que seus ferimentos estão passando a um tom arroxeado-escuro. Pensa de novo como é estranho que uma parte importante do funcionamento do corpo possa ser destruída, enquanto coisas simples, como a cicatrização da pele, continuam seu desenvolvimento normal. Observá-la produz em Mike uma estranha calma — talvez seja o ritmo do respirador ou a imobilidade dela, além do movimento artificial do seu peito. Inclina-se sobre a cama e diz:

— Dizem que talvez ela tenha feito isso deliberadamente. Um tentativa de suicídio.

O respirador suspira uma vez, duas, o peito de Alice sobe e desce. Mike olha para Rachel.

Ela não parece surpresa. Rói a unha do polegar de forma infantil com a ponta dos dentes brancos.

— É, isso passou pela minha cabeça — diz simplesmente, passando a mão na pele fina da têmpora da amiga. — Alice, Alice, por que você fez isso?

— NÃO, NÃO, NADA ASSIM — DIZ ALICE BAIXANDO A VOZ no fone, tentando em vão conter uma risada. O escritório está calmo hoje, todos estão curvados sobre as telas dos computadores, os ouvidos antenados na sua conversa, ela imagina.

— O que, então? — grita Rachel do outro lado da linha. Está falando num celular, a ligação está ruim, e à medida que vai andando, sua voz vibra. A linha é cortada por um instante, depois volta. — ... na cama ou não? — diz ela.

— Rach, eu estou no escritório — diz Alice.

Rachel suspira.

— OK. Você me conta mais tarde. E o tal segredo terrível? Conseguiu que ele contasse ou vocês não falaram muito?

— Ele é judeu.

O som de buzinas e carros passando interferiu na linha, depois veio a voz de Rachel, clara de repente, como se ela tivesse parado de andar.

— Muito judeu?

— Como assim, muito judeu? Há gradações disso?

— É claro que sim.

Alice não sabe o que dizer.

— Ele é... ele é... disse que tem medo do que seu pai possa pensar.

— Sei.

— Estranho, não é?

— Não muito. Não é uma coisa pouco comum.

— Ah, não? — pergunta Alice surpresa.

— Pelo amor de Deus — diz Rachel —, às vezes esqueço como você é.

— Esquece o quê?

— Que você passou a maior parte da vida num vilarejo da Escócia, no fim do mundo. É claro que não é pouco comum. Acontece todo o tempo. É um problema do pai dele ou dele também?

— Hummm, não tenho certeza. Acho que é um problema dos dois.

— Agora vou ter de desligar. Preciso estar no tribunal daqui a dois minutos... Tenha cuidado, só isso. Não se envolva muito antes de saber onde está se metendo, OK?

Alice vai para a estação de metrô de Camden Town com o mapa aberto. A rua de John é tão estreita e curta que seu nome mal cabe no mapa, no cruzamento entre a Camden Road e a Royal College Street. Ela sobe a Camden Road, passa pelo pub World's End na esquina, onde há gente bebendo na calçada. No sinal defronte da Sainsbury, atravessa a rua e compra uma garrafa de vinho em uma lojinha argelina, com bancas de verduras exóticas e cactos. O homem enrola a garrafa em papel verde-musgo e deseja-lhe "uma ótima noite, querida".

Depois de andar para cima e para baixo várias vezes, olhando os números na penumbra, decide que a casa dele deve ficar no final da rua. É uma típica casa vitoriana do norte de Londres. A porta da frente é azul e todas as janelas estão iluminadas. Na porta ela ouve a música alta que vêm de dentro. Toca a campainha e ele aparece tão depressa que dá a impressão que estava logo ali atrás — todo desarrumado, a camisa para fora da calça e o cabelo espetado. Quando entra, ele passa os braços à sua volta com tanta força que ela mal pode respirar. Ficam assim um tempão, tudo lhes parecendo já muito familiar — o cheiro dele, a forma como ela coloca a cabeça na curva do seu pescoço, ele com as mãos em concha na sua nuca enquanto a beija. Dá um passo atrás para olhá-lo de perto e passa os dedos na sua boca e no seu rosto.

— Como é bom ver você — diz, sem necessidade.

John passa por ela e fecha a porta da frente.

— Vamos entrar — diz, puxando-a pela mão pelo corredor, que dá em uma grande sala de estar com pé direito alto. Dois quartos foram anteriormente agregados para formar aquela sala, que vai de uma janela grande na frente até uma porta nos fundos, terminando em um pequeno jardim. As paredes são pintadas de vermelho-escuro, e todo um lado da sala é coberto de estantes de livros. No canto há uma mesa em desordem total, com um computador e um fax que pisca a intervalos regulares. Há dois sofás confortáveis colocados em ângulo reto e uma mesa cheia de revistas, papéis e livros.

John está ao seu lado, com o braço na sua cintura.

— E então — murmura junto do seu cabelo.

— Então o quê?

— O que achou?

— John, é muito bonita. Uma casa linda.

— Tive muita sorte. Comprei essa casa com o dinheiro que minha mãe me deixou. Às vezes penso que devia dividir o lugar com alguém ou arranjar um amigo para morar no outro quarto, mas já me acostumei a morar sozinho. Na verdade, não ia querer morar com ninguém. Adoro ficar sozinho. Passo a maior parte do tempo nessa sala. Nunca tenho tempo de fazer nada no resto da casa, que é bem simples.

Alice atravessa a sala e vai até as estantes, corre a mão pelas lombadas dos livros bem alinhados e vira-se para admirar o lugar.

— Gostei daqui — diz ela, num tom decisivo.

— Venha ver o resto.

Ela o segue pelo corredor e observa os músculos da sua coxa movimentando-se por baixo do jeans quando ele sobe a escada. Quando chega ao alto, ele se vira e vê que ela está quase rindo.

— Qual é a graça? De que está rindo?

— Nada — diz ela, tentando se recompor, mas voltando a rir.

— O que é? — Pergunta, imprensando-a no patamar da escada. — É melhor me contar.

— Não é nada. Só estava pensando no... no fim de semana... você sabe.

— Em que parte do fim de semana?

— Não sei. — Põe as mãos no traseiro dele e puxa-o para a frente. — Talvez nessa parte.

Os dois se beijam. Ela sente um desejo forte e súbito por ele. Quer aquele homem; quer tanto que sente uma dor física e penetrante. Quer aquele homem ali, bem ali naquele patamar escuro iluminado pelas luzes que vêm da sala lá embaixo, e quer agora. John desabotoa a camisa e abaixa a cabeça para beijar-lhe a garganta e o peito. Ela tenta ajudá-lo com os botões da camisa, mas seu desejo deixa-a sem jeito, e os botões não abrem. Tenta desesperadamente e diz:

— Droga!

— O que aconteceu? — A voz dele parece abafada.

— Não consigo desabotoar sua camisa.

John dá um passo atrás, puxa a gola com as duas mãos, passa a camisa pela cabeça e joga-a no chão. Ela estende os braços para ele. Adora sentir sua pele macia, a elasticidade do seu torso. Passa as mãos por suas costas e seus braços, apertando a boca no seu pescoço e nos seus ombros. Depois pára. Alguma coisa está errada, alguma coisa não vai bem, registra seu consciente. Tenta pensar com coerência. Começa a sentir um cheiro estranho.

— John?

— Mmmm?

— Estou sentindo cheiro de queimado.

Ele levanta a cabeça e fareja o ar como um cão de caça.

— Merda.

Desce a escada correndo de dois em dois degraus e desaparece. Alice encosta-se na parede, sentindo um estremecimento no corpo e o coração batendo forte. Estou apaixonada, pensa, estou apaixonada por esse homem, estou apaixonada. Examina o sentimento com cuidado, como se estivesse andando pela primeira vez com uma perna recém-curada, descobrindo suas limitações, procurando qualquer sinal de fraqueza. Está com medo? Não. Excitada? Sim, incrivelmente excitada. Quer devorar o tempo, quer que os dias, semanas e anos com ele passem voando para poderem fazer tudo agora. Mas ao mesmo tempo quer congelar o tempo: conhece bastante o amor para saber que é cego, que não existe nenhum amor sem sofrimento, que não se pode amar ninguém sem ter uma ponta de medo de como a coisa pode terminar.

Junta a borda da saia, abotoa de novo a blusa e tenta descobrir o interruptor da luz na parede. Deve estar em algum lugar. Está nervosa, com medo de descer de novo e ver por acaso, só por acaso, um ar de indiferença nos olhos dele — mas no fundo do coração sabe que isso não vai acontecer. Acha que ele a ama ou, pelo menos, pode amá-la, e enquanto apalpa a parede com a palma da mão, fica imaginando quanto tempo vai levar para dizer que o ama. Seus dedos encontram o interruptor e ela acende a luz.

Por um instante sente-se ofuscada e pisca quando a luz amarela forte incide nos seus olhos. A lâmpada está à mostra. No pequeno patamar da escada há três portas, todas entreabertas. Empurra uma e acende a luz. É o quarto de John: incrivelmente espartano, com um colchão de casal no chão com uma colcha azul, um abajur de cabeceira e uma pilha de livros ao lado da cama. As paredes são nuas e há umas roupas espalhadas por todo lado. Uma janela grande dá para a rua. Ela sente vontade de examinar tudo com detalhes — abrir as gavetas, mexer nos livros — para conseguir informações sobre esse homem que entrou na sua vida, mas resiste à tentação, pois John não sabe que ela está ali.

O quarto seguinte é obviamente onde ele guarda toda a sua tralha. É menor, nos fundos da casa, empilhado de coisas — duas bicicletas precisando de consertos diferentes, um computador velho com um emaranhado de fios coloridos, uma cômoda grande, um guarda-roupa, prateleiras com arquivos, pilhas de roupas, papéis, revistas, jornais. A terceira peça da casa é o banheiro, pintado de azul-escuro. A banheira é imensa, turquesa. Ao lado do vaso sanitário há outra pilha de livros — poesia, obras completas de Ibsen e *The Journalist's Handbook*. Ouve um som constante de água que imagina que venha da tubulação, até descobrir um aquário enorme por trás da porta. Uma bomba jorra água em fluxo constante e o aquário brilha com um tubo de luz fluorescente: não ilumina um peixe, mas uma criatura estranha e imóvel.

Alice aproxima-se do aquário. Parece um lagarto, só que é todo branco e fica suspenso na água, olhando-a com olhinhos pretos posicionados dos lados da cabeça. Ela nunca tinha visto uma coisa assim; em volta da cabeça, vê umas guelras frágeis rosa, que pulsam ligeiramente. Os pés são fascinantes — parecem mãos de bonecas — delicados e pálidos, com dedinhos bem-feitos. O que mais a impressiona é sua imobilidade, até ela chegar bem junto do aquário. Fica imaginando como ele consegue boiar sem mexer as pernas nem a cauda. Não deveria afundar no meio daquele cascalho? Ele se movimenta lentamente e com grande cuidado na borda do aquário, a cauda musculosa movimentando-se na água; quando chega na lateral, bate no vidro, afunda uns centímetros na água, pára e olha-a de forma expressiva. Ela encosta a ponta dos dedos no vidro e murmura:

— O que você está fazendo aí?

O bichinho continua a olhá-la com seus olhos tristes. Ela ajeita o corpo e vira-se para descer a escada.

Na cozinha, John está sem camisa na frente do fogão, mexendo alguma coisa na panela.

— Oi — diz quando ela entra —, não se preocupe, não queimou completamente. — Beija-a e pergunta: — Você andou olhando por aí?

— John, o que é aquilo?

— Aquilo o quê?

— Aquela coisa no aquário lá de cima.

— Ah, é um axolotle.

— Um o quê?

— Um axolotle. Vem da América do Sul. Um dos meus primos cria esses bichinhos. É incrível, não é?

— Mas é um réptil, um anfíbio ou o quê?

— É uma forma larval da salamandra. Se ele se acostumar a ficar fora da água, vira uma salamandra. É a única forma larval existente que se reproduz.

— Então ele é mantido em uma eterna adolescência? — diz Alice, estremecendo. — Que coisa horrível! Uma crueldade. Você devia deixar o bichinho crescer e virar uma salamandra; parar com essa infelicidade.

— Você não gostou da sua adolescência?

— Não! Detestei. Fiquei louca para crescer e sair de casa.

— Verdade?

— É. Fui uma adolescente difícil... de convivência horrível e aspecto horrível.

— Não acredito.

— É verdade. Eu usava preto o tempo todo, fazia coisas malucas com meu cabelo e durante cinco anos não me comuniquei bem com meus pais.

— Tem alguma foto dessa época?

— Não mostraria nenhuma para você. Mas vamos voltar ao assunto: você está prendendo a pobre criatura naquela terrível terra de ninguém.

— Não é bem assim. Ele está permanentemente nos vinte anos... pode procriar, pode ter relações sexuais, pode ter uma vida feliz e normal de axolotle. Não vai crescer, o que é uma boa coisa. É o Dorian Gray do mundo anfíbio.

— Ele não parece muito feliz.

— No momento, não, mas espere para ver. Ele é um ser noturno. Agora está dormindo. Daqui a algumas horas vai acordar e movimentar-se em volta do aquário, levantando o cascalho do fundo. Você vai ver.

John abre a porta do forno e abaixa-se para olhar dentro.

— Não vai levar muito tempo mais — diz, fechando a porta.

— Você não está com frio? — pergunta ela, pondo os braços atrás dele e encostando a cabeça nos seus ombros.

— Não. — Alice ouve e sente a voz dele ressoar pelo peito. — Estou bem assim.

— Que cheiro bom!

— Está com fome?

Ela faz que sim.

Eu adorei me apaixonar por John. O amor é fácil e estranho. Eu pensava nele no metrô barulhento, nos ônibus apinhados, no trabalho — o que ele tinha que produzia esse efeito em mim? Não sabia exatamente e fazia listas de generalização e características detalhadas: gostava da sua generosidade, da sua capacidade de rir de si mesmo, da sua determinação, da sua entrega total a qualquer trabalho que assumia, da sua impulsividade e do seu humor em qualquer situação. Mas também gostava da forma como ele esfregava o cabelo em círculos quando estava cansado, como levantava o lábio superior quando se zangava, da sua mania de só dormir com um copo d'água ao lado da cama e de surpreender-se sempre com a quantidade de comida que comia.

Eu gostava muito de ver John fazer a barba. Meu pai, desde que me entendo por gente, sempre usou um barbeador elétrico, e aquele ritual de molhar o rosto para barbear-se me fascinava: a escova de barba dada pelo seu pai, a água na pia, a navalha na qual dava uma rápida sacudida antes de passar no rosto. Ficava sentada ao lado da banheira vendo-o pôr a espuma da escova na palma da mão e espalhar no rosto todo. Então ele passava a navalha de prata na barba espetada e fazia caretas bizarras para manter a pele esticada. Às vezes eu imitava as caretas atrás dele, até que um dia ele riu tanto que se cortou. Gostava de sentir sua barba espinhosa, que deixava marcas vermelhas no meu rosto e no meu corpo, e de sentir depois aquele rosto muito macio no qual eu podia passar os lábios. Gostava de ver as pontas da barba crescida caindo em volta da pia, duras como limalha de aço, e escorrendo na água.

Eu amava John mais do que qualquer outra coisa na vida. Como poderia saber que ele era um presente que não me pertenceria para sempre?

Num sábado de manhã bem cedo, o telefone começa a tocar no apartamento de Alice. John está na cama, folheando as páginas de um suplemento de fim de semana, com um copo de água ao lado. Alice está no banho. John olha para o telefone, em dúvida.

— Quer que eu atenda? — grita para ela.
— Quero. Por favor — diz ela do banheiro.
John debruça-se e tira o fone do gancho.

195

— Alô?

Faz-se silêncio do outro lado da linha. Pela parede do banheiro passa o barulho da água corrente.

— Alô? — diz ele de novo, agora mais alto

— Alice está? — diz uma voz feminina, brusca e ligeiramente irritada. A mãe de Alice. Tem de ser. John põe o copo d'água na mesinha-de-cabeceira.

— Está, sim. — Ele sabe que, por alguma razão nebulosa, o fato de um estranho atender o telefone da filha no início da manhã faz com que a mãe antipatize automaticamente com ele e que seja o mais rude possível.

— Posso falar com ela, então?

— Creio que sim — diz ele, para deixá-la mais irritada. — Quem está falando?

— É a mãe dela.

Ele põe o fone no chão e vai rápido até o banheiro para que ela não o ouça rir.

— Alice — fala da porta —, é sua mãe no telefone.

Ela aparece debaixo do vapor do banheiro, a toalha enrolada na cabeça. John volta para a cama e observa-a atravessar o quarto e pegar o fone. Alice é minha namorada, diz a si mesmo. Minha nova namorada. As palavras para explicar tipos de relacionamentos deixam-no frustrado. Detesta a expressão "Estamos saindo juntos". "Namorada" parece coisa de adolescente, uma palavra inadequada. Como dizer então? "Amante" é um pouco forte para uma linguagem corriqueira, fica parecendo que eles têm alguma coisa a esconder. "Amiga especial", pior ainda! Nenhuma dessas expressões serve, porque o que ele realmente quer dizer para si mesmo e para todos é...

Nesse momento perde o fio da meada porque a conversa de Alice vai ficando agressiva. Um verdadeiro pingue-pongue verbal ofensivo.

— Quem? Não vou lhe dizer.

Uma pausa, enquanto a voz da mãe some do telefone.

— Eu sei que horas são, obrigada.

Outra pausa.

— Porque não é da sua conta.

E por aí vai durante alguns minutos, Alice atacando a toda hora.

— Certo... Você não tem de se meter onde não é chamada... Por que não vai cuidar da sua vida?... Eu sei que não lhe disse.... Não... Não... Sim... Não... Acho que já sou bem crescida para resolver... Se eu quisesse seu conselho, e é claro que não quero, já teria pedido... — No final Alice diz aos gritos — Vá para o inferno! — E desliga o telefone. Depois de um breve silêncio, o telefone começa a tocar de novo. Alice a princípio não se move, mas enfim pega o fone como se soubesse o tempo todo que sua mãe ligaria de novo.

— O que foi? — pergunta entre dentes.

John começa a rir. É incrível.

— Por quê? — fala com voz esganiçada. — Por quê? Porque eu sabia que você reagiria assim... Não me venha com essa merda de novo... Eu sou!... Não... O que adianta tomar cuidado?... Amor? Amor? Como você pode usar essa palavra? Você não reconheceria o amor nem que ele lhe desse um tapa na cara.

Dessa vez veio um zumbido monótono de North Berwick — sua mãe tinha desligado. Alice põe o fone no gancho, enfurecida, e começa a andar pelo quarto.

— Como ela ousa fazer isso? Como ousa? — diz, morta de raiva. — Meu Deus, se ela pensa que pode telefonar para cá para fazer um sermão sobre... — Pára, solta uma espécie de rosnado, arranca a toalha encharcada da cabeça e joga-a no chão.

— Jesus Cristo! — diz John da cama. — Isso acontece sempre?

— Isso não é nada — responde ela, fazendo uma careta. —
É só a fase de aquecimento.

— Qual era o problema?

— Você.

— Eu?

— Ela quer saber quem você é. Por que está atendendo o
telefone na minha casa. Há quanto tempo eu conheço você. Por
que não contei que me envolvi com alguém de novo. Como se
— acrescentou aos gritos — tivesse alguma coisa a ver com isso.

— Bem... — aventurou John —, ela é sua mãe. Pode se meter um pouco na sua vida, não é?

Alice olha para ele, pasma, como se isso nunca lhe tivesse
ocorrido.

— Mas ela está interferindo só por prazer. Ela sempre age
de forma esquisita diante de meus relacionamentos com homens.
Sempre.

— De forma esquisita?

— É, superprotetora e crítica. Diz um milhão de vezes que
eu preciso ter cuidado para não me magoar, ter cuidado ao tomar decisões ao longo do tempo, que paixão não é uma coisa
necessariamente boa a longo prazo. E por aí vai.

— Ela é assim com suas irmãs também?

— Não muito. Mas elas têm namorados estáveis durante
longo tempo e depois se casam.

John sente-se tentado a dizer que só uma das suas irmãs está
de fato casada, mas não diz nada.

— Você vai ligar para ela de novo?

— Não!

Só para experimentar, John sai do quarto. No banheiro, pega
a pasta de dente e a escova. Antes de terminar de escovar os dentes, ouve Alice discar o telefone.

— Mãe? Sou eu.

Quando volta, ela está penteando o cabelo, o corpo um pouco dobrado, de modo que as pontas molhadas quase tocam no chão.

— Como foi? — pergunta ele, sentando-se na beira da cama.

— Bem — responde Alice, passando o pente no cabelo ritmadamente. — Isso não quer dizer nada. É só... é só uma briga.

Muda de posição e passa o pente para a outra mão.

— Você estava falando sério... sobre ela... e... o amor? — pergunta ele.

Alice pára um instante de se pentear, o rosto escondido pelo cabelo. Depois dá de ombros e volta a pentear-se, agora com o dobro da força.

— Sim.

— E.... e o seu pai?

— Hmmmm. Não estou convencida. Às vezes acho que ela usou meu pai como um reprodutor.

— Reprodutor?

— Para nós.

— Nós?

— Não você e eu, John — diz Alice com paciência. — Para mim e minhas irmãs.

— Verdade? Você acredita mesmo nisso?

Alice joga o cabelo para trás e levanta-se, franze a sobrancelha e olha para ele.

— Meu pai faria qualquer coisa por ela, mas ela... — Interrompe a frase ao ver a expressão no rosto dele. — Mas tudo bem. Isso só me torna mais determinada.

— Em que sentido?

— A não ser como ela.

John acorda com um violento balanço na cama e o cabelo de Alice sendo arremessado em seu rosto.

— Alice? Você está bem?

— Não consigo dormir. — Sua voz está tensa e queixosa.

Sonolento, ele estica o braço para sentir seu corpo e põe a palma da mão na curva do seu quadril. Alice está do lado dele, na ponta da cama, olhando para o outro lado. Ele chega mais perto e abraça-a.

— O que aconteceu?

De repente, ela se senta na cama, indignada.

— É essa merda de colchão. É tão desconfortável — diz, quase chorando.

John pisca, surpreso, tentando compreender por que ela está tão brava assim.

— Ah!

— É muito... muito duro e machuca... meus joelhos.

Ele não pode deixar de rir.

— Seus *joelhos*?

— Não ria de mim. — Mas começa a rir também. — Machuca meus joelhos. Qual é o problema?

— Bem, eu nunca ouvi ninguém dizer que os joelhos ficam doídos de dormir num colchão no chão.

— Se eu deitar de bruços, meus joelhos doem porque o colchão é duro.

Ele se mexe debaixo do edredom e começa a esfregar os joelhos dela.

— Está melhor?

— Não — diz ela, ainda zangada.

Ele beija seus joelhos.

— Está melhor? — pergunta de novo. Faz-se uma pausa.

— Um pouco.

Quando ela chega em casa do trabalho na noite seguinte, ele venda seus olhos no corredor.

— Para que isso? O que está acontecendo?

— Você já vai ver. — Ajuda-a a subir a escada para ela não tropeçar, segurando-a com força e se apoiando no corrimão. Na porta do quarto, faz Alice parar. — Está pronta?

— Estou, estou. O que é?

Ele tira a venda. No quarto, em vez do maldito colchão, está uma cama king-size nova. Ela dá um grito agudo e pula na cama.

— John! É maravilhosa! — Fica pulando para cima e para baixo, animadíssima. Os travesseiros voam e o edredom enrosca-se nos seus pés.

Ele a observa, encostado no batente da porta.

— É macia o suficiente para os preciosos joelhos da madame? — pergunta.

Alice rola de bruços na cama, rindo.

— É. É perfeita. — Rola de costas e senta-se, sentindo-se estranha de repente. — Muito obrigada, John. Você não devia ter feito isso... quero dizer, só para mim.

Ele tem consciência de que ambos sabem que a cama é um símbolo. Até agora nenhum dos dois falou sobre o futuro, e ele se surpreendeu ao ver que estava um pouco impaciente com isso.

— Não, eu fiz, realmente fiz para você — diz num tom sério, testando a reação dela. Ela fica corada e evita seu olhar. OK, Alice, pensa ele, faça como quiser, ainda não chegou a hora. Vai para junto dela, senta-se na cama e diz num tom mais leve: — Eu tive de fazer isso para você não rolar para cima de mim no meio da noite.

Ela ri.

— Desculpe. Eu não conseguia dormir, e fico com raiva quando isso acontece. Desculpe, John.

— Bem, há um modo de você me compensar por isso — diz ele, pensativo.

Ela sorri, aquele sorriso malicioso e lento que sempre provoca uma ereção nele.

— É mesmo? Como?

— Pode transar comigo até me tirar o couro na nossa cama nova.

ANN FICA NA PORTA, OBSERVANDO ALICE. O ROSTO DA FIlha está tenso, com aquele ar desafiador que lhe é muito familiar, enquanto ela tira aquela coisa ridícula roída de traça que Elspeth lhe deu e coloca-a em cima da cama. É Elspeth que encoraja esse tipo de comportamento de Alice, não dá um bom exemplo, não estabelece limites, coisas que uma menina geniosa como ela precisa. Imagine ser mandada para casa — o que era mesmo que a carta do diretor do colégio dizia? — por "estar vestida de forma inconveniente na sala de aula". Ann vê Alice abotoar uma blusa branca de Kirsty e vestir uma saia com comprimento mais aceitável.

— Meias — diz Ann num tom inflexível, apontando para o buraco acima do joelho esquerdo de Alice, que louca de raiva arranca as meias e tira um par de meias limpas da gaveta. — Gravata — continua, segurando a certa distância a gravata listrada de vermelho do uniforme da escola. Alice sacode a cabeça. — Gravata — repete Ann com firmeza.

— Não vou usar essa maldita gravata.

— Não use essa linguagem vulgar comigo, mocinha. E se estou dizendo para você usar a gravata, é bom usar logo.

Alice sacode a cabeça de novo.

— Não.

Ann suspira. Realmente não pretende ficar discutindo sobre isso. Para dizer a verdade, está surpresa por Alice ter concordado em mudar de roupa com tanta facilidade. Uma hora atrás ela tinha passado por aquela porta dizendo que nunca mais voltaria para o colégio.

— Tudo bem. Vá para o carro. Vou levar você para o colégio.

— Eu vou a pé — diz Alice de cara emburrada.

— Já disse que vou levar você. Vá para o carro. Agora.

Ann decide aproveitar ao máximo os cinco minutos com a filha no espaço confinado do automóvel.

— Seu pai e eu estamos cansados dessa sua atitude. Você é difícil, rude, não coopera, não se comunica, não ajuda. Sua atitude é ridícula, e estou contente de ver que o colégio concorda comigo. Espero uma grande mudança no seu comportamento, a partir de agora. Acho que...

Ann distrai-se um instante e um carro a ultrapassa em um cruzamento, parando em seguida. Ela é forçada a frear bruscamente e quase diz um palavrão. Felizmente lembra a tempo que está fazendo um sermão sobre bom comportamento e se contém.

— E outra coisa — continua, em tom menos convincente, tentando lembrar onde tinha parado, virando o carro na esquina para chegar ao colégio.

— Cala a boca, cala a boca, cala a boca — murmura Alice, tapando os ouvidos.

— Não fale comigo assim — diz Ann irritada, voltando ao seu tema.

— Não sei qual é o seu problema — grita Alice com raiva. — Eu tive notas péssimas, não é? É só com isso que você e o papai se importam.

— Não vou falar outra vez sobre sua linguagem, Alice. O que está em pauta agora não são suas notas. — Ann distrai-se de novo, mas desta vez ao ver um menino no portão do colégio enquanto elas se aproximam de carro. Alto, de suéter preto, a mochila pendurada no ombro. É filho dele. Sem dúvida. O filho mais velho. Ann põe o pé no freio abruptamente e olha bem para ele pelo pára-brisa. Parece muito com sua maldita mãe. Ann está consciente de que ao seu lado Alice está abrindo a porta do carro, que em seguida é fechada com uma pancada violenta, enquanto Alice se afasta sem ao menos se despedir. A raiva de Ann desaparece, e a grosseria de Alice é esquecida, diante da sua curiosidade mórbida a respeito do menino. Ele tem a estatura do pai, mas o colorido da mãe e aquele cabelo crespo horrível.

Ann observa-o. Ele está sorrindo nervoso para uma menina que vem chegando. Ela reconhece aquele sorriso. Está quase se permitindo chorar quando de repente percebe que a menina para quem ele está sorrindo é sua filha. Quando Alice chega perto, ele desencosta da parede e tenta aproximar-se dela. Ann olha para os dois, agarrada ao volante. Eles se conhecem? São amigos? São...? Não. Impossível. Por que, dentre os trezentos meninos do colégio, Alice iria escolher logo ele? O menino enfia a mão na mochila e passa uma coisa para Alice, encostando ligeiramente a mão no seu ombro. Ann fica congelada de terror.

Estica a cabeça para fora da janela do carro e grita histérica:

— Alice! — Várias pessoas viram-se para ela, menos Alice, que já está atravessando o pátio com o menino. — Alice! — grita de novo. Alice titubeia, mas continua a andar, mais depressa agora. Ann toca a buzina, e o som ecoa pelo pátio. Adolescentes, professores e crianças da escola primária viram-se para olhar curiosos a mãe das irmãs Raikes sentada em um carro ao lado do portão da escola, o rosto vermelho, tocando a buzina. Alice vira-se e marcha com um passo furioso pelo pátio, os olhos faiscando de raiva. O menino a acompanha alguns passos atrás. O rosto dela aparece na janela de Ann. — O que você está fazendo? — pergunta. — Vá embora daqui.

— Alice — diz Ann, agarrando o pulso da filha —, quem é aquele menino?

— O quê? — pergunta Alice, estarrecida.

— Aquele menino — diz Ann, apontando para ele.

— Não é da sua conta. Por que está fazendo isso comigo? Vá embora. Por favor.

— Só se responder à minha pergunta. Quem é aquele menino? Qual é o nome dele?

Alice olha para ela, furiosa e incrédula.

— Você me deixa sem graça — diz baixinho. — Ele vai ouvi-la. Por que não vai embora logo?

— Assim que me disser o nome dele eu vou. Prometo.

Alice olha para a mãe, dividida entre sua necessidade de privacidade e a vontade de ver Ann pelas costas.

— Andrew Innerdale — diz.

Ann fecha os olhos. Nunca, em um milhão de anos, imaginou que isso pudesse acontecer. Seria o castigo divino? Alice tenta desvencilhar-se, mas Ann agarra-a com mais força.

— Alice, você está saindo com esse menino?

Alice fica furiosa.

— Me solte, você prometeu que iria embora. Você prometeu.

— Está saindo com ele?

— Por que iria lhe dizer? Não é da sua conta. — Seus olhos enchem-se de lágrimas de raiva.

— Eu quero saber.

— Não. Não estou. Somos só amigos. OK?

Ann vê o menino logo atrás, olhando para as duas desconfiado.

— E acha que vai sair com ele? Ele quer sair com você?

— Mãe, por favor! Por favor, posso ir? — Alice torce o braço que a mãe está agarrando. — Por que está fazendo isso comigo? Eu odeio você, odeio você! Você está machucando meu pulso.

— Responda. Ele quer?

— Quer — responde Alice soluçando, enquanto limpa os olhos com a outra mão.

206

Ann solta-a. Alice dá um pulo para trás, esfregando o pulso, atravessa o pátio correndo e entra no colégio, o menino gritando para ela:

— Alice! Alice! Aonde você vai?

Ann faz um retorno proibido em U na rua, deixando possesso o motorista que vem na outra direção, e volta a toda para casa. Fecha a porta do quarto, para o caso de Elspeth voltar inesperadamente, e põe o telefone no colo.

Ainda sabe o número de cor. É claro.

— Posso falar com o Sr. Innerdale, por favor? — diz ela, para a assistente. Em seguida ouve a voz dele, e vai falando, e ele vai respondendo, e ela enfia as unhas na palma da mão várias vezes ao perceber que nada mudou, que apesar do silêncio entre eles desde que o caso terminou... mais uma vez... quase um ano atrás, e apesar de ela se congratular diariamente por ter conseguido cortar o amor que sentia por ele pela raiz, nada mudou. — Preciso da sua ajuda — ouve-se dizendo no telefone.

— É claro, Ann. O que você quiser.

— Você tem de manter seu filho longe da minha filha.

— Sua...? Qual delas?

— Alice.

Faz-se silêncio por um instante.

— Minha filha, então.

Ann levanta-se, ainda segurando o telefone, e começa a andar pelo quarto.

— Olhe aqui, não quero voltar a esse assunto de novo.

— Por que não admite logo que ela é minha filha? Sabe que às vezes saio da loja mais cedo e vejo-a vindo do colégio, voltando para casa? Passo por ela na rua quase toda semana, às vezes perto o suficiente para tocar nela. Ela se parece mais comigo que meus próprios filhos. Ela é minha e você sabe disso. Por que não pode admitir?

— E que diferença faria? — replica Ann. — Para todos os efeitos, ela é filha de Ben. E para sua informação, é bem provável que seja mesmo — acrescenta num tom insolente.

— Isso é besteira, Ann, e você sabe disso. É claro que ela é minha. Não há dúvida alguma. Quanto mais velha ela fica, mais óbvio é. Você não acha que ela tem direito de saber a verdade?

— Nunca vou contar a ela sobre você. Nunca.

— Você não agüenta isso, não é, Ann? Não agüenta essa lembrança constante do que nós tivemos... e que ainda temos.

— Nós não temos nada. — Ann pensa nessas palavras como se estivessem escritas na sua cabeça e fala alto para ele. — Não há nada entre nós. Está tudo terminado. Já disse isso a você.

— Você não acredita nisso. — E então ele começa a sussurrar. — Ann, venha me ver. — Sua voz sai do telefone e desce pela escada em espiral secreta do ouvido dela.

— Não. — diz Ann em pânico. Ela pode agüentar qualquer coisa, menos isso. Pára de andar pelo quarto. Sente-se tonta, achando que se por ventura desse mais um passo cairia num buraco terrível. Se ficasse presa naquele ponto do quarto, com os pés bem juntos assim, tudo daria certo.

— Por favor — pede ele.

— Não.

— Ann, não diga isso. Eu te amo. E sei que você me ama. Você não pode jogar isso fora. Não pode. Ninguém vai descobrir. Ben nunca saberá, prometo. Liza nunca saberá. Nós teremos muito cuidado.

— Nós tivemos cuidado da vez passada.

— Não o bastante. Ann, por favor.

— Não. — É ela mesmo falando? É sua voz dizendo essas coisas? — Estou falando sério.

Ele não diz nada, não pede de novo. E Ann fica em parte contente, pois se ele pedisse de novo, ela sabia que não diria não, se ele pedisse de novo, ela não conseguiria dizer não, ela sairia de casa e iria para a loja dele em minutos. Era muito perto. Por que ele não pensa nisso, por que não pede de novo, só mais uma vez, bastaria só mais uma vez, meu querido.

Depois de um instante, ela se vê falando.

— Quero que você prometa que vai manter seu filho longe dela.

Peça de novo para mim.

— Andrew pode sair com quem quiser. — Sua voz está distante agora, brusca e impessoal.

— Por favor. Preciso da sua cooperação sobre isso. Você e só você sabe... o problema que poderia ser criado.

— O que eu devo dizer para o Andrew? Desculpe filho, ela é sua irmã?

— Não sei. Diga o que tiver de dizer. Invente alguma coisa. Você tem de fazer isso por mim. Por favor.

Por favor, me peça mais uma vez.

— Você percebe que pedir para eu fazer isso é admitir que Alice é minha filha?

— Percebo — diz Ann com suavidade —, mas o que você vai fazer? Pedir a custódia dela?

AINDA ME SINTO AMEDRONTADA, INTRANQÜILA. MAIS CEDO — não sei quando — subitamente tomei consciência dessa presença. Alguém que eu não conhecia estava perto de mim, debruçado sobre mim, talvez. O cheiro que eu sentia não me era familiar, cheiro de homem e de nicotina.

Uma vez vi um gavião voando em círculos em busca da uma presa. Ele cruzou o céu, procurando a presa, e quando a encontrou, desceu como um fio de prumo e manteve-se a um ou dois metros de distância, as asas batendo rapidamente, esperando cerca de um minuto para mergulhar.

Com essa pessoa, quem quer que fosse — eu tinha a impressão de ouvir o bater das asas e sentir uma sombra junto de mim. Minha cabeça girava e estalava: eu tinha vontade de gritar, de estender o braço e afastá-lo. Há coisa pior que saber que alguém está por perto, alguém em quem você não consegue tocar, nem falar e nem ver?

Alice dormia desde Newcastle, enroscada nele com as pernas dobradas, a roupa preta usada no enterro toda amarrotada. Estava pálida, com grandes círculos escuros debaixo dos olhos. John lia o livro dela, *Daniel Deronda*, e observava as casas, as fábricas, os campos e as pastagens de gado que passavam. Do outro lado do corredor uma criança pulava para baixo e para cima no banco.

— Pare com isso, Kimberley — dizia a mãe, sem tirar os olhos da revista. Em frente, duas freiras descascavam e chupavam laranjas em silêncio, empilhando as cascas na mesa, formando verdadeiros zigurates cheirosos. Uma delas deu um sorriso beatificado quando ele a olhou. A outra virou para o lado, com ar de poucos amigos. Em Peterborough, Alice espreguiçou-se e abriu os olhos.

— Oi, como está se sentindo? — perguntou John.

— Bem. — Ela bocejou e tirou o cabelo dos olhos. — Onde nós estamos? Eu dormi muito tempo?

— Mais ou menos duas horas. Acabamos de passar por Peterborough. — Ele fechou o livro e enfiou-o no espaço entre os bancos. — Sua família é ótima.

— Hmmmm. Gostaria que você tivesse conhecido minha avó — disse ela, olhando pela janela.

John apertou a mão dela.

— Eu também gostaria de ter conhecido sua avó. — Chegou um pouco mais perto para ver se ela estava chorando, mas seu rosto estava seco, os olhos vagos, sem se dar conta da paisagem. — Não há nada que eu possa dizer que vá fazer você se sentir melhor, mas sabe de uma coisa? — Franziu a sobrancelha, muito concentrado. — O amor não muda com a morte e nada se perde, tudo no final é colhido.

— Quem disse isso?

— Julian de Norwich. Alguém me mandou isso quando minha mãe morreu.

— Julian de Norwich? O místico medieval louco?

— Esse mesmo, mas ele não era louco, é bom que saiba disso.

Alice repetiu a frase baixinho, olhando firme para ele.

— Gostei. "O amor não muda com a morte..." Acho que Elspeth também teria gostado. O marido dela morreu quando ela tinha a idade que tenho hoje.

— É mesmo? De quê?

— De malária. Eles eram missionários na África. — Alice pegou o livro que John estava lendo e folheou-o distraidamente. — Estou contente de termos espalhado as cinzas dela no Law — disse de repente. — Você espalhou as cinzas da sua mãe em algum lugar?

— Não. Ela foi enterrada em Golders Green.

— Ah! Enterrada! — Sentiu um arrepio. — Nunca fui muito a favor disso.

— Por quê?

— Pôr o corpo de alguém que você ama na terra fria e úmida... e saber que debaixo daquele túmulo que você visita o corpo continua ali, deteriorando-se pouco a pouco.

— Não é a pessoa. É só um corpo.

— É, mas o corpo também é importante. Pelo menos na forma como pensamos nele.

— Imagino que sim. Mas isso nunca me preocupou. Nunca pensei realmente que o que está debaixo daquele túmulo é a minha mãe.

Alice ajoelhou-se no banco para ver se o toalete estava livre.

— Preciso ir ao banheiro. Volto em um segundo.

Esgueirou-se entre John e o banco da frente; ele sentiu o calor daquele corpo no seu rosto antes de ela sair para o corredor, segurando-se no espaldar dos bancos para não cair com o balanço do trem.

Quando voltou, ele viu que ela tinha lavado o rosto e escovado o cabelo.

— Está com uma cara melhor agora — disse ele, passando a mão nas mechas em volta do seu rosto.

— Estou me sentindo melhor. — Ela deu um sorriso e pôs as pernas no colo dele.

— O que você vai fazer amanhã? — perguntou ele. — Quer ver um filme à tarde no NFT?

Ela torceu a cara.

— Acho que tenho uma coisa para fazer, mas não me lembro o que... Ah, já sei! É claro! Meu dia vai ser longo amanhã. Estou procurando um apartamento. Já me decidi. Não agüento mais aquele lugar. Vou acordar bem cedo, comprar o *Loot* e vasculhar Londres até encontrar meu lugar ideal. Bom, pelo menos é esse o meu plano. Duvido que encontre um depressa, mas nunca se sabe. A casa dos meus sonhos está me esperando em algum lugar... eu só preciso encontrá-la.

À medida que ela falava, a idéia que vinha se formando aos poucos na cabeça dele transformou-se em um desejo definido e articulado — ela não podia morar em lugar nenhum, a não ser com ele. Ficou mexendo num copo plástico do carro de chá, e as palavras dela lhe chegaram aos fragmentos.

— ... um apartamento conjugado em algum lugar no norte de Londres, talvez Kilburn... de mais ou menos oitenta libras por semana... Willesden também parece um bom lugar... uma rua mais tranqüila...

— Venha morar comigo — disse ele sem pensar.

Alice ficou imediatamente em silêncio. As palavras dele ficaram suspensas entre os dois.

— Isto é, se você quiser.

— Você quer que eu vá?

Ele riu e pôs as mãos em volta do rosto dela.

— Quero muito mesmo que você vá.

Alice apertou os pulsos dele. Suas pupilas estavam muito abertas, e a boca, séria. Ela vai dizer não, pensou John. Merda, merda, merda. Droga. Bem feito, você com sua mania de apressar as coisas.

213

— Quer ir morar comigo? — disse ele, trêmulo, e depois começou a balbuciar. — Você tem tempo para pensar. Não precisa decidir agora. Podemos deixar as coisas como estão, se quiser. O que você preferir. E se precisar do seu próprio espaço, pode manter seu apartamento ou... se for morar comigo... não que eu pense que você está decidida, fica inteiramente a seu critério... podemos esvaziar o quarto de guardados para que...

— John! — disse Alice, pondo os dedos na sua boca.

— O quê?

— Eu adoraria ir morar com você.

Seu coração encheu-se de alívio e felicidade, e ele se inclinou para beijá-la. Quando suas bocas se tocaram, ela disse:

— Mas...

Ele recuou e olhou para ela.

— Mas o quê?

— Acho que você sabe o que vou dizer.

Nos segundos seguintes, ele pensou em todas as coisas possíveis.

— O quê? Eu já me livrei do colchão no chão. O que é? A decoração? Os móveis? O axolotle? Diga o que é que eu mudo.

— Não, não, não é nada com a casa. Se eu me mudar para lá, vamos ter de contar para seu pai sobre nós.

John afundou no banco. Desde aquele passeio a Lake District, quase três meses antes, nunca mais tinha mencionado seu pai. Criara uma ilusão ridícula de que as coisas podiam ficar como estavam — ele perfeitamente feliz e apaixonado, e seu pai sem saber como o filho andava passando suas noites e fins de semanas, porém nada mais. De repente viu como tinha sido difícil para Alice saber desse problema sem dizer nada para ele. Teve raiva de mentir assim para si próprio e de deixá-la triste e insegura enquanto ele se protegia por trás dessa ilusão.

Alice enlaçou o braço dele.

— John, a última coisa que eu quero é complicar as coisas entre você e seu pai. — Ele viu que seus olhos estavam cheios de lágrimas brilhantes e que ela lutava para não chorar. Ficou de coração partido, mas não conseguiu falar. — Mas você não vê? — continuou ela, as lágrimas agora descendo pelo seu rosto. — Como eu posso ir morar com você sem ele saber? E se ele aparecer lá? E se tocar o telefone e eu atender? Ele é seu pai. Não podemos viver juntos sem ele saber, e eu não posso me mudar se você negar minha existência.

John puxou-a para mais perto e beijou-a o rosto repetidas vezes, lambendo o sal dos seus lábios.

— Não chore, Alice. Por favor, não chore. Sinto muito ter sido tão covarde assim. Vou contar tudo para ele amanhã. Prometo. Ele vai entender, vai sim. Tudo vai acabar bem.

QUANDO ELSPETH VOLTA PARA CASA, ÀS QUATRO HORAS, ouve a barulhada. Alice está berrando a altos brados. Dá a volta na casa a passos rápidos e abre a porta dos fundos. Ann está à beira da histeria — agarrada na borda da mesa da cozinha — e Alice, descabelada e com um aspecto convencional estranho — blusa branca e saia do colégio — está gritando.

— Nunca mais me diga o que eu tenho de fazer!

Elspeth fecha a porta com firmeza, o barulho pára e as duas olham para ela.

— O que está acontecendo? — pergunta. — Já notou que quem passa na rua pode ouvir você, Alice?

— Não me importo! — diz Alice aos prantos, saindo furiosa da cozinha. Atravessa a sala aos trancos e barrancos, e um instante depois o tampo do piano é aberto com violência e os primeiros acordes de uma valsa de Chopin são martelados no teclado, muito depressa.

Elspeth vira-se para Ann e levanta as sobrancelhas.

— Elspeth — diz Ann —, aconteceu uma coisa horrível.

A seriedade do seu tom e a palidez do seu rosto fazem o coração de Elspeth parar.

— Com... com Alice?

— É.

— O que foi? — Na sua cabeça, Elspeth já estava pensando nas várias possibilidades... droga, polícia, expulsão do colégio, gravidez.

— Não exatamente com ela... Ainda não aconteceu, ou pelo menos acho que não... mas o fato é que pode acontecer... e pode ser sério... um problema sério se... não sei como lhe dizer isso sem que ela saiba por que... não sei como deter isso.

— Ann — diz Elspeth de maneira cortante —, o que aconteceu?

— Alice está... o filho dele se apaixonou por Alice.

Elspeth vai perguntar filho de quem, mas percebe no momento em que abre a boca.

— Entendo — diz, sentando-se na mesa.

Ann senta-se ao seu lado, nervosíssima.

— Elspeth, você tem de me ajudar. Tem de me ajudar a deter... esse acontecimento.

Elspeth vira-se e olha para a nora com atenção.

— Você não percebe que se disser a Alice para não fazer uma coisa, aí mesmo é que ela vai querer fazer? Não vê isso? Você conhece sua filha tão mal assim, mulher?

Elspeth vai para a sala, onde Alice continua a martelar o piano, e segura as mãos dela com força.

— Agora basta, mocinha.

— Não vem você me dar ordens também — grita Alice, levantando o rosto vermelho para Elspeth.

Elspeth senta-se ao seu lado no banquinho do piano, ainda segurando suas mãos trêmulas.

— Se você não aprender a dominar seu gênio, Alice Raikes, um dia vai magoar alguém de quem realmente gosta — diz, passando a palma da mão com toda a suavidade nas costas retesadas de Alice. — Quanto barulho por nada. Eu não estou lhe dando ordens. Essa não é a forma de tratar um instrumento musical, você sabe disso.

As pontas do cabelo de Alice passam pelo teclado quando ela limpa as lágrimas do rosto. Elspeth bate com a palma da mão esquerda na palma da mão de Alice, os dedos esticados.

— Olhe para isso — diz. Alice olha e vê que seus dedos são muito mais longos que os de Elspeth. — Como suas mãos são grandes.

— Bom para eu tocar minhas escalas — murmura Alice.

— Agora me diga uma coisa, você gosta desse menino, o Andrew? Gosta realmente dele?

Alice dá de ombros, sem se comprometer.

— Ele é legal.

— Não foi o que eu perguntei.

— E isso não é importante — diz Alice, indignada de novo.

— Eu diria que é importante, sim. Não sei se ele merece toda essa sua raiva e energia. Não sei se você gosta realmente dele ou não.

Alice não diz nada e fica balançando a perna.

— E então? — insiste Elspeth.

— Ele é legal — repete Alice.

— Nada mais que isso?

— Não — admite Alice finalmente —, nada mais que isso.

— Ótimo. — Elspeth solta as mãos de Alice e fala: — Agora toque alguma coisa bonita para mim.

As mãos de Alice hesitam em cima do teclado por um instante. Ouve-se um ligeiro clique quando suas unhas cortadas rente batem nas teclas de marfim, e então ela começa a tocar.

ELE SAI ÀS DEZ DA MANHÃ. ALICE DESPEDE-SE NA PORTA DA frente.

— Boa sorte! — diz. John faz uma careta.

Desde que acordaram os dois se forçaram a se manter alegres, brincando e conversando, como normalmente, fingindo que o que John vai fazer hoje não tem nada de especial, é apenas mais uma visita ao pai. Depois que o carro sai, Alice tira a mesa do café-da-manhã, toma um banho, leva um tempão secando o cabelo e sai para comprar um jornal. Não consegue se concentrar em nada: tenta ler um livro durante algum tempo, mas as palavras parecem pular da página, e mesmo que leia várias vezes os mesmos parágrafos, não se interessa pelos personagens. Fica imaginando o que estará acontecendo com John. Já deve ter chegado lá a essa altura. Será que já contou ao pai? Vai contar direto ou esperar para falar depois que voltarem da sinagoga? O que seu pai vai dizer? Vai aceitar tudo? Vai ficar zangado? Ela folheia o jornal e lê as resenhas dos filmes. À uma hora telefona para Rachel e deixa uma mensagem na sua secretária eletrônica. O que John fará se seu pai o proibir de continuar a vê-la?

Decide sair. Deixa um recado na mesa da cozinha — caso John volte enquanto ela está fora — e sai andando pelo Camden Market. As ruas estão repletas de turistas, adolescentes com cabelos fantásticos e roupas exóticas, e traficantes gritando: "Maconha? Ecstasy? Ácido? Alguma outra coisa?" O ar está impregnado de incensos e óleo de patchuli, e as margens do canal estão cheias de gente aproveitando o sol com as pernas penduradas por cima da água. Ela observa uma jovem loura de cabelo curto colocando um piercing no umbigo. Compra um suéter amarelo-ouro listrado de azul que mal lhe cobre a barriga; veste-o logo e enfia o velho que estava usando na sacola que o dono da barraca lhe deu.

John ainda não chegou quando ela finalmente volta para casa. Há uma mensagem de Rachel na sua secretária: "Alice? Sou eu. Você está em casa? Pegue o telefone... Não está? OK. Só queria saber como foi a grande confissão. Me telefone assim que puder. Tchau."

Ela dá comida para o axolotle, do modo como John lhe mostrou: pendurando na ponta de uma tesoura de plástica um pedacinho de camarão diante do seu nariz.

— Vamos lá — murmura —, não está com fome hoje? — O bichinho olha para a frente com ar de tristeza, e quando o braço dela começa a ficar cansado, ele dá um pulo e arranca o camarão da tesoura com uma dentada abrupta.

Perto das quatro horas ela ouve as chaves de John na fechadura. Pula no sofá e finge estar relaxada, como se tivesse ficado deitada a tarde toda lendo.

— Oi? — diz ele.

— Oi.

Ele entra pela porta da sala e dá um sorriso sem graça. Parece exausto e esgotado. Ela se levanta e o abraça. Ele encosta a cabeça no seu ombro.

— Venha se sentar aqui — diz ela, tirando o casaco dele e empurrando-o para o sofá. — Quer uma xícara de chá?

Ele franze a sobrancelha.

— Prefiro um uísque.

Alice prepara uma dose dupla, derramando umas gotas na mesa, passa o copo para ele e fica de pé ao seu lado. John toma um gole, põe os braços na sua cintura e afunda a cabeça na sua barriga nua.

Alice faz um carinho na cabeça dele.

— Comprei hoje. Estava tão preocupada com você que tive de fazer umas compras. Como foi lá? Quer me contar agora ou mais tarde?

— Bem... — diz ele lentamente, e ela tem a impressão de que ele não tira a cabeça da sua barriga para não ter de olhá-la —, não foi pior do que eu pensei que seria.

— Tão ruim assim?

Ele meneia a cabeça.

— Mais ou menos.

— John, sinto muito.

Os braços dele se soltam um pouco. Ela corre os dedos pelo seu cabelo.

— Alice, você precisa saber que nada disso é culpa sua. Você sabe, não é?

— Suponho que sim, mas não posso deixar de me sentir responsável, posso? Afinal, se não fosse por mim...

— Ele vai entender — interrompe John —, depois que pensar uns dias no assunto.

Os dois mantêm-se em silêncio por um instante. Alice não agüenta ver John cabisbaixo e magoado assim, e fica exasperada.

— Mas o que ele disse? Ele me odeia?

— É claro que ele não odeia você. Ele vai adorar você.

— Nós vamos nos conhecer? — pergunta ela alarmada.

— Sim, um dia. Ainda não, talvez. Mas quando ele se acostumar mais com a idéia, vou apresentar você a ele. Papai vai gostar muito de você quando a conhecer. — Ele parece determinado a convencer-se disso.

— Mas o que foi que ele disse? — insiste ela.

— Você não vai gostar de saber.

— Oh!

Afasta-se dele, vai até a janela dos fundos e olha para o jardim, torcendo os dedos. Está começando a escurecer, o vento sacode as árvores. O reflexo na janela projeta a sala no jardim frio e escuro. Tudo fica ao contrário, e John olha para ela do sofá.

— Alice?

— O quê? — Ela não se vira, olha-o pelo reflexo.

— Fale comigo, por favor. Não fique em silêncio assim. Diga o que está pensando.

Ela dá de ombros.

— Não sei. Não sei.

— Não sabe o quê?

— Não sei... Não sei se não vou gostar de saber o que ele disse.

— Como assim?

— Bem... — Alice sente-se terrivelmente confusa, os pensamentos emaranhados. — Acho que... acho incrível que isso tenha tanta importância para ele, mas como posso tentar compreender se você não me contar?

John não responde imediatamente. Ela vê pelo reflexo que ele continua sentado no sofá, depois se levanta e atravessa a sala, escorregando ligeiramente pelo chão. Segura-a firme pelos ombros e obriga-a a olhar para ele.

— Alice, eu... — Depois pára. Passa a palma da mão na testa e depois na nuca. — É difícil explicar — diz, num tom mais baixo. — Dizer a você o que ele falou pode ser... — Pára de novo e respira fundo. — Depois de um condicionamento da vida toda, posso compreender um pouco como ele pensa. Sabe o que eu quero dizer?

Ela faz que sim, impaciente.

— Sei. Mas, John, por que não me conta o que ele disse?

— Porque... porque acho que você acharia ridículo e preconceituoso... e... e extremado.

— Não acharia, não — diz ela indignada. — Não me trate como se eu fosse feita de cristal. Quero saber. Vamos lá. Diga, por pior que seja. Eu posso agüentar.

Ele morde o lábio.

— Quer saber por pior que seja?

— Quero.

— Tem certeza?

— Tenho! Quantas vezes vou ter de repetir isso?

— OK. Meu pai disse que se eu me casasse com você seria como deixar Hitler vencer — diz ele de supetão.

Há uma pausa, enquanto Alice tenta processar mentalmente a declaração.

— Deixar Hitler...? — Repete, sacudindo a cabeça. — Não compreendo. O que nós temos a ver com Hitler?

— Porque se eu me casasse com você, nossos filhos não seriam judeus, e ele considera isso um extermínio dos judeus.

— Mas... — começa ela, depois fica em silêncio e vira-se para a janela. Deixar Hitler vencer? Deixar Hitler vencer...? É uma declaração tão absurda que um lado seu sente vontade de rir. Mas não tem certeza se o outro lado quer rir.

— Ah — diz ele, pondo as mãos nas suas costas —, é um horror dizer uma coisa assim. Por isso não queria lhe contar. Ele não estava falando sério, eu só...

— O que você disse?

— Para ele?

— É.

— Eu disse... eu disse várias coisas que não quero repetir, entre elas que não acreditava que o Terceiro Reich pudesse ditar minha vida amorosa.

— Certo — sussurra Alice. — Merda. — Tem medo de chorar. Hitler? Pela primeira vez tenta imaginar o pai de John. Que tipo de pessoa diria uma coisa assim? Repete a frase na cabeça, tentando interpretá-la de diferentes formas, com uma variedade de ênfases.

John agarra-a pela cintura e puxa-a para mais perto.

— Alice, quanta asneira. Não posso imaginar que estejamos discutindo isso. Não vou deixar meu pai ditar minha vida amorosa tampouco. Ele está blefando, só isso. Vai voltar atrás. Você precisa entender, ele vê as coisas de uma perspectiva diferente. Eu sabia que não seria fácil contar sobre nós. Sabia que ele aceitaria mal, mas conheço meu pai. Ele não guarda ressentimentos. Cão que ladra não morde. Depois que pensar bem sobre tudo, vai acabar aceitando.

— Como você sabe? E se você for realmente cortado da sua família, do seu passado e... de tudo? Não posso deixar você fazer isso.

— Isso não vai acontecer, eu prometo.

— Como você sabe? — insiste ela.

— Eu sei. Conheço meu pai. Essa situação não vai durar, posso lhe garantir. Não vamos mais falar no assunto. — Levanta seu rosto para que ela seja forçada a olhar para ele. — Então, quando vai se mudar para cá? — pergunta num tom de zombaria.

— Não tenho certeza — diz ela com relutância —, quando é melhor para você?

— O mais cedo possível.

— Bem, eu disse ao vigarista do meu locador que vou deixar o apartamento no final de dezembro.

— Dane-se o final de dezembro. Que tal amanhã?

— Eu não fazia idéia de que você tinha tanta roupa, Alice. Tem tempo para usar tudo isso? — diz John na cama de Alice, vendo-a tentar fechar a mala. Ela pula em cima da mala para ver se consegue trancá-la, arfando com o esforço.

— Eu sei, eu sei. Realmente devia jogar algumas coisas fora, mas não consigo. Adoro roupas.

— Isso é evidente.

— Venho juntando essas roupas há anos. Naquele armário ali... — Pára, irritada. — John, pode vir aqui um instante sentar na mala para eu poder trancá-la?

Ele rola da cama, vai engatinhando pelas peças de roupas deixadas no chão e põe todo o seu peso em cima da mala, que finalmente fecha.

— Pronto! — Ela balança o rabo-de-cavalo nos ombros e senta-se nos calcanhares. — E agora?

John pega um dragão chinês de papel, muito delicado e colorido, dentro de uma caixa.

— Onde você arranjou tudo isso, Alice?

— Por todo lado. O dragão é de Bancoc, acho eu, ou de algum outro lugar. — Tira uma caixa do alto do armário, abre e olha o que está dentro. — Meu Deus, essas coisas são do tempo da universidade. Quando saí da casa de Jason, não separei nada; joguei tudo nessas caixas e fui embora o mais rápido possível.

— Fez muito bem. Aquele merdinha — diz John, entrando no banheiro.

Ela sorri e tira um monte de cartões-postais antigos, presilhas de cabelo, uma campainha de bicicleta, fitas e fotos. Dá uma olhada rápida nas fotos, rindo das imagens de si mesma aos 19 e 20 anos fazendo várias poses com vários amigos.

— Ei, John, olhe isso aqui. Preciso mostrar para Rachel. — Vai até o banheiro, onde ele está juntando todos os seus objetos de toalete em uma caixa de papelão, e lhe passa a pilha de fotos. No alto há um dela com Rachel ao lado de uma barraca em um acampamento. É verão, e elas estão sorrindo felizes, abraçadas.

Alice usa um caftan marrom e dourado. Seu cabelo está trançado e ela tem umas estrelas no rosto. Rachel está de jeans remendado e um top florido.

— Meu Deus — diz John, olhando a foto. — O que vocês estavam fazendo?

— Estávamos em Glastonbury, por isso essas roupas. Deve ter sido no segundo ano da faculdade. Depois das provas.

Ele olha todas as outras fotos com um risinho discreto. Quando ela vai saindo do banheiro, ele diz:

— Alice, veja isso aqui.

Está olhando uma foto.

— O que é?

John não diz nada, mas abaixa a foto para que ela possa ver. É Alice mais jovem, em uma festa. Está sorrindo, o rosto virado de lado, a boca entreaberta e a mão levantada como se fosse dizer alguma coisa para o fotógrafo.

— O que é? — pergunta, perplexa. — Sou eu em uma festa.

— Não, olhe — diz ele, passando a ponta do dedo no canto da foto. — Com quem ele se parece?

Ela pega a foto da mão dele e olha-a mais de perto. No fundo, logo atrás dela, à esquerda, vê alguém muito parecido com o homem que está ao seu lado agora.

— Não, não pode ser. — Sacode a cabeça, atravessa o quarto e olha a foto perto da janela.

John segue-a e olha-a por trás do seu ombro.

— Sou eu. Sou eu, definitivamente.

Ele está de perfil, olhando de lado para a câmera. Parece estar encostado em uma mesa ou escrivaninha, com uma lata de cerveja na mão. Ela reconhece, sem sombra de dúvida, a curva daquela sobrancelha, a linha do queixo, o cabelo. Embora o homem da foto seja muito mais jovem, obviamente é John.

— Porra, é você mesmo. Como pode ser isso? — pergunta, olhando para ele.

— Que festa foi essa? Você se lembra?

Alice examina a foto mais uma vez, mal podendo acreditar em tudo aquilo. Procura ver o que está usando e qual é o ambiente na luz mortiça do fundo. Olha fixo para a réplica pouco nítida de John naquela foto, que decerto viu uma centena de vezes desde que foi tirada.

— Deve ter sido no seu primeiro ano, se ambos estamos aí — diz ele. — Acho que nunca fui a nenhuma festa lá desde que terminei a faculdade.

— Foi uma festa em uma casa à beira do rio. Era verão, eu acho. Não consigo me lembrar do nome da pessoa que estava dando a festa, nem por que eu estava lá.

— Richard alguma coisa — diz John.

— Richard? Isso mesmo. Ele era horrível. Estudava história. Era amigo de um amigo, ou coisa parecida.

— Estou me lembrando da festa agora. Alguém estava doente em uma cama.

— Bem, não era eu.

— E você estava lá? Que estranho! Não me lembro de jeito algum de ter visto você. Acho que via você na biblioteca de inglês... só pernas e cabelo.

— Você devia estar concentrado nas provas finais, não nas alunas do primeiro ano.

— Mmmm. Eu tinha de fazer alguma coisa para manter minha motivação.

— Motivação? É assim que você chama isso?

Ele olha a foto de novo.

— Imagine se tivéssemos nos conhecido naquela época. Imagine se nesse dia você tivesse se virado para a esquerda e dito para mim: "John Friedmann, daqui a seis anos vamos nos apaixonar."

— Você teria me achado uma maluca.

— Provavelmente teria pensado que era uma cantada! Mas por que, oh mulher sexy e misteriosa, tivemos de esperar seis anos?

— Eu era muito jovem. Não estava preparada para você. Ainda tinha de passar por Mario e Jason antes. Sem eles, não teria chegado a você.

— Então devo ser grato a esses cabeças de nabo?

— Não, o que quero dizer é que parece uma equação, uma equação emocional: Mario dividido por Jason igual a John.

Ele ri.

— Bem, obrigado por aparecer um tempo depois. — Enfia a foto no bolso do casaco. Quando ela põe os braços em volta dele, ouve o barulhinho do papel embaixo da camisa.

UM TÁXI DEIXOU-OS NA CALÇADA DIANTE DA CASA DE Alice, e quando eles saltaram, com malas e casacos, Ann olhou para o alto e viu uma coisa inacreditável — uma luz na janela do quarto da filha. Seu coração pulou no peito, e embora parte da sua mente racional soubesse que a filha estava inconsciente no hospital, a outra parte gritava: "Ela está aqui! Foi um engano, ela estava em casa o tempo todo!" Ben também viu a luz. Virou o rosto para cima, os olhos brilhando no escuro.

Ann procurou as chaves na bolsa, presas naquele chaveiro de peixinho de Alice que nunca lhe agradara muito. Peixes sempre lhe davam arrepio, com aquela pele viscosa e cheia de escamas. Encostando uma das mãos na madeira da porta, enfiou a chave na fechadura, girou-a e a porta abriu.

Depois os dois atravessaram o corredor juntos, Ben carregando as malas e Ann relutando em olhar para a luz lá de cima. O que tinha medo de ver? A luz filtrada delineava as paredes e os objetos da sala escura de baixo. Atravessou a sala, ainda de casaco, ainda com as chaves na mão, e acendeu a luz. Na mesa de centro viu um livro, virado para baixo com as páginas abertas, um copo de água pela metade e um monte de lenços de papel usados e já secos. Tirou o casaco, colocou-o no espaldar de uma cadeira e cruzou os braços no peito. Ben apareceu na sala e sentou-se no sofá, a cabeça caída para trás. O canto do seu olho estava úmido. Se era uma lágrima ou não, Ann não sabia dizer, e ficou irritada de ver que ele não chorava, ficava só olhando para o teto.

Ann ficou andando pela sala, examinando tudo. Abriu uma gaveta a esmo, sem saber por que, e encontrou cartões de biblioteca, um raminho de lavanda, óculos escuros velhos e riscados, extratos bancários amassados e uma caneta-tinteiro cheia de tinta seca.

Em cima da mesa da cozinha viu uma caixa de papelão alta com biscoitos para gato. A tampa da chaleira estava do lado, em cima da bancada. Na cadeira, em um canto, havia um suéter semitricotado de lã verde brilhante. Ann franziu a sobrancelha. Não sabia que Alice tricotava. Foi até a janela e olhou para fora, tentando ver o jardim. Estava com a testa encostada na vidraça fria quando viu do outro lado, a poucos centímetros do seu rosto, dois olhos piscando. Um grito saiu da sua boca e ela voltou para o quarto, tropeçando na cadeira da cozinha. Ben apareceu, o rosto tenso.

— Ann, o que aconteceu?

— Eu vi ali... eu vi...

Apavorada, apontou para a janela, e nesse momento uma escova de pêlo preto, grande, encostada na vidraça, virou-se e ajeitou-se no peitoril da janela. Um gato. É claro. Tinha se esquecido do maldito gato.

Furiosa e aliviada ao mesmo tempo, Ann marchou para a porta dos fundos, destrancou-a e abriu-a. O gato, arqueado na soleira estreita, olhou-a com seus olhos verdes puxados.

— Vamos — fez um gesto para a cozinha —, entre logo, se é que quer entrar.

O gato não se mexeu. Mosquitos zumbiam em volta do facho de luz vindo da janela da cozinha. Ann ficou parada na porta.

— Vai entrar ou não?

O gato manteve-se imóvel. Suspirando, Ann começou a fechar a porta. Mas antes de fechá-la completamente, o gato, rápido como um raio, passou pela fresta ainda aberta.

Ficou ali na cozinha, a pontinha do rabo virada e uma das patas da frente levantada. Ben esticou a mão e murmurou sons sem sentido. O gato tocou nos dedos de Ben com o focinho, seus bigodes eriçados no ar, mais frio agora que a porta havia sido aberta. Ann viu suas garras incrustadas nas patas. Viu Ben passar os dedos na sua cabeça e tocar-lhe as orelhas — triângulos estranhos e alertas de papiro macio.

Então a criatura pareceu encolher-se dentro da própria pele, eriçou o pêlo das costas, correu para o canto da cozinha e abaixou-se no chão. Olhou para eles de novo, abriu a boca vermelha e emitiu um uivo horrível, que parecia um choro.

— Qual é o problema dele? — perguntou Ben angustiado, abaixando-se para olhar debaixo da mesa. — Será que está sentindo alguma dor?

Ann pôs as mãos nos ouvidos. O barulho parecia entrar pelos lados da sua cabeça como se fossem facas.

— Como posso saber? — Viu a caixa de biscoito de gato na mesa de novo e disse: — Talvez ele esteja com fome. — Estremeceu com aquele barulho entre miado e choro. Nunca tinha ouvido uma coisa assim; não sabia que os gatos eram capazes de emitir esse som. — Ben, é horrível, horrível. Não pode fazer nada para ele parar de gritar?

Ben tentou segurá-lo, tentou acariciá-lo, falou com ele bem baixinho, mas ele não se deixou apanhar. O grito ululante continuou. Ann não agüentava mais. Passou pela porta da cozinha, voltou para a sala e o gato foi atrás dela, enroscando-se nas suas pernas, roçando o pêlo nelas, depois correu pela sala e desapareceu escada acima.

Os dois esperaram, Ann na porta e Ben ao lado da mesa. O barulho parou. Tudo que Ann podia ouvir era a respiração de Ben e o ruído monótono do trânsito de Londres. Ficaram juntos ali naquela calma súbita, lado a lado, mal se movendo. Então Ann pensou na luz que continuava acesa no quarto de cima e percebeu que ambos estavam com medo de subir.

ALICE PASSA COM DIFICULDADE PELA PORTA COM TRÊS SA-colas de compras, fechando a porta com o pé. Põe todas as sacolas em uma das mãos e abaixa-se para pegar a correspondência com a outra. Segue para a cozinha, dando uma olhada nas cartas. Uma carta para John. Um envelope brilhante endereçado "Ao Morador", convidando-os para "Jogar e Ganhar Hoje", e um cartão-postal para John, escrito com uma letra inclinada em tinta preta. Sabe que não deve ler o cartão, mas alguma coisa faz com que o leia até o fim. Depois Alice volta para o início e lê tudo de novo... e de novo... e de novo... Põe as compras em cima da mesa, liga a chaleira elétrica, ainda segurando o cartão, senta-se, coloca-o na sua frente e lê mais uma vez: "Caro John, como sempre, foi ótimo estar com você no fim de semana passado. Obrigado por ter vindo. Só gostaria de vê-lo com mais freqüência, mas você parece andar muito ocupado ultimamente. Obrigado também por me contar seu dilema. O que mais desejo é a sua felicidade, e sei que você não pode ser feliz a longo prazo com uma mulher que não seja judia. Se quiser ter casos com algumas não-judias, não tenho nada com isso. Mas se resolver se casar com essa moça ou viver maritalmente com ela, não poderei mais pensar em você como meu filho. Sei que sua mãe teria feito o mesmo. Com grande amor, seu pai."

Alice fica sentada um tempão com o cartão em cima da mesa. Pega uma maçã na sacola de compras, esfrega-a entre as mãos, olhando tanto para o cartão que as letras pretas tornam-se pontinhos pretos embaçados pulando no papel como formigas. Depois olha para o lado e aperta a maçã verde e fria na testa. Com a ponta dos dedos, vira o cartão e vê uma paisagem do cais de Brighton em um nítido tom da década de 1970, com céu turquesa e barracas de praia cor de laranja. Fica imaginando se Daniel Friedmann escolhera aquela paisagem deliberadamente ou se foi o primeiro cartão que lhe veio às mãos.

Então se levanta e tira da bolsa o caderninho de endereços, vai ao telefone e disca um número.

— Rachel? Oi, sou eu. Não posso falar agora, mas posso ficar um pouco aí com você?... Não, é que... Mais ou menos... Eu sei... Mais tarde eu conto tudo... Sim... Não... só não sei no momento... Não vou ficar muito tempo aí, prometo... Não, eu sei disso... Obrigada... Vejo você daqui a pouco.

Desliga, vai até a sala e sobe as escadas. No patamar dá uma parada, como se estivesse perdida, mas vai para o quarto e tira uma mochila do armário.

John andava ansioso — ansioso demais, a seu ver — para que ela fizesse as mudanças que quisesse para se sentir tão em casa quanto ele. Vivia dizendo para ela mudar o que quisesse, pintasse os quartos, e no fim de semana anterior havia insistido para que eles saíssem para comprar uns móveis usados para ela. Alice achava que não era necessário — a casa de John lhe parecia amorfa, confortável, normal. Não havia nada que lhe desagradasse, nada que lhe parecesse estranho. Mas, para deixá-lo feliz, eles tinham ido a várias lojas de móveis usados e enchido o carro, e quando nada mais cabia, amarraram no *rack* uma cômoda, uma poltrona com almofadas fofas e capa marrom, uma estante de livro, outra estante, uma mesinha-de-cabeceira. Ela tinha tentado persuadi-lo a não comprar um espelho grande que encontraram, mas ele dissera levantando as sobrancelhas:

— Pode ser útil no quarto. Não acha? — Alice caíra na gargalhada e o dono da loja havia tido um acesso de tosse.

Ela abre as gavetas da cômoda. Essa cômoda fora levada lá para cima em três etapas. Sam, um amigo de John, aparecera no final para ajudá-los. Alice ficara em pé no patamar enquanto os dois xingavam e faziam manobras para levantar o móvel e subir os degraus bem devagar.

Joga na mochila tudo o que aparece na sua frente — roupa de baixo, camisetas, jeans. Não consegue pensar com lógica. Passa pela cômoda, pelas estantes e pela mesa, vai ao banheiro e põe todos os seus objetos pessoais em uma divisão lateral da mochila. Pára um instante para dar uma olhada no axolotle, como sempre dentro do aquário, que a olha de volta, e desce as escadas. Se vai embora naquela noite, precisa ir antes que John volte; se o vir, não terá coragem de passar por aquela porta.

Só quando se senta no banco do metrô é que desanda a chorar.

John volta perto das nove da noite. A casa está escura. Acende a luz do corredor, enquanto limpa os pés no capacho e sacode a cabeça molhada da chuva.

— Alice! — grita. Nenhuma resposta. — Alice? — Espera ouvir sua voz, mas nada. Ela ia sair naquela noite? Tenta lembrar se ela tinha dito alguma coisa de manhã, mas não se lembra. A secretária eletrônica está ligada, mas não há mensagens. Senta-se na sala, tira os sapatos e boceja. Sente-se um pouco decepcionado, gostaria que ela estivesse em casa. Tinha comprado uma garrafa de vinho a caminho de casa, pensando em tomar com ela. Era esta a sua vida antes de conhecer Alice? Voltar para casa cansado e entrar em uma casa fria e vazia? Embora ela tivesse se mudado de vez para lá só há uma semana, ele já estava condicionado a sentir prazer em voltar para casa e encontrá-la enroscada no quarto lendo, conversando com o axolotle enquanto enchia a banheira ou molhando as mudas que tinha plantado na pia velha nos fundos da casa, do lado de fora. Vai até a cozinha, e ao ver umas sacolas de compras na mesa, fica intrigado. Ela devia ter entrado em casa e saído de novo. Ao pegar a chaleira para fazer um pouco de chá, percebe que ainda está cheia de água quente.

Sobe, vai ao banheiro, enche a pia de água e molha o rosto várias vezes. Quando está resmungando para si mesmo e lavando as mãos com um sabonete sofisticado que Alice pôs lá, fica estático. A escova de dentes dela não está mais lá, só a dele, sozinha na caneca. Enxágua as mãos com pressa, seca-as na calça e dá uma olhada paranóica em volta. Não seja bobo, diz a si mesmo, ela deve ter deixado a escova em algum outro lugar. Mas sua escova de cabelo, sua toalha e seu creme de rosto também não estão mais ali.

Desce para o quarto depressa e abre a cômoda que compraram uns dias atrás em um brechó na Holloway Road. Será que ela levou alguma coisa dali? É difícil dizer. Ainda há muita roupa, quase todas dobradas com cuidado umas sobre as outras. Vai até a cama. Os livros continuam empilhados do lado dela. OK. Ela foi a algum lugar, só isso. E tinha levado toda a sua maquiagem e a escova de dentes? Mas ela não foi embora. Não pode ter ido. Nesse momento olha para o alto do armário atrás dele, refletido no espelho de cima da cama. O canto onde ela guardava sua mochila está vazio, a mochila com que tinha viajado pelo mundo todo, segundo dizia orgulhosa. Ele afunda na cama. Por que, por que, por que ela foi embora? Quebra a cabeça pensando em alguma coisa fora do comum que pudesse ter acontecido naquela manhã. Eles haviam tomado café juntos, como sempre, e ela lhe dera um beijo antes de sair para pegar o metrô. Nada de errado. Tinham falado de ir à República Tcheca no verão, depois que ela viu uma foto de Praga na caixa de um cereal que comprou. Ele teria dito alguma coisa tão ofensiva que lhe desse razão de ir embora sem mais nem menos?

Um bilhete. Ela devia ter deixado um bilhete. Talvez tivesse precisado viajar inesperadamente e não tivesse conseguido entrar em contato com ele. Talvez alguém da sua família estivesse doente. Ela não iria embora sem dizer nada, iria? Desce a escada às pressas e vasculha a sala para ver se encontra um papel com a letra de Alice. Vai à cozinha e procura desesperadamente no meio das compras. Talvez ela tivesse deixado um bilhete ali — abacates, macarrão, berinjelas, iogurte. Nada mais. Só então vê uma coisa em cima da mesa. Pega o postal, tão agitado que não consegue ler nada. É de seu pai. Por que seu pai lhe mandou um cartão-postal? Ele nunca faz isso. Nunca. Vai deixar o cartão de lado e continuar sua busca, quando percebe as palavras "não-judia". Seu coração bate forte e ele lê o cartão rapidamente com a mão na testa, os olhos passando pelas palavras pouco espaçadas. Depois de ler tudo, só consegue olhar para o cartão piscando os olhos. Como seu pai pôde ser tão cruel não só com ele, mas também com Alice? Ele devia saber que havia muita chance de Alice ler o cartão.

Senta-se em uma cadeira e rasga o cartão ao meio com uma precisão deliberada. Depois rasga as duas metades em partes iguais, e essas duas em duas outras, e continua assim até criar uma pequena pilha com o céu em preto-e-branco brilhante de Brighton da década de 1970.

Precisa pensar com lógica. Agora já sabe por que ela foi embora, mas a questão é para onde foi. A quem recorreria entre todas as suas amizades? Provavelmente levou seu caderninho de endereços, senão ele poderia ligar para seus amigos em ordem alfabética. Para quem poderia ter ligado depois de ler aquele cartão? Sua família! Suas irmãs! É claro. Pega o telefone e repete: "Raikes. Raikes de North Berwick."

Já vai discar o número, quando seu bom senso entra em ação. O que vai dizer a eles? Oi, aqui é o John. Vocês ainda não sabem, mas sua filha veio morar comigo. É uma boa notícia, não é? Só que agora ela desapareceu. Acho que me deixou. Vocês por acaso sabem onde ela está? Não? Tudo bem, então. Tenho certeza de que ela vai voltar.

Coloca o telefone no gancho. Ela deve estar em Londres mesmo. Afinal, vai precisar trabalhar amanhã. Durante uma fração de segundo — e só uma fração de segundo, como se orgulha de dizer mais tarde — passa pela sua cabeça que talvez ela tenha voltado para Jason. Não seja ridículo, John. Controle-se.

Fica andando na sala para baixo e para cima, como se procurasse algum indício, mas a única coisa em que consegue pensar é que Alice o deixou, Alice o deixou. É isso que ocorre em uma crise? A única pergunta que lhe passa pela cabeça é: com quem, com quem, com quem ela estará?

Depois de ter feito o quinto circuito pela sala é que lhe vem uma idéia. Rachel. Quem mais poderia ser? Agora só precisa se lembrar do sobrenome dela para encontrar seu número de telefone no catálogo. Rachel... Rachel... Rachel... de quê? Não adianta. Alice provavelmente nunca mencionou seu sobrenome. Ele sabe que ela mora no sul de Londres, em Greenwich talvez, mas não sabe exatamente onde. Contém-se para não entrar no carro e sair pelas ruas atrás dela, e atira-se no sofá, desesperado, olhando para o telefone. Ligue para mim, Alice. Vamos lá. Pegue o telefone, onde quer que esteja, e ligue para cá. Não faça isso comigo.

De repente tem uma idéia brilhante. Usar a rediscagem para saber para onde ela ligou pela última vez. Decerto teria telefonado para essa pessoa dizendo que iria para lá. Abençoada tecnologia! Sua mão treme ligeiramente quando ele aperta o botão de rediscagem e põe o fone no ouvido, com medo de perder algum som. Do outro lado da linha o telefone toca uma vez, duas vezes, três vezes, até que ele ouve o inconfundível clique da secretária eletrônica. Droga, droga, droga. Depois ouve "Oi, aqui é a secretária de Rachel. No momento não posso atender, deixe sua mensagem que eu ligo de volta." Brilhante! Ele sabia, ele sabia que era para lá que Alice tinha telefonado. Dá um pigarro nervoso. É claro que Rachel estaria do lado de Alice.

— Oi, Rachel, aqui é o John. Gostaria de saber se você teve alguma notícia de Alice hoje à noite. Por favor, me telefone para...

A máquina desligou e alguém atendeu o telefone.

— Oi, John.

— Alice? É você?

— Não, é a Rachel.

— Rachel, você falou com ela? Sabe onde ela está?

Houve uma pausa do outro lado da linha.

— Rachel, eu sei que você sabe. Por favor, me diga. Estou desesperado.

— Alice está aqui. Está bem. Não se preocupe.

— Posso falar com ela?

— Não tenho certeza. Espere um segundo. — Rachel cobre o bocal com a mão mas ele a ouve perguntar: "Al, é ele. Eu disse que você está aqui..." Ouve um protesto ininteligível por parte de Alice, e Rachel diz: "Qual é, Al, o pobre sujeito tem o direito de saber. Ele quer falar com você."

John reconhece o timbre da voz de Alice, mas não entende o que ela está dizendo. Tem a impressão de que os nervos e as fibras do seu corpo estão se retesando, a ponto de estourar. Alice, por favor. Atenda o telefone.

Então ouve a voz dela bem junto ao seu ouvido.

— Alô?

— Alice!

— O quê? — Ela parece muito distante.

— Alice, por favor volte para casa. Não faça isso.

— Eu tive de fazer. — Ele percebe que sua voz está trêmula. — Eu li um cartão-postal...

— Eu sei. Eu vi o cartão. E rasguei em pedacinhos.

Os dois ficam em silêncio. John quer gritar volte para casa, volte para casa, por favor, volte para casa.

— Como você me encontrou?

— Pela aplicação da ciência. O último número discado.

— Ah!

Outra pausa. John enrola o cordão do telefone em volta dos dedos.

— E também fiquei me lembrando de todos os seus amigos e da sua família, imaginando com quem você poderia estar. Pensei em Rachel, mas não sabia seu sobrenome.

— Saunders.

— Certo. Vou me lembrar da próxima vez em que você me deixar.

— John, sinto muito. Eu não queria...

Ele a interrompeu.

— Meu pai não está falando sério. É uma chantagem emocional, você não vê? Escreveu esse cartão sabendo precisamente que era isso que iria acontecer.

Alice fica em silêncio de novo, mas ele sabe que ela está ouvindo.

— Ele queria que você visse o cartão e queria que você me abandonasse. Você está fazendo o jogo dele. É uma maldade, uma crueldade da parte dele, mas ele não está falando sério, por favor, por favor, volte para casa.

— Mas ele disse...

— Disse um monte de merda.

— Mas e se ele realmente estiver falando sério? Não posso deixar você fazer isso. Não posso... Então pensei... — Ele a ouve contendo um soluço. — Pensei que seria mais fácil para nós dessa forma.

Alice começa a chorar de verdade e decerto larga o telefone, pois o choro passa a ser ouvido bem mais longe. Será que ela vai desligar?

— Alice? — Ele agarra o fone com tanta força que os nós dos seus dedos chegam a doer. — Alice! Alice, você está aí?

— Estou.

— Me dê o endereço de Rachel. Vou aí buscar você.

— Eu não sei, John... Acho melhor...

— Isso é loucura. Eu te amo. — Ouve Alice soluçar e sabe que ela está tremendo. Pelo menos parou de chorar. — Meu pai não está falando sério, posso garantir. Escute, mesmo que você queira me abandonar, não podemos deixar as coisas como estão, não é?

Ela ri e dá uma fungada.

— Eu posso pegar o metrô para Camden. Não precisa vir até aqui.

— Não seja ridícula. Me dê o endereço de Rachel. Chego aí o mais rápido possível.

— OK.

Quarenta minutos depois John está procurando o número de Rachel na porta das casas geminadas transformadas em apartamento. Toca uma campainha a esmo, e um homem com sotaque alemão diz, irritado:

— É no terceiro andar. Por favor, peça a ela para pôr o número do apartamento na campainha. — Rachel abre o portão da rua e ele sobe as escadas de dois em dois degraus. No terceiro andar, ela está esperando por ele com a porta aberta. A mochila de Alice está encostada ao seu lado no patamar.

— Oi, John — diz, dando-lhe um beijo rápido no rosto. — Você veio depressa mesmo.

— Não havia muito tráfego e provavelmente eu ultrapassei a velocidade permitida.

Rachel sorri.

— Deve ser amor.

— É. Alguma coisa assim. — John está impaciente, esticando a cabeça para ver atrás dela. — Onde está Alice?

Rachel vira-se e grita:

— Alice! Seu amor está aqui.

— Desculpe toda a amolação, Rachel.

— Não se desculpe. Está tudo bem. Ela já veio para cá em muitas crises.

Alice aparece no corredor com um sorriso sem graça, os olhos grandes e úmidos.

— Oi, John.

Ele a abraça e beija-a no alto da cabeça. Alice aperta-o com tanta força que o calor do seu hálito umedece a gola dele.

— Tudo bem, agora basta — diz Rachel. — Estou com frio aqui com a porta aberta.

Alice abraça Rachel.

— Obrigada, Rach. Desculpe não poder ficar.

— Não faz mal. Da próxima vez, quem sabe.

— Não me diga que isso vai ser uma ocorrência regular — protesta John.

— Mas lembre-se, Alice, de que ele agora sabe onde eu moro — diz Rachel.

No carro, ele enfia a chave na ignição. Alice puxa o espelhinho acima do banco do carona e olha-se com um tom crítico.

— Eu estou horrível — comenta, depois se vira para ele com um sorriso forçado. — Tem certeza de que não quer que eu fique aqui?

John nem responde. Ela dá um suspiro profundo e esfrega os olhos.

— Eu estou um verdadeiro caos. Vamos para casa.

Alice senta-se do lado oposto ao dele na banheira, os joelhos encostados no peito e o queixo apoiado nos joelhos. Eles se examinam através da fumaça. John junta água na mão e joga sobre os ombros dela, e a água desce por seus braços, costas e peito.

— Nunca mais faça isso, está bem?

Ela não responde; respira fundo e afunda o rosto na água. Ele dá um safanão para trás na banheira, surpreso. A água espalha-se violentamente pelos lados e pelo chão. Ela passa os dedos pelas costelas de John, fazendo-lhe cócegas. Ele se retorce e afasta-se. Mais água cai pelos lados da banheira.

— Alice! — diz ele, zangado. Agarra-a pelos ombros e puxa-a para fora da água. Ela levanta a cabeça, rindo e tossindo, uma sereia molhada com o cabelo e o rosto escorrendo e as pestanas pingando, ensopadas. Seu rosto está a centímetros do dele e seu sorriso desaparece quando ela percebe que ele não está rindo.

— Estou falando sério, Alice. — De repente sente-se impertinente e incrivelmente cansado. — Pode imaginar como me senti ao voltar para casa e descobrir que você tinha ido embora e levado suas coisas? — disse John, gesticulando. — Foi horrível. Horrível. Não encontrei nenhum bilhete. Nenhuma explicação. Não tinha idéia de por que você tinha ido embora até encontrar aquele maldito cartão e não sabia onde você estava nem se estava bem. Nunca mais faça isso. Por favor.

Ela franze as sobrancelhas e sacode a cabeça, espalhando água em cima dele.

— John, me desculpe... Eu não conseguia pensar. — Passa os braços em volta do seu pescoço e encosta o corpo no dele. — Nunca mais vou fazer isso. Prometo.

BEN AJEITA AS CORTINAS E VIRA-SE PARA OLHAR A MULHER na porta.

— Ann, vamos ter de dormir aqui.

— Eu sei.

— Pelo menos esta noite.

— Eu sei.

— Não há mais ninguém aqui.

— Eu sei, Ben eu sei.

Ann atravessa o quarto e apalpa a cama de Alice, como que para sentir se o colchão é bom.

— Já é muito tarde para procurar um quarto de hotel.

Nenhuma resposta.

— Podemos dormir nos sofás lá embaixo, ou podemos dormir na cama extra que está do lado da porta, mas acho que não vamos dormir bem. E precisamos de um bom sono, eu acho.

— Ben, eu sei... É só que... parece um pouco... estranho. Você não acha?

Vem para o lado da cama e dá uma puxadinha no edredom.

— Dormir na cama de Alice?

Ela não responde. Põe a mão na boca, olhando para a pilha de travesseiros com a marca arredondada de uma cabeça no meio. Ben também estremece. Vê Ann aproximar-se da cama e Ben a vê tirar de cima da fronha um fio comprido de cabelo preto e segurá-lo contra a luz, lenta e pensativamente. Há duas noites, pensa Ben, quando minha filha dormiu nessa cama, ela era uma pessoa normal, hoje está com a cabeça raspada, lutando silenciosamente com a morte. Ann tira um lenço do bolso e enrola o fio de cabelo nele.

— Ann... — começa Ben.

Ela anda para trás e afunda-se em uma cadeira. Ben ajoelha-se ao seu lado. — Ann, sei que isso é difícil, mas não temos outra opção.

Ela aperta o lenço nas duas mãos.

— Alice não se importaria. Você sabe que não. Preferiria que ficássemos aqui em vez de num hotel, não é?

Ann olha para o marido. Ele percebe que ela está pensando no assunto.

— Não é? — insiste.

— Talvez — concorda Ann. Ela muda de posição, olha para baixo, para a cadeira, e começa a puxar as roupas sobre as quais está sentada: meias, uma saia curta, compridas meias de seda, uma blusa vermelha. Tudo de Alice. Dobra-as uma a uma e coloca-as no braço da cadeira. — Talvez fosse bom mudarmos os lençóis...

Ele começa a tirar os lençóis. Parece ser a primeira movimentação dentro daquelas paredes há anos, como se ninguém vivesse nesse quarto há muito, muito tempo. Ann entra com uma pilha de roupa de cama limpa quando ele está fazendo uma trouxa para levar lá para baixo.

— O que é isso? — pergunta ela.

— O quê?

— Isso — diz, apontando para um pano azul dentro da trouxa.

Ben dá de ombros.

— Uma camiseta. Estava debaixo de um dos travesseiros.

Ann olha para a camiseta, apertando os olhos.

— Alice não usa nada para dormir — diz baixinho, quase como para si mesma.

— Como?

— Ela não... — interrompe-se, dá um passo à frente e tira a camiseta da trouxa como se fosse um mágico tirando um cordão com lenços coloridos de um chapéu. — Alice nunca... — Pára de novo, levanta a camiseta e cheira-a. Seu ar é de quem está ouvindo uma música distante. Alguma coisa que Ben não sabe passa pela sua cabeça. Ele levanta a ponta da camiseta e cheira também. Um cheiro leve, mas bem marcante. De homem. Ben e Ann entreolham-se, ligados por diferentes pontas da camiseta. Ben deixa a sua ponta cair.

— Acho que não devemos lavar isso — diz Ann rapidamente. — No caso de... — acrescenta, dobrando a camiseta e colocando-a em cima das roupas de Alice que estão na cadeira. Ben não pergunta no caso de quê. Junta os lençóis de novo e desce as escadas.

As SEMANAS SEGUINTES FORAM ESTRANHAS, OS DOIS MUIto angustiados, falando sem parar sobre o mesmo assunto em todas as conversas. Para Alice, era como se estivesse esperando mais uma vez os resultados das provas: sabia que agora tudo estava fora das suas mãos. John alternava-se entre otimismo e depressão. Ela sabia que ele andava telefonando para o pai e que ele sabia que ela sabia. E sabia também que o pai tinha ligado a secretária eletrônica e não respondia aos telefonemas do filho. As semanas se passaram. O assunto foi sendo cada vez menos mencionado, e ele foi ficando cada vez mais desesperançado.

Certa noite, alguma coisa — um trem passou, ou o vento de inverno levantou as cortinas com fúria e elas desceram com um ruído surdo, ou alguém gritou na rua — fez com que ela acordasse assustada. O quarto parecia silencioso demais. John dormia ao seu lado com os braços por cima dela e os dedos enfiados no seu cabelo.

A certeza de que o pai de John pretendia obrigá-lo a escolher entre ela e ele não lhe saía da cabeça. Ele não estava apenas irritado, como John alegava com determinação, ele realmente pretendia levar a cabo sua ameaça. Só retornaria os telefonemas se o filho lhe dissesse que ela estava fora da sua casa e fora da sua vida.

Alice apoiou-se no cotovelo, levantou o corpo e olhou para John. Ele tinha escorregado do travesseiro e estava com a cabeça pousada no colchão. Seu braço pesava no corpo dela. Ele deve ter percebido que ela não estava dormindo ou que o olhava, porque se mexeu na cama. Seus olhos quase abriram e ele chegou mais perto e enterrou o rosto nos seios dela, resmungando. Seu braço voltou à vida e ele a puxou para junto de si. Durante uns segundos respirou junto dela, depois virou a cabeça e olhou-a, com olhos abertos, bem acordado.

— O que foi? — perguntou.

Alice pôs a mão no rosto dele.

— Eu te amo.

John prendeu a mão dela nas dele.

— O que foi, Alice? Você está com um ar muito assustado.

Ela se inclinou, beijou-o rapidamente e disse:

—ACHO que estou com uma cara assustada mesmo.

Ele a puxou mais para que ela ficasse com o rosto bem perto do seu e o olhasse dentro dos olhos.

— O que houve? — perguntou num sussurro.

Alice não conseguiu responder logo. Não queria pronunciar as palavras.

— Alice, diga. Aconteceu alguma coisa? Nunca vi você tão séria assim.

Ela o beijou outra vez. Ele a beijou também, mas com um ar reservado e intrigado.

— Seu pai vai fazer você escolher entre nós dois.

John começou a acariciar o corpo dela com movimentos longos e lentos, começando no pescoço, descendo para os seios, passando pela cintura e pelo quadril e subindo de novo. Fez isso três, quatro, cinco vezes, depois disse:

— Eu sei.

Alice pôs os braços em volta do seu pescoço e eles se abraçaram.

— Não posso fazer isso, não posso, não posso — disse ele.

— E eu não quero que você faça — falou Alice, o rosto enfiado no pescoço dele. — Não vou agüentar ver você ter de tomar essa decisão. Não vou agüentar. É uma decisão que ninguém deve ser forçado a tomar. Jamais.

— Eu sei — repetiu. — Estou me sentindo como uma bolinha de pingue-pongue. Passo o dia todo pensando em você e nele. Como ele pode esperar que eu faça uma escolha, que eu diga: "Vou ficar com você, mas não com você"? E mesmo que eu dissesse: "Muito bem, pai, vou desistir da minha *shiksa* e passar a ser um bom judeu daqui por diante", que tipo de relacionamento ele poderia esperar de mim, sabendo que havia me obrigado a desistir de você? E como, em nome de Deus, ele pode pensar que eu desistiria de você voluntariamente? Seria como dizer: "OK, pai, pode cortar meu braço direito se quiser."

John soltou-a e ela pôde olhá-lo de frente de novo.

— Não posso acreditar que as coisas tenham chegado a esse ponto. É incrível nos dias de hoje. Minha mãe tinha razão.

— Sua mãe?

— É. Ela disse no enterro da minha avó, com o pouco tato que lhe é habitual, que o fato de você ser judeu acarretaria problemas.

— Meu Deus, Alice. Sinto muito.

— Não seja bobo. Eu não entrei nessa de olhos fechados, entrei?

— Não, mas também não esperava tudo isso.

— Não.

— Sabe o que ele fez na semana passada?

— O quê?

— Enviou para mim uma daquelas revistas judaicas para jovens, com páginas de corações solitários no final. Você pode fazer anúncios em busca de uma noiva judia perfeita. Prendeu um bilhete na revista dizendo: "Já pensou nisso?"

Carros passavam de quando em vez pela Camden Road. Ele brincava com as mechas do cabelo de Alice e murmurava a toda hora:

— É muito ridículo.

— O que você vai fazer, então? — perguntou ela depois de algum tempo.

— Para ser bem franco, não sei. Para mim, há duas opções. Número um, dizer ao meu pai para se meter na vida dele e me arriscar a ser deserdado; número dois, dizer que está tudo terminado entre nós, mas que continuamos a nos ver, na esperança de que ele mude de opinião um dia.

Ela sacudiu a cabeça.

— Essa não é realmente uma opção, John, é? Não podemos mentir para ele. Ele acabaria sabendo. Mas há outra opção, não há? — disse ela com firmeza, mas sem o encarar.

— Não. Não. Nunca. Não diga isso, Alice — falou ele, tapando os ouvidos.

— A opção número três — continuou Alice, como se não tivesse ouvido o que ele falou — é cada um de nós seguir o seu caminho.

— Mas como poderíamos fazer isso? — perguntou John, socando o travesseiro. — Alice, olhe para mim, porra, quer olhar para mim? Olhe para mim. Como poderíamos fazer isso?

— Não sei — gritou ela —, mas talvez a gente tenha de fazer. Você não pode simplesmente... jogar sua família fora assim. Não pode. Eu não vou deixar.

John virou-se de costas e olhou para o teto. Ela segurou a mão dele e examinou-a. Talvez fosse a última vez que estavam juntos na cama, pensou.

— Tudo bem. Eu tenho um plano — disse, tentando parar de pensar nisso.

— O quê? Um Plano Alice? — John reanimou-se e sentou na cama, com um ar esperançoso. — É uma solução?

Ela riu, apesar da situação.

— Não, não é exatamente uma solução, é mais um meio que uma solução. Você tem uma semana para decidir o que vai fazer.

— Uma semana? OK — disse ele, respirando fundo.

— A partir de hoje. E... agora vem uma coisa da qual você não vai gostar... eu vou embora.

— Não.

— Não? Como assim "não"?

— Não, você não vai embora.

— Eu preciso ir. Faz parte do plano.

— Mas... mas... eu preciso que você me ajude a decidir.

— Besteira. Você precisa de um pouco de espaço e de tempo por conta própria para pensar. Se eu estiver aqui, as coisas não vão ficar claras.

— Não é verdade.

— É, sim. Então vou sair durante uma semana. A gente não se telefona, não faz qualquer tipo de contato. Você vai ver seu pai e conversar com ele. Vai ter tempo para pensar sobre o que quer, sobre suas crenças, suas prioridades — diz ela, levantando a mão — e outras coisas. No final da semana você me telefona para dizer o que decidiu.

— Não gosto dessa coisa de você ir embora. E se você resolver não voltar?

— Bem — disse ela — então teríamos escolhido a opção três, não é? E nós dois teríamos de... aprender a conviver com isso.

Alice via pelo canto do olho que John olhava para ela, mas recusou-se a olhar para ele, pois tinha medo de fraquejar.

— OK. Então eu fico aqui, vou ver meu pai e decidir entre as três opções.

Ela deu uma palmadinha no seu braço.

— John! Eu declarei que a opção dois estava anulada.

— Eu sei, eu sei. Estou só brincando. Mas por que não posso declarar que seu plano de ir embora está anulado?

— Porque...

— Porque o quê?

— Porque eu disse que não pode — falou Alice, prendendo-o na cama. — De qualquer forma, você sabe que é a única saída.

Ele a olhou através do seu cabelo.

— Você tem razão. Como sempre. Mas para onde você vai?

— Para onde eu vou? Para casa, é claro.

Viajei na manhã seguinte, investindo numa passagem aérea porque não conseguia passar quatro horas e meia presa dentro de um trem. John chorou no aeroporto. Eu nunca o tinha visto chorar, fiquei horrorizada e me abracei a ele até a última chamada para o meu vôo. Tive de correr pela passarela e pelos degraus de metal, onde a comissária de bordo me esperava irritada.

Achei aquilo um mal sinal, é claro. Se ele chorou, disse a mim mesma, é porque achava que nosso caso tinha acabado. Vi o Canary Wharf da janela do avião, que me pareceu pequeno e frágil, como se fosse feito de papelão. Se eu fechasse um olho e levantasse a mão, ele poderia desaparecer da minha vista.

O vôo levou três quartos de hora. Eu ignorei a demonstração de segurança, os sanduíches oferecidos e as revistas especiais para viagens aéreas: fiquei sentada no meu lugar, olhando as nuvens. No aeroporto, peguei um ônibus para a Princess Street. Eu não sou nacionalista, mas aquela primeira visão do cume enegrecido do Monumento a Scott e dos Jardins, e o ar claro e despoluído sempre me deixam animada.

Fui até uma cabine telefônica perto do Waverley Market e fechei a porta (do lado de fora estava um homem de kilt tocando gaita-de-foles para turistas). Levei o fone ao ouvido e disquei.

— Susannah? Aqui é Alice.

— Alice, onde você está? É meio-dia e meia. Você...

— Estou em Edimburgo.

— O quê? Você deve estar brincando.

Entreabri a porta com o pé, segurei o telefone na direção da gaita-de-foles e falei:

— Está ouvindo? Eu posso explicar. — Dava para ouvir Susannah resmungando.

— Tudo bem. Estou ouvindo.

— Mas não vou explicar agora.

Houve uma pausa.

— Ah, então é assim, não é?

— É.

— OK — disse ela pensativa —, você me explica tudo quando voltar. Quando será isso precisamente?

— Um.... na semana que vem?

— Alice, está maluca? O que eu vou dizer ao Anthony?

— Não sei. Pense em alguma coisa. Diga que estou doente. Diga que estou fazendo uma pesquisa na Escócia. Qualquer coisa.

Ouvi um suspiro do outro lado da linha.

— Você fica me devendo um favor por isso.

— Susannah, eu já disse que te amo muito?

— Já, já, já. É bom trazer uns biscoitos amanteigados, ou uma torta de miúdos, ou alguma outra coisa.

— Pode deixar que eu levo, tchau.

— Tchau.

Apertei o botão para continuar a falar e hesitei um instante. John devia estar no trabalho agora, sentado à mesa junto da janela vendo toda a zona leste de Londres lá embaixo. Fiquei louca para ligar para ele. Naquele momento. Isso não era um bom sinal. Era contra as regras. Olhei para fora da cabine telefônica e avistei ao longe a silhueta da Old Town. Turistas americanos com jaquetas e echarpes coloridas zanzavam por ali, gritando uns para os outros enquanto esperavam os ônibus de excursão. Virei-me de costas e disquei o número de Kirsty resolutamente.

— Kirsty?

— Alice! Como vai você?

— OK. Kirsty, posso ficar na sua casa?

— É claro. Quando?

— Que tal agora?

— Agora? — repetiu Kirsty. — Onde você está? — perguntou com cuidado.

— Na Princess Street.

— Pelo amor de Deus, Alice, o que está fazendo aqui? O que aconteceu? Você está bem?

— Estou ótima, estou ótima.

Kirsty ficou em silêncio do outro lado da linha.

— Você está ocupada? Posso ir para aí agora?

— Eu ocupada? — disse Kirsty, rindo. — É claro que não estou ocupada. Minhas duas únicas atividades são fazer exercícios de gravidez e comer. Venha logo. Eu encontro você no meio do caminho.

Alice estava escrevendo um ensaio sobre Robert Browning. Preso na parede à sua frente havia um calendário com os dias do ano que já tinham se passado riscados de preto. Dentro de um círculo vermelho, a semana dos seus exames finais. Quando olhava para os dias não-riscados, entre o círculo vermelho e os riscados de preto, sentia uma pontada no estômago. Naquela manhã, quando ia para o colégio, sentiu o ardor na garganta e no nariz que significava febre do feno, e febre do feno significava verão, e verão significava exames.

Abaixou a cabeça e concentrou-se no trabalho de novo. A questão era: "Comparar e contrastar as motivações do duque em *My Last Duchess* e do frade em *Fra Lippo Lippi*." Alice tinha quatro páginas de anotações e um plano para o ensaio. Sabia que havia uma fórmula para essas coisas: um parágrafo de introdução, no qual a questão era respondida de forma sucinta e a argumentação era explicada, uma ampliação da argumentação — usando-se o máximo de anotações e também, quando possível, as palavras da questão — um parágrafo final, no qual eram incluídas todas as percepções do autor sobre o texto, e depois um apanhado geral referindo-se à introdução. Ia ser fácil, ia ser fácil. Mas ela não conseguia controlar seus nervos. À noite ficava acordada, pensando nos planos da revisão, assuntos, anotações, diagramas, correlações, perguntas de múltipla escolha.

Tirou a tampa da caneta-tinteiro que sempre usava para escrever os ensaios. Sua letra inclinada tinha gastado a ponta da caneta de um lado. "Browning", escreveu, "tinha interesse em indivíduos ocupados com suas próprias necessidades." Quando chegou ao fim da frase, a tinta do início já tinha secado. A página do papel almaço estava com as pontas viradas. Ela ajeitou a página com a palma da mão e voltou a escrever: "Nos seus poemas *My Last Duchess* e *Fra...*". Sentiu uma movimentação no ar do quarto e viu sua mãe abrir a porta.

— Oi.

— Oi — disse, apertando os olhos habituados ao brilho da sua luminária, não ao escuro do resto do quarto.

— Como vão as coisas? — perguntou Ann, aproximando-se e olhando por cima do ombro de Alice.

Ela se virou na cadeira, tentando olhar para a mãe.

— Bem.

— Está escrevendo um ensaio? Sobre quem?

— Sobre Robert Browning.

— Ah!

— É um poeta.

— Eu sei.

Ann começou a pegar as roupas espalhadas no chão. Alice tampou de novo a caneta para a tinta não secar.

— Como foram as aulas hoje?

— Muito bem — respondeu Alice, pondo a caneta em cima da mesa.

— A que horas vai querer seu chá?

— Não se preocupe. A qualquer hora.

Começou a enrolar o cabelo em volta do dedo indicador, ainda pensando no plano do seu ensaio. Ann sentou-se na beira da cama com as pernas cruzadas. Alice ficou vendo a mãe dobrar as roupas que tinha apanhado do chão e jogá-las em cima do edredom ao seu lado.

— Quem é aquele garoto que vive telefonando para você? — perguntou casualmente, como se a idéia tivesse lhe ocorrido naquele momento.

Alice parou de enrolar o cabelo.

— Que garoto?

— Ah, qual é, Alice — disse Ann, com um tom de irritação na voz. — Estou falando do garoto que telefona para você toda noite. Toda noite. — Deu um sorriso forçado e controlou sua voz de novo. — Só queria saber quem é. Só isso.

Alice virou-se para continuar o trabalho e soltou o cabelo, que caiu por cima do seu rosto. Olhou a página à sua frente com a frase inacabada, fingindo estar pensando nela. Seu pulso acelerou-se tanto que sentiu uma certa tonteira. Talvez fosse fome.

— É ele, não é? — perguntou Ann.

Alice deu um soco na mesa, com um suspiro explosivo.

— Quem? — disse, sem se virar.

— Quem? Você sabe perfeitamente a quem me refiro. É aquele... aquele Andrew Innerdale, não é?

Alice não respondeu, ainda olhando para o ensaio, com as costas arqueadas sobre a mesa, enfurecida.

— É ele, não é? Eu sei que é ele, Alice. Pensei que tudo estivesse... O que há entre vocês? Você... tem estado com ele, Alice? Tem? Está saindo com ele?

— Não! — gritou Alice, sua voz ecoando na parede onde estava preso o calendário. — Não estou!

— Então por que ele telefona para cá a toda hora?

Alice deu um pulo da cadeira. Sentiu-se acuada, aquele quarto era seu e sua mãe estava lá dentro.

— Não sei! Pergunte a ele, não a mim.

— Só espero que você não esteja encorajando esse menino.

— Que diabo você quer dizer com isso? Como ousa falar assim? Estou tentando trabalhar aqui, mãe, estou tentando escrever um ensaio. Por que não sai do meu quarto e me deixa em paz?

Ann estava de pé agora.

— Você deve estar dando uma impressão errada para ele, Alice. Tem certeza de que não o está encorajando? Homens não telefonam tanto assim sem... uma provocação.

Alice pegou a primeira coisa que lhe passou pela mão — seu dicionário — e jogou contra a parede. As páginas finas tremularam no ar, e ela se sentiu contrafeita. O livro bateu na parede com um barulho surdo e caiu no chão, as páginas enroladas no meio. Queria dizer à sua mãe que ele a seguia no caminho para a escola, deixava bilhetes na sua mala, aparecia quando ela estava andando pela cidade, quando estava na praia ou na casa de uma amiga, que isso a deixava assustada, que não sabia como lidar com uma coisa assim, que não sabia o que fazer.

Quando Ann dobrou o joelho para pegar o dicionário, o telefone tocou lá embaixo. Tocou três ou quatro vezes.

— Deve ser ele de novo, não é?

— Não sei.

O telefone não parava de tocar. Será que não havia mais ninguém em casa naquela noite? Alice não queria falar com ele. Era a última coisa que queria, mas também não queria ficar no seu quarto. Passou pela mãe e desceu correndo. Tomara que não seja ele, pensou, tomara que não seja ele. Ann seguiu-a, descendo os degraus de dois em dois.

— O que está acontecendo? — perguntou Ann. — Você vai sair com ele?

— Não! — gritou Alice. — Eu já disse! Vá embora! Me deixe em paz.

As duas ficaram ali, entreolhando-se, enquanto o telefone tocava.

— Então por que ele não pára de telefonar? Você deve estar provocando isso. Deve estar.

— Não estou! Não estou mesmo! Vá embora! — Quase chorando, Alice pegou o telefone. — Alô?

— Alice? Aqui é o Andrew.

Mais tarde ouvi meu pai falar lá embaixo, com sua voz modulada e gentil.

— Ann, ela é uma menina! Que mal pode...

— Cala a boca! — gritou minha mãe. — Cala a boca! Você não sabe nada sobre isso. Nada.

Alice está deitada de costas na cama de Kirsty com a cabeça virada para trás, observando a irmã. Kirsty está na janela com um espelhinho de mão e uma pinça, tirando as sobrancelhas à luz do sol de dezembro. Põe todo o peso em uma perna, a barriga grande encostada na cortina.

— Nunca compreendi por que você faz isso — diz Alice.

— O quê?

— Tira as sobrancelhas.

— Como assim?

— Você tira toda a sobrancelha, fio por fio, fica com os olhos inchados durante um dia e depois faz um risco no lugar.

— Eu não tiro toda a sobrancelha. Só um pouco.

— Ainda assim. É estranho fazer isso, não acha?

— Nenhuma de nós foi agraciada com sobrancelhas naturalmente escuras e arqueadas como você.

Alice põe a ponta dos dedos nas suas sobrancelhas. Alisa-as primeiro para um lado, depois passa a ponta do dedo contra o sentido natural dos fios e sente que eles se encrespam.

— Como você se sente? — pergunta de repente.

— O quê? Quando tiro as sobrancelhas?

— Não, isso — diz Alice, virando-se para olhar a irmã de frente e apontando para a sua barriga.

Kirsty vira a cabeça de lado e muda o peso do corpo para o outro pé, pensativa.

— É como... é como bolhas de sabão.

— Bolhas de sabão?

— É. Se você jogar um jato de água nas bolhas de sabão, elas espumam, dividem-se e multiplicam-se diante dos seus olhos. É assim. Todas essas células estão espumando e multiplicando-se bem aqui. É... incrível. É a única forma como posso descrever isso.

— Você está nervosa?

— Eu estava. Muito mesmo. Mas acho que quando a gente chega a esse estágio, os hormônios de aceitação entraram no corpo e a gente não liga mais porra nenhuma para nada. Eu agora não me importo de estar uma baleia, de só poder usar esses vestidos largos, do meu traseiro estar tão grande que às vezes penso que tenho outro bebê atrás também nem de estar com estrias na barriga. É bom, realmente... saber que tudo que importa é isso — diz, mostrando a barriga.

— Posso sentir o bebê?

Kirsty sorri.

— É claro. Não sei se vai conseguir sentir muito. Acho que ele está dormindo nesse momento. — Ela vai até a cama e abaixa-se junto de Alice, dobrando os joelhos. Alice põe a palma da mão na barriga de Kirsty.

— É dura — exclama.

— É claro que é dura. Uma pessoa inteira está enroscada aí dentro.

Elas esperam, balançando a cabeça, como se esperassem ouvir algum som. Os minutos se passam.

— Não consigo sentir nada — sussurra Alice pouco depois.

— Espere mais um pouco — sussurra Kirsty também.

Alice começa a rir.

— Por que estamos sussurr...

— Ssshhh! — interrompe-a Kirsty. Alice sente um movimento rápido e leve debaixo da mão. — Aí! Sentiu?

Alice ri, incrédula.

— Uau, uau. — E chega mais perto. — Alô! — grita. — Aqui é a tia Alice falando. Estou louca para conhecer você.

Kirsty faz chá na cozinha que ela e Neil pintaram de cor de damasco claro. Do lado de fora da porta dos fundos dá para ver as cercas cruzadas dos jardins vizinhos. A roupa lavada congelada está presa num varal pendurado numa vara alta de ferro batido.

— Então — diz Kirsty, pondo uma caneca de chá na frente de Alice e olhando para ela com seus olhos azuis —, vai me dizer por que está aqui?

Alice dá uma sacudida na colher de chá e olha para o céu cinzento de Edimburgo. A fumaça que sai da borda da caneca desaparece nas paredes cor de damasco.

— Não sei como começar.

— É por causa do John?

Alice faz que sim. Kirsty franze a sobrancelha, preocupada, e pega a mão de Alice.

— Oh, Al, o que aconteceu? Pensei que estivessem muito apaixonados quando vi vocês no enterro. Pareciam ter uma aura... não sei o que era... Nunca tinha visto você olhar para alguém assim.

— Eu sei — diz Alice, sacudindo a cabeça. — Não sei o que vou fazer.

Neil terminou o trabalho mais tarde que o habitual naquela noite. Em vez de se arriscar a andar pelo Meadows até em casa naquele frio, pegou um ônibus no Mound. Assim que abriu a porta, soube que estava acontecendo alguma coisa. Kirsty não estava sentada serenamente no sofá nem deitada na cama, e a sala da frente estava completamente escura. Uma música alta vinha da cozinha. Por trás da música, ouviu a voz de... Kirsty? Beth? — gritando, "Eu não me importo. Não me importo. Francamente, minha querida, não me importo a mínima", seguida de uma risada histérica (de mulher). Pôs a pasta no chão, atravessou o corredor e chegou na porta da cozinha.

Kirsty estava sentada na mesa com a cabeça apoiada nos cotovelos. À sua frente estava Beth, ainda de casaco, sentada no joelho de Alice. Em cima da mesa, duas garrafas de vinho vazias.

— Neeeeeeeeil! — gritaram elas em uníssono quando o viram. Seu instinto levou-o a tapar os ouvidos com as mãos.

— Sabe de uma coisa? — disse Alice para ninguém em especial, quando o barulho diminuiu. — Ninguém deve humilhar-se para ter paz.

— Do que está falando, Alice? — perguntou Beth.

— E sabe o que mais? — continuou ela. — A gente deve sempre olhar antes de pular. Sempre.

— Alice, cala a boca — disse Kirsty.

Neil olhou para elas, espantado.

— O que está acontecendo? Uma convenção de bruxas ou o quê? Nem vou perguntar o que você está fazendo aqui — disse, virando-se para Alice.

— Não, eu não perguntaria se fosse você — falou ela, sacudindo o braço de Beth. — Beth, pode sair do meu colo? Minhas pernas já estão dormentes. — Beth levantou-se e ofereceu um drinque a Neil. — A próxima coisa que vai me acontecer — disse Alice para si mesma — é uma gangrena e uma perna amputada. Em pouco tempo vou para uma cadeira de rodas para o resto da vida. Gostaria de saber o que o velho Friedmann diria sobre isso.

— Do que ela está falando? — Neil perguntou a Kirsty.

— É um problema com o John — explicou Kirsty.

— Ah, entendo — disse, sem entender nada na verdade.

No dia seguinte Kirsty tem hora marcada no hospital, e Beth, que acabou passando a noite ao lado de Alice no sofá-cama de Kirsty, tem uma palestra cedo sobre endocrinologia. Alice vai andando de braço dado com Kirsty do Meadows até o hospital.

— Alice, você vai ver a mamãe, não vai? — pergunta Kirsty. Alice suspira.

— Não sei se vou agüentar a Inquisição Espanhola neste momento.

— Não seja tão dura com ela.

— Eu não sou. Vou ter de ouvir a mamãe dizer "Eu avisei" e ouvir um sermão sobre paixão *versus* razão.

— Mas vá lá. Pode voltar para a minha casa se não agüentar ficar lá. — Kirsty fica na ponta dos pés para beijar a irmã. As duas se abraçam. — Quando vai ter notícias dele?

— Só no sábado. Não podemos nos falar até lá. São essas as regras.

— Que regras?

— As minhas.

Kirsty sacode a cabeça.

— Não sei, Alice. Você nunca pensa que às vezes torna sua própria vida difícil?

— Alguma coisa tinha de acontecer, Kirsty. Ele não tomaria uma decisão se eu não o forçasse. Deixaria as coisas correrem e ficaria cada vez mais infeliz.

— Eu preciso ir — diz Kirsty, olhando o relógio. — Não volte para Londres sem passar lá em casa antes.

Alice fica vendo-a atravessar o pátio do hospital, aquela figura mignon serpenteando entre os carros. Só quando a irmã passa pela porta de vidro dupla é que põe a mochila nas costas de novo e vira-se para seguir caminho.

Às vezes tem medo de perder o controle da vida. Como o medo de que, ao assinar seu nome pela milionésima vez num recibo de cartão de crédito, sua letra de repente saísse diferente. Ela ocasionalmente percebe com que facilidade alguma coisa poderia quebrar-se dentro de si mesma, deixando-a num limbo de pânico e tumulto. Para protelar sua chegada a North Berwick, Alice vai ao museu da Chamber Street e passa pelas vitrines de animais empalhados e empoeirados de olhos vidrados. Fica imaginando o dia de John: ele toma o café-da-manhã sozinho na cozinha, depois sai de casa e desce a Camden Road para pegar o metrô e chegar ao trabalho. A cada passo que ela dá em volta do museu pensa num passo dele. Diante da imensa baleia pendurada no teto, pára e debruça-se na balaustrada, olhando os arcos das suas costelas. Sente a presença dele com tanta intensidade que não se surpreenderia caso se virasse e o visse ao seu lado. Como isso aconteceu? Como ela se apaixonou a ponto de sentir sua sanidade mental ameaçada com a possibilidade de uma separação? Ele pode decidir que devemos terminar, diz para si mesma, e o peso dessa idéia deixa-a sem equilíbrio. Como se tivesse ficado misteriosamente mais leve de um lado, tropeça ao descer os degraus encerados. Imagina várias marquinhas arroxeadas na sua pele branca, como cabeças de focas surgindo na superfície do mar ao largo da praia de North Berwick. A certa altura, se vê diante de um vaso grego com desenhos retorcidos de uma água-viva. Esfrega as mãos, muito aflita, e sussurra: "Por favor, ah, por favor."

Irritada, sai do museu e fica parada na calçada. Os passantes olham-na, e ela percebe que deve estar com um ar muito enfurecido. Como podia ter sido fraca a ponto de se tornar tão dependente de outra pessoa? Ela sempre dissera a si mesma que nunca dependeria de ninguém para ser feliz. Como isso pôde acontecer? Vai descendo a Chambers Street com um passo duro. Ele deve estar no escritório agora. Passa por uma cabine telefônica, vira-se e passa de novo, só para se testar.

De tarde, depois de fazer tudo que se lembrou que podia fazer em Edimburgo, desce a ladeira para a Waverley Station e pega um trem para North Berwick.

— Então, o que fez com que você decidisse tirar umas férias? — pergunta sua mãe, servindo-a de purê de batata.

— Nada em especial. Só tive vontade de dar uma parada — murmura Alice, ignorando o olhar de seus pais.

— Foi meio de repente, não é? — insiste Ann. — Não teve problema com o trabalho?

— Não muito.

— Como vai o trabalho? — pergunta Ben.

— Muito bem.

— E como vai o John? — pergunta Ann.

— Ele... — descobre com horror que está prestes a chorar —
... está bem. — Olha os legumes e espeta um brócolis com determinação. Você não vai chorar, você não vai chorar. Está tudo bem.

— John vem se encontrar com você? Seria bom vê-lo de
novo. Mal tivemos oportunidade de conversar com ele no enterro. Vocês pareciam estar com pressa para voltar para Londres —
diz Ann, olhando de perto para Alice.

— Mmmmm — murmura ela, virando o brócolis no prato.

— Ele... está muito ocupado no escritório. Você sabe como é.

Ann olha-a com um misto de desconfiança e preocupação.

— Que pena — fala Ben. — Você precisa trazer o John aqui
da próxima vez. Precisa lhe mostrar a cidade.

— Vou trazer — diz Alice, tirando o cabelo do rosto. —
Como vão as coisas por aqui? Notei que vocês passaram para o
quarto da vovó.

— Passamos, sim — diz Ann, encantada. — É maravilhoso
acordar com aquela vista. Estou pensando em redecorar a casa...
talvez a sala e a cozinha. E também o hall e o patamar da escada. Está gostando de morar com o John?

— Estou, sim.

— A casa é bonita?

— É.

— Ele mora lá há quantos anos?

— Há quatro anos.

— Você pensa em fazer muitas mudanças na casa?

— Não. Está tudo... muito bem.

— E está tudo — Ann faz uma pausa, como que escolhen-
do as palavras — bem entre vocês dois?

Alice balança a cabeça por cima do prato de novo.

— Está — responde de forma quase inaudível.

— Que bom. Que sorte. Foi tudo tão repentino, não foi, Ben?
Quer dizer, você mal o conhecia. Mudou-se para a casa dele

depois de... quanto tempo? Depois de dois meses de relacionamento, não é? Mas as coisas estão bem?

Seus pais vêem uma lágrima rolar no rosto de Alice, seguida de outra e mais outra. Ela põe o garfo na mesa e a cabeça em cima dos braços e começa a soluçar. Ann tenta tirar seu cabelo do purê de batata e Ben levanta-se e fica ao seu lado, acariciando seus ombros desajeitadamente.

Alice fica surpresa ao se ver na manhã seguinte no seu antigo quarto. Depois lembra que acordou várias vezes durante a noite com a sensação de estar caindo; virara-se na cama, procurou o corpo de John, mas vira a borda da cama estreita de solteira e sentira medo de cair no chão.

O quarto está estranho. Sua mãe manteve-o como uma peça de museu, exatamente como era na sua adolescência. Nas paredes, pôsteres políticos sobre desarmamento nuclear, movimento antiapartheid e antivivissecção e banimento da caça à raposa. E também de Robert Smith, Morrissey e, de forma incongruente, Albert Camus. Alice sabe que vai encontrar roupas no armário que não usa há seis ou sete anos. Presos nos puxadores da penteadeira estão seus colares hippies, na borda do espelho há fotos dela e de várias colegas do colégio em festas, na praia, atrás do pavilhão de críquete. Deitada na cama, Alice estende a mão e puxa o canto de um dos pôsteres — a fita gomada, amarelada e frágil solta, e Albert Camus desce voando para o chão. Ela se levanta, passa por cima do pôster e veste uma camisola que não fecha mais no peito.

Perambula pelos quartos da casa onde passou dezoito anos da sua vida. Sente-se como se estivesse num túnel do tempo, e a qualquer momento fosse ver Beth passando por ali como uma adolescente tola ou fosse dar de cara com Kirsty, aos 9 anos, com seu rostinho angelical, empurrando um carrinho cheio de bonecas. Olha-se em um espelho e pensa, como eu cheguei aqui? Como cheguei a essa idade?

É a primeira vez que volta àquela casa desde que Elspeth morreu, e não encontra nenhum indício da presença dela ali. O quarto da avó, ao contrário do seu, está irreconhecível. Todos os seus livros e revistas que ficavam em cima da mesa da sala estão empilhados na estante. Os enfeites e pinturas desapareceram; as mesas e os banquinhos para os pés foram tirados. A cadeira ao lado da janela, onde ela costumava se sentar para ler ou escrever cartas, foi recoberta com um veludo bege horrível e colocada no canto da sala. Alice sentou-se nela por um instante, imaginando que conselho Elspeth lhe daria a respeito de John. Teria dito agüente ou desista do fantasma?

Há um bilhete de Ann na mesa cozinha dizendo que ela saiu. Alice pensa em ligar para Beth e ver se ela tem algum tempo livre entre as palestras, mas resolve tomar uma ducha. Está toda ensaboada quando ouve a campainha tocar. Xingando, tira o sabão do corpo, enrola-se na toalha, levanta a janela e estica a cabeça para fora a fim de ver quem é. Não dá para ver por causa da trepadeira que sobe pela frente da casa. Provavelmente é uma das horríveis amigas de sua mãe.

— Quem está aí? — grita. A campainha continua a tocar. Uma rajada de ar frio faz com que seu corpo todo trema. — Quem está aí? — repete, em tom mais alto e mais irritado.

Pisando no cascalho, dois andares abaixo, com o rosto virado para cima, olhando para ela, está John. Ela fica tão atônita que deixa a toalha cair, sem saber se tosse ou se ri. John olha-a e vira a cabeça de lado.

— Você sabia que está completamente nua? — acaba dizendo.

— Sabia — diz ela, tentando não sorrir. Sem tentar pegar a toalha enrolada nos seus tornozelos, olha-o com determinação.

— O que está fazendo aqui, John? — pergunta, apontando para ele e a mala que está aos seus pés.

— Não sei — ele responde. — O que você acha?

— Acho que está desobedecendo as regras.

— Que regras?

— As minhas regras.

— Não há mais regras. Declaro que suas regras foram anuladas.

— Verdade?

— Sim.

— Não tenho certeza se você tem competência para anular as regras do caso Friedmann *versus* Raikes.

John coça a cabeça.

— Bom, Srta. Raikes, se eu puder lhe mostrar o documento redigido no domingo à noite entre as duas partes em questão, acho que vai ver que tenho competência para anular todas as regras e especialmente todos os ultimatos com relação ao caso Friedmann Senior *versus* Friedmann Junior.

Faz-se uma pausa. Alice olha para ele, o corpo coberto de vapor devido ao ar frio que vem da janela.

— É verdade? Está falando sério?

— Estou — diz ele, meneando a cabeça de novo. — Agora pode me deixar entrar, Rapunzel, ou vou ter de subir pelo muro para ver você?

— Não faça isso. Minha mãe vai ficar uma fera se você arrancar a treliça da casa. Eu vou descer. Não vá embora. — Fecha a janela, pega a toalha e desce as escadas.

Ann sobe a ladeira da Bank Street pisando nas folhas úmidas que caem da árvore do vizinho. Ela pediu várias vezes para varrerem aquela parte da calçada, mas ninguém varre. Ela havia ficado muito triste quando eles foram obrigados a vender grandes áreas do jardim para um corretor de imóveis em 1975: o gramado de croqué e o jardim de baixo eram agora uns chalés quadrados e feiosos. Elspeth dissera que eles tinham de vender para não perder a casa toda e serem forçados a sair dali. Ninguém agüentaria isso.

Ao virar na Marmion Road, vê que as cortinas de Alice ainda estão fechadas e dá um suspiro. Dormir até tarde não vai adiantar nada. Sente uma ponta de raiva de John Friedmann, reforçada por um feroz instinto maternal de proteção e alguma outra coisa sobre a qual não quer pensar no momento. Assim que o viu no enterro de Elspeth, soube que ele seria um problema, soube desde o início. Homens com olhos escuros expressivos podem ser ótimos, mas no final causam problemas — deixam as mulheres de coração partido, chorando e dormindo até tarde. Mas Alice havia se recusado a ouvir, é claro. Ann sente vontade de telefonar para ele e dizer: como você ousa fazer minha filha apaixonar-se, depois virar as costas e dizer "desculpe, mas eu sou judeu"?

Fecha a porta com força ao entrar em casa e sente-se um pouco melhor quando ouve a reverberação do som nos pratos do escorredor. Deixa as sacolas de compras ao lado da porta e sobe as escadas para o quarto de Alice. Sua intenção é dizer a ela: esqueça esse homem, ele não presta, às vezes é preciso esquecer alguém, às vezes é preciso desistir de alguém e esquecer.

Quando vai fazer a curva na escada, vê alguma coisa que a faz piscar. Será que está tendo algum tipo de visão? No patamar parece haver um homem nu. Ann pisca de novo. Olhando melhor, percebe que não é um homem nu qualquer, é o maldito John Friedmann com uma toalha enrolada na cintura. Ele, no meio da sua casa, no meio da tarde. Completamente nu.

Não consegue emitir nenhum som por um instante. Os dois se entreolham. Ann fica satisfeita ao ver que ele parece aterrorizado.

— O que está fazendo aqui? — pergunta num tom autoritário.

Ele ajeita a toalha pequena. Apesar de tudo, Ann dá uma olhada rápida no corpo dele. Pelo menos pode saber o que Alice vê nele.

— Sra. Raikes — gagueja ele —, eu...

Naquele momento a porta do quarto de Alice abre e ela sai no patamar, completamente nua. Ann levanta os olhos para o teto, exasperada.

— Mãe! — diz Alice, horrorizada. — O que está fazendo aqui?

Ann sobe mais uns degraus.

— O que estou fazendo aqui? Eu moro aqui. O que quero saber é o que ele está fazendo aqui — diz, apontando para John.

— Mãe, não seja grosseira — diz Alice baixinho, chocada, como se não quisesse que ele ouvisse. — Tudo foi resolvido. Eu estou bem agora.

— É mesmo? — diz Ann com raiva, olhando para John. — Por enquanto, suponho. Nesse ínterim, você deixa minha filha presa num cordão para poder puxá-la de volta quando isso convier à sua consciência religiosa.

— Sra. Raikes — começa ele —, não é...

— Gente como você me dá nojo — continua Ann, ignorando a interrupção dele. — Como ousa pensar que pode brincar com os sentimentos da minha filha? Hesitar entre Alice e sua religião? Que pobreza! Não acha que é um pouco tarde para pensar nisso agora? Eu devia expulsar você desta casa nesse momento.

— John! — grita Alice, segurando-o pelo braço e empurrando-o para o quarto. Ele se agarra à toalha. — Vá lá para dentro. Você não merece ser tratado assim. — Depois que ele desaparece, vira-se para Ann. — Por que está fazendo isso? Você é desconcertante. Não tem idéia do que está dizendo. Não pode falar com ele assim.

— Posso falar com ele como quiser. Esta é a minha casa e você é minha filha. Ele é um mau-caráter, Alice.

— Não é verdade.

— É, sim. Eu soube disso assim que o vi pela primeira vez. Todo homem que não tem opinião própria não vale nada.

— Como ousa dizer isso? Ele tem opinião própria. E o que você sabe sobre isso? Não posso aceitar que você entre aqui e grite com John como se estivesse possuída. Eu amo o John, mãe, isso não significa nada para você?

— Livre-se dele, Alice. Acabe logo com isso. Vai ser mais fácil a longo prazo. Você precisa acreditar em mim. Quanto mais o amar, mais ele pode magoá-la. Ele vai fazer você infeliz, e eu não vou agüentar presenciar isso.

— Ele não vai me fazer infeliz. Para seu governo, ele acabou de dar o fora no pai dele.

— É, mas quanto tempo isso vai durar? Alice, pense nisso.

John reaparece, abotoando o jeans.

— Olhe aqui — diz calmamente —, acho que não vamos chegar a lugar nenhum gritando desse jeito. Todos nós já gritamos bastante. Alice, por que você não se veste, a gente desce e conversa de forma adequada?

— Não — diz ela —, não há nada para conversar. Nós vamos embora. Vamos pegar o próximo vôo para Londres. Não há por que ficar aqui ouvindo tudo isso.

Ann vê John passar o braço nos ombros nus de Alice.

— Sra. Raikes — diz ele, abraçando Alice —, sinto muito. Sinto muito não ser bem-vindo à sua casa, sinto muito ter causado essa discussão e sinto muito mais do que a senhora pode imaginar ter magoado Alice. Mas eu disse ao meu pai na noite passada que amo Alice e que ele vai ter de se entender com isso. É um final a todo tipo de hesitação. Eu prometo.

Ann olha para ele. Uma lembrança está batendo atrás de uma porta trancada que ela não quer abrir. John enfrenta seu olhar. Alice olha ansiosa de um para o outro.

— A quem você está prometendo? A mim ou a ela? — pergunta Ann depois de um instante.

— À senhora, a ela, às duas, a todos, a toda a família, a todo o mundo. Posso assinar com sangue, se a senhora quiser.

Ann sente que um sorriso está começando a aparecer nos cantos de sua boca. A lembrança desaparece.

— Acho que isso não será necessário. — Vira-se para descer, depois olha novamente para os dois. — Alice, ponha uma roupa, pelo amor de Deus, e vamos almoçar. John, venha me ajudar enquanto Alice se veste. Você deve estar morrendo de fome.

Quando eles chegam ao hospital na manhã seguinte, há cartões e flores no parapeito da janela. Ann lê todos sistematicamente, do começo ao fim, prestando atenção nos dizeres e tentando decifrar as assinaturas. Os cartões parecem frágeis e quebradiços nas suas mãos. Ela reconhece alguns nomes — amigos ou colegas sobre os quais Alice falava —, mas muitos ela não consegue identificar. Esses a deixam ofendida. Quem são essas pessoas que mandam "beijos e abraços" para sua filha doente ou dizem "querida Alice" e "melhoras, vamos rezar por você"? Uma pessoa chamada Sam — homem ou mulher — enviou uma braçada grande de lírios. Quando Ann se abaixa para ler o pequeno cartão grampeado no papel celofane, seu braço roça em uma das hastes que estão de fora do embrulho, e grãos de pólen deixam uma marca cor de laranja na manga de sua blusa branca.

Atrás dela, Ben lê em voz alta um artigo sobre o *Net Book Agreement*. Ann vira-se e tenta soprar o pólen da manga. O jornal de Ben está aberto na cama, por cima das pernas e do tórax de Alice. É o jornal no qual John trabalhava. Ann acha isso uma insensibilidade da parte de Ben. Nota que o canto inferior do jornal está cobrindo a mão de Alice, entre o dedo polegar e o indicador. Ann tem certeza de que a sensação da serrilha da borda do papel roçando a pele da mão de Alice pode incomodá-la. Tem a mesma sensação na parte correspondente da sua própria mão. Não pode acreditar que Alice não consiga tirar a mão dali debaixo, que sinta aquela serrilha, mas esteja tão presa dentro do seu corpo disfuncional que *não consiga se mexer*. Ben continua a ler as estatísticas, os prós e os contras referentes a pequenos negócios, comparações com os Estados Unidos.

Ann arranca o jornal da cama com força. Ouve-se o ruído de papel rasgado.

— Pare com isso — diz, esfregando a pele entre o polegar e o indicador — pare com isso... Você sabe que... que ela não pode ouvir... É melhor encarar isso, Ben, ela não pode ouvir.

As lágrimas, escorrendo-lhe pelo rosto e pelo pescoço, começam a ensopar sua roupa. Ann surpreende-se de as lágrimas serem tão salgadas. Ben põe o braço em volta dela. Ann olha para Alice por cima do ombro dele, ela não se mexeu, nunca se mexe, e — pelo menos lhe parece no momento — nunca mais se mexerá.

ALICE ENTRA NA SALA E ENCONTRA JOHN NO COMPUTADOR, as teclas batendo em ritmo *staccato* rápido. Passa devagarinho para a cozinha, e ele resmunga alguma coisa para mostrar que a viu passar, mas continua a digitar sem se virar. Alice abre a porta da geladeira, bocejando. Passou o dia quase todo lendo e está se sentindo fora da realidade, como se sua própria vida tivesse se tornado insubstancial diante da ficção que a absorveu tanto.

Na geladeira encontra uma alface velha, meio pote de iogurte e uma sacola de papel com cogumelos ressecados e sem cor. Fecha a porta e senta-se à mesa. Está morta de fome, mas não tem ânimo para ir ao supermercado. John também não está com cara de quem quer fazer compras. Começa a tamborilar na mesa com os dedos, depois se levanta e chega perto dele, descalça.

— John — começa, pondo a mão no seu ombro.

Ele dá um pulo como se tivesse sido eletrocutado.

— O que está fazendo? — grita. — Por que entrou aqui se esgueirando?

Ela fica tão espantada que não consegue responder. O rosto dele está vermelho, e ele se põe entre ela e a tela como se não quisesse que ela visse o que ele está escrevendo.

— Eu não estava me esgueirando — diz Alice, com um sorriso assustado, tentando passar por ele. — O que você está escrevendo, uma coisa muito sigilosa?

— Nada — responde ele, sem olhar para ela. Alice começa a rir.

— John, o que é? Deixe-me ver — fala, tentando empurrá-lo para o lado.

Ele resiste e mantém-se firme na frente da tela brilhante.

— Não, Alice, não. Não é nada... é só uma coisa que... tenho de terminar.

— Mas o que é? Diga logo. — Ela põe os braços à sua volta, mas ele tenta afastá-la. — Não é uma carta para outra mulher, é? — pergunta, brincando.

— Deixe de ser boba.

Mas quando ela chega bem perto, sente o corpo dele estremecer de tensão. Depois de alguns segundos, quando ela já não registra mais nada além de uma certa descrença atordoante, Alice deixa os braços caírem e diz com a voz o mais normal possível:

— Desculpe, não tive a intenção de perturbar você. Só queria saber se estava com vontade de sair para comer alguma coisa. Não temos nada em casa... a não ser uns legumes velhos... e eu não estou querendo ir ao mercado e acho que você também não... — Alice percebe que está gaguejando e cala a boca. O som cessa, e ela sai da sala.

Fica deitada na cama, olhando para o teto. John tendo um caso? A idéia é tão ridícula que ela sente raiva de si mesma por sequer pensar nisso. Mas então por que ele hesitou quando ela perguntou — de brincadeira — se ele estava escrevendo para outra mulher? Isso era uma comprovação, não era?

Começa a pensar em uma série de acontecimentos. Na semana anterior, por exemplo, quando ela chegou em casa e viu que não tinha leite na geladeira, saiu de novo e foi para comprar o leite na loja da esquina. Ao virar na Camden Road, passou pela cabine telefônica e ficou atônita ao ver John ali, a cento e cinqüenta metros de casa, falando com um dos ouvidos tapado por causa do barulho do trânsito. Bateu no vidro com a moeda que tinha na mão. E o que aconteceu? Tenta lembrar. Ele olhou para fora e quando a viu, desligou o telefone. Será que falou mais alguma coisa antes de desligar ou desligou direto? Lembra que ia perguntar por que cargas d'água ele estava usando um telefone público se a casa deles ficava a dois minutos dali. Por que não perguntou? Porque ele saiu da cabine e começou a beijá-la, bem no meio da rua. Estava de bom humor, recorda-se Alice, e quando enfiou a mão dentro da sua blusa, ela esqueceu por completo de lhe fazer a pergunta.

— Tenho de comprar leite — protestou, quando ele começou a empurrá-la na direção de casa.

— Dane-se o leite, quero você em casa, na cama, agora.

Por que, por que, por que deixou o assunto esfriar? Ele andava se comportando de modo estranho ultimamente, lembrou-se de repente — checando a toda hora, obsessivamente, as mensagens na secretária eletrônica, perguntando se ela tinha alguma coisa para levar ao correio e correndo até a caixa de correio tarde da noite com cartas misteriosas. Sempre descia a escada às pressas de manhã quando ouvia o carteiro jogar a correspondência debaixo da porta. Sempre dizia que estava esperando "cheques de serviços de freelance" quando ela perguntava por que tanta pressa. Agora não sabia mais se devia acreditar nisso.

Alice senta-se na cama, irritada. Quem poderia ser? Faz uma lista de cabeça das amigas dele, mas não consegue pensar em nenhuma que se encaixe. Deve ser alguém do trabalho. Ele tem trabalhado até tarde ultimamente. Que bobagem. Seria melhor lhe perguntar diretamente. Quando ouve seus pés na escada, está começando a sentir os primeiros indícios de raiva. Que ousadia a dele. Quem é essa mulher? Há quanto tempo isso está rolando?

John aparece na porta e pergunta com uma jovialidade forçada:

— Oi — diz ele. — Então, vamos sair?

Ela o vê cruzar o quarto, chegar perto da janela e começar a mexer no cacto que ela colocou no parapeito.

— Que cacto bonito. Gostei. Muito bonito.

Ela se mantém em silêncio.

— Vamos sair? — pergunta de novo.

Ela dá de ombros.

— Se você quiser.

— Ótimo. Você está bem?

— Humm, humm.

— Muito bem. Muito bem. Vamos então?

No portão, ele segura a mão dela com força e os dois saem para a rua. A cada três ou quatro passadas ela tem de andar mais rápido para manter o passo com John, mas ele não parece notar isso. Vai cantarolando enquanto anda. Quando estão chegando ao canal, Alice sacode o braço dele.

— John!

Ele pára e olha como se tivesse esquecido que ela estava ali.

— O quê?

— Pare de andar tão depressa. Não consigo acompanhar.

— Eu estava andando depressa demais?

— Estava. Muito.

— Não mais depressa do que ando sempre.

— Estava, sim.

— O que está acontecendo, Alice? — pergunta, com exagerada paciência.

— O que está acontecendo comigo? Nada. Quero saber o que está acontecendo com você.

— Nada.

— OK. Ótimo. Então nada está acontecendo com nenhum de nós.

— Ótimo.

— Ótimo.

John põe o braço em volta dos ombros dela e eles continuam assim até chegar a uma trattoria italiana em frente da estação do metrô.

John está olhando fixo pela janela, segurando o menu como se fosse uma prancheta. Dois motoristas de vans estão discutindo na calçada: o menor bate com a mão no ombro do mais alto. Alice passa batom nos lábios com um espelho de mão. Enquanto retoca o batom vermelho, olha-o de lado, apertando os olhos. Será que é verdade? Ele não parece nada diferente. Se estivesse tendo um caso, decerto teria alguma marca. Observa sua boca e seu pescoço e não vê nada, só o homem por quem é apaixonada. Pensar nele fazendo amor com outra a deixa agoniada. Sem pensar, Alice estica a mão... e lhe dá um tapa na cara.

— Você está tendo um caso? — grita.

O efeito é dramático. O restaurante fica em silêncio, como nos filmes. Todos olham para os dois. O garçom está indo para a mesa deles, mas dá meia-volta e começa a ajeitar as flores de uma mesa ao lado da porta. John olha para ela, horrorizado, e põe a mão no rosto.

— O quê?

— Você ouviu.

— Você está maluca?

— Responda à droga da minha pergunta, John. Você está tendo um caso ou não?

— Alice, o que faz você pensar...

— Responda logo — diz ela entre os dentes. — Diga apenas sim ou não. — Pega o garfo com uma expressão ameaçadora, e ele tenta segurar sua mão. Ela joga o garfo longe.

John recosta-se na cadeira e olha-a dentro dos olhos.

— Não, Alice. Não estou tendo um caso. — Vira-se e anuncia bem alto para todos no restaurante. — Não estou tendo um caso.

Algumas pessoas continuam a comer sem olhar para eles, mas alguém no fundo da sala grita:

— Que bom!

Ele se vira para Alice. O tapa deixou a bochecha dele marcada. Ela começa a chorar e cobre o rosto com as mãos. Ele se levanta e leva sua cadeira para bem junto dela, senta-se de novo e lhe passa um lenço.

— Sabe o que mais? — Ela funga e limpa o rosto.

— O quê?

— Não se deve chorar quando se está usando maquiagem. — Entrega-lhe o lenço todo borrado de preto e suspira.

John pega a mão dela.

— Com você, Alice, nunca sei o que vai acontecer de um minuto para o outro.

— Minha mãe costumava dizer isso quando eu era pequena.

— O que fez você pensar que eu estava tendo um caso?

— Bem — diz ela num tom de acusação —, você estava usando o telefone público perto lá de casa naquele dia, hoje não me deixou ver o que estava na tela do computador, e quando perguntei brincando se estava escrevendo para outra mulher, você hesitou.

— Eu hesitei?

— Isso mesmo.

Ele sacode a cabeça e ri.

— Bem, se quer mesmo saber, eu estava escrevendo para outro homem. Estava escrevendo para o meu pai.

— Ah! — Toda a raiva e desconfiança de Alice desaparecem, e ela se sente uma boba. — Eu não sabia que vocês se escreviam.

— Nós não nos escrevemos. Eu escrevo, mas ele nunca responde.

— Com que freqüência escreve?

— De início, escrevia de duas em duas semanas, mais ou menos. Agora, a cada dois meses. Às vezes telefono e deixo recados na secretária eletrônica.

— O que você diz a ele?

— Digo o que estou fazendo. Não no trabalho... ele recebe o jornal, eu sei disso. É estranho pensar que ele provavelmente lê os artigos que escrevo. Falo dos filmes aos quais assistimos, dos lugares onde fomos, dos livros que estou lendo. Esse tipo de coisa. E peço para ele entrar em contato comigo.

— E ele não entra?

— Não.

— Nunca?

— Não. Até hoje, não.

— John, nunca imaginei que fosse isso.

— Eu sei. Devia ter dito a você. Mas não queria aborrecer você. Depois daquela vez que você me deixou... Parece uma bobagem agora. Eu devia ter dito.

Os dois comem. As pessoas sorriem quando eles passam por suas mesas ao saírem do restaurante. Alice alisa o rosto de John. A marca vermelha sumiu. O garçom deseja ao *bello* e à *bellissima* "muitas felicidades" e pede que eles voltem logo.

Mais tarde naquela noite, os dois vão juntos à caixa do correio. Ela empurra a carta pela fenda vermelha e ouve-a cair no meio da pilha da correspondência a ser coletada. Impulsivamente, abraça a caixa do correio e beijo o metal frio. John ri.

—Dessa vez, ele não pode deixar de escrever — diz.

BEN FOI SUBINDO RÁPIDO OS DEGRAUS DO COLÉGIO, O VENto cortante entrando pelo seu casaco. Saíra de casa com tanta pressa que nem parara para abotoá-lo. Tinha estudado nesse mesmo colégio, e quando chegou lá e saiu do carro, quase passou pela entrada dos alunos, em vez de passar pela porta central dos professores e visitantes.

Na recepção — à direita de quem entrava, em uma sala onde davam aulas de inglês na sua época —, falou com uma mulher de cabelo pintado de preto.

— Oi. Meu nome é Ben Raikes. Alguém telefonou para mim.

— Ah, sim. — A mulher levantou-se e deu a volta na mesa. — Venha comigo, por favor.

Quando atravessavam o corredor, ela disse, sem olhar para ele.

— Houve um incidente aqui.

— Um incidente?

O cabelo dela, caindo em volta do rosto como algas, brilhava e deixava ver uns fios brancos na raiz. Seus quadris eram tão largos que estufavam as costuras da saia.

— Um incidente ligado à disciplina. Entre sua filha e um aluno do sexto ano.

— Qual delas? Quer dizer, qual das minhas filhas?

— Alice.

— O que aconteceu?

— Ela bateu nele.

Na sala do diretor, um menino segurava um lenço ensangüentado junto do rosto, e Alice, afundada em uma cadeira, olhava enraivecida para o chão. O diretor era um homem compacto, magro e calvo. Ben tinha jogado golfe com ele em certa ocasião. Eles se cumprimentariam caso se encontrassem na rua, talvez fizessem algumas brincadeiras sobre suas famílias ou sobre o tempo, mas naquela hora foi diferente. Ele estava sentado à sua mesa com uma expressão absolutamente autoritária.

— Sinto muito ter de chamá-lo aqui assim.

Estava olhando para o menino, e Ben levou uns minutos para perceber que o homem falava com ele.

— Não faz mal — disse, depois notou que devia falar num tom mais sério, tossiu e continuou: — Nessas circunstâncias...

— É! — gritou o diretor, fazendo Ben dar um pulo. — Circunstâncias! Qual de vocês poderia me explicar quais são essas circunstâncias? — Seu olhar cortante voltou-se de um adolescente para o outro. — Alice? Andrew?

Ninguém respondeu. O rosto de Andrew estava branco. Alice encostou a ponta da bota na sacola que estava no chão ao seu lado, e Ben viu que os nós da sua mão direita — apertados junto ao corpo — estavam vermelhos e inchados.

— Você quebrou o nariz de Andrew, Alice Raikes — anunciou o diretor. — O que tem a dizer a respeito?

Alice levantou o queixo, balançando as mechas azuis e vermelhas do cabelo nas costas da cadeira. Olhou para o diretor, depois para o menino, e disse com voz bem clara.

— Estou feliz.

O diretor bateu com a ponta da caneta na unha do dedo polegar e olhou para Alice, como se quisesse bater nela.

— Entendo — disse entre os dentes, em tom forçado. — E pode explicar ao seu pai e a mim por que está feliz?

282

Alguém bateu à porta, e um homem alto, de ombros largos e cabelo escuro meio comprido entrou na sala. Olhou em volta e viu seu filho, com o rosto sujo de sangue, Alice de cara emburrada, o diretor e Ben.

— Ah, Sr. Innerdale. Obrigado por vir. Este é o Sr. Raikes. Ben esticou a mão.

O homem não olhou para ele ao apertar-lhe a mão e virou-se rapidamente para o filho.

— Você está bem, Andrew?

— O nariz dele foi quebrado — disse o diretor, pondo o dedo em riste para Alice — por aquela mocinha ali, que ia começar a contar sua versão dos acontecimentos e explicar por que está se sentindo feliz consigo mesma. Alice?

— Ele estava me perseguindo — disse Alice. — Arrancou meu suéter e não quis me devolver. Eu tentei fazer com que ele me entregasse o suéter, mas ele... ele... tentou... me agarrar. Então eu dei um soco nele.

O diretor não pareceu acreditar no que ela havia contado.

— Isso é verdade, Andrew? — disse, virando a cabeça na direção do menino.

— Espere um instante — falou Ben, e o pai do menino olhou para ele. — Ele estava perseguindo você, foi o que disse? Arrancou seu suéter? Tentou agarrá-la? Como assim?

Alice deu de ombros.

— Ele ficou me seguindo na hora do almoço, então eu corri e ele correu atrás de mim. E puxou meu suéter que estava amarrado na cintura. E — disse, virando-se para ele com ar de acusação — não me devolveu.

— Foda-se — disse o menino baixinho.

— Foda-se você, garoto esquisito — Alice replicou entre os dentes.

Ben esfregou a testa. O pai de Andrew pôs a mão no ombro do filho, como que para contê-lo.

— Muito bem — gritou o diretor. — É isso aí. Sem mais explicações. Ficou claro para mim que os dois tiveram culpa. Vão ser suspensos por uma semana. Andrew, devolva o suéter de Alice; Alice, peça desculpas a Andrew. E não quero mais saber de encrenca. Com nenhum dos dois. Entendido?

Eles se mantiveram em silêncio. Alice estava com uma expressão de indignação e desafio.

— Eu perguntei se tinham entendido.

— Sim, senhor — murmurou Andrew.

— Alice?

— Sim, senhor.

Ben foi o primeiro a sair para o corredor. Alice não olhou para Andrew.

— Você está com o suéter de Alice, Andrew? — perguntou seu pai.

Ben viu quando Andrew, ainda apertando o lenço ensangüentado no rosto com uma das mãos, abriu a mochila e retirou um grande suéter preto de lã. O pai segurou o suéter um instante, depois entregou-o a Alice.

— Aqui está.

Sem uma palavra, ela pegou o suéter e vestiu-o pela cabeça. Seu cabelo estalou com a estática, e uns fios voaram como se ela tivesse sido conectada a um gerador Van de Graaf. Ben notou que Andrew não tirava os olhos dela.

— Sinto muito sobre... tudo isso — disse o pai dele a Alice. Depois atravessou o corredor com Andrew. Alice enrolou os punhos do suéter, e Ben ficou vendo-os ir embora.

Andrew não voltou para o colégio. Seus pais mandaram-no para uma escola particular em Edimburgo para terminar os exames.

Alice às vezes o via à distância, saindo do trem das cinco horas, vestido com o impecável uniforme azul-marinho e branco da nova escola. Nunca mais falou com ele. Quando passavam um pelo outro na High Street ou em Lodge Grounds, não se olhavam, como se não se conhecessem.

EU ANDO OUVINDO A VOZ DO MEU PAI. SEI QUE NÃO ESTOU imaginando. Não só ouço o que ele está dizendo, como reconheço seu timbre de voz, seu modo de falar e suas palavras murmuradas regularmente em algum lugar fora de mim.

Não agüento isso. Fico muito infeliz. Tenho vontade de me virar, afundar, deixar a água passar por cima da minha cabeça. Não sei o que eu diria para ele — se me explicaria, se explicaria a coisa toda.

Deve ter sido umas poucas semanas depois que eles postaram a carta. John checava o correio duas vezes por dia, de manhã e à noite, e discava o número 1471 quando chegava em casa para ver se não havia mensagens na secretária, mas não havia nada.

Era sábado de manhã e Alice estava na sala, comendo uma maçã e lendo um guia turístico da Andaluzia. John estava lá em cima. Ela ouvia seus passos e a toda hora gritava alguma coisa para ele, como "John, que tal passarmos uns dias em Sevilha?" ou "O Alhambra parece fantástico".

John respondia sempre num tom irritantemente impessoal. "Uma boa idéia" era sua resposta de sempre.

Ela se levantou e foi até o pé da escada.

— John?

— O quê?

— Por que você não está animado com essa viagem?

Então, enfurecida, ela o ouviu responder com uma risada.

— Eu estou.

— Mas não parece.

— É que não consigo me animar tanto quanto você.

— Como assim?

Ele apareceu no alto da escada e olhou para ela.

— Como assim? É que há duas semanas você não faz outra coisa senão ler esse guia turístico sempre que não está ocupada, praticamente já pôs suas roupas na mochila, anda falando espanhol há meses... Preciso continuar? Você gerou animação suficiente para nós dois.

Ela ia dar uma resposta cortante quando ouviu alguém batendo.

— Quem será? — perguntou ele.

Alice saiu da sala e viu um entregador de macacão azul batendo na janela. Quando ela e John abriram a porta depararam-se com dois homens ao lado da porta, com um embrulho retangular enorme enrolado em papel bolha. Um deles consultou sua prancheta. — John Friedmann e Alice Raikes?

— Somos nós. O que é isso? — disse John.

Alice apertou o embrulho. Parecia duro e frio.

— Não tenho idéia. Assine aqui, por favor.

— De quem é?

— Desculpe, não tenho idéia — repetiu um deles, dando de ombros.

Era uma coisa achatada, incrivelmente pesada, com várias etiquetas coladas dizendo "frágil". Eles rasgaram impacientes o plástico-bolha, camada após camada.

— O que será? — perguntou Alice, sentando-se no chão para descansar, ofegante.

— Deve ser um quadro — disse John, olhando para o embrulho. — Pelo menos pelo formato.

— Estou vendo um dourado — disse Alice —, uma moldura dourada. Quem é que conhecemos que nos mandaria um quadro?

— Não sei. — John pegou um monte de plástico-bolha e jogou-o no ar. O plástico flutuou e caiu por cima de Alice, que estava deitada de costas.

— Isso me lembra uma brincadeira que minha avó costumava fazer conosco — disse ela, debaixo de uma pilha de plástico-bolha. — Kirsty e eu nos deitávamos no chão do corredor e minha avó ficava no patamar do alto da escada jogando os lençóis que iam ser lavados em cima da gente. Nós adorávamos isso. Mas tivemos de parar, porque uma vez um lençol pegou num prato que estava pendurado na parede, o prato caiu, e eu levei um corte aqui, bem junto do olho.

John apareceu acima dela, pouco nítido devido ao plástico através do qual ela olhava.

— Onde? — Ele se deitou por cima das bolhas que cobriam seu corpo, estourando-as.

Ela deu uma risada.

— Aqui — repetiu, mostrando o olho.

John beijou-a por cima do plástico, apertando-a contra o chão. Ela reagiu, rindo e perdendo o fôlego.

— John, pare com isso, você vai me sufocar.

Ele arrancou os plásticos que a cobriam e começou a tirar sua roupa.

— Não, espere um pouco. Quero ver o que está dentro do embrulho.

— Podemos deixar isso para depois — disse ele, levantando-se para tirar a calça.

Ela tirou a camiseta e disse:

— Devíamos pelo menos fechar as cortinas.

— Por quê? — perguntou ele, deitando-se por cima dela de novo. — Quem vai aparecer no nosso jardim num sábado de manhã?

— Podem chegar mais entregadores com mais embrulhos misteriosos para nós.

— Isso é problema deles. Se queremos fazer sexo dentro da nossa sala, é problema nosso.

Depois que se vestiram de novo, foram rasgando outro tanto de camadas de plástico-bolha. Uma superfície brilhante começou a aparecer, e John sentou-se no sofá, vendo Alice retirar as última tiras de plástico. Era um espelho enorme de moldura dourada, decorada com arabescos góticos e querubins esvoaçantes com panos por cima das genitálias. Alice deu um passo atrás, espantada.

— Meu Deus. Isso é um horror. — Aproximou-se de novo e tocou um querubim dourado sorridente com a ponta do dedo. — Quem nos teria mandado uma coisa assim?

John olhava fixamente para o espelho, a cabeça apoiada nos punhos.

— Isso vivia era pendurado no quarto dos meus pais. É um desses objetos de família, foi trazido da Polônia antes da guerra.

Alice atravessou a sala e sacudiu o braço dele.

— Foi seu pai que mandou?

— Deve ter sido ele... a não ser que meu tio... Não... foi definitivamente ele. Que coisa estranha.

Alice sacudiu o braço dele de novo, perplexa com sua depressão súbita.

— Mas é um bom sinal, não é, John? Quer dizer, o fato de ele ter mandado para nós dois. — Mostrou-lhe o comprovante de recebimento com seu nome ao lado do dele. — Isso não pode significar que ele... que ele... aceitou nossa ligação?

John levantou-se e começou a andar para baixo e para cima. O plástico-bolha, que ocupava toda a extensão da sala, esvoaçava com o movimento do ar causado pelas suas passadas violentas.

— Não sei, Alice. Não sei o que isso quer dizer.

— Talvez fosse bom você ligar para ele.

John parou de andar e passou a mão na cabeça, pensando.

— Mmmm. Talvez. Não sei se conseguiria. O que eu diria no telefone? Estou com muita raiva dele por toda essa merda.

— Mas você quer fazer as pazes, não quer? Você sabe que quer. Não está na hora de deixar toda essa merda, como você diz, para trás e engolir seu orgulho? Ele provavelmente está com tanto medo de falar com você quanto você de falar com ele.

— Talvez você tenha razão. Mas não sei se eu agüentaria uma conversa por telefone. Faz quase um ano que a gente não se fala.

— Então mande um cartão ou alguma outra coisa, dizendo que quer se encontrar com ele.

— Não é uma má idéia — disse John com relutância. — Eu poderia convidar meu pai para vir aqui. Assim ele conheceria você.

Alice sacudiu a cabeça.

— Seria melhor ajeitar seu relacionamento com ele primeiro. Talvez não seja uma boa idéia ele me conhecer nesse primeiro passo. Seria mais fácil encontrar-se com ele em um território neutro, num café ou restaurante.

— É mesmo. OK. Você tem razão. — John sentou-se na escrivaninha com um ar decidido e tirou um cartão da gaveta. — "Querido papai — disse ele —, obrigado pelo espelho. Minha namorada e eu demos uma boa trepada no meio de todo esse plástico."

— Até parece que falar assim vai melhorar as coisas.

— Eu estava brincando.

Terminou de escrever o cartão e foi imediatamente para o correio. Voltou com um prego grande para pendurar o espelho e uma broca nova para a furadeira, que comprou na casa de ferragens do outro lado da rua. Estava assobiando quando levantou o espelho do chão, criando um reflexo de luz no teto. Pendurou-o no hall em frente à porta de entrada. Alice ficou observando-o, ansiosa, enquanto ele colocava o prego, equilibrado em duas cadeiras com as pernas abertas.

O que posso dizer sobre o tempo que passamos juntos? Que fomos felizes. Que mal nos separávamos. Que, apesar do pouco tempo, tive a sensação vertiginosa de conhecê-lo tão bem que podia imaginar como seria ser como ele. Que nunca me senti incompleta antes de conhecê-lo, mas com ele me sentia realizada, inteira. O que mais? Nós morávamos na casa dele em Camden Town. Eu o deixei mais organizado, pintei a escada de azul, ele me deixou mais calma, pois ria de mim quando eu tinha meus ataques de raiva. Curou minha insônia lendo para mim no meio da noite, quase dormindo. O que mais, o que mais? Nós empinamos pipa no Regent Park e em uma praia em Isle of Wight, com as montanhas Needles ao longe. Vimos juntos num grande telescópio uma parte curva de Vênus iluminada pelo sol, em um observatório em uma colina de Praga. Ficamos sentados em um banco em Sri Lanka durante uma tempestade elétrica, observando os relâmpagos no horizonte e uma fosforescência brilhando no litoral como olhos de gato. Fizemos amor em todas as superfícies disponíveis da casa, em inúmeras cidades, em um beliche apertado de trem passando pela Polônia, com o *provotznik* estalando na maçaneta da porta, em um moinho de vento em Norfolk, em um campo de golfe gelado na Escócia, em uma câmara escura de fotografia, e uma vez no elevador do metrô.

Nós nos casamos três anos depois de nos conhecermos. Eu não queria, realmente não queria. Só concordei por pura pressão da parte dele. John enfiou na cabeça que devíamos nos casar; perguntou se eu queria, e eu disse que não. Para que casar? Não via a vantagem disso. Como ele era uma pessoa persistente, passou a me pedir em casamento em todas as oportunidades possíveis, em geral várias vezes por dia. "Alice, o que você quer comer no jantar, quer se casar comigo?", ou "O que você vai fazer amanhã? Por que a gente não se casa?" ou, sussurrando, "Alice, é sua irmã no telefone e, a propósito, não quer se casar comigo, por favor?" Isso durou meses, acho eu. No final, acabei dizendo sim. Tudo bem, por que não?

O que mais tenho a dizer? Que eu amava John mais do que imaginei que seria possível amar alguém. Que seu pai nunca mais falou com ele.

Naquele dia, as notícias de bombas pareceram espalhar-se por Londres como uma forma urbana de osmose. Mesmo antes dos jornais noticiarem a explosão, boatos passavam de boca em boca. Eu estava trabalhando. Era uma tarde de sexta-feira, no inverno. Já estava escurecendo quando Susannah voltou do bar italiano da esquina, tremendo de frio, tentando passar pela porta com as mãos cheias de café fumegante em copos de papel.

— Acabei de ouvir que estourou uma bomba — disse ela, ofegante.

Eu estava na minha mesa conversando com Anthony, e nós dois olhamos para ela.

— Onde? — perguntou Anthony.

Ela colocou os cafés em uma mesa e começou a desabotoar o casaco, sem olhar para mim.

— Bem... talvez seja boato. Ninguém tem certeza.

— Onde disseram que aconteceu? — perguntei.

— A pessoa que me contou não sabia bem onde.

— Susannah! Diga onde! Foi em Camden?

— Não. Disseram que foi na zona leste de Londres.

Lembro que olhei para os botões do casaco dela. Eram de um vermelho mais escuro que o tecido no qual estavam pregados. Uma tinta com o mesmo vermelho do casaco misturada com um pouco de preto — um pingo, só para cobrir a ponta do pincel — chegaria à cor do botão.

Peguei o telefone. Meus dedos discaram os números que me eram tão familiares.

— Está tocando.

Tocou por muito tempo, até que uma mulher atendeu.

— Telefone de John.

— Oi, John está?

— Não. Ele está trabalhando fora. Está fazendo uma entrevista, creio.

Eu ri, aliviada.

— É claro, me esqueci. Desculpe. Aqui é Alice. Ouvimos dizer que uma bomba explodiu por aí.

— Meu Deus, como as notícias voam. Houve uma explosão enorme há mais ou menos uma hora. Quase morri de susto. Foi do outro lado de Docklands. Um horror. Metade de um prédio desabou. O pessoal do noticiário está enlouquecido.

— Eu imagino. Que bom que vocês todos estão bem. Pode pedir ao John para me ligar quando chegar?

— É claro.

Eu desliguei.

— Tudo bem! Ele saiu para uma entrevista.

— Graças a Deus — disse Susannah, afundada em uma cadeira. — Então é verdade, não é?

— É. Aparentemente foi em Docklands.

— Que merda. Alguém morreu?

293

— Ela não disse.

Houve um silêncio por um instante. Depois o telefone tocou, Susannah atendeu e ficou conversando sobre bolsas de estudo para escritores.

Mais tarde naquela noite assisti ao noticiário com o gato enroscado no meu colo. A câmera filmou as laterais do prédio que desabara, coberto por um encerado verde. Homens de chapéus amarelos e sobretudos brilhantes movimentavam-se entre as vigas caídas pelo chão.

— Ninguém ainda assumiu a responsabilidade do atentado — disse a voz do repórter. — Vinte e sete pessoas encontram-se no hospital, mas milagrosamente não houve vítimas fatais na explosão de hoje.

Lúcifer estremeceu e esticou-se no meio do sono. Eram nove e meia. John ainda não tinha voltado. A vida sem ele era tão ridiculamente impossível que me recusei a deixar que a dúvida tomasse conta da minha cabeça. Ele estava atrasado. Ele estava atrasado. Ele estava muito atrasado.

Alice gira a maçaneta de alumínio da porta do toalete e entra. Os tubos de luz fluorescente fazem o interior brilhar como um teatro em funcionamento: o chão mortalmente reluzente, fileiras de banheiros de melamina, pias de aço inoxidável, metros e metros de espelho azul, paredes de azulejo branco refletindo as pessoas como um borrão monocromático. Na pia, coloca as mãos debaixo da água escaldante e olha-se no espelho. Duas adolescentes, uma com um casaco vermelho de pele falsa, andam ao longo dos espelhos, passando pelas portas dos banheiros para ver se há dois vagos.

— Encontrei um — diz a mais alta.

— Segure esse — diz a outra, ajeitando o sapato do pé esquerdo com o dedo indicador.

O sabonete é rosa, de tom perolado. Deixa um cheiro adocicado nas mãos. As bolhas de sabão desaparecem no fundo da pia. As adolescentes estão falando sobre um vestido. "Cheio de babados!", diz uma delas com voz esganiçada. Talvez a do casaco de pele vermelho. "Babado" é uma palavra horrível. Dá idéia de coelhinhos ou sanefas floridas. Para ligar o secador de mãos, Alice aperta um botão cromado. As pontas do seu cabelo eriçam-se com o calor. Uma senhora de meia-idade, carregada de sacolas de compras, respirando como uma asmática, chega junto das pias. Alice aproxima-se mais do secador — por quê? Para deixar a senhora passar?

Na frente do secador há um espelhinho quadrado todo manchado de dedos. Ela focaliza as marcas desses dedos por um minuto, talvez dois, depois olha à distância pelo espelho. Decerto, naquele momento, trocou o peso do corpo de um pé para o outro, pois de repente teve a impressão de ver sua mãe num canto do espelho. Alice pisca e inclina-se para a frente, surpresa. Sua mãe também veio vê-la ali? Talvez Kirsty tenha telefonado dizendo que ela vinha. É como olhar pelo visor de uma câmera com lentes poderosas, tentando localizar seu objetivo. Vê uma mecha de cabelo louro desbotado, mas está muito longe e tem de abaixar-se um pouco. Lá está de novo — aquela mecha de cabelo louro-esbranquiçado, mas dessa vez misturado com o cabelo escuro de um homem que devia estar passando. Então Alice fica rígida, vendo o reflexo, agora perfeitamente enquadrado à sua frente. Uma das adolescentes entra no banheiro, empurrando a porta com os cotovelos, conversando com a amiga. A mulher da pia chia de boca aberta, fazendo os pulmões trabalharem. De algum ponto vem um zumbido de uma lâmpada com defeito.

Alice vira o corpo, depois vira o pescoço e a cabeça e, finalmente, os olhos. Não quer ver isso, realmente não quer. Atrás
dela há um espelho de corpo inteiro que reflete apenas de um
lado. Quem lava as mãos ali e olha para fora pode ver o corredor
da estação através do vidro especial. Gente examinando os painéis de embarque, pegando folhetos de horários nos estandes,
puxando malas de rodinhas ou sentadas nas fileiras de cadeiras,
bocejando. Logo ali, encostados no que achavam ser um espelho de corpo inteiro comum, estão sua mãe e um homem, mas
eles não podem vê-la.

Alice dá um passo à frente, depois outro. Está a menos de
meio metro de distância. Pode tocar o vidro no lugar onde a cabeça de sua mãe está encostada. Ou onde ele apóia o ombro.

O homem está lhe dando umas framboesas tiradas de uma
bandeja de plástico que ele tem na mão. Enfia as frutinhas, uma a
uma, no fundo de sua boca com o dedo mínimo. Ela fecha a boca,
mastiga, sua garganta se contrai, e o dedo dele reaparece vazio.

Alice o reconhece no mesmo instante — afinal de contas,
North Berwick é um lugar pequeno. Mas sua cabeça leva uns
segundos para registrar a idéia. E ela olha para ele, seus olhos
deslizam por sua estatura, sua sobrancelha, seu cabelo, suas mãos.
Não é tanto uma lembrança, é mais uma convicção. Ou um fato.
Aquele homem é seu pai. Não há a menor sombra de dúvida a
esse respeito. Assim que pensa nisso, sabe que é verdade. Está
olhando para o seu pai. Seu pai verdadeiro. Essa percepção parece vir de uma grande altura e refratar como cromatografia em
milhares de halos inesperados de cor.

Olha para os dois, e o suor brota do seu cabelo e entre suas
omoplatas, e ela sai aos tropeções do toalete pelos corredores de
mármore. Eles não podem me ver, não podem me ver, pensa.
As solas de seus pés e as juntas de seus joelhos doem enquanto
ela anda, sem olhar para trás, para onde sabe que eles estão.

Continua andando, e a cada passo alguém parece distanciar-se dela. Ben. Kirsty. Beth. Annie. Jamie... Pára de repente. Fica imóvel no meio da Waverley Station, olhando para seus pés como se estivessem desaparecendo rapidamente em um monte de areia. Depois dá outro passo. Elspeth.

Pela janela do café, pode ver suas irmãs. Kirsty está contando alguma coisa para Beth, apontando com as mãos. Atravessa o café, passando pelas mesas e cadeiras.

— Preciso ir embora — diz a elas, que se viram e olham-na assustadas.

A campainha toca muito cedo. Alice acorda, e por um instante sente-se inteiramente desorientada. O teto acima da sua cabeça não é o teto do quarto. Uma luz fraca e cinzenta ilumina a sala. Ela está deitada numa posição estranha no sofá. Senta-se e flexiona o pescoço duro. A campainha toca de novo. Na TV ligada num volume baixo, Alice vê o programa de sábado de manhã: um homem de cabelo vermelho bate na cabeça de uma mulher de jeans com um martelo inflável. A platéia ri. Lúcifer está sentado no parapeito da janela atrás da cortina de filó. Parece ligeiramente eriçado, por trás daquele filó. Ela mais tarde se dá conta de que ele decerto viu a polícia antes dela.

Fica assustada com o tamanho dos policiais. O homem parece encher a sala. A primeira coisa que faz é pegar o controle remoto e desligar a televisão. Uma mulher está na sua frente. Cheira a cigarro e a salas cheias de gente, superaquecidas. Suas unhas são roídas e pintadas.

— Por favor, sente-se.

Alice quer rir daquela frase clichê, mas senta-se, e eles também. O rádio do homem, preso no seu ombro, faz um ruído desagradável. Ele e a mulher entreolham-se, e ele desliga o rádio, envergonhado. Alice levanta-se de novo.

— Sinto muito informar, Sra. Friedmann, que John está morto. — Ao dizer isso, a policial levanta-se, vem para junto dela e segura sua mão com delicadeza. Ela quer que eu me sente, pensa Alice. E senta-se. Coisas familiares de repente tornam-se muito estranhas. Suas botas estão no tapete onde ela as tirou na noite anterior, a lingüeta de couro de uma enroscada na da outra. Ela olha para o abajur da mesa de John, como se o visse pela primeira vez. Tem uma franja longa de contas em volta e sua sombra é um tanto oblíqua.

— Encontramos o corpo dele no meio das ruínas hoje de manhã — diz ela, acariciando a mão de Alice. — Ele estava em uma banca comprando um jornal.

— Que bobagem. Eles recebem todos os jornais no escritório — diz Alice. — Ele deve ter se esquecido de pegar um quando saiu. John sempre faz isso.

— Ah, sei.

Alice começa a balançar a perna compulsivamente.

— O nome é Raikes.

— Como? — pergunta a policial, chegando mais perto.

— É Raikes — diz Alice, mais claramente... — talvez claro demais. Ela não quer ser grosseira. — Você disse Sra. Friedmann. Eu não mudei meu sobrenome quando nos casamos.

— Ah! — mulher assente, com ar grave. — Desculpe, Sra. Raikes.

Alice sacode a cabeça.

— Não, é Srta. Raikes. Mas pode me chamar de Alice.

— OK, Alice.

O homem pigarreia. Alice leva um susto. Tinha se esquecido dele.

— Quer que a gente telefone para alguém, Alice?

Alice olha-o com um ar inexpressivo.

— Telefonar?

— Sim. Sua família, talvez uma amiga?

— Minha família mora na Escócia.

— Entendo. E a família de John? Talvez você queira ficar com eles.

Alice ri — uma risada curta, sem alegria, que arranha sua garganta.

— Não.

A mulher faz força para não se mostrar chocada.

Alice tenta dar uma explicação.

— Eu nunca... nunca conheci o pai dele.

A mulher controla-se e faz que sim, com toda a gentileza.

Alice olha-a de frente pela primeira vez.

— Ele morreu?

— Sim.

— Tem certeza?

— Sim. Sinto muito.

Rachel aparece naquele dia, e mais tarde Ben e Ann entram na ponta dos pés no quarto de Alice e encontram-na enroscada na cama, feito um camarão. Ann deixa cair umas lágrimas no edredom, ao lado do rosto seco e branco de Alice, chama-a de minha "filhinha" e tenta fazer com que ela tome uns goles de sopa que Ben traz em uma bandeja.

Em certo momento Alice vai ao banheiro. É a primeira vez que fica sozinha naquele dia. Encosta a testa na moldura fria do espelho e olha para seus próprios olhos. Sente-se desgostosa, exausta e deprimida; a casa está cheia de gente, e ela gostaria que todos fossem embora. Com certo horror, de repente conscientiza-se de que está esperando que John volte para casa, como faria regularmente a essa hora. Suas mãos pousam na pia. Ela olha para baixo e vê seu pincel de barba na prateleira. As cerdas estão ligeiramente úmidas, ainda da barba que ele fez ontem de manhã.

Estão todos na cozinha, sentados em volta da mesa. Rachel está dizendo:

— Eu vi o John na semana passada, no sábado, ele estava ali no fogão fazendo um jantar para nós. De súbito, Ann dá um pulo da cadeira.

— O que foi isso?

Um som longo e fino corta o ar. Some e recomeça com nova força, aumentando como um grito animal.

— É Alice.

Ann corre até a porta, derrubando sua cadeira. Sobe a escada às pressas e começa a socar a porta do banheiro.

— Alice! Abra a porta! Me deixe entrar! Por favor, Alice!

Acima de toda aquela gritaria ouve-se um grito quase desumano, desesperado.

Parte Três

MAIS UMA VEZ, ALICE IMPRESSIONA-SE COM A INSENSIBILIDADE dos espelhos. Quando está passando da sala para o hall, vê seu rosto branco e seus olhos grandes refletidos, impressionantes como um fantasma. Pára em frente ao espelho e olha bem para si mesma. O brilho dos seus olhos não parece natural e a pele em volta parece desgastada e encovada. Ela perdeu tanto peso que seus malares estão salientes, dando-lhe um aspecto gasto e fantasmagórico. Os querubins dourados esculpidos na moldura sobrevoam e sorriem à sua volta.

John deve ter se visto milhares de vezes nesse espelho — no hall ao sair de manhã e ao subir as escadas, como ela fazia agora. A imagem dele devia estar gravada em algum lugar nas suas profundezas. Por que, então, quando o que ela mais quer no mundo é dar uma olhada nele, o espelho só lhe mostra seu próprio rosto sem expressão? Em seus momentos mais sombrios, ela se permite imaginar que ele está logo atrás do vidro, com o rosto próximo à superfície, vendo-a passar abaixo dele, sentindo saudade dele, de tudo por ele, e por mais que ele bata no espelho, não pode fazer com que ela o escute.

Alice vira-se e sobe as escadas. O dia está quente e abafado, dando a impressão de que vai chover mais tarde. À distância, ela ouve o zumbido do tráfego lento na Camden Road.

Lá em cima, Lúcifer dorme na cama, enroscado como uma bolinha, o rabo cobrindo-lhe o rosto. Alice passa a mão no seu pêlo quente e ele faz um som ininteligível e preguiçoso, como que a reconhecendo.

Ela dá duas respiradas profundas e sente as ondas doentias e familiares do sofrimento passarem pelo seu corpo. As primeiras lágrimas caem no pêlo do gato antes que ela se deite na cama ao seu lado. Lúcifer abre os olhos verdes e a vê soluçando, apertando a boca com os dedos. A cama sacode. Debaixo do travesseiro, está a camiseta de John, ainda com seu cheiro. Alice pega a camiseta e enfia-a no rosto.

Um professor de inglês da escola um dia lhe disse: "Alice, espero que você nunca tenha de descobrir na vida que coração partido dói fisicamente." Nada que ela tivesse sentido antes a preparara para uma dor assim. Na maior parte do tempo tem a impressão de que seu coração está bloqueado, e seu peito, seus braços, suas costas, têmporas e pernas doem de forma vaga e persistente; mas em momentos como esse, a incredulidade e a terrível irreversibilidade do que aconteceu lhe causam tamanha dor que a deixam sem fala durante dias.

Mais tarde ela se levanta e fica andando pelo quarto, fazendo coisas sem importância: seca as lágrimas e joga os lenços de papel no lixo, bebe um pouco de água, toma um tranqüilizante, liga o aquecedor e ajeita o edredom, enfiando com cuidado a camiseta de John debaixo do travesseiro. Prepara um banho de banheira e chora um pouco mais deitada sob o vapor que sobe da água. Os fins de semana são piores; ela tem todo o tempo diante de si. A morte de John deixou tudo sem sentido, e por mais que ela tente preencher seu tempo — com livros, filmes, amigos — tudo lhe parece irrelevante e trivial.

Seca-se lentamente com uma toalha felpuda. Sua pele está ressecada e rachada, como se as lágrimas dos últimos quatro meses a tivessem deixado árida e ressecada. Desce de camisola e faz um sanduíche. Come de pé, ainda sem coragem para comer na mesa sozinha, forçando-se a engolir os pedaços de pão com gosto de cinza. A casa está absolutamente silenciosa, a não ser pelo ruído da sua própria mastigação desanimada. Ela só deseja morrer.

BEN ESTAVA SOZINHO DIANTE DO GUICHÊ, OLHANDO PARA O relógio a cada três minutos. Não queria olhar para o relógio vermelho digital da parede pois não confiava totalmente nele — tinha certeza de que o seu era mais exato. Ele dava corda no relógio todos os dias. Era a primeira coisa que fazia de manhã. Eles haviam perdido dois trens e ele não queria perder outro; não queria passar outra noite naquela cidade. Queria voltar para casa, queria levar sua filha com eles, fazê-la dormir no seu antigo quarto, longe daquele lugar. Porém, o que mais queria, é claro, era que isso nunca tivesse acontecido.

Viu Ann chegar apressada à estação, ajeitou o corpo e estendeu o braço, dizendo:

— Ann! Estou aqui!

Seus lábios estavam rachados e ele os umedeceu com a língua. Ann não sorriu quando chegou junto dele. Ben examinou seu rosto com curiosidade, imaginando como teria sido identificar o corpo de John. Ann insistira em ir — tinha lhe dito baixinho de manhã, no hall da casa de Alice, que ela não tinha condições de enfrentar aquilo. Rachel prontificou-se a ir, mas Ann disse que ela mesma iria. Rachel não discutiu, nem Ben. Teve vontade de perguntar como tinha sido. Era definitivamente ele mesmo? Não seria um engano? Por que ela tinha demorado tanto e como... e como... em nome de Deus ele estava?

Ann pegou no seu cotovelo e pareceu ignorá-lo, olhando à sua volta, virando-se e olhando por cima do ombro.

— Onde está Alice? — perguntou. Seu olho começou a piscar, sem controle.

— Como foi? — perguntou ele, sua mão sobre o braço dela. "Foi horrível?", queria dizer. Sinto muito por você ter visto isso. Ela o sacudiu pelo braço e repetiu:

— Onde está Alice?

Ben deu de ombros.

— Foi até a banca de jornal, acho eu.

— Pelo amor de Deus, como você pôde ser tão burro? — Ann explodiu.

Encontraram Alice em frente da banca com as mãos no rosto. Um monte de gente passava ao seu redor, olhando-a com curiosidade. Na primeira página de todos os jornais havia uma foto do prédio destruído e as manchetes em letras pretas e garrafais diziam: "Corpos encontrados debaixo dos escombros", "As vítimas da bomba da zona leste de Londres".

Ann e Ben pegaram Alice pelos braços e ela foi andando entre os dois para esperar o trem.

O QUE A GENTE DEVE FAZER COM TODO O AMOR QUE SEN-te por alguém que não existe mais? O que acontece com todo esse amor que restou? A gente acaba com ele? Ignora-o? Dá para outra pessoa?

Nunca imaginei que fosse possível pensar em alguém o tempo todo, que alguém pudesse estar sempre fazendo acrobacias dentro da minha cabeça. Qualquer outro pensamento que me ocorresse era indesejável.

Sabia que devia ter sumido com as coisas dele. Não suportava nada que tivesse tocado no seu corpo. Dei o computador e o fax para seus amigos. Dois deles entraram na casa, muito sem jeito, pegaram as caixas, colocaram no carro e bateram a porta da mala. Acho que se sentiram obrigados a ficar um pouco, então se sentaram comigo na cozinha e tomaram um chá escaldante com goles rápidos, me fizeram algumas perguntas e evitaram falar em John. Quando chegou a hora de irem, levantaram-se aliviados.

No caminho para o metrô havia diversos bazares de caridade, e fiquei tentada a levar todas as coisas dele para lá. Num fim de semana cheguei a abrir resolutamente as portas do armário e me preparei para carregar todas as suas roupas para Oxfam, na Camden High Street. Mas ao sentir o cheiro que exalou das dobras e tramas daquelas roupas, vi que nunca conseguiria fazer isso. Nunca tinha pensado nas obras de caridade como um lugar cheio de sobras de tragédias e perdas.

Rachel procurou na bolsa o protetor solar.

— Alice! — disse para a forma inerte ao seu lado. — Alice!

Alice sentou-se e pôs os óculos escuros no alto da cabeça.

— O quê?

— Ponha um pouco disso, senão vai ficar torrada.

Rachel ficou vendo-a passar o creme na palma da mão e espalhá-lo com a outra nos ombros e braços. As duas estavam sentadas no longo gramado do Parliament Hill. Era o primeiro dia do ano com sol quente de verdade. Acima delas, pipas dos fanáticos empinadores de pipas, atraídos pela brisa daquele morro, faziam acrobacias no céu azul.

— Diga-me como você está — disse Rachel.

— Estou bem — disse Alice, sem olhar para a amiga, mexendo na tampa do tubo do protetor solar.

Rachel tirou-o da mão dela.

— Não me venha com essa, Raikes. Está bem? Como pode estar bem? Sua cara é de quem não dorme há um mês, e você deve ter perdido uns sete quilos.

Alice suspirou e não disse nada. A piscina brilhava à distância.

— Você sabe — continuou Rachel — que se quiser dizer para que eu não me meta na sua vida, se quiser falar insistentemente sobre John ou se quiser gritar sem parar, OK. Só não diga que você está bem.

Alice deu um sorriso sem graça.

— OK. Quer realmente saber como estou?

— Quero.

— Estou péssima.

— Péssima como?

— Simplesmente... péssima... — disse, socando a grama com o punho. — Sinto falta dele. Sinto falta dele. Ele foi embora. Ele morreu. Não posso acreditar, não quero acreditar. — Teve um ataque de choro, e Rachel abraçou-a. — Desculpe — disse, entre soluços.

— Não seja ridícula.

Afastou o corpo e sentou-se ereta.

— É tudo tão... que merda, Rachel. Eu sei que vai ser mais fácil com o tempo, mas é terrível... exaustivo e implacável e... eu não consigo enfrentar a vida sem ele... não consigo dormir à noite porque ele não está lá e não consigo acordar de manhã porque ele não está lá, e tudo parece... sem sentido... me vestir, ir para o trabalho, continuar a viver, ser valente... porque ele não está lá. Um dia ele estava... e no outro não estava mais... e tudo isso é muito injusto, é muito injusto... As pessoas me dizem, você é tão moça, vai superar isso, vai conhecer outra pessoa, mas a idéia de sair com outra pessoa é absolutamente revoltante... É uma farsa... porque eu só quero ele e não posso ficar com ele e nunca vou poder... Estou muito cansada, Rach... estou cansada de carregar esse peso à minha volta. Estava acostumada a ser feliz, e agora só tenho essa dor imensa esmagando meu peito... e estou furiosa... estou furiosa porque foi ele e não outra pessoa... e estou furiosa com ele... por ter me deixado... e sei que é ridículo estar zangada com ele por não ter pegado a porra do jornal naquela porra de escritório como devia ter feito... se tivesse, estaria vivo... não teria ido à banca de jornal, para início de conversa... Poderia estar aqui agora deitado nesta manta conosco... e isso é insuportável... foi tudo muito aleatório, podia ter acontecido com qualquer um, mas aconteceu com ele... — Alice parou ao ouvir uns pés na grama. Limpou o rosto depressa com as mãos. Uma mulher passou com uma criança pendurada no braço, e a criança olhou para trás e disse:

— Mamãe, por que aquela moça está chorando? — Sua voz clara e alta foi levada até elas.

A mãe puxou-a pelo braço, fez com que ela se virasse e cochichou alguma coisa no seu ouvido.

— Mas por quê? — pergunta de novo. A mãe pôs a criança no colo e foi andando, a cabecinha loura balançando por cima do seu ombro. Alice observou-as, de ombros caídos, absolutamente esgotada depois de toda a sua explosão.

— E há mais uma coisa — disse, num tom monocórdico.

— O quê?

— John queria ter um filho. Vivia dando indiretas, e finalmente um dia acabou dizendo isso. Eu ri e falei que de jeito algum... Ele ficou desapontado, mas tentou não demonstrar... Conversamos sobre isso outra vez, e eu disse que talvez no próximo ano, mas estava só protelando, porque realmente não queria um bebê... e então ele morreu... e sabe de uma coisa? Agora queria muito ter esse bebê... Às vezes acho que choro tanto por essa criança quanto por ele... eu fui tão idiota, tão incrivelmente, ridiculamente, egoisticamente idiota... porque se eu tivesse... se eu tivesse um bebê agora... teria alguma coisa dele... teria o filho de John para sempre... mas não tenho nem o bebê nem o John, e fico sozinha naquela casa como uma alma penada.

— Você nunca disse que queria um bebê.

— Mas eu não queria. Naquela época, eu não queria. Não sentia necessidade de ter um bebê, muito pelo contrário. Sempre pensei que teríamos um filho mais tarde e que... tínhamos todo o tempo do mundo para pensar nisso...

Ficou em silêncio, a cabeça entre as mãos. Rachel esperou até que suas lágrimas parassem de escorrer. Acima delas, as pipas desciam e subiam.

— Mais alguma coisa?

Alice assoou o nariz.

311

— Desculpe.

— Desculpe por quê?

— Por ter posto tudo isso para fora.

Rachel deu-lhe um tapinha na perna.

— Até parece que seus problemas são triviais. Olhe aqui, nem pense em dizer que não deve me contar essas coisas. Quero ajudar de alguma forma, está entendendo?

Alice fez que sim.

— Obrigada. Você é ótima para mim.

— Deixe disso. Não me venha com essa pieguice. Onde está o vinho que você trouxe?

Alice prendeu a garrafa entre os joelhos e tirou a rolha com facilidade, ouvindo um estouro alto. Dois fanáticos empinadores de pipas viraram-se para elas com ar desaprovador.

— Saúde! — Rachel gritou. Eles viraram as costas imediatamente. Rachel disse para Alice: — Pode imaginar como deve ser sair com alguém que passa o fim de semana todo segurando um barbante?

— Sssshhh — disse Alice, sorrindo —, eles podem ouvir. Mas é bom empinar pipa. Você devia tentar.

— Não me diga que você também faz isso. Nem quero saber.

— Fiz, sim. John me deu uma pipa.

— Alice, desculpe. Não tive a intenção...

— Não, tudo bem. Foi... é... a pipa ainda está pendurada na porta da frente, ao que eu saiba... É vermelha e pequena, com dois barbantes. Nós empinávamos a pipa juntos às vezes. Eu gostava muito. Mas não era muito boa nisso. Ficava excitada demais e perdia a concentração, mas é uma sensação fantástica. Realmente divertido.

Rachel rolou na grama, deitou de barriga para baixo e acendeu um cigarro.

— Se você está dizendo, deve ser bom mesmo. Ei, talvez seja disso que você precise— disse, olhando para Alice.

— O quê?

— Um pouco de diversão. Talvez você deva empinar sua pipa de novo.

Alice sacudiu a cabeça.

— Não. Acho que não.

— Por que não?

— Não posso imaginar fazer isso sem o John.

— Tenho certeza que seria ótimo. Pode ser que lhe faça bem.

— Tem coisas que não dá para fazer sozinha, Rach. Empinar pipa é uma delas. É preciso alguém para segurar a pipa no ar, e eu não quero pedir a você para fazer isso. Sei que detesta pipas — disse, passando-lhe um copo de vinho. — A que estamos brindando?

Rachel levantou seu copo.

— Ao John.

Antes de tudo isso, eu tentava imaginar quanto tempo viveria. Talvez contraísse uma doença terrível aos 30 anos e morresse. Ou poderia ser atingida por um raio antes de completar 45 anos, ou poderia morrer num desastre de avião, ou num acidente de carro, ou ser morta por acaso por um louco.

Mas afora doenças, raios e loucos, poderia viver até os 70 ou 80 anos. Talvez mais que isso. Não podia acreditar que viveria todo esse tempo. Acharia incompreensível ter de viver 50 anos ou mais sem você. Como iria preencher meu tempo? Parecia cruel eu ser tão saudável, tão viva, aparentemente tão indestrutível, e sua vida ter sido cortada tão facilmente.

Ficava intrigada com as mulheres de antigamente que morriam por amor, não saíam da cama e simplesmente se esvaíam. Era isso que eu queria: desejava apenas deitar na cama e deixar minha vida escoar-se. Mas não podia acreditar nisso quando de manhã abria meus olhos e sentia a vida correndo dentro de mim, como a seiva em uma árvore — aquela inegável força da existência. A batida do meu coração, o movimento dos meus pulmões, a tensão dos meus músculos me mandavam levantar, usar as pernas, esticar os braços, apesar de tudo.

E mesmo agora, depois de ter caído na frente de um carro — uma massa de duas toneladas de aço, cromo e vidro reforçado, passando em alta velocidade —, meu corpo ainda se prende à vida, e eu me sinto dividida como Perséfone entre duas situações. Não sei qual das duas quero. A morte me parece difícil e enganosa.

BETH TEM DIFICULDADE PARA FAZER A LIGAÇÃO ENTRE ALIce, a pessoa que viu dois dias atrás, e aquela boneca inerte na cama. Sua pele é irreal, parece de cera. Durante todo o treinamento médico, ela ouviu dizer que não se deve criar envolvimento emocional com os pacientes; deve-se pensar neles como um conjunto de sintomas. Mas como isso funciona quando a paciente é sua irmã?

O hospital inteiro cheira a um anti-séptico enjoativo e à comida requentada — um cheiro com o qual ela precisa acostumar-se. Seus pais estão sentados lado a lado nas únicas cadeiras do quarto, discutindo sobre o restaurante onde vão jantar à noite; sua mãe não suporta mais a comida da cantina. Ben concorda, mas diz que não conhece nenhum outro lugar em Londres.

— Por que não perguntamos a alguém se há algum restaurante aqui por perto onde a gente possa ir? — sugere Beth.

Eles param de discutir e olham para a filha, como que surpresos de ela ter uma boa idéia.

— Tudo bem, mas perguntar a quem? — diz Ann.

— Podemos perguntar à enfermeira — fala Ben.

— Qual enfermeira?

— Aquela alta.

— Não gosto daquela alta.

— OK. Então aquela mais jovem.

— A mais jovem de cabelo oxigenado? Você acha que ela sabe? Não tenho certeza disso, Ben.

Beth olha para Alice e põe a mão em volta do pulso dela, que se mexe na sua mão. Ela leu que quem está em coma muitas vezes tem consciência de conversas e atividades ao seu redor. O que Alice diria se ouvisse o que estava acontecendo agora? Gritaria para eles tomarem uma decisão depressa, pelo amor de Deus, pois isso não era importante.

— Alice? — sussurra Beth. — Está ouvindo os dois? Estão discutindo sobre restaurante.

Será que ela ouviu? Seu rosto continua inexpressivo. Alice parece morta, pensa, parece morta. Beth já viu corpos mortos, abriu-os com bisturi como se estivesse puxando um zíper na pele; enfiou as mãos dentro de corpos mortos; tirou o coração do corpo de um homem de 31 anos, um coração tão pesado que teve de usar as duas mãos. Beth sabe que a irmã não está morta como parece porque pode ver o respirador mover-se e o eletrocardiograma mostrar as contrações do seu coração, semelhantes a ondas. Mas a impressão é que ela não tem sangue, e seu aspecto cor de cera já é bem conhecido de Beth. Isso lhe provoca uma onda de desespero e pânico, sente vontade de sacudir aquela figura na cama.

— Eu não gosto de comida mexicana, você sabe disso — está dizendo sua mãe.

A porta abre e Beth vira-se para ver quem é. Seus pais fazem silêncio. Um médico meio desajeitado, com um lápis atrás da orelha, está na porta.

— Oi, como vão vocês? — pergunta.

— Olá, nós estamos bem — diz Ben. — Esta é minha filha caçula, Beth.

O médico entra no quarto devagar e fica ao lado da cama, olhando para o rosto de Alice durante um longo tempo. Depois se vira e olha para Beth. Deve ter mais de 30 anos, ou talvez uns 30, e tem olheiras.

— Beth — diz, com ar pensativo —, a estudante de medicina, certo?

Beth vê o médico pôr a mão sobre a mão de Alice de uma forma muito íntima, e tem vontade de tirá-la dali. Como esse homem ousa tocar na sua irmã? Alice o detestaria, iria chamá-lo logo de metido e cafajeste, e não ia querer nada com ele. Beth olha-o por cima da cama de Alice e responde com voz impostada.

— Certo. E o senhor é...?

O homem simplesmente meneia a cabeça. Ben chega perto.

— Este é o Dr. Colman, Beth, que está cuidando de Alice.

O Dr. Colman estende a mão para Beth.

— Pode me chamar de Mike.

Beth sai do toalete, passa pelas mesas da cafeteria do hospital onde seus pais estão e senta-se diante deles. Os dois acabaram de comer. A cafeteria está vazia, a não ser por uma atendente de macacão verde atrás do balcão de vidro e dois médicos que conversam baixinho, sem tocar na bandeja que está na mesa. Seu pai lhe serve uma xícara de chá de um bule de aço inoxidável.

— Qual é a desse tal de Mike? — pergunta Beth.

— Como assim?

— Ele está apaixonado por ela ou o quê? É bem típico de Alice fazer com que as pessoas se apaixonem por ela mesmo estando em coma.

— Não seja ridícula, Beth — diz Ann, apertando os lábios e tomando um gole do chá frio. — Ele é um médico. Está cumprindo sua obrigação.

— Você tem perdido muitas aulas? — pergunta Ben, tentando mudar de assunto.

Beth põe um pouco de leite no chá e mexe com uma colherinha de plástico.

— Um pouco. Conversei com a diretora de estudos ontem quando Neil foi me buscar, e ela disse que eu posso me ausentar o quanto for necessário.

— Muita gentileza dela.

— Concordo com você.

Ben aperta a mão da filha.

— Ela vai melhorar, sabia?

— Você acha? — diz Beth, levantando os olhos para o pai.

— Acho, sim.

Beth toma mais um gole de chá, que está forte demais.

Ben levanta-se.

— Vou chamar um táxi para nos levar para a casa. Você parece cansada, Beth. Arrumei uma cama de armar para você dormir no quarto extra de Alice.

Beth vê o pai atravessar a cafeteria para falar no telefone. Ann pega um cigarro na bolsa e procura um isqueiro.

— Mãe! Não faça isso aqui! — diz, apontando para um cartaz. — É proibido fumar aqui.

— Oh, eu me esqueci — diz Ann mexendo no cigarro, que cai debaixo da mesa.

Beth espera que ela o pegue, mas Ann debruça-se na mesa e olha séria para a filha.

— Beth, fale-me sobre a ida de Alice a Edimburgo.

— Não há muito o que dizer, realmente — responde Beth, surpresa com a súbita insistência da mãe. — Ela chegou, depois partiu.

— Ela... parecia... transtornada quando partiu?

— Acho que sim.

— Sabe o que a deixou transtornada?

— Não tenho idéia. Kirsty e eu estamos tentando descobrir isso. Ela se levantou para ir ao toalete, ficou lá uns cinco minutos, e quando voltou estava estranha e distante.

— Ao toalete? — repete Ann. — Ela foi ao toalete? Qual deles?

— Ora, mamãe, eu não sei. Acho que naquele Supertoalete. — Beth tenta lembrar-se. — Foi naquele mesmo, porque ela nos perguntou se tínhamos algum dinheiro trocado.

— Trocado?

— É. Para entrar lá, você precisa ter uma moeda de vinte centavos.

— A que horas foi isso? — perguntou Ann, olhando agora para Ben por sobre o ombro da filha. Ele está falando no telefone, tapando o outro ouvido com a mão.

— Por que está fazendo todas essas perguntas?

— Por quê? — repetiu Ann, num sussurro. — Porque quero saber. Então me diga, Beth. A que horas foi isso?

— Bem... o trem de Alice chegou por volta das onze horas. Então deve ter sido, vamos ver, às onze e quinze ou onze e vinte, talvez.

— Às onze e vinte? Tem certeza?

— Tenho — disse Beth. — Mas qual é a importância disso?

— Seu pai vem aí — anunciou Ann em voz alta enquanto Ben se aproximava, as moedas balançando no bolso da calça.

AINDA NÃO CONSIGO ACREDITAR QUE VOCÊ FOI EMBORA. ANtes, eu acordava e ficava pensando por que sentia essa dor no peito e por que meu travesseiro estava molhado. Esquecia que era um absurdo para mim viver sem você. Absurdo. Mas você morreu. E sem nenhuma razão. Uns dias depois da sua morte, os jornais publicaram uma foto do homem que colocou a bomba que acabou com a sua vida. Ele também morreu, era um rapaz jovem, mais jovem que você. Minha família tentou esconder o jornal de mim naquela época, mas eu vi e não senti raiva dele. Tive vontade de falar com o pai e a mãe dele e perguntar como se sentiam. Se estavam se sentindo como digo a mim mesma que eles estão se sentindo.

Alguém pôs Annie no meu colo. Fico surpresa. Acho que nunca vi ninguém fazer isso. Deve ter sido Kirsty. Viro minha cabeça para a direita. Kirsty também está sentada no banco de trás do carro, olhando pela janela, e nosso pai está entre mim e ela. Minha mãe dirige agarrada ao volante, as mãos cheias de anéis. Ela detesta dirigir em Londres. Beth está ao seu lado. Eu me pergunto vagamente onde estará Neil. Tenho certeza de que o vi antes com o bebê. Jamie.

Sinto calor. Estou usando umas roupas engraçadas. Tomei um banho hoje de manhã quando voltei para o quarto, e vi minha mãe junto da janela tirando as etiquetas de uma saia e um casaco novos, murmurando com raiva:

— Se você vai se encontrar com aqueles cretinos, então vou garantir que você cause uma boa impressão.

A saia é de lã preta, e o felpo da lã pinica minha pele; as mangas do casaco são curtas demais e a saia tem um comprimento estranho. É justa na altura dos joelhos e eu tenho de dar passos miúdos quando ando. Estou me sentindo esquisita com essas roupas.

Inclino-me para a frente, minha cabeça encostando na de Annie, e giro a maçaneta da janela algumas vezes. O alto da janela desce, e um jato de ar gelado entra pela fresta. Annie fica rígida nos meus braços, os olhos azuis amendoados muito abertos. Levanta um braço e enfia os dedinhos flexíveis na fresta, mas tira-os imediatamente e põe a mão no peito. Eu dobro meus dedos em volta dos dela.

— Estava muito frio? — pergunto.

De súbito, todos no carro viram-se para mim.

— O que você disse?

— O que foi?

— Desculpe?

— Como?

— Você disse alguma coisa? — falam todos ao mesmo tempo.

Olho para Annie. Seu cabelo, crescendo como palha no crânio frágil, é louro esbranquiçado como seda crua. Não me lembro quando foi que ouvi minha voz pela última vez. Limpo a garganta para tentar falar mais, porém meus lábios se juntam e eu digo o nome dele dentro da minha cabeça: John. E digo depois: ele está morto.

Os olhos de Annie viram para um lado e para o outro, olhando para as ruas por onde passamos. De repente ela levanta o braço de novo e tensiona todo o corpo com o esforço. Os nós de seus dedos têm covinhas e ela estica o dedo indicador.

— Olo! — exclama com cuidado, olhando para mim como que esperando confirmação.

Faz-se uma pausa.

— Ela está dizendo *cacholo* — explica Kirsty. — Diz isso sempre que vê um cachorro.

Eu olho pela janela. A menos de um metro de nós, um casal está passeando na calçada. O homem deslizou a mão para dentro do bolso de trás do jeans da mulher, mas ela está zangada, de sobrancelha franzida. Vira-se para ele, falando aos solavancos, e a cada gesticulação sua o braço preso no bolso do seu jeans balança como se fosse uma marionete. Trotando ao lado deles, com uma tira de couro vermelha na boca, indiferente às manifestações de raiva, vem um cachorro marrom peludo.

O carro continua. Estico a cabeça para ver os dois, e antes de virarmos em uma esquina, vejo que continuam discutindo. Pararam de andar, e ele tirou a mão do bolso da mulher. Não vejo mais nada. Annie virou-se e está me olhando atentamente. Ela não me vê com muita freqüência. Aperta meu queixo com a ponta do indicador. Uma das minhas lágrimas rola pelo seu dedo, pela sua mão e pela manga do seu suéter. Ela puxa a mão e dá uma espiada na manga do suéter.

O carro pára e todos descem. Eu destranco a porta e fico agarrada a Annie. Tenho de dobrar os joelhos e me debruçar para a frente para não bater com a cabeça na porta do carro. Percebo um movimento súbito entre as pessoas que estão na calçada e ouço um som abafado quando meus pés pisam no chão. Estou rodeada de gente que se acotovela, fazendo perguntas e tirando fotos.

— Sra. Friedmann, tem algum comentário para fazer sobre a morte de seu marido?

— É verdade que John estava brigado com a família?

— Alice, esse bebê é seu? É filha de John Friedmann?

— Alice, pode olhar para este lado?

Protejo a cabeça de Annie com a mão. Ela se agarra à gola da minha blusa com tanta força que acho que vou ficar sem ar, e seus gritos penetram nos meus ouvidos. Então alguém — um amigo de John do jornal, que apareceu não sei de onde — manda essa gente embora e me puxa pelo braço. Entramos por uma porta, Beth vem para o meu lado, Annie me larga e meu pai me dá a mão. Fica tudo muito silencioso de repente.

O caixão é um choque. Ali está ele, digo a mim mesma, seu corpo está debaixo daquela madeira. Acho muito importante examinar tudo em detalhes, passar a mão e sentir a granulosidade e os veios da madeira. Estou perto do caixão, posso ver os grandes pregos de cobre fechando a tampa. Sinto uma sufocação no peito. Ponho-me a pensar que tipo de chave de fenda seria preciso para tirar esses pregos, e chego mais perto, muito perto; minha mão está quase tocando a madeira quando alguém me puxa pela outra mão. Intrigada, olho em volta e vejo que meu pai ainda está me segurando.

— Por aqui, Alice — diz ele — Vamos nos sentar.

Mas...

— Vamos — repete ele gentilmente.

Estou muito perto agora. Mais dois passos e posso passar a mão no caixão. Ele será macio? Será quente? Vou poder encostar o rosto nele? Olho para meu pai. Não seria difícil me desvencilhar dele e dar esses dois passos. Mais adiante, posso ver minha família sentada na primeira fila, todos me olhando ansiosos. Neil está lá também, com Jamie nos braços. Mais adiante ainda há um bando de rostos, muitos rostos — será que John conhecia tanta gente? — me olhando de lado. De repente penso que entre eles talvez esteja o pai de John. Deixo meu pai me levar e sento entre ele e minha mãe. Talvez me deixem tocar no caixão mais tarde.

Ouço minha própria respiração, inspirando e expirando, meus pulmões enchendo-se e soltando o ar na atmosfera. Imagino o ar entrando em mim como uma luz enchendo um espaço escuro. Então, sem querer, vejo que estou pensando como seria tentar respirar com o corpo coberto de poeira e dióxido de carbono, ou tentar respirar com toneladas e mais toneladas de concreto e metal por cima. Ele teria morrido logo ou ficado consciente durante horas, lutando para respirar, esperando que alguém o salvasse? A polícia não soube dizer. Sinto de novo aquele pânico subindo pelo meu estômago, olho firme para o homem que está à minha frente e me concentro no que ele está dizendo para não gritar.

É Sam, um amigo de John dos tempos da universidade, que fala sem parar; quando começa uma frase, estica as mãos e abre os dedos como pétalas; quando termina, junta as mãos de novo. Para dentro e para fora, para dentro e para fora. Fico observando-o, mas não ouço nada porque não quero ouvir, porque nada disso me interessa, nada vai trazer John de volta e nada do que digam irá mudar o fato de que John está deitado naquele caixão e que eu quero ir lá tocar nele. Ouço Annie exclamar alguma coisa e Kirsty falar baixinho para ela se calar — a pobrezinha deve estar aborrecida. Então ouço Sam mencionar meu nome, é como uma agulha passando por um disco arranhado, e tenho medo dessas pessoas quererem que eu vá até lá dizer alguma coisa, pois não sei o que eu poderia dizer, não sei o que há a dizer, só quero passar a mão naquele caixão pelo menos uma vez; eu me armaria de coragem e não choraria nem faria uma cena diante de toda aquela gente, pois é isso que preocupa meus pais, eu sei. Diante do pai dele.

O pai dele. Começo a me mexer na cadeira. Quero ver o pai dele. Examino todos aqueles rostos um a um. Conheço todas aquelas pessoas. Algumas sorriem e outras meneiam a cabeça. Uma delas acena para mim. Eu não me manifesto — e me sinto mal de ignorá-las —, pois só quero olhar para ele. Só quero ver quem ele é, quero que ele olhe para mim e pense, essa é a Alice.

Minha mãe puxa-me pela manga e sussurra "Alice", e eu sei que ela quer que eu me vire e me sente direito na cadeira, mas eu não quero. Do outro lado da sala, numa parte mais estreita, vejo um grupo de pessoas que não conheço. É a família de John. Sei que é. Seis ou sete pessoas. Quatro são homens de meia-idade, de sobretudos escuros. Noto que estou procurando alguém que se pareça com John, estou procurando um homem mais velho que se assemelhe a ele, mas tudo em vão.

Uma colega de trabalho de John lê um poema. Ouço as pessoas soluçarem na sala e meu pai, ao meu lado, pôr a mão na testa. É engraçado, eu costumava brincar com John dizendo que aquela mulher tinha uma queda por ele. Já estou para me virar de novo para olhar a família de John quando ouço um som eletrônico estranho. Umas rodinhas debaixo do caixão giram, e o caixão passa lentamente por uma abertura na parede oculta atrás de uma cortina. Ninguém tinha me dito que isso iria acontecer.

Dou um pulo, mal me agüentando nas pernas, mas imediatamente meus pais me seguram e me fazem sentar de novo.

— Não! Não, por favor, eu só quero... — digo, tentando me desvencilhar deles.

Meus pais estão esmagando minhas mãos, e eu vejo com horror o caixão entrar lentamente no buraco e desaparecer. Então solto as mãos para cobrir o rosto. Tapo os olhos durante muito tempo porque não quero ver nada nunca mais.

Alice dá o braço a Rachel e as duas ficam perto da porta. Muita gente vem falar com ela — beijam-na no rosto, apertam sua mão, dizem coisas das quais ela nunca irá se lembrar. Fica vendo as bocas se mexerem, meneia a cabeça várias vezes, mas não dá uma palavra. Rachel fala e sua mãe também. Ela está por perto, mas Alice não consegue vê-la. Em certo momento, alguém põe um vaso de plástico amarelo em suas mãos.

Ela olha para o vaso com um olhar inexpressivo e põe as mãos em volta das bordas, apoiada pela mão de Rachel para que não caia. O vaso tem uma plaquinha de prata na frente com as palavras "John D. Friedmann" inscritas em itálico, com má caligrafia. Ela está olhando para a placa, pensando se pode tirá-la, quando alguém à sua esquerda diz numa voz calma:

— Você deve ser Alice.

Ela se vira. É um dos homens de sobretudo escuro, de mão estendida. Ela passa o vaso para a mão esquerda, a fim de cumprimentá-lo. A mão dele é quente e aperta a sua por mais tempo do que ela esperava.

— Eu sou Nicholas, o tio de John.

— Sei — diz Alice com cuidado. Sua voz parece pouco natural e rachada. Ela passa a língua nos lábios e respira fundo. — John me falou do senhor.

— Alice — começa ele a falar —, nós... quer dizer, o resto da família... quer que você saiba que sente muito sobre... tudo.

Rachel segura Alice com firmeza. Alice faz que sim.

— E Daniel... — olha sem querer para um homem que está logo atrás dele — ... gostaria de saber... se você se importa de dizer... onde vai espalhar isso. — E aponta para a urna amarela.

Alice olha por cima de seu ombro para o pai de John. Ele é mais baixo e mais troncudo do que ela imaginava, de cabelo grisalho cortado bem rente. Está sozinho, olhando para a multidão lá fora, passando o dedo na pálpebra com um movimento que denota cansaço e sofrimento. Precisamente naquele instante, e só por um instante, ela o ama. Ama-o de verdade. E olha o relógio. Às 3:04 eu amei seu pai.

Abre a tampa da urna, olha lá dentro e vê um pó esbranquiçado e peneirado. Enfia a ponta dos dedos e esfrega os grãos entre os dedos. Eles se dissolvem e caem em flocos. Fecha a tampa de novo e entrega a urna para Nicholas Friedmann. Ele fica pasmo.

— Tem certeza? — pergunta.

Ann aparece ao seu lado e diz:

— Alice, você não tem de fazer isso. Talvez se arrependa depois. Você não tem de fazer isso.

Ele toca na manga de Alice com hesitação. Alice meneia a cabeça duas vezes. Ele atravessa a sala e entrega a urna ao pai de John, dizendo alguma coisa baixinho. O pai segura-a, como Alice havia segurado, e vira-a para ler a placa. Depois olha para ela. Seus olhos se encontram por um segundo. Alice acha que ele virá falar com ela e pensa em todas as palavras que lhe vêm à cabeça para dizer a ele, mas o pai de John vira-se, agarrado à urna, sai pela porta da frente e desce os degraus no brilhante sol de inverno.

No início Ann detestava North Berwick. Detestava. Detestava porque em todo lugar que ia — nas lojas, na praia, no parque, na biblioteca — todos sabiam exatamente quem ela era: "Você deve ser a esposa de Ben Raikes" ou "Você é a nova Sra. Raikes" ou "Ela deve ser a nora de Elspeth". Ela levantava a gola do casaco e mexia nas moedas que estavam no bolso, sem saber o que responder. Sentia-se em desvantagem, pois não tinha idéia de quem fossem aquelas pessoas, e muito menos sabia como obter informações sobre suas famílias ao longo de quatro gerações. Pessoas que não só não conhecia, como também não queria conhecer, paravam-na na rua e faziam perguntas como se a conhecessem: "Está gostando daqui?" "Você sabe jogar golfe?" "Por que não vem tomar um café conosco?" "De onde você é?" Ann não conseguia ser invisível. Era como se estivesse andando com um grande cartaz nas costas. Para ela, aquela cidade, localizada entre o mar e as planícies agrícolas monótonas, era um poço de fofocas e de gente que queria ter informações a todo custo. Eles não gostavam dela, achavam-na um inglesa presunçosa — e ela sabia disso e não se importava.

Parou de ir à rua durante algum tempo. Ou então saía na penumbra do inverno, pois podia manter a cabeça baixa para proteger-se do vento, que sempre se afunilava pelas frestas estreitas dos prédios de pó de pedra vermelha da High Street, e não ser reconhecida. Durante o dia ficava sozinha numa casa que devia ser sua, mas onde se sentia mais estranha que em qualquer outro lugar onde vivera. Andava de um quarto para o outro, subia e descia as escadas memorizando onde ficavam certos objetos; queria saber onde tudo ficava, como tudo aquilo se harmonizava.

Depois que teve o bebê, as coisas melhoraram durante certo tempo, e ela até pensou em ter outro. Gostava de empurrar o carrinho azul-marinho com rodas prateadas que rangiam. As pessoas olhavam para o bebê e não para ela. Afinal de contas, Kirsty era loura, rosada e sorridente. "Parece um anjinho", diziam, e Ann achava que como gostavam de Kirsty, talvez gostassem um pouco mais dela também. Sentiu-se confiante pela primeira vez na vida: tinha uma filha, um marido e uma casa, que não era sua, mas que sentia mais sua depois que Kirsty nascera. Elspeth tinha sido gentil e a havia encorajado a pintar o quarto do bebê e a plantar as flores que quisesse no jardim. Ela se via nas vidraças das lojas — com casaco, sacola de compras e o carrinho — e dizia a si mesma: lá vai uma mãe jovem e inteligente comprar alguma coisa para o chá de seu marido. Ainda se sentia uma estrangeira, com sotaque muito forte, mas de certa forma isso parecia menos importante agora.

Em uma dessas saídas, quando estava explorando a cidade, entrou em um antiquário. Viu lá dentro um homem de olhos escuros e cílios longos. Olhou em volta da loja e quando se virou, ele tinha tirado Kirsty do carrinho sem pedir licença e segurava-a no colo.

— Tenho um menino quase da idade dela — disse, com um sotaque igual ao de Ann. Kirsty parecia pequena junto do ombro dele. Depois veio Alice, de olhos e cabelos pretos desde que nasceu. Ann e o bebê pareciam o negativo e o positivo de uma foto, e ela não se sentia à vontade empurrando o carrinho pela cidade. Não suportava as perguntas — ainda que inocentes — sobre sua nova filha. Quando via seu reflexo nas vidraças das lojas com o carrinho de Alice, não via uma jovem mãe, mas uma adúltera.

No táxi, voltando para a casa de Alice, Ben e Beth conversam no banco de trás. Ann encosta a cabeça na janela do passageiro. Está escurecendo cada vez mais cedo agora. Em breve fará um ano que John morreu. Sua respiração aparece em gotículas de umidade no vidro, desaparecendo rapidamente quando ela inspira. No sábado, às onze e vinte ou por volta dessa hora, Alice estava no Supertoalete da Waverley Station.

Se Alice acordar, diz a si mesma, o segredo que você achou que estava incinerado e espalhado pelo Law com as cinzas de Elspeth poderá vir à tona. Talvez ela não acorde. Mas talvez acorde. O táxi aumenta a velocidade, e enquanto Beth conta a Ben uma história de um cachorro com um *frisbie*, Ann imagina a cena: ela e Ben em volta da cama, Alice mexendo-se, esticando pernas e braços, abrindo os olhos. Olha para ela, olha para Ben, seus lábios abrem-se e ela diz...

Talvez não diga nada. Talvez não tenha visto nada. Talvez estivesse perturbada com alguma outra coisa e fosse só uma coincidência Ann estar lá com...

E mesmo que tivesse visto, por que suporia que aquele homem tinha alguma ligação com a sua vida, a não ser pelo fato de ter um caso com sua mãe?

Mas Ann sabe, no fundo de seu coração, que Alice tem um faro especial para reconhecer instantaneamente qualquer situação. Como outra pessoa que ela conhece. E sabe que se Alice acordar, não vai deixar uma coisa assim morrer. Vai querer saber a verdade. Provavelmente logo.

Mas e se ela não acordar?

ALICE PASSA RÁPIDO PELAS PORTAS DO METRÔ NO MOMEN-to exato em que elas estão fechando. É meio-dia de um sábado e o metrô está relativamente vazio. Quando o trem começa a sair da Camden Road Station, segue até o fim do carro e senta-se diante de uma mulher de meia-idade, com um lenço na cabeça e uma sacola de plástico cheia de brinquedos. Sua idéia é permanecer no trem até Kennington, onde vai atravessar para a plataforma na direção norte e pegar outro trem que a levará de volta a Camden, onde provavelmente irá para a plataforma na direção sul e repetirá todo o ritual.

Andar de metrô tornou-se um hábito, o que ela nunca admitiria para ninguém. É a única coisa que a faz sentir-se melhor — a sensação de anonimidade, o barulho e as sacudidas do trem, a falta de objetivo, tudo isso a acalma.

Hoje, a lembrança da sua última manhã com John está vindo à sua cabeça sem parar, como se ela estivesse olhando pelas frestas de um zootrópio. Quando ela acordou naquele dia, ele já tinha se levantado e estava no chuveiro.

Deitou-se no lado dele da cama, ainda quente do seu corpo, e aconchegou-se debaixo do edredom. Vou me levantar daqui a cinco minutos, disse a si mesma. Ouviu John descer a escada e entrar na cozinha. Depois ele subiu de novo, abriu a porta do quarto e chegou junto da cama para tentar puxar seu corpo enroscado.

— Hora de levantar, hora de levantar — disse, beijando-a na nuca.

Ela se arrepiou quando o cabelo molhado dele encostou na sua pele quente.

— Você está todo molhado, John.

— Eu fiz um pouco de chá — disse ele, colocando a caneca na mesinha-de-cabeceira e enfiando-se ao seu lado debaixo das cobertas. Ela se virou e os dois ficaram abraçados ali durante algum tempo, entreolhando-se.

— Sabe o que eu vou dizer agora? — perguntou ele.

— Sei.

— Então o que é?

— Você vai dizer: "Alice, são oito horas."

— Não. Você está errada. Vou dizer: "Alice, são oito e meia."

Ela agarrou o braço dele.

— Você está mentindo.

John começou a rir e a sacudir a cabeça.

— É um golpe sujo para me tirar da cama.

— Acho que não — disse ele, mostrando-lhe o relógio.

Ela deu um pulo da cama.

— Oh, meu Deus, vou chegar muito atrasada. A culpa é sua. Você devia ter me acordado antes.

John riu e saiu da cama também, vestindo as calças enquanto ela corria para o banheiro.

Quando desceu, dez minutos depois, ele já tinha preparado a torrada e o cereal e colocado no seu lugar na mesa.

— Você é um anjo — disse ela, vendo apenas a cabeça dele por cima do jornal. Comeu depressa, enfiando a torrada quente na boca. John dobrou o jornal e colocou-o na mesa ao lado.

— Como vai ser seu dia hoje? — perguntou ele.

— Não muito bom. Vamos fazer mais um treinamento para o novo banco de dados, que vêm nos prometendo, mas nunca mandam. E o seu, como vai ser?

— Nada mau. Tenho uma entrevista à tarde em Islington, mas fora isso, o mesmo de sempre. — Deu um bocejo e espreguiçou-se. — Vamos passar o fim de semana fora? — disse.

— Onde?

— Não sei. Mas estou com vontade de sair de Londres. Que tal St. Ives?

– St. Ives? Não é meio longe para um fim de semana?

— Não, mocinha, nem tanto. Podemos ficar numa pousada simples, passear pela praia, ver a nova Tate Gallery e ficar na cama a manhã toda. — Levantou-se e colocou o prato em cima da pia. Quando Alice voltou da casa de seus pais depois que ele morreu, o prato ainda estava ali, como ele o deixara. Ela levou dias para conseguir lavá-lo. A faca, suja de margarina, ainda tinha a marca dos seus dedos.

— Você ganhou.

— Eu preciso ir.

Alice levantou-se e foi com ele até a porta. John pôs o braço em volta da sua cintura e beijou-a.

— Vejo você à noite. Até logo, meu amor — disse ele baixinho no seu ouvido, saindo e lhe dando adeus do portão. Ela fechou a porta, atravessou a sala e viu John pela janela, de cabeça baixa para proteger-se do vendo, fechando o zíper do blusão. Depois, como um ator saindo da tela no filme, ele se foi.

Lágrimas escorrem pelo rosto de Alice, pingando pelo queixo e pela sua camiseta. Não há quase ninguém naquela composição do metrô, mas dá no mesmo para ela. Tenta limpar o rosto nas mangas mas elas já estavam ensopadas.

— Quer um lenço de papel? — pergunta a mulher de meia-idade à sua frente, num gesto de solidariedade. Alice hesita. — Pode pegar, você está precisando.

— Obrigada — diz, pegando um, esperando que a mulher não tente puxar conversa. Assoa o nariz e limpa o rosto, enfia o lenço no bolso do jeans e olha de lado para a mulher. Droga, ela continua a encará-la.

A mulher limpa a garganta e inclina o corpo para a frente.

— Está chorando por causa de um homem, não é?

Alice olha para ela, atônita, e faz que sim.

— Achei que era isso. E posso dizer que ele não merece suas lágrimas.

Alice levanta-se e pega a bolsa do chão. Tem vontade de gritar ele está morto, ele está morto e merece minhas lágrimas, mas espera em silêncio até o trem parar. Assim que a porta abre, ela desce e perde-se no meio do povo.

Alice vai fazer compras com Elspeth, que a deixa carregar os embrulhos. Algumas coisas vão nas sacolas, que vão batendo nas suas pernas quando ela anda. Comida e produtos de limpeza não devem ser colocados na mesma sacola, diz Elspeth. Latas e produtos de limpeza, tudo bem. As frutas não devem ir na sacola trançada, podem amassar. Alice sabe que ovos têm de ser carregados com as duas mãos. Vêm em uma caixa de papelão cinzento e úmida, com meia dúzia. Antes de comprá-los, Elspeth levanta a tampa e examina todos os ovos para ver se há algum quebrado. Quando Alice pega a caixa, abre a tampa e vira todos de novo para ficarem na mesma posição. Um dia, quando fazia isso, os ovos escorregaram de suas mãos e o chão ficou coberto de uma massa amarela e viscosa cheia de cascas. Não tem importância, não tem importância, disse Elspeth várias vezes.

Hoje elas não compram muita coisa. Um pão preto é colocado na sacola preta trançada que Alice segura. Quando era menor, ela costumava enfiar essa sacola pela cabeça e puxá-la pelas alças de metal até a dobra dos braços, dizendo que seu nome era Homem Rede. Mas isso foi há muito tempo. A uma certa hora Elspeth encontra uma amiga e elas ficam conversando durante horas em frente à loja de antigüidades. Alice não gosta muito dessa amiga; ela usa muito pó-de-arroz e quando a beija, Alice sente cheiro de giz velho e tem vontade de espirrar. Ela começa a se balançar na mão de Elspeth e a jogar os pés para a frente. Sem interromper a conversa nem olhar para baixo, Elspeth puxa o braço de Alice, como que dizendo para ela se comportar. Ela solta a mão de Elspeth, vai até a vitrine da loja de antigüidades e olha lá para dentro com o rosto colado no vidro.

Antes de tudo, vê as gotículas de umidade deixarem uma marca de seu nariz e de seus lábios no vidro. Depois ajusta a vista para ver melhor dentro da loja. Tem de fazer um túnel com as mãos para não deixar o brilho da rua entrar. Ela nunca esteve lá: é escuro, tem coisas penduradas no teto e um armarinho curvo de vidro perto de onde ela se encontra, cheio de colares, brincos e anéis.

— Vamos entrar e dar uma olhada?

Alice olha a rua refletida no vidro e vê que Elspeth está ao seu lado.

— Vamos.

A loja parece fria. Alice posta-se ao lado de uma mesa com um tampo tão polido que acha que se tocar nela deixará a marca dos seus dedos. Olha em volta das paredes em tom vermelho-escuro: leques de penas, pinturas de moldura dourada de East Lothian, um macaco empalhado com óculos claros segurando uma travessa, um vaso de boca fina, pratos com motivos em azul presos nas paredes com pequenas garras de metal, um abajur com fios de contas roxas pendurados. Elspeth está falando com a dona da loja na sala dos fundos, e Alice vai até uma arara giratória cromada, cheia de roupas. Conhece essas coisas por causa das compras que faz com sua mãe — e gosta delas. Dá uma virada na arara para a esquerda, as roupas apertam-se nos cabides e há um farfalhar de seda contra seda, um som secreto. Ajoelha-se e reaparece no meio da arara, rodeada de vestidos, blusas, saias e echarpes antigas. Extasiada, passa a mão por dentro das roupas, e aqueles tecidos lhe dão um frisson. Gira a arara mais e mais, olhando os vestidos um a um, até se sentir tonta e com a vista turva.

— Você deve ser Alice.

Ela levanta os olhos por baixo da franja, que por insistência sua cobre-lhe toda a testa até encostar na sobrancelha. Não quer saber de franja curta. Se sua mãe, que corta o cabelo das três filhas num banquinho da cozinha, tentar cortar sua franja um pouco mais, Alice grita tanto que seus lábios ficam azuis. Uma vez teve tanta raiva durante uma sessão dessas que Ann a levantou e bateu-lhe nas pernas com o cabo da escova.

Um homem aparece acima da arara, os cotovelos apoiados nos cabides. Alice não sabe quem é ele, mas acha que o reconhece.

— Sou — diz Alice, ainda agachada. — Sou eu mesma.

Ele se aproxima e Alice sente as mãos do estranho segurá-la por baixo dos braços e levantá-la do chão. Tem a impressão de que vai bater no teto e em uma lanterna vermelha baixa estampada com dragões retorcidos azul-esverdeados. Depois é colocada de volta no chão em frente ao homem.

— Eu achei que devia ser — murmura ele, observando seu rosto tão de perto que Alice olha para o fundo da loja para assegurar-se de que Elspeth continua ali. Será que está correndo perigo? O homem é alto, tem braços grossos e fortes, e cabelo mais comprido que o do seu pai, que se enfia pelo colarinho da camisa azul desbotada. Usa sapato de lona, sem meia. Um dos sapatos está amarrado com um barbante vermelho muito curto.

— Essa loja é sua? — pergunta Alice.

— É, sim.

— Então todas essas coisas são suas?

O homem ri. Alice não sabe por quê.

— Suponho que sim. — Ele se ajoelha para ficar da altura de Alice e põe os dedos em volta do seu braço. — Diga uma coisa, de que você mais gostou aqui?

Alice não hesita, aponta para a lanterna dos dragões vermelhos. Ela adora aqueles corpos flexíveis e cobertos de escamas, os rabos possantes e os olhos amarelos penetrantes.

— O que é isso? — pergunta ela, apontando para umas penugens estranhas feito cabelo que lhes caem pelo queixo.

— Não tenho certeza — diz o homem.

— Pode ser fogo — comenta Alice, chegando mais perto —, mas acho que não é.

— Não. Concordo com você. Acho que podem ser guelras. Acho que são dragões-marinhos.

— Dragões-marinhos? — repete Alice, olhando para ele. Nunca tinha ouvido falar nisso.

Ele dá de ombros.

— Talvez só existam na China.

O homem senta-se numa cadeira estofada de veludo vermelho-escuro.

— Sabe o que eu estava fazendo quando você entrou?

Alice sacode a cabeça.

— Estava examinando isso — diz, segurando um colar de pérolas — para ver se eram verdadeiras. — Segura o pulso de Alice, abre seus dedos e põe as pérolas na sua mão. — A melhor forma de saber se o colar é verdadeiro é pôr as pérolas em contato com a pele humana. Quando as pérolas verdadeiras tocam nossa pele, ficam quentes e começam a brilhar. — Alice e o homem olham para o monte de bolinhas na mão dela. No centro do colar as pérolas são maiores, e nas pontas são pequenas como sementes. Uma mecha do cabelo do homem cai no seu rosto enquanto eles esperam, e os dois estão tão perto que parte cai no rosto de Alice também. Ela dá um passo atrás, ainda observando as pérolas para ver se começam a brilhar. De súbito, ele tira o colar da mão dela.

— Talvez meu método seja um pouco demorado. A outra forma é esfregar as pérolas no dente. As verdadeiras parecem areia. Abra a boca — diz.

Alice obedece. Seus dentes são brancos e perfeitos. O homem põe a mão no seu queixo e olha-a dentro dos olhos. Com a outra mão esfrega a pérola, que fica maior no centro do colar, no esmalte dos seus dois dentes da frente.

Alice concentra-se. Sente uma coisa granulosa e áspera, uma espécie de lima grossa.

— São verdadeiras! — diz. — São verdadeiras!

O homem ri e faz que sim.

— Você acertou.

Depois ele a coloca em uma cadeira defronte de um espelho e põe o colar no seu pescoço.

— Pronto. O que você acha?

O colar é comprido demais para Alice, desaparece dentro do decote da sua camiseta. O homem olha-a no espelho e pousa uma das mãos no seu ombro.

— Você tem sotaque inglês, não tem? — pergunta Alice. — Minha mãe é inglesa.

Ele meneia a cabeça bem devagar e está prestes a dizer alguma coisa, quando Elspeth aparece atrás deles no espelho.

— Alice, precisamos ir agora.

Alice levanta-se da cadeira.

— Entregue o colar para o homem — diz Elspeth, abrindo o fecho. O homem tira uma latinha prateada fina do bolso da camisa e pega um cigarro. Tira um isqueiro do bolso da calça e acende o cigarro. O ar enche-se de aroma de baunilha. Alice põe a mão nas pérolas para senti-las pela última vez.

— Não, não — diz ele, balançando a mão e soltando uma fumaça azul em espiral. — Eu gostaria que ela ficasse com o colar.

— Nós não podemos de forma alguma... — diz Elspeth, e Alice sente as pérolas fluírem pelos seus dedos quando a avó puxa o colar.

— É verdade. Quero realmente que ela fique com isso.

— Não seja ridículo — diz Elspeth, da forma que Alice sempre achou engraçada e séria ao mesmo tempo, devolvendo o colar. — Isso é para vender, não é?

Elspeth vira-se de costas, segura Alice pelos ombros e empurra-a para a porta. De repente estão na rua de novo, Elspeth lhe entregou a sacola trançada com o pão preto e logo depois estão subindo a ladeira de mãos dadas para chegar em casa.

Alice senta-se na cama e olha para o relógio na mesa-de-cabeceira. Dá um suspiro profundo e esfrega o rosto. Passaram-se só dez minutos da última vez em que olhou para o relógio. Deita-se de novo no travesseiro molhado e pegajoso. Talvez fosse melhor se levantar, mas para quê? Sente calor e joga longe o edredom, impaciente. Os faróis dos carros que passam na rua refletem-se no teto escuro.

Já está ali na cama há quatro horas e ainda não conseguiu dormir. Está muito cansada, muito cansada; sabe que se pudesse dormir se sentiria melhor, mas sua cabeça gira sem controle como uma bicicleta descendo uma ladeira sem freio. "Por favor, por favor, me deixe dormir!", diz com os dentes cerrados, para ninguém em especial.

Vira-se de lado e tenta respirar fundo e usar sua técnica favorita para dormir — fazer a fantasia de que John está entrando no quarto, sentando na beira da cama e conversando com ela.

Ela chega à parte em que sente o peso dele em cima do edredom e então abre os olhos. Seu corpo todo tensiona-se e ela enfia as unhas na palma das mãos. E começa de novo: ouve a porta abrir, ouve-o entrando em casa, respirando junto dela e chegando ao lado da cama, vê sua silhueta na janela... Senta-se na cama. Seu queixo está tão preso que ela sente a cabeça doer. "Não, não, não." Puxa o cabelo e começa a soluçar incontrolavelmente — soluços tão fortes que a fazem tossir e perder o ar.

Há mais ou menos uma semana tem tido uma ligeira suspeita que está ignorando, empurrando para o fundo da cabeça, recusando-se a reconhecer.

Ela está esquecendo o rosto dele. Não consegue mais ter uma imagem exata das suas feições. Seu rosto, que ela conhecia como a palma da mão, está diluindo-se na sua memória.

Sai da cama em pânico e desce as escadas. Na sala, abre as gavetas e pega caixas e mais caixas de fotografias. Na pressa, deixa cair uma delas, e as fotos espalham-se pelo tapete, formando um arco brilhante. Pega algumas com avidez e vê John sorrindo na Espanha, em Praga, decorando a casa, no casamento deles, no canal de Camden. Coloca uma foto ao lado da outra e ajoelha-se para examiná-las.

Quando ouve o barulho do caminhão do leite entrando na rua, está sentada imóvel no meio do chão, os joelhos na altura do queixo, o cabelo jogado por cima do rosto. À sua volta, um mar de fotografias.

Respira fundo, fecha os olhos e tenta lembrar-se dele, a começar pelo cabelo. Vê sua franja, a dobra na sobrancelha, a curva nas têmporas, mas além disso não lhe vem mais nada à cabeça. Pode lembrar-se perfeitamente de feições isoladas — a sobrancelha marcante, as ondas do cabelo no alto da cabeça, os olhos muito pretos, a barba cerrada, o pomo-de-adão saliente, a curva dos seus lábios, mas assim que tenta juntar esses detalhes, a imagem fica pouco nítida e confusa.

Como isso pôde acontecer? Como ela pôde esquecer seu rosto tão depressa? Será que ele vai esvair-se aos poucos da sua memória?

Sente frio. Seus pés estão gelados. Põe as mãos em volta deles, mas não se levanta, e começa a balançar-se devagar para a frente e para trás. O sol cria triângulos cada vez maiores em volta do chão. O carteiro joga umas cartas pela fenda da caixa de correspondência. Em algum momento no decorrer do dia, o telefone toca, mas ela não se levanta para atender, e ouve Susannah deixar um recado na secretária eletrônica: "Estamos querendo saber se você vem trabalhar hoje, Alice."

No final da tarde pára de balançar-se, ajeita o corpo aos poucos, passa em volta das fotos sem olhar para elas e volta para a cama.

Fui passando com cuidado, descalça, pelos ladrilhos escorregadios do vestiário do centro de esportes Oasis. O dia estava úmido e quente e o vestiário cheirava a talco e desodorante. Mulheres despiam-se e vestiam-se tagarelando e rindo. Ouvia-se a água correndo dos chuveiros, gritos distantes ecoando na piscina, e uma música suave vinda de alguma classe de ginástica aeróbica. Já passava das cinco horas, e parecia que todos os funcionários dos escritórios de Covent Garden e Bloomsbury estavam ali, aprontando-se para fazer ginástica ou vestindo suas roupas de banho.

Na borda da piscina prendi o cabelo com um nó no alto da cabeça e coloquei os óculos de natação. Tudo tornou-se imediatamente azulado por trás das lentes: gente de sexo indeterminado, com toucas de borracha, nadava para cima e para baixo — de modo uniforme — nas raias indicadas, com exceção de um homem na raia do centro, própria para natação mais lenta, que nadava furiosamente em estilo *crawl*. Os nadadores tranqüilos encolhiam-se quando ele espalhava água ao passar. Eu fechei a cara. Detesto gente que faz isso.

Abaixei-me na água apoiada na escada de alumínio. A água fria deixou minha pele toda arrepiada. Quando chegou à altura das costelas, me soltei da escada e afundei o corpo aos poucos na água azul-turquesa, encostando a palma das mãos na borda azulejada. Meu coração estava tão pesado que achei que não conseguiria sair do fundo. Durante todo o dia no escritório conseguira me controlar: telefonei para o Conselho de Artes, tive uma reunião com Anthony, mostrei a biblioteca para uma mulher encarregada de um projeto de literatura para negros em Manchester.

As lentes azuis dos meus óculos encheram-se de lágrimas. Sem subir à tona para respirar, virei o corpo e me afastei da borda. Depois de duas longas braçadas, levantei a cabeça para respirar, mas continuei a nadar com toda a lentidão.

Finalmente cheguei à parte rasa da piscina e me sentei nos degraus. Meus músculos doíam e o sangue corria pelo meu corpo com tal rapidez que fiquei zonza e senti uma fisgada nas costelas. Tirei os óculos e respirei fundo, aspirando aquele ar quente e impregnado de cloro, agarrada ao corrimão da escada.

— Ei — disse alguém, interrompendo meus pensamentos. Virei de lado e vi um homem de cabelo ruivo, bronzeado, com uma barbicha de bode, sorrindo para mim com dentes brilhantes. Percebi que era o mesmo que eu tinha visto nadando na raia do centro. Estava com as mãos nos joelhos e alçava a parte superior do corpo.

— Olá — disse, fingindo estar ajeitando as fivelas dos óculos.

— Como vai?

— Bem — respondi, com a voz especialmente monocórdica e impassível que tinha aperfeiçoado para usar em horas como essa.

— Eu já vi você antes. Você vem muito aqui, não é?

Dei de ombros sem olhar para ele. Podia perceber que ele era grande, com braços muito fortes e musculosos, e senti na minha pele o calor que ele passava. Abaixei a cabeça e vi o reflexo do meu corpo destorcido na água picada. Queria que ele fosse embora dali, senti que as lágrimas começariam a rolar no meu rosto a qualquer momento.

— Qual é o seu nome?

Sacudi a cabeça, incapaz de falar.

— Ei, você está bem? — perguntou ele, tocando meu braço. Eu me encolhi e cobri com a mão o lugar onde ele tinha tocado. — O que aconteceu? Eu disse alguma coisa errada?

— Por favor, me deixe em paz.

Sem colocar de novo os óculos, saí de junto da borda da piscina e fui nadando de qualquer jeito até o outro lado, saí da água e peguei a toalha que estava dobrada em cima de um banco.

Mais tarde, sentei-me à mesa da cozinha, os pés enroscados em volta das pernas da cadeira e o queixo nas mãos. Minha pele ainda cheirava a cloro. O cabelo ainda estava úmido. Eu sabia que devia tomar um banho para tirar aquela água clorada e me secar direito, mas não tinha energia para isso. E também sabia que devia comer alguma coisa, mas para quê?

Dei um suspiro de cansaço e virei-me para a porta dos fundos que dava no jardim. O céu começava a escurecer, passando a uma tonalidade azulada. Peguei a chave, destranquei a porta e fui para o jardim. Tinha chovido um pouco naquela tarde e as folhas encharcadas das árvores ainda pingavam, com um ritmo constante e desesperançado. Senti o aroma fresco e verde do solo úmido misturado ao cheiro adocicado das folhas apodrecidas.

Fiquei sentada no banco debaixo da árvore durante muito tempo, vendo as luzes dos vizinhos acenderem nas janelas de trás, filtrando-se lentamente pelo tecido fino da minha saia. A certa altura o gato apareceu e juntou-se a mim, o ponto de interrogação do seu rabo sobressaindo no ambiente sombrio.

Acima de mim, os galhos das árvores balançavam e vergavam com o vento. O gato ficou andando em volta dos meus calcanhares, as costas arqueadas. Nuvens grandes e escuras cobriam o céu. Ouvi um ruído, virei o pescoço e tive a sensação de alguma coisa escapando de mim, como se as conexões elétricas tivessem sido subitamente mudadas e a corrente passasse por mim em um sentido diferente. E então percebi uma coisa. Percebi pela primeira vez que tudo aquilo que me deixara chocada e em que eu não queria acreditar tinha se tornado um fato sem que eu notasse: ele nunca mais voltaria. Estava morto. Eu tinha tentado me conscientizar disso e agora sabia. Meu coração sabia, minha cabeça sabia, meu corpo sabia. Ele nunca mais voltaria.

Fiquei sentada ali durante bastante tempo, entorpecida, como se todos os sons e todas as sensações tivessem sido desligados. Restara apenas uma espécie de paz peculiar: eu me sentia oca, como se meu corpo não tivesse nada mais que fumaça dentro.

Olhei para o céu. O tom violeta sumira na penumbra, os passarinhos sentavam-se no cabo telefônico que passava da casa em frente para o beiral da minha casa. "A vida continua", as pessoas me diziam. Sim, a porra da vida continua, mas e se eu não quiser que continue? E se quiser deter, parar e até mesmo lutar contra a corrente para um passado que não quero que seja passado? "Você vai superar isso" — era outra frase que eu ouvia. Mas eu não queria superar. Não queria me acostumar à idéia de que ele tinha morrido. Era a última coisa que eu queria.

Resolvi me levantar. Estava ficando escuro. Lúcifer me seguiu até o portão, que eu bati com força. Fui caminhando pela calçada, ouvindo o eco dos meus passos ao longo das casas. Não tinha idéia de para onde ia. Só tinha consciência daquele buraco, daquele buraco absurdo onde devia estar meu coração. Li uma vez que o coração deve ter o mesmo tamanho de um punho fechado, mas aquele buraco era muito maior. Parecia expandir-se por todo o meu corpo, frio e vazio, dando a impressão de que o vento atravessava-o de ponta a ponta. Então me senti frágil e insubstancial, como se o vento pudesse me carregar para longe.

Perto da estação do metrô, o número de pessoas aumentou. Atravessei a rua, esquivando-me do tráfego noturno proveniente do centro, e para evitar um grupo disperso de pessoas que vinha na minha direção, me enfiei em uma rua lateral. Não tenho idéia de quanto tempo caminhei durante a noite nem aonde fui. Lembro que passei por alguém que me disse: "Você está bem, amor, está bem?" Devo ter passado pelas cercanias do Regent's Park, porque me recordo dos zurros estranhos dos animais do zoológico trazidos até mim pela brisa.

Em certo ponto entrei em um supermercado 24 horas. Os clientes circulavam pelas prateleiras, enchendo suas cestas com sorvete, vinho e frutas, observados por um adolescente desatento e entediado na caixa registradora. Fui andando no meio deles, hipnotizada pelos pacotes de cores brilhantes, cartazes anunciando redução de preços e artigos expostos de forma sensacional. Passei a mão pelas prateleiras: pedaços de queijo amarelo, frutas enceradas, bolos enrolados em papel filme. De repente minha mão encontrou uma coisa macia e dura, e eu parei. Era um novelo de lã de um vermelho brilhante, com os fios enrolados bem firmes, criando uma verdadeira bola. Pesei-a na minha mão. A mão estava molhada e escorregadia das minhas lágrimas, mas a lã absorveu a umidade e acumulou a água salgada no labirinto dos fios enrolados.

Fiquei louca de desejo pela bola. Não iria embora dali sem ela, mas não tinha dinheiro algum, pois saíra de casa abruptamente. Dei uma olhada de lado para o caixa adolescente, que olhava pela janela para a estação do metrô do outro lado da rua. A mulher à minha esquerda estava concentrada em escolher sabores diferentes de sopa enlatada. Então tomei coragem e enfiei a bola debaixo do suéter. Depois me encaminhei para a saída, olhando por cima do ombro a toda hora, abri a porta e saí.

O CHORO FRAQUINHO DE JAMIE CHEGOU AOS OUVIDOS DE Kirsty através das léguas do seu sono de zumbi, sem sonhos. Durante um instante ela só conseguiu abrir os olhos e olhar para o teto escuro. Suas pernas não obedeciam ao cérebro. Neil virou-se na cama ao seu lado, dormindo profundamente. Como ele conseguia isso? Por que seu cérebro não era programado para ouvir as crianças chorarem, como o dela? Quando Jamie chorou mais forte e começou a soluçar, Kirsty ligou o piloto automático: sentou, tirou as pernas da cama, foi andando até o berço no meio de meias largadas no chão, livros de capa dura com figuras e bordas rasgadas e chupadas pelo bebê, brinquedos espalhados, uma pilha de sutiãs de amamentação, mamadeiras e os sapatos de Neil.

As mãozinhas e os pezinhos avermelhados de Jamie, deitado de costas, balançavam-se no ar. Ao ver a mãe, ele encheu os pulmões para dar mais um grito. Kirsty jogou o corpinho do bebê por cima de seu ombro, abafou os gritos, levou-o para a sala e sentou-se com ele no sofá.

— Pronto — murmurou, desabotoando a camisola —, para que todo esse barulho?

Assim que o bico do seio entrou na boquinha de Jamie, ele se calou. Seus dedos fecharam-se possessivamente por cima dos dela, e ele começou a respirar de forma rápida e suave, mamando no seio úmido.

A noite estava quente. Kirsty fechava e abria os dedos dos pés nus no rimo da mamada dele, recostada em almofadas. Sentiu-se sonolenta e foi tomada de um sono narcótico. Deixou as mãos caírem, os dedos abrirem e os nós da espinha relaxarem. E entrou aos poucos na inconsciência. Acordou com a sensação de que havia alguém por perto. Levantou a cabeça, achando que veria Neil de pijama ali naquela luz mortiça. A sala estava vazia. Sentiu-se estranha. Seu coração começou a bater. Não tinha idéia de quanto tempo se passara. Jamie dormia nos seus braços, a moleira pulsando no alto da sua cabeça.

Alice. Alice estava acordada. Em algum lugar. Ela sabia. Kirsty não falava com ela havia semanas. Alice nunca estava em casa ou não atendia o telefone quando ela ligava. Kirsty olhou mais uma vez em volta do quarto para checar se a irmã estava ali, por alguma coincidência surreal, depois se levantou, ainda com Jamie dormindo em seu ombro.

No corredor, sentou-se no chão com Jamie no colo, e ligou para Alice. O telefone tocou uma vez, e logo ela ouviu a voz da irmã, muito tensa.

— Alô?

— Oi, sou eu.

Ouviu a irmã inspirar e cair em soluços histéricos. Lágrimas escorreram pelo rosto de Kirsty e caíram no babador de Jamie quando ela ouviu, com o fone junto do ouvido, a tristeza de Alice passar pela linha telefônica.

— Alice! Não chore, Alice! Não chore, Alice! Não chore!

A cena durou de dez a quinze minutos, talvez mais. Kirsty tinha um só pensamento na cabeça: minha irmã está a oitocentos quilômetros de distância, completamente sozinha naquela casa, morrendo de chorar no meio da noite.

— Alice — disse ela finalmente —, por que não telefona quando se sente assim? Não agüento pensar em você chorando sem ter ninguém por perto.

Alice começou a falar aos trancos, entre os soluços.

— Eu não agüento... mais... Kirsty... É como se uma coisa... minha vida toda... fosse uma incoerência... minha vida era sempre tão... feliz... eu gostava da vida... e agora nada mais vale a pena... Não consigo encontrar nada... que me faça sentir melhor... Tudo é sem sentido sem ele... eu me sinto morta... não sinto mais nada... preferia estar morta... Às vezes penso que vou perder o controle... Me sinto morta por dentro... não sinto mais nada.

Quando Kirsty finalmente desligou o telefone, voltou para o quarto e colocou Jamie no berço. Depois escorregou para a cama, e com o rosto colado nas costas de Neil, dormiu com os braços em volta dele.

A LOJA TEM UMA PORTA DUPLA ESTREITA, E SÓ UMA FOLHA abre. Alice tem de entrar de lado, e a bolsa prende na maçaneta.

— Olá de novo — diz a mulher atrás do balcão, num tom alegre. Alice abre os lábios como que num cumprimento silencioso e encaminha-se diretamente para as prateleiras muito largas cheias de novelos de lã, uma cor em cada caixa. Atrás dela a mulher continua a conversar no telefone. — ... e eu disse a ela na época, se você tiver outro filho, é problema seu. Eu não tomaria conhecimento do que ele quer. O melhor é contentar-se com um filho só, ir a um bom cirurgião, tirar tudo aí de dentro e mandar costurar muito bem. Mas você sabe como ela é...

Alice presta atenção à sua respiração para não ouvir o que a mulher fala, lê as palavras espaçadas de um molde, aperta os novelos de lã entre os dedos, passa os fios no rosto para sentir sua suavidade e escolhe pares e mais pares de agulhas prateadas longas e flexíveis, de diversas espessuras e comprimentos. Leva tudo ao caixa, e a mulher diz no telefone:

— Desculpe, preciso desligar. Sim... sim... eu ligo mais tarde. — Vira-se para Alice e registra as compras na máquina registradora com as unhas pintadas de esmalte rosa. — Seu marido é um homem de sorte, ter alguém para tricotar tantas roupas bonitas para ele... — diz, enfiando tudo numa sacola de plástico, as agulhas batendo umas nas outras.

Alice gira a aliança fina de platina no dedo médio da mão esquerda.

— É — diz, fechando a boca para não dizer nada mais que isso. Leva um susto ao perceber sua vontade de gritar com aquela mulher pintada demais, com a cara alegre demais.

Do lado de fora, agarrada às suas novas agulhas no meio do mercado apinhado de gente, tem de apoiar-se na parede para recuperar-se. Sente a cabeça tonta, como se tivesse subido vários andares de escada.

Não consegue voltar para o trabalho agora. Simplesmente não consegue. Sabe que devia telefonar e dizer que vai para casa, mas só pensa nisso quando já está no metrô para Camden Town. E então já é tarde demais. Pode inventar alguma coisa quando for trabalhar no dia seguinte. Pode dizer que estava doente ou dar outra desculpa qualquer.

Em casa, deita-se na cama um instante, ainda de casaco, ainda segurando a sacola de plástico e as chaves. Quando a luz começa a sumir lá fora, ela se senta, coloca um travesseiro entre a parede e as costas, tira tudo da sacola e espalha sobre a colcha. Põe o molde sobre o joelho e abre o primeiro novelo de lã, procurando o fim da meada. Depois começa a tricotar, as agulhas frias passando pelas palmas de suas mãos, as pontas encostando umas nas outras, o fio do novelo escorregando pelos seus dedos, sendo tecidos, torcidos, formando uma malha cada vez maior de pontos complexos. O ritmo do tricô é uma maravilha: para dentro, uma laçada, para fora. O vocabulário que vem no molde é claro, curto, inconfundível. Quando termina uma carreira, passa a agulha pesada para a outra mão, e a mão livre começa o primeiro ponto novo.

No início do trabalho saiu tudo uma porcaria, é claro. Os pontos caídos pareciam um vírus insidioso que soltava o trabalho do meio. Mas depois de uma ou duas semanas, não deixava mais os pontos caírem, e em breve tricotava sem olhar. Há algo de muito satisfatório em usar uma coisa feita por você mesma. Enquanto suas mãos movem-se num ritmo reconfortante e regular, ela olha para os pontos entrelaçados que cobrem seus braços e pensa: eu fiz tudo isso.

Quando tem várias carreiras penduradas em uma agulha, ela pára. Põe o trabalho de lado, senta na beira da cama com as pernas penduradas e olha pela janela sem ver nada. Às vezes — geralmente quando fica em casa sozinha alguns dias — sente uma raiva subir pelo seu corpo, algo que não sente desde a infância: o que fazer quando aos 29 anos se perde a única pessoa que você sabe que pode fazer você feliz? Mas hoje ela não está tomada de raiva. Hoje ela quer John de volta, ela apenas o quer de volta, e isso dói demais.

Fica sentada ali, as mãos enfiadas debaixo dos pés que balançam acima do chão. Não sente nada por ninguém — afora ele. É claro. Sempre ele. Está soldada a ele, uma solda dura e frágil. Nada nem ninguém toca nela. Ela é uma pedra imóvel e fria.

Rachel telefonou para ela no trabalho naquela manhã e disse que se Alice não fosse encontrá-la, nunca mais falaria com ela. Então, por volta das oito horas, Alice foi andando pelo escritório deserto apagando as luzes e desligando os computadores. Na frente do espelho do toalete usou um pouco de maquiagem, um delineador, um batom vermelho brilhante, e desceu os cinco andares da escada a pé. Antes de sair, ajeitou os folhetos nas prateleiras ao lado da porta da frente.

Era uma noite quente. A Neal Street fervilhava de gente. Passou por eles e por todas as lojas iluminadas com gás néon. O bar onde Rachel disse que estaria ficava perto de Seven Dials, em um subsolo onde se chegava por uma escada espiral com degraus de metal. Quando ia descendo, viu Rachel sentada a uma mesa nos fundos com outra mulher, conversando animadamente.

— Alice! Você veio! — disse Rachel, levantando-se e abraçando-a. — Essa é Camille!

A mulher deu um sorriso lento e agradável e virou os olhos azul-claros para Alice.

— Alice, que bom conhecê-la — disse em voz baixa, meio confidencial. — Rachel me falou muito de você. Como vai? Está se sentindo melhor?

Alice tirou o casaco e olhou surpresa para Rachel, que olhava para a mesa, meio corada.

— Estou bem, obrigada — disse num tom cortante. — E você?

— Bem, bem — respondeu Camille, sorrindo.

Alice sentiu-se esvaziada, estava incrivelmente quente e barulhento ali comparado com o ar fresco da rua. No bar, pessoas gritavam para chamar a atenção do bartender. Fumaça de cigarro subia como plumas azuladas de cada mesa e a fisionomia dos presentes fazia com que parecessem vulgares e um tanto desesperados, como se o mais importante de tudo fosse mostrar que estavam se divertindo. Alice olhou para Rachel, do outro lado da mesa, que ouvia alguma coisa que Camille dizia, e teve a impressão de que a conhecia tanto quanto conhecia essa tal de Camille. Rachel era realmente sua amiga? Elas se conheciam havia anos. Olhou para as mãos no colo e tomou uns goles de sua bebida para tentar abrir a garganta. Olhou para cima e focalizou de novo os dois rostos à sua frente, tentando encaixar-se na conversa delas.

— Então, onde você foi? Como ele era? — perguntava Rachel. E ao ver que Alice olhava para elas, falou: — Camille acabou de se separar depois de viver... quanto tempo você viveu com ele, Camille?

— Um ano e meio.

— Um ano e meio, e na noite passada saiu com um sujeito, a primeira saída desde que se separou.

Alice tentou parecer interessada.

— Ele me levou a um bar em Islington.

— Qual bar? — perguntou Rachel.

— Aquele em frente da estação de metrô, chamado Barzantium, ou coisa assim.

— Eu conheço. E aí? Continue.

— Tomamos uns coquetéis, conversamos um pouco, e ele me falou sobre sua teoria.

— Que teoria?

— Bem, o Manuel diz que...

— Espere um instante — interrompeu Rachel. — Ele se chama Manuel?

— Chama.

— Que nome esquisito é esse?

— Os pais dele são da América do Sul, acho eu. Quer ouvir a teoria dele ou não?

— Desculpe. Continue.

— Segundo a teoria do Manuel, quando um relacionamento termina, você não deve entrar em hibernação... que era o que eu vinha fazendo, ele disse. Deve começar a sair com alguém o mais rápido possível. É a única forma de superar a separação.

— Por quê?

— Ele diz que não adianta alimentar o sofrimento, que a gente precisa de uma pessoa de transição, uma espécie de anestésico humano.

Rachel resmungou.

— Anestésico humano uma ova. Vou adivinhar: por acaso Manuel magnanimamente se ofereceu para ser seu anestésico humano?

— Não, não, não foi assim. Ele disse que as pessoas precisam de alguma coisa para darem o pulo inicial, para ajudá-las a sair de onde estão.

— Está me parecendo uma conversa meio desesperada — disse Rachel, recostando-se na cadeira e tomando um gole de sua bebida. — O que você acha, Al?

— Um anestésico humano? — repetiu Alice, ainda com a sensação de esvaziamento do seu corpo.

Camille parecia confusa e distante. Rachel ficou horrorizada, derrubou sua bebida na mesa e subitamente se sentiu ansiosa.

— Alice... Acho que a Camille não quis dizer... É diferente com você... quer dizer... Por Deus, Alice, desculpe... Não posso acreditar que a gente esteja falando sobre isso na sua frente... Foi realmente uma burrice, e...

Alice levantou-se e puxou o casaco da cadeira.

- Acho melhor eu ir embora.

Quando estava atravessando a Shaftesbury Avenue, ouviu Rachel vindo atrás dela. Rachel alcançou-a e pegou-a pelo braço. Ela parou, mas não olhou para a amiga.

— Alice. Desculpe.

— Tudo bem, Rachel. De verdade. Está tudo bem. Eu só não quis... ficar mais lá.

— Você tem toda a razão. Acho que ganhei o prêmio Amiga de Merda.

— Não, não é isso. Deixe de dizer besteira.

— Bem, eu prefiro falar besteira do que falar sobre anestésico humano.

Alice olhou para Rachel, e as duas caíram na gargalhada. Rachel passou os braços em volta de Alice e abraçou-a com força.

— Meu Deus, Alice, eu não agüento isso.

— Não agüenta o quê?

— Não agüento não conseguir entender como as coisas realmente são para você.

— Você se esforça bastante.

— Não — disse Rachel, sacudindo a cabeça. — Nada disso. Mas acho que ninguém no mundo pode realmente entender o que você está passando.

Alice nem pensou na resposta que saiu da sua boca, e que a surpreendeu tanto que ficou na sua cabeça:

— O pai dele pode.

Não foi difícil encontrar o endereço. Procurou nos arquivos de John no quarto de guardados e, no fundo de uma caixa, descobriu um caderno com capa vermelha desbotada. Vinha escrito na primeira folha, em uma versão adolescente arredondada da letra dele: "Caso este caderno seja perdido, favor devolver para..." e o endereço.

Na hora do almoço, foi a uma papelaria e comprou uma caixa de papel de carta especial. Era um papel grosso e azulado, que deixava ver o nome do fabricante quando posto contra a luz. Um belo papel de carta para adultos. Para cartas sérias. Dentro da caixa havia uma folha pautada, com riscas escuras grossas, para ajudar a escrita a sair bem certa.

Alice colocou a folha pautada debaixo do papel azul e ajeitou-a. Depois encheu sua caneta-tinteiro afundando a pena de ouro no líquido grosso e preto. Enxugou a pena nas calças, que eram pretas, de modo que não se importava se ficassem manchadas. No canto direito do alto da página, escreveu o endereço. A pena da caneta arranhou o papel granulado. Sob o endereço, escreveu a data e observou seu trabalho. Era o endereço a primeira coisa que você lia quando recebia uma carta que não estava esperando? Não tinha certeza. Se fosse ela quem estivesse recebendo a carta, passaria imediatamente ao final, para exami-

356

nar a assinatura. Talvez não precisasse nem escrever o endereço, afinal de contas.

Alice rasgou a folha, amassou-a e, supersticiosamente, colocou-a na gaveta ao seu lado. Não queria que nada atrapalhasse seu trabalho.

"Querido", escreveu, depois parou. Como deveria chamar o pai de John? Não tinha idéia. "Daniel" era muito informal, muito íntimo, mas "Sr. Friedmann" pareceria correspondência de uma funcionária do Imposto de Renda. Pegou a caneta com mais força. Poderia deixar esse detalhe para o fim, para quando terminasse de escrever.

"Pensei em escrever para o senhor", começou. "Pensei" estava no passado. Afinal de contas ela ainda pensava, por isso estava escrevendo. Rasgou a página de novo, jogou-a na gaveta junto com a outra e ficou olhando para a página em branco à sua frente.

O que ela queria dizer exatamente? Só sabia que desde a noite em que se encontrara com Rachel, a idéia de escrever para o pai de John não lhe saíra da cabeça nem por um minuto. Queria fazer contato. Mas não podia dizer isso a ele. Talvez fosse melhor fazer um rascunho das razões primeiro, depois escrever a carta.

Forçou a ponta da caneta na folha, a tinta vazou e deixou uma pequena mancha circular antes da caneta deslizar pelo resto do papel azulado. "Porque quero conversar com o senhor." "Porque estou com raiva do senhor." "Porque eu amava seu filho". Depois de escrever "Porque John morreu, ele está morto", resolveu tirar essa frase, dizendo a si mesma que não começaria com isso enquanto escrevia para o pai dele. Ao sentir as lágrimas chegando, escorrendo por seu rosto e seu pescoço e molhando seu suéter, ficou com tanta raiva que esfregou o rosto com força com as mangas. Viu então que o papel estava molhado e a tinta, borrada. Rasgou a folha, soluçando, e percebeu que a folha debaixo e várias outras também estavam molhadas. Foi rasgando uma por uma e jogando-as na gaveta, até encontrar uma seca. Pegou a caneta, tentando acalmar-se, pensou em outras razões para escrever a carta e começou de novo, pois sabia que se não se controlasse agora, depois seria tarde demais. Mas descobriu que só conseguia escrever várias vezes o nome dele, e pouco depois desistiu e voltou a chorar com a cabeça nos braços e o corpo enroscado por cima da mesa.

É estranho pensar no meu corpo deitado em algum lugar. Como ele estará? Conheço todas as minhas pintas, todos os poros, as linhas da minha mão, as cicatrizes da infância, as pequenas marcas deixadas pela catapora e a tatuagem na minha omoplata esquerda. Lembro-me do dia em que resolvi fazer a tatuagem — um dia tórrido e úmido em Bancoc, eu dormindo num colchão de um hotel infestado de baratas com o lençol emaranhado entre as pernas úmidas, ouvindo o barulho do tráfego na rua, 19 andares abaixo, e pensando em fazer a tatuagem. Saí naquele calor sufocante, pus os óculos escuros, o suor já escorrendo por minhas costas como insetos, e senti nos pulmões um misto de poluição e calor. Fui andando pelas ruas, passei por gente comendo macarrão nas calçadas, por fileiras de barracas de legumes, por ruelas estreitas e sombrias, debaixo de varais e mais varais de bambu com roupas secando do lado de fora das janelas, por vias com tráfego intenso, por camelôs vendendo relógios falsos de grife, por um parque onde idosos de calças pretas e batas brancas faziam os exercícios lentos e hipnotizantes do *tai chi* ou jogavam xadrez, por lojas que vendiam azulejos e torneiras, e finalmente cheguei ao salão de tatuagem que havia visto dias antes. Olhando-se de fora, o lugar era sujo, e as fotos de pessoas com pele avermelhada exibindo com orgulho suas novas marcas quase me fizeram mudar de idéia. Entrei, tirei a camiseta e mostrei o ombro.

— Aqui — disse.

O homem passou os dedos secos na minha omoplata e falou:

— Só um pequeno dragão chinês talvez não fique bem.

Virei-me e olhei para ele.

— Mas é isso que eu quero.

Ele deu de ombros e esfregou minhas costas com anti-séptico. No canto da sala o rádio tocava acordes melosos de Cantopop. Ele ficou cantarolando enquanto marcava o dragão na minha pele, depois começou a encher a pistola de tatuagem com tinta verde.

— Tem certeza? — perguntou, com a pistola ligada pousada acima do meu ombro.

— Tenho certeza.

Não doeu, ou melhor, foi uma dor estranha, como se a pele estivesse sendo queimada com gelo. Quanto ele terminou, torci o corpo e virei as costas para o espelho, olhando por cima do ombro. Ali estava o dragão verde, de olhos dourados, cauda vermelha e riscos vermelhos saindo da boca.

— Adorei. Muito obrigada — disse eu, sorrindo —, muito obrigada. — E me enfiei de novo no barulho e no calor da rua, com um dragão secreto no ombro.

BEN LEVANTA-SE PRIMEIRO. ANN OUVE-O TOMAR O CAFÉ-DA-manhã com Beth lá embaixo — o barulho dos pratos e talheres, o murmúrio modulado da conversa dos dois. Sabe que deve levantar-se e descer também, mas a cozinha é muito pequena. Não pode nem pensar nos três juntos ali fervendo água, procurando saquinhos de chá nos armários de Alice, examinando a torradeira para ver como funciona, abrindo e fechando a geladeira, procurando margarina. Fica aflita ao pensar que vai usar a comida que Alice comprou para si mesma.

Senta-se na cama e recosta-se na parede. Não dormiu bem. A cama ainda tem o cheiro de Alice, e Ann passou parte da noite olhando as marcas do corpo dela e do marido no edredom, tentando lembrar-se de que lado da cama Alice dormia.

Ben abriu um pouco as cortinas, e dá para ver as casas em frente. Parecem incrivelmente próximas, as janelas a poucos metros da cama onde ela está. Como Alice agüenta viver num lugar tão devassado? Deve sentir-se constantemente observada.

Ann dá uma olhada no quarto e fica desconcertada quando percebe que de onde está, no meio enorme da cama de Alice e John, pode ver grande parte da cama no espelho em frente. Vira a cabeça e vê que o espelho do guarda-roupa pega um ângulo lateral, e um espelho grande de pé do lado direito do quarto completa os 180 graus de visão. Pergunta-se por que alguém iria querer se ver dormindo, e quando entende a razão para isso, o sangue lhe sobe ao rosto e ela se vê em três réplicas — corando, de camisola, tapando a boca com a mão. Levanta-se rapidamente.

No banheiro, tenta não olhar para aquela espécie de lagarto repulsivo no aquário. Tinha esperança de que ele tivesse morrido desde que estivera ali da última vez. Mas o bicho continuava na mesma, deitado na água com os pés espalhados, olhando-a com aqueles olhinhos imbecis. Ann associa sua pele translúcida e rosada com doença e tem nojo de ver seus órgãos internos e vasos sangüíneos sob a superfície da água. Quer tomar um banho, mas só de pensar naquela coisa observando-a, perde a vontade.

Ben grita lá debaixo que ele e Beth vão ao hospital e pergunta se ela vai também. Ann diz para eles não se preocuparem, que ela vai mais tarde de táxi.

Depois que os dois saem, Ann aproveita a quietude e a solidão. Nunca conseguiu agüentar ficar com alguém 24 horas por dia. No chão do quarto está a pequena mochila de Alice. Senta-se em uma cadeira, abre a mochila e olha o que há dentro dela: canetas, óculos escuros, uma publicação sobre o livro de algum romancista de South Bank, uma agenda, um alarme pessoal contra assalto com a palavra "Galahad" escrita em prateado, uma ovelhinha de plástico (Ann examina-a surpresa, segurando-a por uma das pernas de trás. A ovelha tem chifres e úberes rosados. Acha aquilo um horror e guarda-a na mochila), um carnê mensal de metrô emitido na estação de Camden Town com validade para mais uma semana (o retrato de Alice a faz estremecer), um batom para lábios secos (gasto de um lado) e comprimidos para dor de cabeça. Tira tudo da mochila e olha para aquilo no chão, como se fosse um jogo da memória em que alguém retira um objeto e ela tem de dizer qual é. Depois abre a agenda. Não há muita coisa escrita. No dia 24 de abril, Alice teve uma reunião de equipe às três horas da tarde. No dia 27 de maio, Alice e Rachel foram ao Riverside Cinema às sete e meia assistir a um filme chamado *Time of the Gypsies*. Nada foi escrito na semana anterior. Em novembro, Alice fez um risco em cima de um fim de semana e escreveu "Norfolk?" Quando Ann vira a agenda, caem no chão duas passagens de trem para Edimburgo, via qualquer trajeto razoável. Uma de ida, outra de volta. Classe econômica. Só para adulto. Ann guarda tudo de volta na mochila e levanta-se. Sem de dar conta do que vai fazer, abre o guarda-roupa de Alice. As roupas estão organizadas por igual no cabideiro — as de Alice de um lado, as de John de outro. Ann toca nos cabides de metal. As camisas de John estão penduradas de uma a três em cada cabide, e os jeans e as calças estão dobrados uns sobre os outros no calceiro embaixo. O lado de Alice — que ocupa dois terços do cabideiro — é mais elaborado, com veludos, sedas, roupas bordadas, suéteres brilhantes, vestidos de renda. No fundo, os sapatos estão misturados — um tênis entre um par de sandálias pretas, uma sandália de tira ridiculamente alta em cima de uma bota de borracha para lama. No ponto em que as roupas de Alice encontram-se com as de John, está pendurada uma combinação vermelha ao lado de uma camisa de algodão azul, ligeiramente amassada. Ann chora ao ver as roupas dos dois juntas assim, chora muito. E não sabe bem por quem está chorando: pela filha, sim, a idéia da sua possível morte faz com que ela se sinta esvaziada; por John, que não deveria ter morrido, pois Alice o amava demais; e em parte por si mesma, cujas roupas nunca estariam penduradas assim ao lado das roupas de outro homem.

A PORTA DA SALA ABRIU LENTAMENTE E ALICE ARRASTOU-SE para dentro agarrada a um travesseiro. Era fim da manhã, mas ela ainda não tinha aberto as cortinas e a sala estava à meia-luz. A campainha do telefone fez com que ela parasse abruptamente e a secretária eletrônica respondeu:

— Alice, é Rachel. Sei que você está aí, atenda o telefone.

Alice não se moveu, ficou olhando para o teto com um olhar vago.

— Vamos, Alice, atenda... OK. Hoje é... que dia?... 16 ou 17, deixei uma mensagem para você. Sua secretária está com defeito? Você viajou sem me avisar? Ainda está viva?

A amiga parou de falar e ela suspirou. A fita fez um ruído.

— Muito bem. Faça como quiser. Eu telefono mais tarde.

Depois que ela desligou e a fita terminou o ritual de bobinar e rebobinar, Alice saiu da sala e fechou a porta.

Rachel bate à porta de novo com a maior força possível.

— Quem está aí? — pergunta Alice por trás da porta.

— Sou eu. Abra a porta, porra.

Faz-se uma pausa, depois ela ouve o trinco ser puxado ligeiramente para trás e a porta abrir. As duas se entreolham, Rachel com a mão no quadril e os lábios apertados. Ela está intrigada, mas não sabe dizer por quê. Alice parece diferente, os olhos estão mais brilhantes e o rosto, mais corado.

— E então? — diz Rachel.

— Então o quê?

— O que está acontecendo?

— Nada — diz Alice num tom desafiador. — O que você quer dizer com isso?

— Você não me telefona, ignora minhas mensagens. Alice, faz três semanas que vi você pela última vez.

— Tudo isso? — diz Alice vagamente, os olhos seguindo um carro que passa na rua.

Rachel suspira ao ver que aquele papo não vai levar a lugar nenhum.

— Posso entrar, então?

— Hummmm. — Uma sombra de pânico passa pelo rosto de Alice, mas ela solta a maçaneta da porta. — Acho que sim, é claro.

— Obrigada — murmura Rachel, entrando no hall.

Alice fica tamborilando com as unhas na chaleira enquanto espera a água ferver. Rachel senta-se à mesa e olha em volta, pensando no que vai dizer.

— Esse suéter é novo?

— O quê?

— Esse. — Rachel aponta para um suéter vermelho de lã dobrado no espaldar de uma cadeira. — É novo?

Alice pega o suéter rapidamente, dobra-o de novo e coloca-o exatamente no mesmo lugar.

— É.

— Muito bonito. Onde você comprou?

Alice, de costas para ela, murmura uma coisa ininteligível.

— O quê?

— Disse que fui eu mesma que fiz.

— Você fez? Verdade? Está falando sério?

— Fiz, sim.

— O que...? — Rachel estava estupefata. — Você tricotou o suéter?

— Sim. Por que está tão surpresa?

— Bem, eu não sabia que você fazia tricô.

Alice coloca uma xícara de chá na frente de Rachel e senta-se.

— Eu estou aprendendo.

— Que coisa estranha! Para quê?

— Para quê? Como assim "para quê"? Por que as pessoas fazem tricô?

— Não sei. Gente mais velha, como minha avó, tricota para ter alguma coisa para fazer. Mas você não precisa preencher seu tempo.

— Eu gosto.

— De quê? De tricotar?

— É.

— Alice, que coisa mais triste. É isso que anda fazendo em vez de me telefonar... é assim que tem passado suas noites? Tricotando?

— Talvez. Qual é o problema?

— Qual é o problema? Alice! Pelo amor de Deus... — Rachel pára de falar e olha para a amiga à sua frente. No sol brilhante que entra pela janela da cozinha, vê que aquela nova pele saudável de Alice deve-se a uma boa camada de maquiagem.

Sabendo que precisa dizer alguma coisa, mas não tendo certeza do quê, Rachel levanta-se e pega um trabalho de tricô quase pronto que está em cima da cadeira junto da porta. É um suéter grande, verde-garrafa, ou será, quando Alice terminar o acabamento de baixo. Segurando-o contra a luz, examina aquela teia intrincada de pontos. Fica um pouco aflita, mas não sabe bem por quê. Vira-se para Alice, que ainda está sentada à mesa.

— Esse é um pouco grande para você, acho eu. Para quem é?

Alice levanta os olhos, e a expressão de raiva e horror destorce seu rosto e assusta Rachel.

— Não toque nisso. Ponha onde estava — grita, pulando da cadeira e arrancando o tricô das mãos de Rachel.

Rachel vê Alice enrolar o trabalho com cuidado. Há alguma coisa na cor daquele suéter, no seu aspecto, no decote em V, que faz com que Rachel se lembre de John. Ela está tricotando aquele suéter para John, pensa, está tricotando um suéter para seu amor que morreu.

— Al — começa Rachel, mordendo os lábios —, você está bem? Como vão as coisas?

Alice meneia a cabeça antes de falar.

— Eu estou bem.

Alice disca o número, checando-o no caderno aberto ao seu lado. Espera, ouve o clique da conexão, depois a campainha. Imagina um telefone preto, antigo, daqueles que têm em um gancho, colocado junto da porta da frente ou no parapeito de uma janela, vibrando com a campainha. Imagina o pai de John ouvindo — talvez esteja lendo, ou tomando banho, ou assistindo à televisão — e olhando para cima, pondo de lado o que está fazendo e atravessando a sala ou descendo as escadas para atender — devagar, pois ele manca um pouco.

Desliga e espera um instante. Levanta-se e anda duas vezes pela sala. Ajeita as plantas da janela, vira-as para a luz, tira as folhas velhas e amassa-as nas palmas das mãos. Depois se senta ao lado do telefone e liga de novo. Dessa vez espera mais tempo, ouvindo a campainha distante. O telefone faz um ruído quando ele pega no fone, mas antes que ele fale alguma coisa, ela desliga. Está sem ar nos pulmões. Tem uma sensação de formigamento na espinha que sobe até o alto da cabeça.

Alice salta do táxi. A rua é estreita e faz uma curva em S. Uma sebe alta de alfenas não deixa ver os jardins e as casas da calçada. Os números das casas estão marcados nos portões de ferro batido, que ficam ocultos por trás das sebes verdes. Ao longo do caminho, não vê ninguém nem nenhum carro passando. O barulho do tráfego da rua principal com três faixas vai diminuindo. As casas são diferentes, mais campestres, afastadas da rua, com garagens separando-as dos vizinhos. Ao chegar perto do número desejado, sente uma certa excitação.

A uma certa altura, vê um caminho reto de laje dividindo o gramado, que vai até a porta da frente. Um girador lança jatos de água em um canteiro. Foi ali que John cresceu, pensa Alice, era para aquela casa que ele voltava todo dia da escola, foi ali que ele esteve da última vez para conversar com seu pai sobre mim. As janelas estão escuras, recebendo apenas reflexos do jardim. As cortinas estão cerradas em uma sala embaixo. É uma casa grande, deve ser difícil viver ali sozinho. Ao lado do portão há uma roseira. Rosas vermelhas que deviam estar perfeitas há uma semana estão caídas pelo chão, exalando um aroma ligeiramente adocicado de pétalas amassadas. Isso lhe faz lembrar... coroas... e... ela desvia o olhar, olha para a casa, olha para o céu, olha para as árvores. A porta da frente abre e a figura do homem trancando a porta pelo lado de fora torna-se pouco nítida por trás das lágrimas de Alice.

Ela se afasta do portão às pressas e esconde-se junto da entrada da casa do vizinho, apertando os dentes com o punho. Será que foi vista? O que ela diria? Não está preparada para isso, não está nada preparada. Não consegue organizar seus pensamentos, não consegue pensar no que vai dizer. Espiando por trás da sebe, vê o homem sair de casa e fechar o portão. Está levando uma sacola de compras listrada com alças de arame, que passa para a outra mão para trancar o portão. Depois vai embora.

Alice levanta o capuz de moletom e fica horrorizada quando percebe que é um moletom de John. Como ela pôde ser tão burra? Fica em pânico um instante, tentando lembrar há quanto tempo John tem essa roupa e se seu pai tem possibilidade de reconhecê-la. Depois vai para a calçada e segue Daniel, mantendo-se a um quarteirão de distância, os olhos fixos nas suas costas e nos saltos engraxados de seus sapatos.

Ele vai andando pela rua, vira à direita e desce a ladeira na direção das lojas e da estação de metrô pela qual ela passou quando chegou de táxi. Ele anda devagar, meio desequilibrado, com as costas um pouco curvas, e Alice acha-o muito mais velho que seus pais. Daniel dá uma parada em uma delicatessen com barris de maçã do lado de fora. Alice esconde-se atrás de uma cabine telefônica até ele continuar a andar. No cruzamento, ele espera com duas ou três outras pessoas até o trânsito parar. Ela fica esperando defronte da porta de um banco. Ele a reconheceria se a visse? Saberia quem ela era se ela o abordasse? Como se apresentaria? Ele atravessa a rua, e o sinal ainda está piscando quando ela atravessa no último minuto e o vê subindo os degraus da biblioteca pública.

É quieto e escuro dentro da biblioteca. O chão do hall é de pedra vermelha e a parede, de lambri de madeira escura. O cheiro seco dos livros é inconfundível, faz cócegas na garganta. Pela porta giratória de vidro, ela o vê subir até a mesa de devolução e tirar três livros da sacola listrada. Coloca um em cima do outro na mesa e espera na fila, empurrando-os para a frente à medida que a fila anda.

Alice passa pela porta e esconde-se atrás de uma pilha de livros infantis.

— Olá, Sr. Friedmann — ouve a bibliotecária dizer. Ele mexe dentro do bolso do casaco e tira uma caixa de óculos. Meneia a cabeça e murmura alguma coisa que Alice não consegue ouvir, vira-se e atravessa a sala.

Ela muda de lugar. Sabia que ele era aposentado. Será que é isso que ele faz o dia inteiro? Ele tira o casaco e coloca-o no espaldar de uma cadeira. Depois se senta, põe os óculos meia-lua, abre um dos jornais pendurados numa barra de madeira e começa a ler. Esse seria um momento perfeito. Ela puxa o cordão que passa pela borda do capuz. Se ele olhasse para cima, bem em frente, veria os olhos dela observando-o pelas prateleiras. Sai andando pela sala e quase tropeça em uma mãe que lê para o filhinho equilibrado no seu colo. Chega tão perto dele que se esticasse o braço, poderia tocar no seu ombro. E aí? Ele se viraria, olharia para aquela mulher vestida com o moletom do seu filho morto, e aí?

Uma das mãos dele está passada por trás do pescoço, a outra, pousada em cima da mesa. De onde ela está, pode ver através das lentes dos óculos dele as letras do jornal destorcidas e espichadas. Basta chegar mais perto e dizer alguma coisa, só isso. Sente uma carga de adrenalina subir por seu corpo e a cabeça girar. Vai fazer isso. Vai fazer isso agora. Agora mesmo.

Naquele momento, outra bibliotecária, uma senhora de meia-idade, pálida e sardenta, aparece do outro lado da mesa.

— Como está, Sr. Friedmann? — pergunta.

Ele leva um susto e levanta os olhos. A mão que está em cima da mesa fica tensa e suas unhas arranham o jornal.

— Vou bem, obrigado — responde.

Alice não agüenta ouvir isso, realmente não agüenta. Suas lágrimas saem sem aviso dos olhos. A bibliotecária, as costas dele, o jornal, a pilha de livros, tudo passa diante dela como se a cena estivesse se derretendo. A voz dele. A voz dele é igual à de John. É a voz de John, com um ligeiro sotaque polonês, mas o tom, a inflexão e o timbre são idênticos. Poderia ser John falando, poderia ser sua voz soando nessa biblioteca. Mas não era, e ela não agüenta isso.

Seus pés se movimentam, ela passa em volta da mesa e pela bibliotecária, que a olha, cobre o rosto com a mão e atravessa o resto do salão olhando pela fresta entre os dedos. Quando chega lá fora, sai correndo, passa aos tropeções pelas pessoas que estão nas calçadas, esquiva-se dos carros, corre para bem longe sem ver nada... e quando pára, não tem idéia de onde está.

BETH, VESTINDO APENAS UMA CAMISETA, ENCONTRA A MÃE na sala. Ficou acordada até tarde, e sua cabeça está confu sa. A mãe está de avental (Beth se pergunta de onde ele veio e se a mãe o trouxe — certamente não seria de Alice) e luvas de borracha, e segura um espanador em uma das mãos e o cabo de um aspirador de pó na outra. Beth sabe que isso só pode significar uma coisa: Ann está se armando para uma guerra contra os germes.

— 'dia — diz Beth, com cautela.

— Olá.

— Tá fazendo o quê?

— Só uma limpezinha. — Ann marcha em direção à escrivaninha e começa a separar os papéis em pilhas confusas, tirando o pó de onde eles antes estavam. — Este lugar, francamente, é um perigo à saúde. Não sei em quê a sua irmã estava pensando.

— Mãe, não acho que você deveria...

— Estou falando *sério*. — Ann abre uma gaveta e começa a retirar pedaços de papéis azuis amassados e a jogá-los na lixeira.

— Mãe, não faça isso. — Beth examina os pedaços de papel na lixeira. Alguns têm mensagens ilegíveis. — Você não deveria fazer isso. Alice não ia gostar. Você não pode jogar as coisas dela fora assim.

Ann se afasta e começa a empurrar o sofá.

— Pode me ajudar com isso aqui, Beth? Não quero nem pensar em quando foi a última vez que passaram o aspirador embaixo disso.

Beth está pensando se deveria tentar impedi-la de fazer isso também, mas levando em conta que é difícil dissuadir a mãe quando está no modo limpeza, e que passar o aspirador é provavelmente a coisa menos prejudicial que ela poderia estar fazendo, quando o telefone toca.

— Telefone — avisa Beth.

Ann pára de desenrolar o fio do aspirador de Alice. É a primeira vez que o telefone toca desde que chegaram. Beth não está vestida o suficiente para andar pela casa àquela hora da manhã, então Ann vai até o hall e pega o fone.

— Pois não...

— Alô. — A voz é de homem. Mais velho. Parece de meia-idade. Hesitante. — Não tenho certeza se liguei para o número certo.

— Não — responde Ann, um pouco desajeitadamente. — Não, quero dizer, não é... Alice não está... aqui.

— Entendo. — Ele parece indeciso. Ann fica irritada. Pelo amor de Deus, não demore um dia inteiro. — Talvez você possa transmitir um recado a ela.

Ann fica em silêncio. Quem é essa pessoa que não sabe? Não tem certeza sobre como o classificar — amigo? colega? o cara do gás?

— Se puder dizer a ela que... que eu a vi na semana passada, que a vi na biblioteca. E que tentei... Saí logo atrás dela, mas ela correu rápido demais. Olhei por todos os lados, mas não consegui encontrá-la. Se puder dizer a ela... eu quis ligar... bem antes, mas... nunca liguei. E agora venho tentando ligar a semana inteira, mas não consegui, então... — Ele diminui, então inspira

372

profundamente, juntando coragem. — Acho que o que quero dizer na verdade é que... gostaria muito de... falar com ela. Gostaria de vê-la.

— Quem está falando?

— Meu nome é Daniel. Daniel Friedmann. Sou o pai de John.

Ann vê um homem à luz brilhante do sol, descendo os degraus com as cinzas de John, e a expressão de Alice enquanto o observava. Uma fúria, inesperada e poderosa, toma conta dela.

— Sei — diz Ann. Ela ergue a cabeça e vê o próprio rosto a encarando de volta no espelho pendurado na parede. — Bem, Daniel Friedmann, aqui é a mãe de Alice. Receio não poder entregar seu recado a ela. Quer saber por quê?

— Ah. Eu...

— Alice foi atropelada. Está em coma. O senhor tem o hábito de deixar as coisas pra depois, não? Alice está numa droga de coma. E provavelmente vai morrer. O que tem a dizer sobre isso?

Ann bate o telefone, encerrando a chamada, e então derruba o aparelho, que fica balançando no chão.

Ann passa pelas pesadas portas duplas do CTI. Não há quase ninguém em volta e as poucas pessoas por quem passa não a olham.

No quarto de Alice, puxa uma cadeira e senta-se ao lado da cama para ficar bem perto do rosto da filha. Tira a bolsa do colo e empurra-a para baixo da cadeira. Põe a mão sobre a mão de Alice — surpreendentemente quente e tensa —, mas retira-a depressa. Fica imaginando o que teriam feito com o cabelo dela depois que foi cortado. Teria sido incinerado? Põe a cadeira ainda mais perto da cama e fala no ouvido da filha.

— Alice, quero dizer uma coisa.

Sente um movimento do outro lado da janela e pára. Uma enfermeira está passando, segurando o braço de um homem de idade indefinida. A pele dele é amarelada, franzida, parecendo papel pardo, e ele anda com os passos cuidadosos de um astronauta. A cabeça pende para um lado.

— Muito bem — diz a enfermeira, contente. — Hoje o senhor andou um pouco mais que ontem.

Ann volta a olhar para a filha, depois olha para seu colo. Tira uns fios de cabelo do seu casaco, solta-os no ar e debruça-se sobre Alice de novo.

— Eu o amava — murmura —, amava realmente. Quero que você saiba que eu sempre...

A porta abre e Ben entra trazendo duas xícaras e três livros. Ele fecha a porta com o pé.

— Oi. Trouxe chá para você.

Ann recosta-se na cadeira.

— Obrigada.

— Chá está bom para você? — pergunta, passando-lhe a xícara.

— Está ótimo.

— Ou prefere café?·

— Café também está ótimo.

— Eu trouxe café para mim. Mas pode ficar com ele, se quiser.

— Para mim tanto faz.

— Então, café ou chá?

— Já disse que tanto faz. Fique com o que preferir.

— Para mim tanto faz também.

— Ben — diz Ann, pigarreando —, Ben, preciso... falar com você.

374

Ben está de costas para ela, colocando os livros na mesa-de-cabeceira. Põe sua xícara em cima deles e vira-se para Alice.

— Olá — diz ele, com a voz especial que usa para falar com sua filha em coma. — Como você está hoje?

Ann fica impressionada com a capacidade que tem de irritar-se com ele, mesmo em uma circunstância como aquela.

— Ben? Você ouviu o que eu disse?

Ele não responde. Está esfregando o braço de Alice com a mão.

— Ben! Estou falando com você Ou tentando falar.

Ele se vira de lado.

— Ann, se o assunto for nosso jantar hoje à noite, Beth e eu já falamos sobre isso, e...

— Não é sobre o jantar.

— Ah! — diz ele, sentando-se.

— Ben — começa Ann, hesitante —, preciso contar umas coisas... sobre Alice. Se ela acordar...

— Quando acordar — corrige Ben.

— Precisamos falar sobre isso antes que ela acorde. Se acordar — insiste Ann. Suas mãos estão molhadas de suor; os dedos estão entrelaçados.

Ben dá um pulo.

— Acho que vou preferir tomar café — diz, pegando a xícara. — Tem certeza de que quer chá?

— Quer parar de falar sobre esse maldito chá?

Ele joga a cabeça para trás como se tivesse sido estapeado. Por um instante, o quarto onde as pessoas falam sempre aos cochichos parece chocado com a voz alta dela — pulsando no silêncio, esperando. Então o respirador solta o ar, o peito de Alice baixa, e a magia parece desfeita.

— O problema é que — começa Ann, em voz mais baixa — não tenho certeza se Alice é...

375

— Não... — murmura Ben. Ann olha-o por sobre o corpo de Alice. Ele põe a mão na testa e cobre os olhos.

— Não o quê?

— Não diga nada. Não quero que você diga.

— Você não sabe o que eu vou...

— Sei, sim — interrompe ele. — É claro que sei. — Tira a mão do rosto e continua. — Você deve achar que sou um idiota.

— Ben... eu... — Ann perde totalmente o controle. Tem a impressão de que algo está se coagulando dentro dela, uma coisa muito fria, deixando seu corpo sem substância, como se a pele estivesse esticada por cima do osso. Levanta-se da cadeira cambaleando e segura-se no parapeito da janela, espalhando no chão vários dos cartões que Alice recebeu. Como ele sabe? Será que os viu algum dia? Será que Elspeth lhe contou? — Há quanto tempo você sabe? — pergunta, de costas para o marido.

— Eu sempre soube.

— Desde que ela nasceu?

— Sim — responde ele com um suspiro.

— Como? — Ann, incrédula, estupefata, vira-se para ele. Ben quase ri.

— Você nunca compreendeu como North Berwick funciona, não é? Todos sabem de tudo. E há sempre alguém que conta e — pisca, lembrando-se de alguma coisa remota — há sempre alguém que tem prazer de contar. Mas quando Alice nasceu e eu a segurei... eu a segurei no hospital quando tinha duas horas de vida, lembra? Ela berrava e esperneava. Você estava realmente cansada, e eu a peguei nos braços e levei-a até o corredor para você poder dormir um pouco, e então percebi que meu sentimento por ela não era diferente, não era menos forte, não era menos intenso e não menos protetor do que o meu sentimento por Kirsty. E disse a mim mesmo que não daria ouvidos às fofocas, que a longo prazo daria no mesmo se ela fosse minha ou quase minha. E essa dúvida doía, meu Deus, como doía às vezes... principalmente quando ela ficou mais velha e tornou-se cada vez mais óbvio... mas sempre que isso ameaçava tomar conta de mim, eu me dizia que ser pai é muito mais que um simples DNA. Alice é para mim o que Beth e Kirsty são.

— Por que... por que nunca disse nada antes?

— Por quê? Porque... de que adiantaria, Ann? Eu sabia, você sabia. Teria sido... uma retaliação... trazer tudo isso à tona. Alice e as irmãs... que tipo de efeito isso teria sobre as três? E Elspeth... ficaria de coração partido. Você sabe como elas eram íntimas. Elspeth detestaria você se soubesse. Por que eu iria querer tudo isso?

Ann olha para baixo.

— Ben, acho que ela sabe. Estou me referindo a Alice. Acho que ela descobriu.

Ben descruza as pernas.

— Como assim? — pergunta.

— Bom... em Edimburgo... quando ela apareceu... acho que viu...

— Você com ele?

Ann faz que sim.

— Vocês...? — Ben procura a palavra, e os vincos de sua testa e em volta de seus olhos aprofundam-se. — Ainda...?

Ann faz que sim de novo.

Ele morde o lábio inferior, engole em seco, desvia os olhos da esposa e olha para Alice na cama.

— Entendo.

Para Mike, a coisa mais deprimente nesses casos é que depois de um certo tempo as pessoas perdem a esperança; o paciente é levado para um quarto menor, para uma enfermaria mais afastada; a questão de qualidade de vida é levantada, a eutanásia é discutida; começa-se a falar em doação para transplante, de início ligeiramente, entre os parentes.

Seu pés movem-se pelos corredores do hospital, ele vira à direita e chega à longa passagem envidraçada. Há ainda alguns exames que podem ser feitos. Ele pode pedir uma nova tomografia do cérebro, fazer mais uma punção lombar. Mas diz a si mesmo que precisa decidir se vale a pena, precisa estabelecer, pelo menos dentro de sua cabeça, uma data final para essa decisão.

Apesar de não ter pressa, Mike tenta passar a frente de um homem de meia-idade desde que ele entrou pela porta dessa enfermaria do hospital, mas há tantas pessoas, cadeiras de rodas e camas atrapalhando o caminho que não consegue ultrapassá-lo. O homem anda um pouco mais devagar que ele, de modo que a toda hora Mike tem de dar três ou quatro passos mais curtos para não pisar nos seus calcanhares.

Para seu espanto, vê o homem entrar pelas portas duplas que dão no CTI. Ele suspira, mas então se lembra de que o CTI não está longe; é logo ali adiante. Duas enfermeiras passam. Olham para o sujeito que vai na frente, depois olham mais demoradamente para Mike.

O homem pára na porta de Alice tão bruscamente que Mike quase dá um encontrão nele. Vira a cabeça e lê — quase ao mesmo tempo que o homem — "Alice Raikes" na plaquinha branca da porta. O homem entra e fecha a porta. Mike olha pela janela equipada com ripas espelhadas que refletem parte do seu rosto e pequenos detalhes do quarto entre as frestas. Vê o homem puxar uma cadeira para junto da cama e sentar-se.

EU ESTOU EM ALGUM LUGAR. À DERIVA. ESCONDIDA. OS pensamentos correm em seqüência, ao acaso, desconexos, como bolinhas no circuito de uma máquina de pinball. Estou pensando na festa em que John e eu não nos conhecemos, como devemos ter passado um pelo outro na sala como mariposas em volta de uma lâmpada. Estou pensando na minha avó, que me disse que tinha feito seu próprio enxoval. Vejo-a cortando a seda coral fina e brilhante, o peso da tesoura de costura deixando-lhe marcas vermelhas no polegar e no indicador; dobrando as pontas esfiapadas, fazendo bainhas com pontos mínimos e pregando longas rendas. Estou pensando no jardim de North Berwick e na minha mãe cavando a terra com uma colher de jardinagem, tirando o mato e sacudindo as raízes emaranhadas até tirar todas as partículas de terra que ousaram permanecer ali. Estou pensando nisso, em tudo isso e em nada, quando ouço alguém dizer "Oi, Alice". Sem mais nem menos. Duas palavras jogadas no ar. Conheço aquela voz. Conheço muito bem. É a voz de John. Ele está falando comigo. E de repente é como o momento que antecede o trovão: o ar em volta parece vibrar e escurecer, e eu não controlo mais nada, estou sendo levada para alguma coisa, ou através de alguma coisa, através do que parece ser uma fresta pequena e estreita, e durante um instante penso se é assim, se chegou a hora, se estou morrendo, e parte de mim está rindo e zombando de toda essa baboseira que nos falam sobre túneis e luz, pois não é nada assim, de maneira alguma, mas não rio muito, porque estou concentrada para ver se ele vai falar de novo. Se eu tivesse antenas, elas estariam vibrando, esticadas ao máximo, tentando captar o som. Então ouço de novo: ele está pigarreando, e tenho vontade de gritar e perguntar: "Por onde você andou, seu cretino, como ousa me deixar assim?" Mas, então, ouço: "Eu ando querendo ver você há muito tempo. Há muito tempo."

Não é ele. Não é ele, e meu coração parece estar se esfacelando de novo.

Mas eu sei quem é. Ele está falando de novo, dizendo que levou tempo demais para tudo, se eu posso perdoá-lo, e eu não sei se posso, e fico pensando nisso quando sinto que sua voz está perto de mim, na verdade muito perto, tão perto que posso quase sentir sua respiração ao lado da minha cabeça; e percebo que durante todo esse tempo estou sendo carregada para a frente, ou para cima, não tenho certeza se é isso que eu quero, e entro em pânico agora, sem saber se devo tentar nadar contra essa força, mas parece que não há nada que eu possa fazer, minha cabeça está correndo, correndo para uma superfície que eu não sabia que estava ali ou que tinha esquecido que estava, e estou arfando, meus pulmões estão apertados e sem ar, e bolhas e mais bolhas escoam de minha boca como pérolas.

Este livro foi composto na tipologia Electra LH
Regular, em corpo 11/15, e impresso em papel
off-white 80g/m² no Sistema Cameron da Divisão
Gráfica da Distribuidora Record.

Seja um Leitor Preferencial Record
e receba informações sobre nossos lançamentos.
Escreva para
RP Record
Caixa Postal 23.052
Rio de Janeiro, RJ – CEP 20922-970
dando seu nome e endereço
e tenha acesso a nossas ofertas especiais.

Válido somente no Brasil.

Ou visite a nossa *home page*:
http://www.record.com.br